地理信息系统理论与应用丛书

县域城乡规划信息化体系研究

邓毛颖　张新长　刘　卫　曹凯滨　著

2010 年测绘科技进步一等奖项目
国家自然科学基金项目(40971216)资助

科学出版社
北　京

内 容 简 介

针对县级城市特点，本书全面、系统地论述了县域城乡规划信息化体系建设的基础理论、技术方法与发展前景，以及在城乡规划与管理方面的应用案例。所涉及各方面的主要内容及相关关键技术是目前城乡规划信息化建设研究与开发的最主要的技术问题之一。全书共分7章，内容包括：绪论，基础地理信息数据建设，城乡规划审批、编制及专题数据建设，空间数据库管理研究，规划信息化管理体系研究，规划管理应用平台和县域城乡规划信息化体系建设展望。

本书可作为县域城乡规划和管理人员、测绘工程与地理信息系统研究和开发人员的参考资料，也可供大专院校有关专业的教师、高年级本科生和研究生教学参考。

图书在版编目(CIP)数据

县域城乡规划信息化体系研究/邓毛颖等著. —北京：科学出版社，2011

ISBN 978-7-03-031109-2

Ⅰ.①县… Ⅱ.①邓… Ⅲ.①信息技术-应用-县-城乡规划-研究 Ⅳ.①TU98

中国版本图书馆CIP数据核字（2011）第091083号

责任编辑：韩 鹏 刘希胜 马云川/责任校对：张凤琴

责任印制：钱玉芬/封面设计：王 浩

科学出版社出版

北京东黄城根北街16号

邮政编码：100717

http://www.sciencep.com

新蕾印刷厂印刷

科学出版社发行 各地新华书店经销

*

2011年5月第 一 版 开本：787×1092 1/16

2011年5月第一次印刷 印张：16

印数：1—3 500 字数：367 000

定价：56.00元

（如有印装质量问题，我社负责调换）

前　言

伴随城市的快速发展，城市规划管理面临着城市形态变化快，空间关系更复杂，管理内容更详尽，政府及公众对规划管理现代化、科学化、公开化的要求越来越高等问题，以手工作业为主的传统规划管理模式已很难适应这种现实需求，因而应用信息化技术，尤其是“3S”技术，建立城市规划信息化体系成为提高城市规划管理水平的必然趋势。

北京、上海、广州、深圳、武汉等大城市从20世纪80年代中期就开始逐步将信息化技术应用到城市规划领域。然而，大城市所采用的高投入、高技术、大而全的建设模式限制了城市规划信息化的普及和推广。许多县域城市由于经济基础薄弱，资金投入有限，人力资源不足而难以采用大城市模式，导致这些地区的规划信息化建设发展缓慢。但县域城市是我国城市信息化建设的重要组成部分，如何从县域城市自身的特点出发，充分利用“3S”技术，建设既先进又实用的城市规划信息化体系显得极为重要。

本书以增城市规划信息化的建设为例，阐述了县域城市如何依据其建设规划信息化的优势和劣势，从满足自身城市规划管理的需求出发建设一套适用的规划信息化体系，从而为其他县域城市的规划信息化建设提供发展借鉴。

全书分7章，主要内容包括：绪论，基础地理信息数据建设，城乡规划审批、编制及专题数据建设，空间数据库管理研究，规划信息化管理体系研究，规划管理应用平台和县域城乡规划信息化体系建设展望。

由于作者水平有限、时间仓促，书中错误和不足在所难免，望读者批评指正。

作　者

2010年10月于增城

目　　录

第1章　绪　　论

1.1　城乡规划综述

如何认识和定义城乡规划是城乡规划制定者与城市管理者需要了解的首要问题。城乡规划可以简单地理解为对城市和乡村的规划（陈有根，2007）。但是这样的理解是一种简单而模糊的认识。城乡规划的对象是一个社会综合体，涵盖经济、政治、科学文化和自然等实体，是上述诸多实体的有机统一。对城乡规划的认识可以从以下四个方面（陈平，2004）进行把握：

（1）城乡规划是一门科学。城乡规划是一门综合性学科，它融合了社会科学、自然科学和工程技术学科的特点。城乡规划是在对城乡发展演变分析基础上对城乡未来发展的一种预测。

（2）城乡规划是一项社会实践活动。城乡规划的编制、实施是一个动态的过程，需要全社会广大公众参与，体现社会公正，维护公众利益。

（3）城乡规划是政府的一项职能。城乡规划是各级政府指导、协调、控制城乡建设和发展的基本手段，把城乡规划好、建设好和管理好是各级政府的重要职责。

（4）城乡规划是一种公共政策。城乡规划一经批准即具有法律效力，成为政府合理配置资源，调整利益分配，维持生产、生活和生态平衡的重要法律和经济手段。制定和实施城乡规划就是制定和实施公共政策。

1.1.1　城乡规划内涵

明确城乡规划的内涵是本书的逻辑起点。它涉及城乡规划的概念、特点、种类以及城乡规划与其他规划的关系等内容。

1. 城乡规划的概念

城乡规划是指各级人民政府为了实现城市和乡村的经济社会发展目标，协调城乡空间布局和各项建设的综合部署。城乡规划是规范城乡各项建设活动，保障社会发展整体利益，促进可持续发展的准则（翟宝辉和许瑞娟，2004）。

规划区是与城乡规划紧密联系的一个概念，它是指城市、镇和村庄的建成区以及因城乡建设和发展需要，必须实行规划控制的区域。规划区的具体范围由有关人民政府在组织编制的城市总体规划、镇总体规划、乡规划和村庄规划中，根据城乡经济社会发展水平和统筹城乡发展的需要划定。

2. 城乡规划的特点

1）合法性

城乡规划是政府实施行政管理，保护公共利益的一项重要政治职能。为实现社会主义法治，政府的行政管理活动应在法律框架内进行。城乡规划活动必须遵循法定的原则、程序，符合法定的关于权利、义务和监督救济手段方面的规定。

2）科学性

城乡规划是一门严谨的学科，涉及面广，需要社会科学与自然科学各方面的理论来支撑。城乡规划最忌讳主观随意，否则极易造成规划不当，带来巨大的负面效应。

城乡规划体现了城乡统筹和可持续发展等多种科学理论。

（1）城乡统筹发展。一方面要强调城镇和乡村规划的协调一致，将两者放在同一框架内进行规划，避免以往城乡二元化对立的局面。另一方面，也应该科学地区分城镇规划和乡村规划，不能将两者混为一谈，对乡村规划不能用城镇规划的模式进行生搬硬套。乡村空间基本保存着原有自然地理形态和多样性的相互联系；土地和空间的非农业化会对生态循环链产生影响；乡村生活与生产在土地与空间使用上的混合；开发空间与其他使用在土地分配上的比例和在空间布局上存在特设规律(叶齐茂，2004)。这些独特因素在进行城乡规划时必须考虑的。

（2）可持续发展。城乡规划同样应重视可持续发展，对规划区的环境保护应该和规划区内的经济、社会发展具有同等重要的地位，三者要协调统一，以保持城乡空间的环境承载能力。

通过科学的城乡规划，可实现城乡空间资源的优化配置，实现资源要素的集约利用，促进经济、社会与环境的全面发展（丁晨，2008）。

3）综合性

城乡规划是一个全面综合的系统工程，它把复杂的问题分解为多个子目标，融贯不同的学科和目标。城乡规划综合考虑社会、经济、环境效益，运用建筑学、景观学、美学、历史学、交通工程学、环境管理学、经济学、心理学、人口学和法学等各方面知识促进城乡的可持续发展。

3. 城乡规划的种类

根据《中华人民共和国城乡规划法》第二条的规定，城乡规划包括城镇体系规划(全国城镇体系规划和省域城镇体系规划)、城市与镇规划、乡规划和村规划。城市与镇规划，又分为总体规划和详细规划。详细规划又分为控制性详细规划和修建性详细规划。

4. 城乡规划与其他规划的关系

我国的规划种类较多，其中，与城乡规划最为密切的是国民经济和社会发展规划、土地利用规划、环境规划等。这些规划之间必须互相协调，否则规划的落实就会出问题。

国民经济和社会发展规划在效力上具有较高的层次，是城乡规划编制的依据。在内容上，后者不能和前者存在矛盾和冲突。

城乡规划和土地利用总体规划在效力层次上相同，两者的内容会有一定交叉和重叠，但侧重点不同。土地利用规划主要是以保护土地资源为主要目标，是在宏观层面上对土地资源及其利用进行功能划分和控制；城乡规划则侧重规划区内土地和空间资源的合理利用，其核心是保证规划区内建设用地的科学使用。

城乡规划和环境规划都包含保护环境的目的，但城乡规划还要综合考虑环境保护之外的其他学科的问题。此外，两者的编制主体也不同，城乡规划主要由建设部门编制，环境规划则由环境保护行政主管部门编制。城乡规划和环境规划必须配套衔接，同步落实，才能切实保护好城乡规划区内的环境（丁晨，2008）。

1.1.2 我国城乡规划发展历史

我国城乡规划是从新中国成立以后开始建立起来的，伴随着我国经济体制改革、社会治理模式、宏观发展战略、城乡建设方针以及城镇化发展进程，我国城乡规划的发展经历了一个曲折的过程。在我国过去长期实施的计划经济体制下，城市和乡村“二元化”管理模式将城乡规划分割成城乡规划和村镇规划两大领域。其中，村镇规划起步较晚，20 世纪 80 年代才开始发展，新中国成立 60 多年来，伴随着国民经济发展的起起伏伏，城乡规划大致经历了以下五个阶段（王凯，1999）。

（1）20 世纪 50 年代创建发展时期。新中国建立后采用的是苏联的计划经济体制模式，新中国城乡规划的指导思想和规划体系也是从苏联照搬过来的。在苏联计划经济体制下，城乡规划作为“国民经济计划工作的继续和具体化”，规划的主要任务是落实计划。在 1952 年 9 月政务院召开的第一次城市建设座谈会上与会者提出城市建设要根据国家的长期计划、加强规划设计工作、加强统一领导、克服盲目性，以适应大规模经济建设的需要，初步确定城乡规划在国民经济发展中的地位和作用且一直影响至今。1954 年 6 月在北京召开的第一次城市建设会议指出，城市建设的物质基础主要是工业，城市建设的速度必须由工业建设的速度来决定。在“一五”计划时期，国家 156 个重大项目上马带动了城乡规划，150 个城市编制了城乡规划，城市新老区分开，一些工业城市如兰州、包头等随着重点工业项目的建设迅速兴起。1958 年 7 月，建筑工程部在青岛市召开了第一次城乡规划工作座谈会，提出城市的发展应该是大、中、小城市相结合，以发展中小城市为主，要有计划地建设卫星城市，加强区域规划以及城市逐步实现现代化等观点。

（2）20 世纪 60～70 年代徘徊倒退时期。“大跃进”时期，急于求成是城市建设思想的突出特征。1958 年建筑工程部提出“用城市建设的大跃进来适应工业建设的大跃进”，出现若干不切实际的超大规模的城乡规划，如银川、襄樊都在原有 10 万人口的基础上分别提出 100 万和 120 万的大规划。1960 年 4 月，建筑工程部在桂林市召开了第二次全国城乡规划工作座谈会，提出要根据城市人民公社的组织形式和发展前途来编制城乡规划，要体现工、农、兵、学、商“五位一体”的原则，城乡规划的指导思想逐渐脱离实际，1960 年全国计划工作会议提出“三年不搞规划”，导致规划机构精简、规划教育停办和规划工作的停顿。1963 年 10 月中央召开了第二次城市工作会议，会议提出重新恢复城乡规划工作。1966 年开始的十年“文化大革命”认为城乡规划是扩大城市差别、工农差别，是搞修正主义。“文化大革命”后期，1973 年国家基本建设委员会在合肥召开了部分省市城乡规划座谈会，讨论了《关于加强城乡规划工作的意见》、《关于编制与审批城乡规划工作的暂行规定》，城乡规划工作开始复苏。

（3）20 世纪 80 年代全面恢复时期。1980 年 10 月国家基本建设委员会召开的全国城乡规划工作会议是新时期城乡规划工作发生重大转折的标志性会议，会议提出“市长的主要职责，是把城乡规划、建设和管理好”。1984 年十二届三中全会通过的《关于经济体制改革的决定》明确要求：“城市政府应该集中力量做好城市的规划、建设和管理”，是新时期城乡规划在国民经济和社会发展中综合职能作用的第一次体现。城市发展方针确定为“控制大城市规模，合理发展中等城市，积极发展小城市”，城乡规划工作全面恢复，1983 年进入第一轮城市总体规划编制高潮。此阶段规划注重控制城市人口、用地规模：规划编制方法划定城乡规划区，预测城市人口，根据用地指标来确定用地规模；规划管理只管规划区，不管区外。规划工作以城市为主体，村庄规划、建制镇规划、风景名胜区规划工作也开始全面展开。城市土地制度的改革是 20 世纪 80 年代城乡规划思想上具有突破性的进展。1980 年全国城乡规划工作会议首先提出土地有偿使用的建议，1984 年国家允许私人房屋买卖，1989 年修改宪法，允许土地使用权有偿转让。

（4）20 世纪 90 年代继承和发展时期。1989 年颁布、1990 年实施的《中华人民共和国城乡规划法》标志着中国的城乡规划步入法制化的轨道，出现第二轮总体规划修编高潮。城市建设方针确定为“严格控制大城市规模，合理发展中等城市和小城市。促进生产力和人口的合理布局”。规划的功能、编制方法、管理体制延续上阶段的做法。1993 年颁布实施《村庄和集镇规划建设管理条例》，村庄和集镇规划工作全面展开。风景名胜区工作明确规划是前提，保护是核心，管理是关键。1992 年我国确立了社会主义市场经济体制。1992 年无锡会议上提出“城乡规划将不完全是计划的继续和具体化。城市作为经济和各项活动的载体，将日益按照市场来运作”，反映了对新体制下城乡规划工作的理解。1996 年国务院《关于加强城乡规划工作的通知》指出：“城市建设和发展，对建立社会主义市场经济体制，促进经济和社会协调发展关系重大。城乡规划是指导城市合理发展，建设和管理城市的重要依据和手段”，要求各地人民政府及其主要领导人要“切实发挥城乡规划对城市土地及空间资源的调控作用，促进城市经济和社会协调的发展”。

（5）进入 21 世纪后的创新时期。2000 年 10 月党的十五届五中全会通过《中共中央关于制定国民经济和社会发展第十个五年计划的建议》，提出“积极稳妥地推进城镇化”，“走出一条符合我国国情、大中小城市和小城镇协调发展的城镇化道路”。2000 年，国务院办公厅《关于加强和改进城乡规划工作的通知》进一步明确了新时期规划工作的重要地位：“城乡规划是政府指导和调控城乡建设和发展的基本手段，是关系我国社会主义现代化建设事业全局的重要工作。”根据市场经济发展要求，开始新一轮城市总体规划修编，全面开展省域城镇体系规划编制，在规划工作中开始重视城市整体发展、城市生态环境、历史文化遗产和风景名胜资源的保护，区域协调发展等问题，根据形势发展，对规划编制理念、方法和规划管理方式等的创新进行了有益的探索。将《中华人民共和国城市规划法》修改为《中华人民共和国城乡规划法》（以下简称《城乡规划法》）的呼声日益高涨，中华人民共和国建设部组织进行了修订，并多次征求意见，终于由中华人民共和国第十届全国人民代表大会常务委员会第三十次会议于 2007 年 10 月 28 日通过并公布，该法自 2008 年 1 月 1 日起开始实施（陈平，2004）。

《城乡规划法》充分体现了科学发展和城乡统筹思想，这部法规的实施，将提高统筹城乡发展水平，规范城乡规划行为，保护公共利益。具体表现在以下几个方面。

（1）进一步强调城乡规划综合调控的地位和作用。

从法律上明确，城乡规划是一项重要公共政策，是具有法定地位的发展蓝图；确立先规划后建设的原则；“三规合一”（“三规”是指：国民经济与社会发展规划、土地利用规划和城乡总体规划）是规划未来发展的必然趋势。

（2）突出了城乡规划的公共政策属性。

城乡规划将更加重视资源节约、环境保护、文化与自然遗产保护；强调城乡规划制订、实施全过程的公众参与；保证公平，明确了有关赔偿或补偿责任。

（3）建立了新的规划体系。

本法律规定了严格的城乡规划修改程序，这一规定削减了规划实施过程中修改的随意性，防止“一任领导、一个规划”的现象，是规划决策客观、公正、民主的有力的制度保障措施之一。

（4）完善了建设项目规划审批制度。

对建设工程的种类和管理程序作了区分，按照既要保证规划实施，又要规范行政权力的原则，完善了有关许可的条件，简化许可环节。

（5）健全了对行政权力的监督制约机制和公众参与机制。

将公众参与纳入规划制定和修改的程序，提出了规划公开的原则规定，确立了公众的知情权作为基本权利。

（6）加大了对违法建筑的查处和制止力度。

《城乡规划法》中强调了对不同类型违法建设行为的责任追究。特别对于无法采取改正措施以消除影响的违法建筑做出了限期拆除、不能拆除的则没收实物或者违法收入并处罚款的规定，加大了查处力度，使违法者无利可图，对恶意违法建设获取不当利益的行为起到了极大的震慑作用。

1.2 县域城乡规划信息化研究背景

《城乡规划法》与《城市规划法》相比，该法强调城乡统筹，进一步鼓励采用先进的技术，增强城乡规划的科学性，提高城乡规划实施监督和管理的效能。

1.2.1 现代城市规划研究理论

目前，专门针对县级城市的成熟规划理论较少，在对县级城市进行规划时，多采用成熟的现代城市规划研究理论，用其规划理念和方法指导县级城市的科学规划。下面简单介绍一下对县级城市规划影响较大的现代城市规划理论。

1. 田园城市理论

英国著名规划专家艾比尼泽·霍华德（Ebenezer Howard）于1898年著述《明天——一条引向改革的和平道路》，提出了“田园城市”的理论，指出“城市应与乡村结合”。“田园城市”的模式是一个由核心、六条放射线和几个圈层组合的放射状同心圆结构，每个圈层由中心向外分别是绿地、市政设施、商业服务区、居住区和外围绿化带，然后在一定的距离内配置工业区（图1.1）。整个城区被绿带网分割成不同的城市单元，每个单元都有一定的人口容量限制（人口规模界定在3万人左右，用地约400hm²）。新增人口再沿着放射线向外面新城扩展。中心区为一中心花园，围绕其四周布置大型公共建筑。“田园城市”的中心部分是花园式的市民活动中心带，其中包括市民活动中心设施、文化设施和管理设施三个类型的建筑，如政府、音乐厅、剧院、图书馆、医院等，从市中心放射状向外的街道。环绕这个市中心的是居住区域、公园、购物中心等。

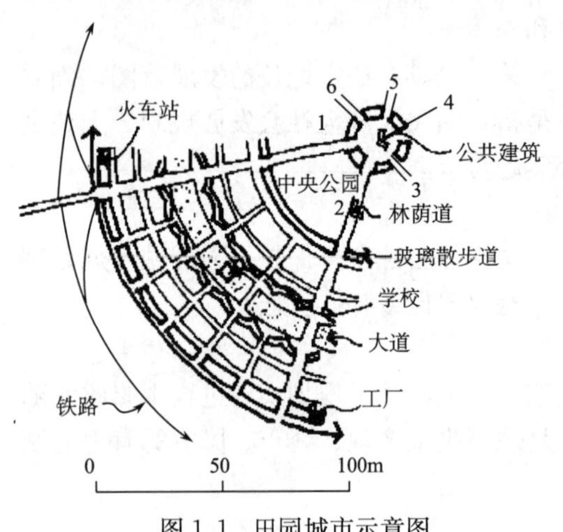

图1.1　田园城市示意图

2. 卫星城镇规划

霍华德的“田园城市”理论由他的追随者恩维进一步发展成为在大城市的外围建立卫星城市，以疏散人口控制大城市规模的理论，并在1992年提出一种理论方案。各国对卫星城镇进行了有意义的实践，整个发展过程可以呈现出由“卧城”到半独立的卫星城，到基本上完全独立的新城，其规模逐渐由小到大。

3. 现代建筑运动对城市规划的影响与《雅典宪章》

法国人勒·柯布西埃在1925年出版了《城市规划设计》一书，将工业化思想大胆地带入城市规划。面对大城市发展的现实，他提出要从规划着眼，以技术为手段，改善城市的有限空间，以适应这种情况，主张提高城市中心区的建筑高度，向高层发展，增加人口密度。他在巴黎建筑规划方案中，将城市总平面规划为由直线道路组成的道路网，城市路网由方格对称构成，几何形体的天际线，标准的行列式空间的城市。城市分为三区，市中心区为商业区及行政中心，全部建成60层的高楼，工业区与居住区有方便的联系，街道按交通性质分类。改变沿街建造的密集式街道，增加街道宽度及建筑的间距，增加空地、绿地，改善居住建筑形式，增加居民与绿地的直接联系。

赖特在1935年发表的《广亩城市：一个新的社区规划》却相反地提出反集中式的空间分散规划理论。他相信电话和小汽车的力量，认为大都市将死亡，美国人将走向乡村，家庭和家庭之间要有足够的距离，以减少接触来保持家庭内部的稳定。

对比两位先驱的规划理论，可以发现他们的共性，即都有大量的绿化空间在他们的

“理想的城市”中。

1933年国际现代建筑协会在雅典开会，中心议题是城市规划，并制定了《雅典宪章》，它首先提出要将城市与其周围影响地区作为一个整体来研究，指出城市规划的目的是确保居住、工作、游憩与交通四大城市功能的正常运行。

4. 邻里单位、小区规划与社区规划

“田园城市”理论出现后的一段时间里，特别是20世纪20～40年代物质功能性理论蓬勃发展，主要侧重于住区设施的规划和其服务设施规模的确定。1930年美国建筑师佩里提出著名的“邻里单位理论”（图1.2）。该理论明确界定组成城市居住单元的规模，提出邻里单位应由住户、居民组成，四周由主要道路界定，用地面积应按一所小学的服务面积划分，避免儿童穿越城市交通道路。邻里单位边缘设置日常生活所必需的商业服务设施，中心设置邻里公共建筑如教堂、学校、银行等，内部交通应便于周边与邻里中心的联系。邻里单位理论的提出明确了居住单元的构成原则和功能配置，对第二次世界大战后的欧洲各大城市居住区建设有着深远的影响。1950年这一理论被引入中国，对我国居住小区理论的形成起了很大的推动作用。

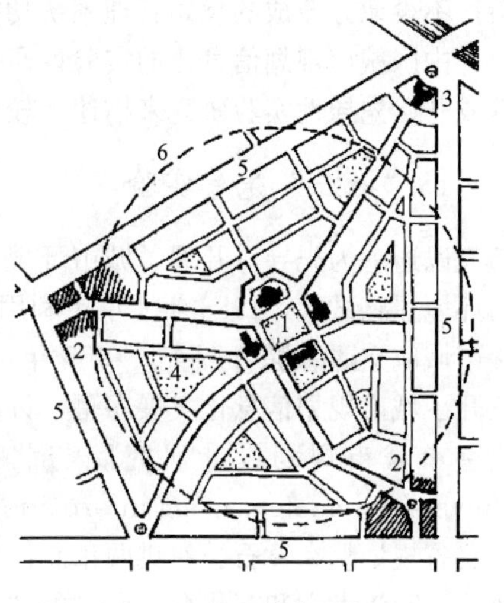

图1.2 邻里单位示意图

5. 从环境保护到可持续发展的规划思想

1981年布朗的《建设一个可持续发展的社会》，首次对可持续发展观念作了系统的阐述，分析了经济发展遇到的一系列人居环境问题，提出了控制人口增长、保护自然基础、开发再生资源的三大可持续发展途径，1987年，世界环境与发展委员会向联合国提出了《我们共同的未来》的报告，对可持续发展的内涵作了界定和详尽的立论阐述，指出我们应该致力于资源环境保护与经济社会发展兼顾的可持续发展的道路。

20世纪90年代，在国际城市规划界出现了大量反映可持续发展思想和理论的文献。1992年，布雷赫尼编著了《可持续发展与城市形态》。1993年布劳尔斯编著了《为了可持续发展的环境而规划》。同年，瑞德雷和罗发表了《自私能拯救环境吗》。这些文献从城市的总体空间布局、道路与工程系统规划等各个层面进行了以可持续发展为目标的分析，提出了城市可持续发展规划模型和操作方法。

1.2.2 我国城市规划信息化现状

我国城市规划行业在20多年的发展中，在规划编制、规划设计、规划管理等多方面推进信息技术已取得丰硕成果。目前全国已有200多个城市建成了具有空间定位的基础设施管理系统；有近300个城市建成了规划（审批）管理系统用以辅助业务管理；全行业初步达到了图形数据管理数字化，规划设计可视化和方案成果网上展示；大多数城市政府规划部门建立了政府专业网站，通过数字化、可视化、网络化及图文一体化的公共平台实施政务公开和公众参与，实现政府与公众的沟通和互动。

然而，当前城市规划信息化建设与规划管理的实际工作还有较大差距。在2007年中国城市规划信息化年会暨规划新技术运用20年回顾与展望研讨会上，国家住房与城乡建设部城乡规划司唐凯司长在主题报告中，总结了目前规划信息化建设需要重视和有待解决的几个问题，比如，规划信息化的标准化、规范化建设有待提高；地区发展不平衡；不少地方建成的规划管理系统功能比较单一等。

中国城市规划信息化的实验性研究开始于何时、何地很难准确考证。用“七五”引进或开始先导性实验研究来描述比较能被业界认可。

1. “七五”先导实验

以遥感为先导，开展了城市环境遥感。20世纪80年代初，开展天津-渤海湾地区的环境遥感试验，1983年北京市利用航空遥感进行专题调查研究，1984年，广州市开展市域航空遥感综合调查。1987年，广州在国内首次引进城市规划地图的信息系统，拉开了城市规划信息化发展序幕，许多城市相继跟进，都收到良好的应用效果。出现了北京市城市规划设计研究院与北京大学合作开发的应用软件PURSIS（Peking University remote sensing information system）应用在县域规划。武汉测绘科技大学和湖北省规划院在黄石、襄樊两市总体规划编制中应用遥感和计算机技术也取得了良好的效果。同济大学和苏州合作研制的“苏州市城市建设信息系统”是国内规划同行研制和应用城市信息系统的先行者。

2. “八五”规划信息建库

1990年后，随着计算机技术迅速发展以及国民经济建设和城市化进程的加快，国内对城市地理信息系统（urban geograpic information system，UGIS）的需求出现了一股热潮，计算机技术逐步开始应用于城市规划管理的实际业务之中。

上海开始引进西门子的SICAD（Siemens computer-aided design，SICAD）平台，开展大比例尺电子地图的建库实验；广州在1992年率先提出了超大规模、大比例尺地形图扫描建库的技术方法，并且开始应用专业系统实现动态信息建库。

1990年北京城市地下管理信息系统建立，1992年深圳市着手在小型机上建立Arc/Info平台的地理信息专业应用系统，广州开展城镇规划建设管理信息系统（TownMIS，town management information system）研究，1992年推出居住区详细规划计算机辅助设计（computer aided design，CAD）专业软件……这个时期，规划地理信息建库是核心，专业系统建设大都围绕这个核心开展，各自较为孤立。

3. “九五”规划信息系统广泛应用

这期间全国各地规划部门对于计算机技术的效用已深信不疑，关键是解决如何利用这一新技术建立适合自己单位的业务办公自动化系统的实际问题。许多城市都开展了以“一书两证”（或扩展为“一书三证”：“一书”是指建设项目选址意见书；“三证”是指建设工程规划许可证、建设用地规划许可证、建筑工程施工许可证）为核心的城市规划管理信息系统。围绕规划管理，开展一系列应用系统研究，逐步建立具有丰富的技术内涵和完善的功能、具有决策支持能力的城市规划信息系统体系。这个体系包括：城市规划办公自动化系统、地下管线信息系统、总体规划信息系统、分区规划信息系统、规划现状调查信息系统、勘测信息系统、城建档案信息系统等。

广州从 1995 年起建设了城市规划办公自动化系统、地下管线信息系统、总体规划信息系统、分区规划信息系统、公共设施规划支持系统、勘测信息系统、城建档案信息系统等项目，并构成了满足实际应用，具有一定决策支持能力的 UPGIS（urban planning geographic information system，城市规划地理信息系统）体系。

1998 年成立的广州城市信息研究所开展了一系列前瞻性的课题研究，并积极参与“数字广州”的策划和实验工程，使 UPGIS 的建设思想和实施应用全方位渗透，为广州市信息化工作的推进起到先导作用。

1999 年开始出现的规划电子报批技术，不仅仅是规划管理方法上的一次创新，同时也是首次将城市规划设计、城市规划管理审批以及城市规划信息建库三个环节衔接起来，全过程数字规划支持理念初显雏形。

4. “十五”规划信息与系统集成应用平台开始建设

党的“十五大”、“十六大”都向政府部门提出“政务公开”的号召，政务公开要成为各级政府施政的一项基本制度。各级行政机关及其工作人员的行政行为公开，是发扬民主、接受人民群众监督的具体表现，有利于促进行政机关改进作风、转变职能，真正实现科学执政、民主执政、依法执政。而在城市规划行业和部门实施政务公开就一定要做到公众参与，老百姓要参政议政。

为适应数字城市、电子政务发展的要求，各地对已有的规划信息系统体系展开全面反思与检讨，以解决内部系统间信息集成化程度低，系统之间相互封闭、互不关联的信息孤岛问题。

广州建立起统一信息交换平台、异构系统平台、异种数据格式的交换管理体系，实现全局范围内信息交换、信息共享及协同办公，研究各种数据标准规范，增强数据综合分析效能。深圳更是跨越城乡规划范畴，明确提出建立面向整个社会的开放式空间基础信息平台，以多尺度空间基础地理数据为基础，建立多功能的社会经济信息数据库和基础数据中心。

规划信息系统一体化建设也逐渐成为共识，不仅将各种专业应用系统集成化，多种规划业务过程集中在一个系统平台之内完成，也涉及解决跨地域的规划部门之间更为密切的业务协同办公（潘安等，2006）。

十多年来，在地理信息系统（geographic information system，GIS）结合城市规划管理应用方面，许多学者从不同角度进行了理论上的探讨。宋小冬在对若干城市调查的基础上，介绍了城市规划基本数据库的主要内容、所服务的主要业务、数据采集和获取的一般途径。刘菊（2002）认为数字城市的核心是城市地理信息系统，城市地理信息系统的建设是一项庞大、复杂的系统工程。Kim 和 Cho 提出建立政府信息系统提高城市规划管理的透明度。Kobayashi 提出基于“网络社区”的电子政府的设计概念。范剑锋等（2003）提出采用工作流技术，提高规划业务的工作效率和管理水平，使系统具有良好的灵活性和兼容性。黄道明（2004）根据中小城市与大城市地理信息系统建设的对比，提出了在中小城市中先建立统一的城市空间信息基础设施，然后在此基础上建立实用的专题GIS的开发模式。在实际应用上，熊学斌等（2004）以深圳盐田港规划建设管理信息系统为例，分析研究了如何设计实现基于GIS技术的中小城乡规划系统。陈明辉等（2006）提出了中小城市实施电子报批的总体方案，并对系统建设的框架、功能、建设策略、实施模式等关键问题进行了深入地探讨。

目前国内对中小城市城乡规划管理信息化建设进行专门研究的单位不多，成果较少，总体来说，迄今还没有一个较为完善的解决途径。然而中小城市在我国城市体系和现代化建设中具有举足轻重的战略地位，因此针对这方面的研究在目前城乡规划管理信息化发展过程中显得尤为重要。

城乡基础地理数据是城乡基础地理信息系统的核心和基础，需要在统一的空间数据模型基础上，建立统一的坐标参考体系，结合多分辨率的城乡基础地理数据综合实现空间跨越、历史数据以及各种专题数据间的一致。城乡基础地理数据库是客观世界的表达模型，它是将表示城乡基本面貌并作为其他专题数据统一的空间定位载体的地形、居民地、道路、建筑物、水系、境界、植被、地名等基础空间信息以结构化文件形式组成的集合。城市基础地理数据库建成后，必须对其进行动态的维护与更新，以保证数据的现势性，提高数据的质量。这也是数据库建设中的一个重要任务。特别是随着城乡建设的飞速发展，城乡变化日新月异，城乡基础地理数据的更新速度和周期远远满足不了城乡规划、管理工作的需要，给规划、管理决策造成困难。因此，如何快速、有效、准确地将建设的变化信息及时、准确地反映在基础地理数据库中就成为我们当前思考的一个重要问题。

城乡规划管理信息系统是集成办公自动化（office automation，OA）、管理信息系统（management information system，MIS）与GIS等技术，面向城乡规划部门和企事业单位，辅助业务人员进行业务办公管理的图文一体化信息平台。然而，城乡规划管理信息系统的开发一直存在着开发效率低下、系统质量难有保证的问题，主要体现在：①系统开发周期长，进度难以控制，开发成本高；②系统适应性差，无法与业务办公环境的变化同步，使用寿命短；③缺乏与系统相配套的数据建设。这些问题的存在不仅使开发者永远无法脱离系统，还在某种程度上损害了决策者、办案人员应用的积极性，越来越成为规划管理信息化建设中的瓶颈。

《城乡规划法》的颁布实施对完善和指导当前规划信息化工作有着深远的意义，同时又对规划信息化提出了新的要求，是中国规划信息化发展中面临的新课题。

1.2.3 县域城乡规划信息化地位和作用

1. 什么是县域城市

县域指在县级行政区划的地域和空间内统筹安排经济社会资源而形成的开放且有特色的区域。县域以县城为中心、集镇为纽带、农村为腹地，区域广阔，资源丰富，以发展农产品加工业和乡镇企业为重点，城乡一体，工农并进，区域特色明显，是我国社会经济功能比较完整的基本单元。

2. 我国县域城市的突出特点

自春秋战国时期以来，县一直是我国行政区划的基本单位。县域经济是国民经济中具有综合性和区域性的基本单元。县域经济已越来越受到专家学者和政府部门的重视。参加第九届全国县域经济基本竞争力评价的县域经济单位（不包括县级市辖区），共有2001个（截至2008年年底），其中县级市367个、县1462个、自治县117个、旗49个、自治旗3个、特区2个、林区1个。截至2008年年底，县域城市数量占全国县级行政单位的10.84%；县域总面积约108.61万km^2，占全国陆地面积的11.31%。县域城市人均地区生产总值达到36 320元，农民人均纯收入约为6570元，城镇居民人均可支配收入约为14 680元，分别是全国平均水平的160.42%、138.00%、93.02%。从上述统计数据中发现县域城市具有以下突出特点：

（1）县域城市单位数占全国县级行政区划单位总数的比例高。

（2）县域城市内陆地国土面积占全国国土面积的比例高。

（3）县域城市内人口占全国总人数的比例高。

（4）全国县域城市内的GDP占全国GDP的比例超过了一半。

（5）全国省市区县域城市平均人口、经济和地方财政收入规模差别大。

1.3 县域城市信息化体系建设概述

1.3.1 信息化体系建设主要特点

早在20世纪50年代，美国的《州际高速公路法案》对美国第二次世界大战后经济的腾飞起过重大作用，它加速了全美货物的交流，最终导致了美国经济的繁荣。而1993年开展的“国家信息基础设施”（national information infrastucture，NII）建设规划，即“信息高速公路”，提高了生产率和经济的潜在增长率。

信息化（体系）建设主要有以下特点。

1. 信息化给县域城市城乡规划带来机遇与挑战

1）信息化为县域城市城乡规划理论与实践的拓展

工业革命使得生产方式由原来的分散化转变为集中化，信息革命将打破集中化生产方式，使劳动重新分散化，出现以电子科学为基础的家庭工业时代，突出家庭与社区作为社会中心的作用。一种以多媒体住宅组成的电子小区，将构成未来城市结构的基本单元，为电子家庭提供商业和社会服务。

另外，由于国际社会信息化进程的推动，当代办公室信息处理量成倍增长，一种“可自由高效地利用新发展的各种情报通讯设备，具有更自动化的高度综合性管理功能的建筑体系—智能建筑体系”（王志周，1991）得到了迅速的发展。办公建筑空间已不单纯为公文交换的场所，而成为更注重体现以人为中心的“媒介环境”，办公建筑形态的环境文化信息含量将随之不断增强，正向着未来的社会工作模式、城市环境和生态环境等更广阔的空间拓展。这一切都需要新的规划设计理论与之适应。

2）信息化对城乡规划方法与手段的更新

就整体而言，城乡规划主要处理城市发展过程中的空间关系。因此信息技术对城乡规划的影响最突出、最直接的是空间数据基础设施（spatial data infrastructure，SDI）的建设与地球信息科学(geoinformatics)的发展。

2. 信息化与城乡规划技术的无缝整合

城乡规划以复杂的城市社会、经济、历史、文化的空间表达为主要研究对象，因而需要引入更为宽广和更为深入的系统分析观点。将研究城市的范围分为宏观、中观和微观三个层次。宏观层次对应于"区域发展"理论中的"区域"，可将城市看成是区域空间的一个点、增长中心或核心；中观层次对应于城市市域、城市本身、城市中的区，将城市本身看成一个面；微观层次对应于街区，规划小区和乡镇区，将城市看成一种立体空间。

（1）宏观整合：区域持续发展。

传统意义上的区域或市域规划以"区域科学"或"区域发展"理论为指导。而20世纪80年代后期，"可持续发展"拓展了发展的含义，强调发展的能力、发展的可持续性。前面已经阐明了"地球信息科学——人居环境学——区域可持续发展"构成跨世纪城乡规划的理论与方法的基础。现在的区域规划必须以区域可持续发展理论为指导。

（2）中观整合：总体(分区)规划与管理。

信息技术在总体规划、分区规划层次上同城乡规划的整合重点体现在与GIS、RS技术的结合。目前开展的新一轮城市总体规划中，人们除了利用航空遥感技术之外，还利用卫星遥感资料进行城市环境综合评价、土地利用监测等；利用CAD技术辅助绘图：利用GIS技术进行叠加分析、缓冲区（buffer）分析、门槛分析、专题图制作，并建立总体规划数据库；结合OA技术，实现总体规划实施的辅助管理，并向辅助决策支持系统发展。

（3）微观整合：详细规划与事务管理。

城乡规划与信息技术在微观层次上的整合就是利用GIS、CAD、OA等技术，实现详细规划的辅助设计与规划管理办公自动化。

3. 信息化能提高城乡规划信息系统的智能水平

我国县域城市及县域城市规划信息化工作具有重要意义：

（1）县（市）一级是承上启下的重要层次。

（2）县域范围是创造最佳投资和最佳人居环境理想场所。

（3）县域城市是实施新型工业化战略的广阔舞台。

（4）县域城市的经济是国民经济的基础。

（5）县域城市经济是国家立国的基础。

（6）县域城市经济是宏观经济和微观经济的结合部。

（7）县域城市是市场化改革取得突破并向大中城市拓展的"排头兵"。

（8）县域城市是推进城镇化、工业化、农业现代化的根基。

（9）县域城市是推动城乡协调和可持续发展的有效载体。

随着《城乡规划法》的实施，新农村建设的开展，有必要加强县域城市城乡规划信息化的建设。

1.3.2 县域城乡规划信息化体系建设有利条件

中共十六大报告中特别强调了信息化的作用与价值。2008年，胡锦涛总书记在中国科学院、中国工程院院士大会上明确指出："要加快遥感、地理信息系统、全球定位系统、网络通信技术的应用以及防灾减灾高技术成果转化和综合集成，建立国家综合减灾和风险管理信息共享平台"。

县域城市可以充分发挥后发优势，借鉴成功案例以较少的代价，取得更大成就。据介绍，截至2003年年底，全国共有小城镇42 620个，其中建制镇20 226个，集镇22 394个。县城以外的小城镇镇区的总人口约1.91亿，住户为5384多万户。全国累计有90%的乡镇完成了乡镇域规划，81%的小城镇和62%的村庄编制了建设规划，县域城镇体系规划编制工作基本完成。村镇住宅建设稳定发展，村镇基础设施、生产设施、公共设施建设力度加大，村镇人居环境受到重视。正因为如此，信息化体系建设对于快速地推进上述工作有力执行将起到举足轻重的作用。

1.3.3 县域城乡规划信息化体系建设与城市规划的关系

城市信息化建设是城市现代化建设的龙头，城市现代化建设是城市信息化建设的主体。党中央、国务院把大力推进国民经济和社会信息化确立为覆盖现代化建设全局的战略举措。国家信息化正在从领域信息化、区域信息化、企业信息化、社会信息化等各方面、各层次展开和深化。显然，区域信息化不能走"以农村包围城市"的道路，而是走"以城市辐射农村，以城市带动农村"的道路，于是，城市信息化就成了区域信息化的核心和龙头。另外，我国在加快农村城镇化和城市现代化建设过程中，城市信息化建设将成为中国城市发展的新主题与新动力，成为解决城市发展中所面临诸多难题的有效手段。可以说，城市现代化建设与城市信息化建设日益水乳交融，密不可分，两者之间具有以下关系。

1. 城乡规划理念的转变

改革开放以来，我国在持续多年经济高速增长的背景下，城市化进程突飞猛进，许多城市面貌发生了翻天覆地的变化。时代已对城乡规划提出了更新、更高的要求。我国城乡规划领域为适应这种要求，目前正发生着四个方面的变化。

1）静态规划向动态规划发展

长期以来，我国城乡规划主要进行的是以土地利用控制为核心的物质形态设计，关注的是既定蓝图的实现，而忽视了城乡规划对城市开发过程的调控作用。规划缺乏对实施的可行性论证和评估，造成规划目标过于僵硬、实施中可操作性不足，加上缺乏必要的理论指导，造成了许多规划就事论事，在事实上成了一种短期行为或局部行为。

当传统规划试图用静态的图纸来解决动态的实际问题遭到失败时，现代规划开始倡导从“方案”到“过程”的转变，强调规划是一种动态发展与整体协调发展的过程。将规划理解成是“动态的过程”，一方面是因为规划面对的城市和城市问题在不断变化；另一方面也由于参与决策的各个方面对城市问题的态度在不断改变。同时，现代规划还强调规划中软性指标的运用，使规划在实施时更具弹性。

2）从物质规划转向社会经济发展规划

物质文明和精神文明是社会文明的两个组成部分，任一部分的薄弱或缺乏都会阻碍社会进步。城乡规划是社会发展规划的一种形式，理应对这两方面都给予重视，但传统的规划却只注重物质部分，而忽视了人作为一个社会个体的物质与精神需求。规划的“以人为本”不仅指要考虑人的衣食住行等基本物质需求，还要考虑人的文化、艺术、游憩、政治等精神方面的需求，而且随着收入水平的提高，人们在精神方面的追求大大加强。这就要求在规划中必须全面考虑人的各种需求，要将政府中社会经济各个部门的发展融入城乡规划之中。

3）由专家审查到公众参与规划

我国规划审查制度长期采取专家评审方式。由于专家未必对规划区域很熟悉，因而很难发现规划中的隐患。城乡规划涉及公众利益，故而不应只是少数“智者”决定该怎么办，而应由社会主要利益集团的格局所决定。当集团利益发生冲突时，专家往往会考虑采取折中方案，此时，若有更广泛的社会各阶层的参与，问题就会更合理、更公平地解决。

4）规划实施由行政管理向法制化迈进

“有规划却难以实施”是困扰我国规划工作的一个主要问题。究其原因，其中之一就是规划缺乏必要的实施保障。过去，我国基本上是将城市规划作为一项行政制度予以实施，因而规划管理者权力很大，容易滋生各种弊端。1989 年我国通过了《中华人民共和国城市规划法》，城市建设的法制化进程向前迈进了一步，但目前的规划法规与监督机制还远远不够完善。

当前，在市场经济条件下，经济发展随市场的方向和速度变化而变化，城乡规划作为政府行为，必须灵敏地回应经济增长所提出的不同要求，这种回应就要反映在城市规划法律和法规中。随着世界经济进入全球化时代，城市在全球经济网络中将发挥更为重要的节点作用。各国政府都在极力改善城市的投资环境，吸引全球资本。这些资本直接关系到城市的兴衰，而城市建设基本法制是可以为加强城市竞争实力服务的。

2. 城乡规划对信息技术的要求

随着观念的转变，城乡规划领域对规划与管理信息的处理有了更高的要求，具体表现在以下四个方面。

1）类型数据的处理与综合

城乡规划与管理涉及地理要素和资源、环境、社会经济等多种类型的数据。这些数据在时相上是多相的、结构上是多层次的、性质上又有“空间定位”与“属性”之分，既有以图形为主的矢量数据，又有以遥感图像为源的栅格数据，还有关系型统计数据，并且随着城市社会的发展，数据之间的关系将变得更为复杂，对统计数据与现状图件综合分析的要求必然大大提高。

2）多层次服务对象的满足

对于规划与管理信息的使用对象，不仅要考虑市政主管部门、专业部门和公众查询的需要，还要考虑不同用户在管理、评价分析和规划预测上的不同需求，这对规划设计与管理信息处理在服务对象的多层次性上提出了很高的要求。

3）时间上现势性、空间上精确性

城乡规划在本质上是人类对城市发展的一种认识，城市发展对城乡规划具有绝对的决定性作用，因此，城乡规划是一个对城市发展的不断适应的过程。随着城市化进程的加快，城乡规划也必须加快其更新速度，以适应城市的加速发展。此外，由于弹性规划、滚动规划模式的倡导，规划的制订与修编周期大大缩短。这些变化对规划与管理信息提出了“逐日更新”的要求，以确保信息具有良好的现势性。

在空间上，要求提高规划布局图空间定位的精确性。由于现代规划与规划管理结合得更加紧密，规划设计正逐渐摆脱“墙上挂挂”的窘境，而且从总体规划到详细规划层层深入、互相衔接，最终必须落实到地上，故各种规划图只有达到一定的定位精度才有可能实现规划目标。

4）信息管理规范化、智能化和可视化

从规划制订到实施的过程中，产生了大量的数据，包括现状的和规划的，而在规划实施后又有了新的现状数据，因而，规划信息管理任务日益繁重。如何将规划数据规范化并进行科学的组织与管理是现代城市规划的重要任务之一。同时，如何与办公自动化实现一体化，并对信息产品进行可视化处理，以便用户简单、明了地使用，也将是未来城市规划信息技术研究的重要方向。

3. 现代信息技术在城市规划中的应用和影响

信息技术（information technology，IT）是20世纪70年代以来，随着微电子技术、计算机技术和通信技术而发展起来的高技术群，通常是在计算机与通信技术支撑下用以采集、存储、处理、传递、显示那些包括声音、图像、文字和数据在内的各种信息的一系列现代化技术。计算机技术提供了基础的软硬件平台；通信技术则为数据获取、传输奠定了基础；计算机应用技术则多种多样，已出现了以数据处理为各产业、各业务部门服务的专业信息技术系统。

这些技术的发展与广泛应用，对城乡规划各个方面将产生深远的影响。其影响主要表现在下面三个方面。

1）城乡规划管理

信息技术对城乡规划管理的影响主要表现在办公自动化方面，目前的办公自动化的用途主要是提高城乡规划管理部门内部的管理水平、质量和效率。随着社会的信息化，通过因特网可以建立城乡规划管理部门与城市建设者之间的有效信息通信渠道，可以通过因特网实现网上报建，报建单位只要在本单位与因特网相连的计算机就可完成报建过程和提供所需的材料，规划审批可以在因特网上完成。

规划管理与规划设计更紧密的结合，实现管理与设计的一体化，审批的结果可以电子数据的形式迅速地反馈给设计部门，而设计部门可尽快地将设计结果以电子数据的形式提交给管理部门，这些信息的传输可以通过因特网来完成。

通过因特网可以进行规划评审，各地的专家可以在家里对规划成果进行评审，规划成果将利用虚拟现实技术展现专家所需的各种信息（如建筑物三维动态模型），通过网络会议交流意见，专家甚至可以实时与规划师交流，提出自己的意见和设想，并可以较快地通过建立数字模型加以证实。

2）城乡规划编制的内容

城乡规划设计将更广泛应用CAD和GIS技术，而计算机图形输入技术的改进和智能化如笔输入技术，使规划设计师进行设计更为方便，而不影响灵感产生。

将设计过程中所需的数据数字化，使其获取变得更加容易、更加方便。可以采用遥感图像直接作为背景进行设计，而各种地下管线的资料由于数据库的建立而更加方便获得。现在比较难以得到的人口空间分布、交通流量等信息由于相应信息系统建立而能很方便地获得。

3）公众参与

公众可以通过因特网动态了解规划设计方案和参与规划审批，而且规划方案与成果的表现形式由于采用虚拟现实技术和多媒体技术而更为直观和形象，使公众能更好地理解规划师的意图，公众通过因特网发表个人的意见，与规划师、管理人员和其他有关人员进行直接对话，使公众参与更加有效，决策过程更加民主化。

1.4 县域城乡规划信息化体系建设主要内容

考虑到县域城乡规划信息化工作的特点，信息化体系建设的主要内容可以分为三类：基础建设、管理建设、服务建设。

1.4.1 基础建设

信息化体系基础建设可以概括为数据建设、公共坐标体系（包括国家2000大地坐标系）、连续运行卫星定位服务综合系统（continuous operational reference system，CORS）系统建设三个方面。数据建设是从数据的量度入手，解决纸质文件图纸电子化、数字化的问题；公共坐标体系是从数据的准度入手，解决坐标转换问题；CORS系统建设是从数据的精度入手，解决定位数据的可靠性和精确性问题。

基础数据的建设是国民经济和社会发展的一项基础性、前期性的工作，是“数字城市”、“电子政务”建设空间地理信息数据库的主要来源。为了进一步强化城乡规划管理，及时组织各层次的城乡规划的编制，特别是各中心镇村的控制性详细规划编制，必须尽快完善城市基础测绘和地理信息更新。同时，参照城乡规划建设先进地区的测绘机制，将城市基础测绘纳入国民经济及社会发展年度计划和财政预算，城市基础测绘所需经费由市财政划拨。鉴于基础空间数据的建设在城乡规划信息化中的重要地位，在进行基础空间数据库建设的同时，一方面要对已有的规划资料进行系统的整理；另一方面以此为契机改变基础测绘原有的方法，采用先进的空间信息数据采集技术，加速测绘手段现代化，以获得更大的社会效益和经济效益。

1.4.2 管理建设

数据库是城市地理信息系统重要的核心组成部分。一般来说，数据库设计和建设的工作量及其消耗的经费会占整个系统设计、建设工作量和经费的大部分。数据库设计的好坏，不仅影响到系统建设的速度和成本，而且影响到系统的应用、维护和数据更新甚至以后扩充、与其他系统数据结合的能力。

城乡规划数据库管理系统的技术目标就是在城乡规划管理信息系统平台建设的基础上，继续深化规划数据建库。利用城市现有的规划数据成果，建立并执行规范化的信息分类标准和统一的地理空间关系，按城镇和农村一体化数据库建设标准进行整合，实现规划成果科学的存储与管理，达到快速采集、建库、查询、更新、统计、空间分析以及数据发布和资源共享等目的；其主要任务包括：①建设城乡基础信息数据（多尺度基础地形图数据、多时相正射影像图和卫星图像等）；②建设调查统计信息数据（交通、地下管线、土地利用现状等）；③建设规划相关信息数据（人口资源、历史文化、环境保护等）；④建设规划控制信息数据（规划用地红线、规划道路红线、文物保护等）；⑤建设规划成果信息数据（区域/总体规划、分区/控制性规划、修建性详规等）；⑥建设规划管理信息数据（业务管理、档案管理、法律法规等）。以增城市为例，建立基本完善的规划数据库管理系统，成为城乡规划管理信息系统的重要组成部分，为实现信息化城乡规划、最终实现“数字城市”的目标奠定良好的基础平台。

在城乡规划数据库管理系统的研究与开发方面，在选择了开发平台的基础上，开发管理系统所需要的各项功能，包括：①实现数据库的数据质量检查；②实现各类数据入库、维护；③实现数据库的图形管理、属性管理；④实现数据的更新；⑤实现地形图更新管理；⑥实现规划数据的查询、统计；⑦实现规划成果管理；⑧实现数据库常用的空间分析。

1.4.3 服务建设

服务建设的基本思路就是充分利用已建成的数据，已搭建的框架，扩展应用系统的开发。在已建设的应用服务中，规划管理信息系统提供办公系统服务，报建通、修详通和验收通提供电子报批服务，村镇信息化服务提供新农村网络建设服务，城市三维影像信息与发布系统提供三维浏览和分析以协助决策。例如，“增城规划在线”提供信息发布服务，各项服务应用需求清晰、分工明确，构成了一个统一的服务整体。

1.5 体系建设总体设计思想与技术路线标准

1.5.1 总体设计思想

总体设计思想可以总结为“一条主线、两条路线、三层建设、四项技术特色、五个创新点”。

1. 一条主线

“一条主线”就是规划部门自始至终围绕着以信息化建设推动城乡规划发展的理念，结合城市自身的实际情况，以城乡规划的信息化需求为导向，低成本、高起点、高标准地进行信息化建设。总体思路是在调查研究城乡规划和管理中存在问题的基础上，通过积极寻找新技术、新方法进行解决，提高整体工作效率和信息化水平。其具体定位是立足城市的特点，充分利用区域优势，结合本地特色打造现代化的信息化规划城市，最终将加速信息化测绘技术与城乡规划相融合，实现“数字城市”的信息化建设发展的宏伟目标。创新体系的形成和实施过程采用螺旋上升的方式，实现传统模式向信息化城乡规划转化。中小城乡规划管理信息化平台建设是一项大型系统工程，存在周期长、经费投资高、见效慢、组织实施工作十分复杂等一系列的问题。在系统实施上始终采取如下策略：①系统建设，计划先行；②加强管理，统一标准；③资金投入，合理分配；④以人为本，加强培训。实践证明，通过这样的方式，能够提高城乡规划管理信息化水平，促进各个平台、各个部门之间的信息沟通，拉动在信息系统建设中基础数据的投入，同时提高业务人员对城乡规划管理信息化建设的认识。

2. 两条路线

“两条路线”指的是城乡规划管理信息化平台创新体系研究技术路线和总体方案路线，创新体系研究技术路线如图 1.3 所示，总体方案路线如图 1.4 所示。

3. 三层建设

如图 1.4 所示，规划管理信息化公共平台创新体系研究从纵向上可以分为基础建设、管理建设和服务建设三个层面（三层建设），包括标准与规范制定，数据采集、整理、检查、建库、入库，系统设计与开发实施，管理制度设计等各方面；从横向上其研究的范围主要是增城市城乡规划局的规划管理业务信息化建设，包括“三证一书”、建设工程测量管理、电子报批、规划决策等。

规划管理信息化公共平台创新体系基础建设可以概括为数据建设、公共坐标体系（包括国家 2000 大地坐标系）、CORS 系统建设三个方面。

城乡规划管理信息化公共平台是由人、软件、数据、硬件、网络等要素构成的复杂系统。其构成的层次关系可用一个层次三角形来描述，位于三角形底部的包括数据建设等基础建设；位于上部的包括各种 GIS 软件、应用系统等服务建设；位于中部的规划数据库管理系统是指管理城市包括各种比例尺的地形图、道路交通图、地下管线图等各

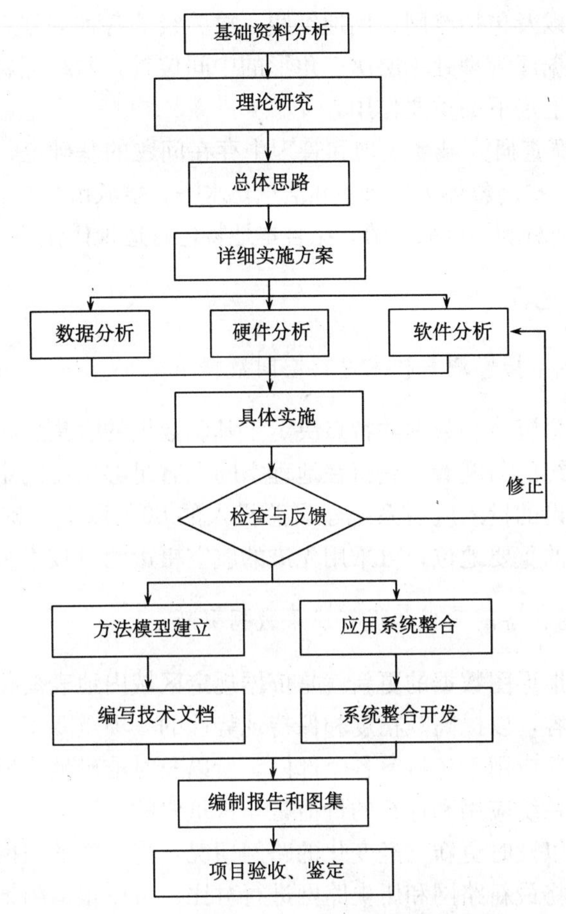

图 1.3　公共平台创新体系研究技术路线

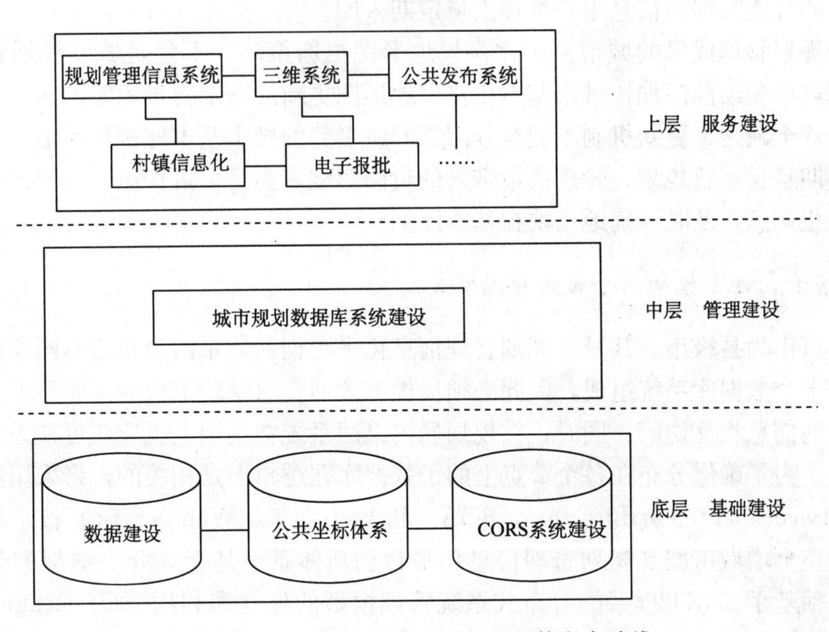

图 1.4　公共平台创新体系研究总体方案路线

种基础地理信息数据以及包括路网、用地红线、放验线等各种规划专题数据和元数据的数据库系统。规划数据库管理处于层次三角形的中间位置，联结底层的基础建设与上层的服务建设，起着承上启下的重要作用。

其核心思想是在调查研究城乡规划和管理中存在问题的基础上，通过积极寻找新技术、新方法进行解决，提高整体工作效率和信息化水平。增城市是经济高速发展的珠江三角洲地区的县级市，充分利用区域优势，结合本地特色打造现代化的信息化规划城市。

4. 四项技术特色

1）采用先进的航空摄影测量技术进行空间数据采集

城乡规划涉及大量资料和数据的特点决定了基础数据的收集、积累和更新具有重要地位。从地理信息系统的角度看，获得在地理空间上有足够精度的定位信息需花费大量人力、资金，数据建设的投入应占系统建设总投入的80%以上。鉴于空间数据的建设在城乡规划信息化中的重要地位，可采用先进的航空摄影测量技术采集空间数据。

2）基础地理数据、路网数据和规划成果数据更新

基础地理数据即地形图数据的更新就是依据规定区域内地表变化的现状，修正信息载体上相应要素的内容，以提高其精度和保持现势性的一项重要工作。城乡规划数据库所管理的数据将被广泛应用于各科室各个部门，所以及时准确地完成已有数据和现有数据的更新入库对整个系统应用和存在的价值是非常重要的。

路网数据更新可以及时更新已经变化的路网情况，将最新的路网导入数据库中，更新数据库。同时可以将最新路网和历史路网进行对比，可以很清晰地看出路网的变化情况。日常工作生成的红线，存放于工作图层中，在红线查询时可以查询得到。存放于工作图层中的红线数据由信息中心管理人员定期入库。

基于规划管理成果的城市基本比例尺地形图更新策略，不仅是城乡规划管理的需要，更是城市测绘部门加快城市基本比例尺地形图更新的需要。该策略的实施不仅可以避免由于资金缺乏、更新机制不健全等因素，所引起的城市基本比例尺地形图的更新速度慢、周期延长，给规划、管理决策带来的负面影响，而且可以快速、高效地获取城市建设的变化信息，及时准确地反映在基本图上。

3）基于.NET框架的分布式管理模式

增城市作为县级市，其城乡规划管理信息化平台创新体系由分布于不同领域、不同专题的若干个数据库系统组成，因此必须提供有效的存取手段来操纵这些节点上的子数据库，做到信息相互访问。同时，在规划局内桌面系统在使用上也应该可视为一个完整的数据库。为了确保分布在各个节点上的子数据库在逻辑上是相关的，将采用面向服务架构（service-oriented architecture，SOA）和Web服务（Web Service）技术相结合的方式搭建整个增城市城乡规划管理信息化平台创新体系。基于.NET框架的分布式管理模式包括基于.NET框架的分布式系统管理模型的建立和利用NET Remoting技术（远程调用技术）对SOA的改良。城乡规划管理信息化平台创新体系建设涉及基础建

设、管理建设和服务建设三层。各层之间需要相互衔接，尤其是应用服务层内部还存在各子系统之间的相互衔接。基于 .NET 框架的分布式管理模式具有松散耦合的特性，适合针对需求，统一标准，急用先行的城市地理信息系统建设策略实施，为促进体系建设的良性循环发展打下基础。

4）基于城乡规划管理的三维模型制作

三维模型库的数据分两部分组成：一部分是以直接方式或压缩方式存储的图像数据，如纹理等；另一部分是以向量或参数方式存储的图形数据。三维模型过程中严格控制每个模型的数据量。按照城乡规划管理的要求，突出主要矛盾，根据不同需要调节控制模型的建模处理和纹理处理，在模型显示速度和模型仿真度之间获得平衡。建模人员通过对实体进行反复观察、体会，抓住三维模型的主要框架。通过产学研一体化的方式，推广模型建设经验，使建模人员快速准确地创建模型。

5. 五个创新点

1）县域城市地理信息公共服务平台

结合县域城市的实际情况，以基础数据建设为核心，以规划数据库管理系统为纽带，以应用建设为发展动力，采用新技术、新方法、新模式打造县域城乡规划管理信息化平台创新体系。该体系为中小城市的城乡规划管理信息化建设实践提供一个低投入、高产出的发展模式。

2）数据管理与办公系统一体化

充分利用已有的信息化成果，实现数据库与办公自动化系统无缝集成，实现前台与后台畅通，实现数据管理角度前后一条龙，实现县级城乡规划管理信息化建设跨越式发展。

3）新农村建设信息化服务

在新农村建设信息服务上进行大量的生产实践，率先采用村镇规划全面联网和平台创新体系搭建相结合的方式，使规划管理从县向镇街延伸，实现县镇两级城乡规划一体化。

4）规划管理空间数据更新

以增城市为例，引入“信息化测绘＋项目管理”的模式，解决了增城市基础地理数据批量生产、快速入库、快速更新存在的瓶颈问题，解决了困扰增城乡规划局多年的总规图、控规图快速更新的问题，大大地节约了数据生产和更新成本。

5）二维三维一体化

根据已有规划方案，进行三维建模，为公众参与城乡规划管理提供信息交流平台，促进城市管理和公众互动。

1.5.2 技术与数据标准研究

1. 规划信息化的关键技术

由于县域城市规划信息化建设具有自己的特点，因此在建设过程中用到的技术存在着如下特点：①GIS、RS技术广泛应用。GIS（包括WebGIS）在所有城市规划信息化建设中都得到了较好的应用，而RS技术尤其是高分辨率卫星影像及航空遥感影像在城市规划管理工作中发挥了重要作用。②其他信息技术（GPS、CORS等）起到了很好的辅助作用。由于县域城市面积较小，并且受制于资金不足、技术力量欠缺等特点，因此，GPS、CORS等技术的应用尚不广泛，基本起辅助作用。

现将各种技术简要介绍如下。

1）GIS技术

A. GIS的基本概念

GIS是可以对地理空间数据进行组织、管理、分析和显示的系统，它由计算机、地理信息系统软件、空间数据库、分析应用模型和图形用户界面及系统管理人员所组成。

从20世纪60年代初提出GIS概念以来，随着多学科、多技术的发展和密切结合，尤其是空间分析理论和计算机技术的飞速发展，GIS的含义与应用正在不断扩大。特别是近20年来，GIS技术的发展十分迅速，令人瞩目。

B. GIS技术的发展现状

GIS技术的每一次重大进步都与计算机技术的发展紧密相关，下面主要从计算机数据库及软件的角度分析GIS的发展。

a. 数据与数据库方面

目前，成熟的商用数据库产品均是关系型的数据库（relational database management system，RDBMS），不能有效地管理图形、图像数据声频、音频等非规范化数据。为此，几大数据库厂商已开始改造和扩充自己的关系数据库，引入面向对象的概念，并为最终平滑过渡到真正的面向对象数据库而努力发展对象-关系型数据库。甲骨文（Oracle）公司在自己的系统中加入了数据库服务器（Spatial Ware）组件以支持空间数据；英浮美（Informix）公司的产品宇宙服务器（Universe Server），只需用户将自己定义的数据类型做成数据刀片（Data Blade）插件，便可将空间数据无缝地集成在数据库管理系统（DBMS）中；ESRI、MapInfo等都推出了将空间数据集成在关系型数据库中的产品。分布式数据库和数据仓库技术也将应用到地理信息系统中，形成分布式空间数据库和空间数据仓库。

b. 软件方面

界面友好、操作简便、面向用户的组件地理信息系统应该是现在发展的主要趋势。地理信息系统的体系结构从单机环境完全转变为C/S结构，从而由为单用户提供一般的地理信息系统数据访问转变到为大量用户提供并发的实时空间查询服务。

分布式对象技术建立在组件的概念之上。组件可以跨平台、网络和应用程序而运行，彻底改变目前软件生产、开发的模式。

面向对象的思想在计算机领域得到了广泛的应用，相继出现了面向对象的语言、面向对象的数据库、面向对象的计算等。面向对象的软件体系结构将在今后占主导地位。

GIS与遥感图像处理软件逐渐走向一体化。带有影像处理功能，矢量与栅格完全集成化的软件将会成为地理信息产业的主流产品。数据与软件一体化是地理信息系统发展的一个重要方向。

c. 万维网地理信息系统

万维网地理信息系统（WebGIS）是在Internet或Intranet网络环境下的一种兼容、存储、处理、分析和显示与应用地理信息的计算机信息系统。它的基本思想就是在互联网上提供地理信息，让用户通过浏览器浏览并获得一个地理信息系统中的数据和功能服务。

WebGIS是Internet技术应用于GIS开发的产物。GIS通过WWW功能得以扩展，真正成为一种大众使用的工具。从WWW的任意一个节点，Internet用户可以浏览WebGIS站点中的空间数据、制作专题图，以及进行各种空间检索和空间分析。总的来说，WebGIS具有以下几个方面的特点：

（1）较低的开发和应用管理成本。WebGIS是利用通用的浏览器进行地理信息的发布，从而大大地降低了终端客户的培训成本和技术负担，而且利用组件式技术，用户可以根据实际需要选择需要的控件，这也最大限度地降低了用户的经济负担。

（2）真正的信息共享。WebGIS可以通过通用的浏览器进行信息发布，使得不仅是专业人员，即便普通用户也能方便地获取所需的信息；此外，由于Internet的迅猛发展，Web服务正在渗入千家万户，在全球范围内任意一个WWW站点的Internet用户都可以获得WebGIS服务器提供的服务，真正实现了GIS的大众化。

（3）巨大的扩展空间。Internet技术基于的标准是开放的、非专用的，是经过标准化组织IETF和W3C为Internet制定的，这就为WebGIS的进一步扩展提供了极大的发挥空间，使得WebGIS很容易与Web中的其他信息服务进行无缝集成，建立功能丰富的具体GIS应用。

（4）跨平台特性。传统的GIS软件都是针对不同操作系统的，因此，分别要使用相应的GIS应用软件。而利用Java技术的WebGIS则能做到“一次编程，到处运行”，真正发挥跨平台的技术优势。

WebGIS技术是GIS系统与Internet技术相结合的成果，通过利用Internet技术GIS能更灵活方便地为用户服务。早期的WebGIS由于Internet技术交互能力的局限，并没有太多地利用Client/Server技术，而仅仅是一个信息发布中心；尽管目前的WebGIS软件提供的空间分析功能很难满足专业应用的需要，但是随着技术的发展，WebGIS必将带领GIS技术进入一个革新的时期。

C. 城乡规划业务及GIS新技术

a. Office GIS（办公化地理信息系统）与城乡规划

城乡规划电子报批是一种新的规划报批模式，它将传统规划报批图件采用的纸介质转变为电子介质，并通过贯彻一套计算机技术规程和管理规程，使电子文件符合一定的规范标准，可以输入计算机处理，这样，规划审批的一部分工作就可以通过计算机来完成，从而实现计算机辅助审批报批图件。GIS等先进技术应用于城乡规划电子报批过程，将给城乡规划带来新的气象与变化。

它主要具有以下几个特征：①规划审批手段电子化。当规划信息进行数字化后，可把原来城乡规划中一些琐碎的工作交给计算机完成，如量算指标等，大大提高审批速度和效率；②标准化规划结果。由于规划规范缺乏明确的标准且术语混乱，进而导致规划中指标计算方法比较模糊，易受人为因素的影响，当进行电子报批时，可向设计单位明确规划标准，以保证术语与计算方法的一致性，提高城乡规划中的公开性与透明度；③提高设计结果入库速度。由于设计单位提交的结果已经数字化，且符合统一的标准，为未来的设计结果入库管理打下了坚实基础。

b. 嵌入式 GIS 与城乡规划

嵌入式 GIS 技术与移动通信及无线互联网设备（包括掌上电脑、个人数字助理（personal digital assistant，PDA）和手机）等集成，可快速提供与位置信息相关的信息服务。它具有动态性、移动性等特点。城乡规划中有些业务需要快速获取用户环境的各种信息，如为科学管理和利用规划红线资料，详细规划现场踏勘设计，加强城乡规划监察，实时机动地对违规建设用地案件进行处理，为城乡规划部门的重要职能提供现场移动办公的平台等。

以规划红线为例，城乡规划管理人员主要根据以文字及表格的形式提供信息资料做出决策，但用地单位名、项目名称、地点、面积、国土文号、城规文号、调查情况和建议等，这些抽象的文字资料，难以全面反映红线情况，如红线形状、附近街道、临近大型机构、现场拆迁状况等，缺乏直观性和可视化，另外，规划管理迫切需要一种能够随时随地将红线信息以电子地图、幻灯片、照片、录像等多种媒体方式清晰地表现出来的决策支持系统，使决策者有一种身临其境的感觉，提高现场办公速度和决策准确度。采用嵌入式 GIS 技术可开发一套辅助城乡规划管理决策的信息子系统，利用它实现城乡规划红线设计和管理的现代化，真正提高红线规划决策的科学性，更好地建立与完善城乡规划管理信息系统。

c. GIS 与 RS 技术结合

以城乡规划为监测对象，基于 RS 技术、GIS 技术等快速获取与处理城市现状空间信息，采用 RS、地形、总规（城市总体规划）和分规（城市分区规划）数据比对和专家判读的方法，实现大范围、可视化、短周期的动态监测效果，为政府宏观决策和依法行政提供科学依据。并且这种监测是长期的和制度化的，具有定量和客观的特征，能有效地威慑城市违法建设活动。其监测目标比较广泛，包括建设工程、城市用地、城市水系、城市道路等多个方面（徐占华，梁建国，2009）。

D. GIS 在城乡规划中的应用

我国现行城乡规划在编制层次上可分为总体规划、详细规划和城市设计，有时在大、中城市总体规划和详细规划之间有分区规划。详细规划按照深度和使用层次又分为控制性详细规划、修建性详细规划；在编制内容上又有各项专项规划，如城镇体系规划、交通规划、生态规划、市政管线工程规划、居住区规划、校园规划等。GIS 作为一种技术手段，它可以提供给规划师全新的视野和手段，渗透入城乡规划设计各个阶段和各类专项规划中，具体可以应用到城乡规划设计的以下工作中去。

（1）城市现状分析。城乡规划现状调查的主要内容为技术经济、自然条件、现有建筑及工程设施、环境及其他四大类。利用 GIS 的空间查询和统计以及制图功能，可以对以上四大类调查内容带有空间信息的各项进行统计、分类、比例计算，形成各种图表，同时绘制出相关的专题图；利用 GIS 与 3D 技术、虚拟现实技术的结合以及遥感图像、地面摄影照片等资源，可以形成虚拟的真实空间，帮助规划师如身临其境般了解现状。

（2）预测分析、辅助决策。预测分析可以包括人口规模、用地规模、城市灾害、城市经济目标、区域增长、城市景观模拟及可持续发展等预测。预测分析主要是应用地理信息系统的空间分析、空间叠加和空间查询功能针对城乡规划中具体问题建立地学模型，对现实存在的问题进行分析、评价并采用科学的方法对具体问题的发展趋势进行模拟，通过模拟的结果来辅助规划师做出规划决策。目前规划师解决这类问题常采用的方法是根据长期积累的经验进行定性分析和传统计量统计模型分析，割裂了具体问题各要素在空间分布上的联系，其模型往往是比较粗放的，有时还会以偏概全。而在 GIS 应用在规划预测分析中，则可以较好地解决这些弊端，也是目前 GIS 在规划设计中应用的一个热点。

（3）土地利用功能区划。相当于城乡规划设计中的用地规划，包括对城市用地进行等级区划、适宜性评价以及用地分类等。这在 GIS 中是快速准确实现，也是 GIS 的基本应用。

（4）辅助规划设计。包括城市道路网的生成、市政工程管线设计以及地块的划分。对于道路网的生成具体做法是将地形图与用地功能区划图叠加显示后，在新的专题层上确定各道路的中心线，形成路网数据层，利用 buffer 功能按指定规划红线宽度自动生成道路红线。这样做的好处是可以自动计算和统计道路长度、面积等；对于市政工程管线设计其操作方法与道路相同，其优点在于利用各种管线净距作为 buffer 半径，满足了技术标准，同时利用地形坡度以及管道长度自动量算配合相应的专业程序，实现快速管径计算和管网平差计算。

（5）经济技术指标计算。GIS 的数据分层是可以按相应的主题分层，使得在产生规划时可以快速地实现按各个主题进行分类量算统计，从而快速准确地得到各种建筑面积、绿地面积、道路管线长度等统计数据；通过 GIS 的分类及表格功能还可以得到用地平衡表、用地比例、土地利用率等统计图表。

（6）规划方案的评价比较。城乡规划设计一般要设计出多个方案，从中选择最优方案。利用 GIS 的空间叠加功能，可以将各个规划方案和工程地质、水文、地形、环境、人口等数据层进行叠加比较，从中择优。

（7）竖向规划。城乡规划的各个阶段都涉及合理利用地形，达到工程合理、造价低廉、景观良好的目的。在 GIS 里生成地形不规则三角网（TIN）模型，利用空间分析功能可以对建设场地进行地形分析，并可以实现快速精确的土方平衡计算。本章将结合具体的实例，对在 GIS 软件环境下的竖向设计进行研究。

（8）规划成果的可视化及输出。GIS 专业的制图功能可以快速准确的生成各种专题图，并且结合多媒体技术和虚拟现实技术可以三维动态的展现规划成果。

综上所述，只是结合地理信息系统自身的特点以及作为一个技术工具的角度来分析归纳总结了GIS在城乡规划设计中的适用范围。GIS从本质上还是一种技术手段。它提供给规划者全新的视野和手段去分析问题，进而更好地解决问题。但归根结底，它依然只能是工具和方法。如果仅利用GIS所提供的一些功能远不能满足规划学科发展的需求，也不能很好地为规划所用。在实际工作中，在GIS中通过数学模型分析、解决规划设计中的问题，也是GIS在城乡规划设计中应用的重要方面（王广震，2005）。

2）遥感技术

A. 遥感的基本概念

城乡规划的内容涉及面广、工程周期性强、业务工作量大，这使得规划基础资料调查整理的任务复杂艰巨。规划基础资料的内容涉及自然条件、环境状况、资源分布、城市建设和经济社会发展等诸多方面，不仅要提供这些要素在不同空间层次（如建成区、市域和城市所在区域）的分布状况与数量构成，而且还要反映出某些要素在各个时期的演进过程或变化情况，以便对城市进行宏观与微观相结合的动态研究（陈军和郑志霄，1991）。

遥感是一种不直接接触目标体而获取其信息的技术手段。遥感技术可以获取并处理地球表面的地物和地貌信息、地表的自然地物和人工地物的分布形态以及自然资源和社会环境等方面的信息。它不仅可以获取并处理有形的信息，而且可以获取并处理无形的信息如大气污染、城市热岛效应等。

遥感技术主要包括传感器、信息传输、信息处理、目标信息特征的分析与测量等方面的技术。遥感技术大致有以下几种分类方式：

（1）按照遥感仪器所处的高度可分为航天遥感、航空遥感和地面遥感；

（2）按照遥感仪器所选用的波谱性质可分为电磁波遥感技术、声呐遥感技术、物理场（如重力和磁力场）遥感技术；

（3）按照感测目标的能源作用可分为主动式遥感技术和被动式遥感技术；

（4）按照记录信息的表现形式可分为图像方式和非图像方式；

（5）按照遥感的应用领域可分为地球资源遥感技术、环境遥感技术、城市遥感技术气象遥感技术、海洋遥感技术等；

（6）按照遥感的应用尺度可分为全球遥感、区域遥感、城市遥感和工程遥感等。

B. 遥感技术在城乡规划中的应用

a. 城市空间基础框架数据获取

城市的发展变化日新月异，地物的形态构造也繁复多变，地形图在设计和规划方面的用途及目的也有新的变化，地形图对地形地物的表示重点也有一些新的要求，而传统的测绘制图手段和信息表示方法已无法满足这些要求。采用航空遥感手段，除可以获得信息量极其丰富的数字正射影像图（digital orthophoto map，DOM）外，还可以借助它进行数字线划地图（digital line graphic，DLG）的快速更新和修测。另外，利用航空影像、地面拍摄的纹理影像、数字高程模型（digital elevation mode，DEM）和地物构架模型可建立起城市的三维景观模型或小区的三维景观模型，这将极大地提升人们在城乡规划、项目设计、文物保护、环境治理、工程选址、资源配置等方面的能力。

b. 城市基础属性数据获取

城市基础属性数据也是城乡规划信息化的重要基础信息源。利用遥感技术获取这类数据的同时也获取了其位置信息。基础属性数据主要包括：城市发展的历史资料、建筑物密度、建筑物分布、路网形态、土地利用数据、土地变迁数据、水资源数据、环境资源数据、绿地数据、污染源及污染程度数据、交通状况及交通流量数据、城市建筑和用地的功能分区及变化、城市灾害数据等。此外，根据上述数据还可以加工派生出其他信息资料如人口密度统计模型、污染扩散模型、灾害致损模型等。

c. 城市空间的形象设计

传统的城乡规划比较强调的是功能上的划分与配置的合理性，考虑较多的是面域的问题。城市实体工程或小区域的群体工程项目较多考虑的是项目自身或与周邻目标间的视觉协调等问题，而这种视觉感受与小区域环境理念中含有较多的人为因素和理想成分，体现的仅是设计师的人为感受，它与更大区域的联系或在整个城市的景观形象构成中的关系则无法得到解决和满足。

当前，进行城市空间的形象设计，展示城市空间景观的构成特性和表示特征，将城市的建设和发展（点域和小区域）纳入到整个城市或一个较大区域的景观形象中总体考虑已成为大家的共识，这必将能够保证所有的项目设计和项目建设都能符合整个城市的整体景观结构要求，做到与周围的自然环境与人文环境的完美结合，做到环境配置与功能配置的协调，也更加能够表现出城市的精神面貌与自然共融的理想境界。而要进行这方面的工作就离不开影像图和城市景观模型的支持。影像地图是一种最基本的可表示景观信息和搭载景观语言的载体，它可以极大地开拓设计师的视野，但它的视觉表现是单向的，也不具备互操作性等特征，仅可用于宏观把握。而城市景观模型则解决了这个问题，它是一个多角度、多视点、可操作的一个系统，可用来进行微观设计。如果城乡规划师、建筑设计师或城市景观设计师能够结合影像图和城市景观模型进行项目设计，必将创作出优秀的成果。

d. 社会公众在城市建设和城市发展中参与的支持

城市遥感资料，特别是影像图是一种联系社会公众和城市职能部门最为有效的途径，通过影像图，社会公众不仅能够感受到城市的变化、城市的发展、城市社会功能的改善以及自然环境与社会环境的改善，更能享受到城市的发展、社会的进步、文明的提高及优美的景观所能带来的精神上的欢愉，同时更能激发起人们对生态环境和生活质量的关注。公众对城市发展的关注、参与和监督也必将更好地促使城市朝着更加完美的方向发展。城乡规划是一个开放的系统，它离不开公众的参与和监督，而遥感资料则为公众的参与提供了很好的切入点。

e. 城市发展的监管

城市的发展是一个连续、渐变的过程，也是一种空间过程，对城市发展的监管也应在时间域和空间域上与之匹配，而利用遥感技术手段则可满足这项要求。城市发展的监管有两方面的含义，其一是从宏观方面对城市发展的规模和方向进行监控和引导，对土地资源的利用状况和变迁状况进行调查，对城市发展中带来的环境、资源及社会问题进行有效的把握；其二是从微观方面对工程项目进行监控，主要包括工程项目是否具有完备的报建手续，是否有违规建设、越界建设和对环境及资源有破坏性建设等问题，是否有项目停滞、土地资源闲置等问题。我们利用航天、航空遥感资料并结合报建的审批资料，对城市在建和新建项目进行监控、调查，发现了许多无规划审批手续或超过规划审批范围的事例，由此可见，利用遥感资料可以有效地解决过去城市发展城市建设中的监管盲区问题。

f. 城市建成区范围及城镇体系分析

由于城市建成区范围反映城市的宏观特性，因此，它的分析并不需要很高空间分辨率的遥感图像，相反，空间分辨率过高，在轮廓界线的提取时就需要较多的制图综合。一般来说，TM 或 SPOT 图像用来分析城市建成区范围比较合适，这是因为，一方面，它能比较精确地反映建成区的范围，另一方面，由于成像过程中存在的制图综合，能较容易地提取出轮廓界线。

如果要分析一个城市与周围城市或城镇的关系，选择 TM 或 SPOT 图像同样比较合适，如在广州地区的 TM 图像上，所有乡（镇）政府所在地的城镇都能明显地反映出它们的大小和形状（吴健平和张立，2003）。

g. 城市内部用地结构分析

在卫星遥感图像上，不同类型的城市用地能否判读出，首先取决于它与周围地物的界线能否识别，如果地物的尺寸小于图像的空间分辨率，且与背景的影像特征很接近，那么该地物就会与背景混在一起，就不可能对该地物进行判读。在能够反映城市用地的轮廓界线的情况下，进一步根据影像特征（颜色、形状、大小及纹理等）和相关分析确定城市用地的类型。

从 TM、SPOT、IKONOS 和 QuickBird 等几种不同空间分辨率的卫星遥感图像来看，TM 图像适合分析绿地、水域、村镇建设用地及新建的居住用地、道路广场用地等，对其他用地的判读则精度较差；SPOT 图像与 TM 图像相比在能判读的内容上并没有本质上的差异，但详细程度和判读精度要提高；IKONOS 图像与前面两种图像比较有本质上的提高，不同城市用地的特征基本上都能在图像上反映；而 QuickBird 的全色分辨率达到了 0.61m，只要判读人员熟悉区域，就能正确地判读出不同类型城市用地的分布。

h. 遥感数据与地理信息系统相结合

由于现实的世界呈多样性、复杂性和变化性的特征，所以对空间信息的描述很难用一种方式来进行。如何寻求不同方式的优化组合，从而更有效、全面地描述地表空间则是信息化时代的一项重要任务，而遥感数据与地理信息系统的结合则是现今最有效的一条途径。遥感信息具有信息丰富，时效及重复性强等优势，地理信息系统则具有高效的空间数据、管理、灵活的空间数据综合分析能力、空间数据定量化程度高等特点，两者结合一方面提高了遥感信息的定量定性分析水平，另一方面又使得地理信息系统不断地获得新的数据资料，实现地理数据库和专题信息数据库的不断更新，使其保持有效的使用价值并具有动态分析功能。

3）GPS 技术

GPS 技术是 20 世纪 70 年代由美国陆海空三军联合研制的新一代空间卫星导航定位系统，其最初目的是为军事领域提供实时、全天候和全球性的导航服务，并用于情报收集、核爆监测和应急通信等。1995年4月，GPS系统正式投入运行。现在，只要有相关的接收和处理设施，在全球几乎每一个角落随时都可以同时接收到4颗以上的GPS卫星信号以实现定位、导航等。

(1) GPS系统。

GPS系统是一个高精度、全天候和全球性的无线电导航、定位和定时的多功能系统，由GPS卫星星座（空间部分）、地面支撑系统（地面监控部分）和GPS接收机（用户部分）等三大部分构成，其主要特点是：全天候、全球覆盖、三维定速定时高精度、快速省时高效率以及应用广泛，功能多样。

(2) GPS的应用领域。

GPS除用于军事外，还有非常广泛的民用用途，包括：①陆地应用，主要包括车辆导航、应急反应、大气物理观测、气象观测、地球物理资源勘探、工程测量、变形监测、地壳运动监测和市政规划控制等；②海洋应用，包括远洋船最佳航程航线测定、船只实时调度与导航、海洋救援、海洋探宝、水文地质测量以及海洋平台定位和海平面升降监测等；③航空航天应用，包括飞机导航、航空遥感姿态控制、低轨卫星定轨、航空救援和载人航天器防护探测等。

目前，基于GPS的技术服务已经发展成为多领域、多模式、多用途和多机型的高新技术产业。GPS技术是城乡规划信息化工程中不可或缺的关键技术之一。

城乡规划是一个与空间位置密切相关的信息获取、管理与服务技术体系，它要求获得城市非常详尽、准确的基础信息，并实现基于信息的多功能服务。GPS在城乡规划中的应用主要有以下几个方面。

A. 空间参考基准的建立

一切空间数据必须基于一定的空间参考基准，而这种基准通常是通过建立城市基本控制网来实现的。

我国国土辽阔，南北纬度和东西经度跨度大，国家基本大地控制网难以满足城市空间地理信息的采集和工程建设的要求。因此，许多城市都建立了自己的城市平面控制系统。随着社会经济的发展，原有的城市控制网，或规模过小，或遭到城市建设的破坏，改造或建立城市控制网是一项重要的基础性工作。

利用GPS技术改造或建立城市控制网是目前的标准方法，具有精度高且均匀、无需建高标、费用低、劳动强度低、作业效率高等优点。此外，在城市桥梁建造、地铁与隧道开挖、大型土建工程等工程中，也可以应用GPS技术建立高质量的施工控制网、隧道贯通控制网。

B. 城市空间基础信息采集与更新

城乡规划对城市空间基础信息采集与更新提出了很高的要求，这种要求不仅迫切，而且也将是今后一项长期的工作。

城市空间基础信息采集与更新的技术方法主要有摄影测量和地面测绘等。前者一般是面向大面积信息采集，后者一般是面向小面积信息采集或局部更新。

a. 摄影测量数据采集中GPS技术的作用

航空摄影测量方法应用于城市大面积空间地理信息采集，具有成本低、周期短等优点，目前已被广泛采用。航空摄影测量要经历航摄、像片连测、像片调绘、成图等几个基本作业阶段。

在航摄阶段，利用GPS技术对航摄飞行进行导航和定位，可以使航线更为准确，航向和旁向重叠技术指标更加符合航摄设计的要求，提高航摄的质量；利用差分GPS技术，精确测定并记录曝光瞬间的航摄仪的空间姿态，即像主点的三维坐标数据，并进行利用GPS数据的光束法区域网平差，可以大大减少像片连测空中三角测量作业所需的外控点的数量，从而大大减少像片连测的外业工作量，提高作业效率。

在像片连测阶段，利用GPS技术进行像控点连测，可大大降低外业劳动强度，提高作业效率，缩短作业周期。在像片调绘阶段，对于遮挡和变更地物的补测，GPS技术可以用于快速建立补测所需的控制系统或直接进行补测。

b. 地面测绘中GPS技术的作用

目前常用的地面测绘方法是直接测绘数字地形，GPS技术可以用来快速建立测图所需的控制网，从而大大提高作业效率。

同时，实时动态测量（real time kinematic，RTK）技术的发展，使得GPS可以直接用于地面测绘和信息采集，具体方式包括：与全站仪、数码相机等组成集成式数据采集系统和作为单纯的GPS数据采集系统等。

c. 基于数字城市的GPS导航服务

数字城市将以其对城市卓越的管理和服务能力体现其非凡的价值和美好的前景。可以肯定，基于数字城市的GPS服务在城市领域大有用武之地，这种服务是以城市电子地图为基础，以车载GPS快速实时定位技术为支撑，在城市中建立数字化交通电台，实时发播城市交通信息，车载设备通过GPS进行精确定位，结合电子地图以及实时的交通状况，流动端和枢纽端显示以电子地图为背景的车辆运行轨迹，并根据需求给出安全监控、自动匹配最优路径、调度等服务信息，并实现车辆的全局调度和自主导航。

建立城市GPS差分基准站网是实现城市快速导航和动态测绘的重要基础。按照城市的具体地形情况，选择合适地点布设可以覆盖所需服务范围的若干GPS跟踪站和控制中心，GPS跟踪站连续不间断地观测GPS卫星，并将观测数据通过传输设备传送到控制中心进行处理，然后分发到覆盖范围的每一个车载GPS用户，结合电子地图实现实时的导航定位。

城市出租汽车、公共汽车、租车服务、物流配送等行业利用GPS技术对车辆进行跟踪、调度管理，合理分布车辆，以最快的速度响应用户各种请求，以降低能源消耗，节省运行成本。利用GPS定位技术，可对火警、救护、警察等进行应急调遣，可以绕开交通堵塞路段选择最优路线以最快的速度到达目的地，提高紧急事件处理部门对火灾、犯罪现场、交通事故、交通堵塞等紧急事件的响应效率。特种车辆（如运钞车）等，能够最大限度地保证运行安全，遇突发事件时，可以进行报警、定位等，从而将损失降到最低限度。

在我国，城市和城市间的交通体系发展速度很快，但城市和区域的交通图的更新往往严重滞后，给人们的生活和工作带来很多不便。利用车载GPS技术，在新修的道路上驾车走一趟，随车测量并记录道路的坐标数据，并将其添加到原有图件上，就可方便实现小比例尺交通路线信息的更新。

4）多元数据融合与挖掘技术

多元数据融合与挖掘是一个十分诱人的技术发展和应用领域。多元数据简单的叠加、有限的关联已经将地理信息从符号化、抽象化、专业化的枯燥表达方式中解脱出来，凸显出可视化、人性化、自然化的新特征。

A. 多元数据的集中体现——数字地图

电子地图可理解为数字地图。数字地图是存储在计算机的硬盘、软盘、光盘或磁带等介质上的数字化地图，地图的内容是通过数字来表示的，它需要通过专用的计算机软件对这些数字进行显示、读取、检索、分析、修改、喷绘等。在数字地图上可以表示的内容和信息量远远大于普通的常规地图。

数字地图是一种“活”的地图。数字地图可以非常方便地将各种或一种普通地图或专业（专题）地图的内容进行任意形式的要素分层组合、拼接、增加、删减等，形成新的实用地图。可以对数字地图进行任意比例尺、任意范围的放大、缩小、裁切和绘图输出等。数字地图绘制图时间较常规制图方法可以大规模缩短。数字地图可以十分方便地与卫星遥感影像、航空像片、其他电子地图和其他信息数据库进行整合、拟合、挂接显示等，生成各种类别的新型地图。

数字地图种类很多，如数字线划地图（DLG）、数字栅格地图（DRG）、数字建筑模型图（DBM）等。到目前为止，这些数字化的图形信息构成空间地理信息多元数据的主体，未来可能还会有很大的发展和变化。

B. 多元数据融合

目前比较普及的简单融合方式有：数字线划地图、数字栅格地图、数字遥感正射影像图（DOM）、数字地面高程模型图（DEM）和数字纹理图（DS）之间两种或两种以上的数据融合。简单融合的标志是，各种数字地图之间只做简单的叠加和显示，除了在图形坐标配准方面存在简单关系之外，各种数字地图间不必存在或不注重其他的关系，简单融合的主要目的是浏览。

当前已经出现的多元数据复杂融合方式有：数字线划地图、数字栅格地图、数字遥感正射影像图、数字地面高程模型图、数字建筑模型图、数字管线题图（DPM）、数字纹理图和数字专题地图（DMO）之间多种数据的融合。复杂融合的标志是，除了在地图坐标配准方面各种数字地图建立关系外，部分相关数字地图之间建立了拓扑关系、位置关系和属性关系。复杂融合不仅满足人们对地理信息的视觉要求，而且借助前述关系，为实现某些传统 GIS 系统的管理和分析功能奠定了三维或多维数据基础。

C. 多元数据挖掘

地理信息是空间化的信息，面向空间信息的数据挖掘是一个正在探讨和研究的新的技术和理论研究领域。本文仅提出一些应用的可能的潜在前景供探讨。

符号化、专业化、非可视化、三维方式表达地理信息，是到目前为止城市空间地理信息存在的主流方式。但多元数据除了已知的简单融合、复杂融合之外，还有更多、更深、更高、更广的应用前景，尤其是复杂融合存在巨大的应用潜力，亟待挖掘。

a. 规划管理与多元数据

以多元数据表达的真三维数字地图，如果能够突破地理信息二维表现方式的局限，现存的城乡规划管理信息系统，将会发生革命性的变革。真三维的地理信息表现方式，对规划管理行业的管理方式和行为方式带来根本性的冲击。城乡规划管理信息系统的报建、勘察、审核、批复、监察、存档、公告等一系列的作业流程都将受到深刻影响。在报建阶段将要求所有的报建单位提供真三维的地图信息，至少要求报建单位具备三维数字地图的浏览能力，甚至引发施工单位对三维地图的浏览和转化为施工图的能力；在现场勘察阶段将为现场的规管人员提供真三维的数字地图，现场勘察人员以真三维地理信息与报建单位交流方便快捷准确易理解，并且杜绝歧义；在审核和批复阶段规划局内将共享真三维的地理信息，规划审核和批复工作面对真三维的地理信息对象，可以节省大量的设计意图理解交流、复杂计算对比和会议讨论等繁复环节；在规划监察和存档阶段将为规划监察人员提供真三维的数字地图，依托真三维的数字地图规划监察和监察目标跟踪的效率、准确性和时效性都将有较大提高；真三维数字地图将在规划方案公告和宣传方面发挥不可比拟的作用，广大市民可以直观、真实地理解基于多元地理信息的规划成果和方案，提出中肯的建议和意见。真三维多元数据表现的数字地理信息介入城乡规划管理信息系统的最终结果可能是，精简管理流程、改变内部管理权力结构、业务处理工程更加透明、民众参与可能性空间提高、报建和规划方案执行单位技术手段同步改善等。

b. 规划设计与多元数据

现存的规划设计提供的城乡规划设计方案，以不同的技术手段满足不同的设计目标。以 CAD 辅助设计技术制作平面图，满足规划审查的项目平面布置规划要求。以 Photoshop 等三维建模和渲染技术手段，制作三维渲染图，满足规划审查项目可视化的要求。在这种作业模式下，产生两个方面的弊端：一是数据不一致；二是数据不能融合。

真三维多元数据的有效应用将可能为规划设计行业提供崭新的技术手段。假定规划设计的 CAD 数据、三维建模数据与规划管理信息系统的二维 GIS 数据、影像数据、属性数据有机融合，将给我们带来广阔的应用想象空间。例如，规划设计方案的二维修改可以实时地转化为三维景观表现；对三维景观的修改可以实时地转化为二维设计方案；规划设计方案的数据基于二维 GIS、数字影像等真实、现势的多元数据背景，会提高规划设计的效率和准确性；在多元数据的支撑下，规划设计方案的设计和修改可以在空间立体的数据环境中进行，这意味着新方案或修改方案的道路环境、管线环境、绿地环境、地形环境匹配，甚至添挖方试算等都可以一体化处理，规划结果达到三维景观一目了然，最终使规划设计从多元数据分离、背景数据匮乏、方案量算复杂、表现形式单调的限制中解脱出来，以一种三维、快捷、动态的全新方式替代二维、复杂、静态的传统方式。

总之，多元数据在规划设计领域的挖掘意义十分巨大。不仅如此，多元数据挖掘的潜在能力在房产管理、房产测绘、建筑设计等多个应用领域也有异曲同工之处。

5）三维表现技术

A. 概述

以三维GIS建模互动技术和虚拟现实技术为代表的真三维技术和产品的出现，从根本上打破了人类在地理空间信息表达和处理方面的限制。借助真三维技术，人类可以借助真三维图形人性化的全新方式，表达和处理地理空间信息。这项技术的出现和普及，必将引发传统地理信息系统应用领域的一场革命性巨变。今后的城乡规划管理、城乡规划设计、城市基础地理、城市综合管线等行业应用系统的图形的处理对象、处理过程和处理结果都将以真三维和图数互动的形式出现。二维图形和符号式的二维GIS技术，在各类城市应用系统中将逐渐退居后台位置，成为真三维处理和表现技术的后台数据基础、管理基础、编辑基础、量算基础和建模基础。可以预言，3DGIS建模与互动技术将是数字城市核心技术中最具冲击力、表现力、应用实效和用户欢迎的新技术。

VR交互式动态飞行技术是配合3DGIS建模与互动技术的姊妹技术。两项技术的无缝连接和配合，构成了真三维技术的主要内容。

B. 三维建模方法

（1）采用造型软件建模，如3DX MAX、AutoCAD等。

（2）三维影像方式建模，将DEM与航空影像叠加，生成三维影像。

（3）利用GIS属性建模，利用现有GIS系统中X，Y，Z属性数据，直接生成三维模型。

（4）激光扫描方式建模，利用数字相机和激光扫描仪获取的三维数据建模。

C. 三维信息应用

（1）城乡规划管理和监理。

三维城市景观可以广泛应用于城乡规划设计与管理、城市的光照研究、城市化进程的监测以及城市现代化管理。通过三维模拟，我们可以大致了解整个城区的空间分布和形态，又可方便地估算某一建筑物及整个城市的容积率，也可以对重点建筑的立面改造或一些新建筑的装修、行道树种的种植或选择、街灯的样式选择、绿地文化景观的设计和布置等都可以实时地交互进行。

（2）城乡规划设计和模拟。

利用三维模拟，规划师可以根据自己的视觉习惯来创建城市，可以在规划的不同阶段对其进行调整，并对各类空间信息进行分析，短时间内就可知道城市的密度和分布情况，城市园林的空间分析并研究其与建筑物的关系和和城市生态环境的影响，模拟城市的环境污染，分析建筑物之间的间隔等进行多方案比较。更方便的是不像真实城市那样，变化以后就没有信息保留下来，三维城市景观的数据可以永远被保存，而且容易更新和维护，便于设计者比较不同设计阶段的模型。

（3）城市三维公共空间地理信息平台。

以三维城市模型作为界面加载各种专题信息并集成城市专业信息系统如规划管理信息系统、房产管理信息系统、综合管线信息系统、基础地理信息系统、智能社区、110报警信息系统、城市旅游信息系统等。例如，旅游者可以通过计算机访问自己感兴趣的城市，点击以三维城市景观为界面的主页，可以了解城市的名胜古迹旅游路线、交通信息等，并可允许用户参观旅馆的房间。再如，进入挂接的社区空间信息管理，可以了解社区的电子地图、三维分布图、商业网点分布图、设施设备分布图、地下管线分布图、三维户型结构图、地藉信息、房产权属信息、规划信息等；也可以进行城乡规划系统，参与城乡规划方案讨论，发表自己的观点（齐同军，2003）。

2. 相关技术标准

县域城市信息化建设过程中可供借鉴参考的标准如下：

《城市测量规范》CJJ8-99

《GB/T 6962—86　1∶500、1∶1000、1∶2000 地形图航空摄影规范》

《GB/T 7931—87　1∶500、1∶1000、1∶2000 地形图航空摄影测量外业规范》

《GB/T 7930—87　1∶500、1∶1000、1∶2000 地形图航空摄影测量内业规范》

《国家基础地理信息系统（NFGIS）元数据标准草案（初稿）》

《CH/T1007—2001 基础地理信息数字产品元数据》

以及部分省市自制的规范。

1.5.3　数据安全与保密

由于在规划信息化中涉及海量的基础地理信息数据，它具有两个最基本的属性：一是基础性；二是保密性，因此规划管理信息化建设中的保密工作是非常重要的。

根据《中华人民共和国保守国家秘密法》的有关规定，国家测绘局会同国家保密局对测绘管理工作的国家秘密范围(绝密级、机密级、秘密级)做出了明确规定（国测办字[2003] 17 号）。

1. 绝密级基础地理信息

包括：1∶10 000、1∶50 000 全国高精度数字高程模型。

2. 机密级范围

(1) 涉及军事禁区的大于或等于 1∶10 000 的国家基本比例尺地形图及其数字化成果；

(2) 1∶20 000、1∶50 000 和 1∶100 000 国家基本比例尺地形图及其数字化成果；

(3) 空间精度及涉及的要素和范围相当于上述机密基础测绘成果的非基础测绘成果。

3. 秘密级范围

(1) 构成环线或线路长度超过 1km 的国家等级水准网成果资料。

(2) 军事区 1∶5000 国家基本比例尺地形图，或多张连续的覆盖范围超过 $6km^2$ 的大于 1∶5000 的国家基本比例尺地形图及其数字化成果。

(3) 规划管理部门对于数据进行保密管理应从以下各方面采取措施（张清浦等，

2007)：①成果使用单位应根据国家和省的有关法律、法规和相应的管理规定，结合自身实际，建立健全和完善测绘成果保密、管理及使用制度。②成果应有专人负责保管，建立岗位责任制，做到登记有序，账物相符，资料完整。③对已失去使用和保管价值的测绘成果，经县以上测绘主管部门负责人批准可销毁，但必须严格进行登记和监销。销毁清册一式三份，一份由使用单位存留，一份交所在地的测绘工作部门，一份报省测绘工作主管部门备案。④测绘成果不得擅自复制、转让或者转借。确需复制、转让或者转借测绘成果的，必须经提供测绘成果的部门批准；复制的保密测绘成果，必须按原密级管理。受委托完成的测绘成果，受托单位未经委托单位同意不得复制、翻印、转让、出版。⑤测绘成果管理人员因工作变动，或因单位合并必须严格履行交接手续，分清责任。⑥发现测绘成果失、泄密情况，应立即报告上级测绘工作主管部门，并按有关规定及时处理。

1.5.4 本书的特色

本书作为县域城乡规划信息化的第一本专著，主要有以下特色。

(1) 立足于县域城市，突出县域城市规划特点。县域城市上连大城市下接乡村，在县域城市发展过程中起着举足轻重的作用。本书立足于县域城市，重点突出县域城市城乡规划信息化建设，对于我国当前进行的县域城市信息化进程有一定的帮助。

(2) 将先进的信息技术与城乡规划理论紧密结合。立足于县域城乡规划，本书将先进的信息技术与空间技术结合，构建了基础建设、管理建设、服务建设三层创新体系。

(3) 紧密结合县域城市特点。本书以县域城市为基本应用点，紧密结合县域城市特点，详细介绍了中国县域城市发展的趋势。

(4) 有较强的可移植性。本书将理论与实践相结合，对县域城乡规划信息化建设做了详细的介绍。书中介绍的实例具有很强的可移植性，可以为县域城乡规划信息化建设提供指导和借鉴作用。

主要参考文献

陈军，郑志霄．1991．城市总体规划采用遥感与信息系统技术的模式和实践．遥感信息，(1)：8～11

陈明辉，高益忠，欧阳南江，等．2006．中小城市实施电子报批的总体方案研究．地理信息世界，4 (2)：25～29

陈平．2004．市场经济体制下城乡规划编制体系创新研究．长沙：国防科学技术大学硕士学位论文

陈有根．2007．城乡规划法律制度研究．重庆：重庆大学硕士学位论文

戴逢，陈顺清，姜崇洲，等．1998．城市规划与信息技术——中国广州市的发展与实践．城市规划汇刊，3：6～13

丁晨．2008．我国城乡规划活动中环境公众参与的立法问题研究．长沙：湖南师范大学硕士学位论文

范剑锋，袁海庆，周强新，等．2003．一种适合中小城市的规划建设管理系统模式．武汉理工大学学报，25 (11)：64～66

黄道明．2004．中小城市GIS的开发模式探讨．湖南水利水电，(2)：28～29

李德华．2001．城市规划原理．北京：中国建筑工业出版社，21～26

李文筠．2008．解读《中华人民共和国城乡规划法》．http：//www．qh．xinhuanet．com/2008-01/11/content_12195409．htm

刘菊．2002．试论城市地理信息系统建设．林业科技情报，35 (3)：46～47

潘安，李时锦，唐浩宇．2006．全过程的数字规划支持系统（DPSS）研究．计算机应用与软件，23（1）：12～14，34
齐同军．2003．城市规划信息化研究与实践．杭州：浙江大学硕士学位论文
王广震．2005．基于GIS的城市规划设计方法及应用研究．西安：西安建筑科技大学硕士学位论文
王凯．1999．我国城市规划五十年指导思想的变迁及影响．规划师，15（4）：23～26
王志周．1991．信息时代与智能办公建筑．世界建筑，(4)
吴建平，张立．2003．卫星遥感技术在城市规划中的应用．遥感技术与应用，(1)
熊学斌，王勇，郭际元．2004．基于GIS的中小城市规划管理信息系统设计与实现．现代计算机（专业版），(5)
徐占华，梁建国．2009．GIS在城市规划中的应用．http：//www．chinamapping．com．cn/forum/view thread．php? tid＝459
叶齐茂．2004-9．乡村规划：为了城乡统筹发展不留遗憾．中国建设报，16
翟宝辉，许瑞娟．2004．"五统筹"中城乡规划的作用解析．城乡建设，(2)：22～24
张清浦，苏山舞，赵荣．2007．基础地理信息的保密政策问题．地理信息世界，56：15～17
Toutin T．2001．Elevation modeling from satellite visble and infrared（VIR）data．Int J Remote Sensing，22：1097～1125

第2章 基础地理信息数据建设

2.1 理论概述

鉴于基础空间地理信息数据的重要作用，本章介绍基础空间地理信息数据建设的详细内容。

1. 基础地理信息数据的定义与范围

今天，人们普遍认为DLG、DOM、DEM和DRG（简称“4D”数据）是基础地理信息的核心数据，但4D只是数据的存在形式和粗略描述，并不是数据明确的具体内容。譬如DLG（digital line graphs），目前一般指矢量图，狭义的DLG指数字地形图，广义的DLG指包括矢量地形图、专题图、管线图等在内的矢量数据。再如DEM，从狭义角度定义，它是区域地表面海拔的数字化表达。这种定义将描述范畴限制在“地表”海拔及“数字化表达”，概念比较明确，也是目前普遍理解和接受的概念。但是，随着DEM的应用向海底、地下岩层以及某些现象（如空气中的等气压面）的延伸，广义的DEM定义出现了。即DEM是地理空间中地理对象表面海拔的数字化表达。该定义描述的对象不再限于“地表面”，因而具有更大的包容性，其对象包括海底DEM、下伏岩层DEM、大气等压面DEM等。然而，今天人们普遍接受的基础地理数据并未包括广义DEM定义所涵盖的数据。因此，4D的概念不能明确界定基础地理数据的内容（侯兆泰，2007）。

在《城市地理空间框架数据标准》中提出了基本框架数据包括行政区划数据、道路数据、水体数据、地名数据、建（构）筑物数据、地下空间设施数据、地址数据、地籍（土地权属）数据、数字影像数据、高程数据和测量控制点数据。由此可见，基础地理数据是地理空间框架数据的核心。而在《基础地理信息标准数据基本规定》（国家测绘局，2008）中对基础地理数据［基础地理信息数据（fundamental geographic information data）］的定义是：作为统一的空间定位框架和空间分析基础的地理信息数据，该数据反映和描述了地球表面测量控制点、水系、居民地及设施、交通、管线、境界与政区、地貌、植被与土质、地籍、地名等有关自然和社会要素的位置、形态和属性等信息。

2. 城乡规划基础地理信息数据的特性

根据基础地理信息数据的定义和内容，结合县域城市城乡规划工作的实际情况，可以概括出县域城市基础地理信息数据的一些主要特性。

1）基础性

基础性是基础地理数据最重要的特性。基础地理信息数据是其他统计信息和专题信息的空间载体，各类信息系统建设的空间定位框架、县域城市经济和社会信息化的基础，它具有通用性强、使用面宽的特点。这一特性奠定了基础地理数据是国家战略性基础信息资源的地位。同时，也派生了基础地理信息的战略性、先行性、公益性、共享性、普遍适用性和高频使用性等特性。

2）公益性与共享性

公益性和共享性是基础地理数据的固有属性，体现了基础地理数据作为社会公共产品的特征，其社会效益远大于经济效益：其一，基础地理数据供政府部门无偿使用，将为政府部门节省大量经费；其二，基础地理数据是政府和国民经济各部门不可或缺的基础信息资源，尤其在城乡规划、建设、管理、环境保护、资源利用和防灾预警体系建设等方面具有重要的保障作用。基础地理数据为部门信息系统的建设提供框架基础，基础地理信息产品在城市信息化促进工业化的发展中，在经济建设、人防和大众生活等方面产生了巨大的社会和经济效益。

3）空间性

空间性主要是指空间位置分布与空间地理位置的定位性，这是基础地理数据区别于其他数据的最主要的特性。基础地理数据最基本的功能就是提供基于位置的服务(location based service，LBS)。

4）统一性和权威性

基础地理数据的采集、加工、分发与服务必须是基于相应法律法规授权的部门实施的，它在数据体系、标准体系、数据结构、产品模式和信息安全等方面都具有高度的统一性、完整性和精确性，因此它对用户具有权威性。标准是权威性的基本条件，要建立和完善由基础标准、方法标准、产品标准、管理标准和服务标准等构成的基础地理数据标准体系，基础地理数据的生产与应用必须严格按照有关标准进行，成果质量必须符合相关标准的要求。

5）现势性

基础地理数据是按一定数学法则，遵循一定综合规律而形成的地球表面的真实缩影，它具有时空关系上的确定性和客观性。基础地理数据的现势性直接制约其使用价值和使用范围。现实世界每时每刻都在发生着变化，基础地理数据只有实现动态更新才能维护其良好的现势性。要坚持建设和维护并重的原则，根据基础地理数据更新的实际需要，建立稳定有效的动态维护和更新机制，完善并严格执行竣工测量制度和测绘成果汇交制度，采取动态修测和定期更新相结合的模式，保持对基础地理数据的更新，保持其现势性、系统性和完整性。

6）抽象性

矢量基础地理数据以点、线、面等较为抽象的几何元素表达丰富多彩的现实世界。这一特性对矢量基础地理数据的采集、加工、管理和应用均产生显著的影响。例如，由于其抽象性，一些基础地理要素的关系和属性是隐含的，基础地理数据全部依靠人工进行检查效率低下，而且某些质量问题靠人工检查难以识别。因此，计算机程序检查成为基础地理数据质量检查与控制的重要手段。

7）多尺度性

基础地理数据往往包含多比例尺、多分辨率的数据，以便从宏观到微观表达现实世界。国家基本比例尺地形图通常按比例尺分为大、中、小三种，这与城市对比例尺的划分是不同的。对于城市而言，基本比例尺的系列为 1∶500、1∶1000、1∶2000、1∶5000、1∶10 000。一般从中选择全部或几种比例尺作为基本比例尺，其中，1∶500、1∶1000 为大比例尺，1∶2000 为中比例尺，1∶5000、1∶10 000 为小比例尺。对于县域城市而言，由于区域面积较小，小比例尺数据应用不多，在基础数据生成建设中可以不考虑小比例尺数据的生产。如果在规划工作中需要用到小比例尺数据，可以从省（市）级相关部门购买，既节省了数据生产时间，又避免了重复生产造成的浪费。

3. 基础地理数据的基本特征

要完整地描述地理实体或者现象的状态，一般需要同时有地理空间数据和属性数据。如果还要描述地理实体的变化，则还需要记录地理实体或者现象在某一时刻的变化。所以一般认为基础地理信息数据具有以下三个特征。

（1）空间特征：又称为几何特征或者定位特征，表示现象的空间位置或者所处的地理位置，一般以坐标数据表示。

（2）属性特征：表现现象的特征如变量、分类、数量、质量和名称等。

（3）时间特征：它是指现象或者物体随时间的变化。

位置数据和属性数据相对于时间来说，常常呈相互独立的变化，即在不同的时间，空间位置不变，但是属性类型可能已经发生了变化，或者相反。基础地理信息数据的管理，通常要求将位置数据和非位置数据相互作为单独的变量来存放，但是，对于同一现象或者物体的位置数据和非位置数据具有关联性，所以对于数据组织的方法要求能够灵活有效地实现对基础地理信息数据的管理。

4. 基础地理数据的类型

表示地理现象的空间数据从几何上可以抽象为点、线、面三类，对点线面数据，按其表示内容又可以分为以下六种不同的类型。

（1）类型数据：如道路线、单线河流等；

（2）面域数据：如行政区域、双线河流、面状居民地等；

（3）网络数据：如道路交叉点、河流交叉口等；

（4）曲面数据：如高程点、等高线、等深线等；

（5）文本数据：如地名、河流名称等；

（6）符号数据：如点状符号、线状符号和面状符号等。

对于点实体，有可能是点状地物、面状地物的中心点、线状地物的交点、定位点、注记等，对于线实体可能是线状地物、面状地物的边线等，而面实体表示区域、行政单元（熊顺，2007）等。

2.1.1 基础地理信息数据建设意义

基础地理信息数据的建设对于县域城市城乡规划具有非常重要的意义，具体表现为以下五点。

（1）完善测绘产品、提高测绘保障、确保城乡规划管理的科学性和现势性。

随着信息技术在各行业的应用，现有的基础空间数据将无法满足生产和工作的需要，通过基础空间数据的建设，可以进一步完善基础空间数据、构建基础框架，以满足县域城市城乡规划工作的需要。

（2）促进城乡发展、推动信息化进步。基础空间数据的建设将为建立电子政务、电子商务、社会保障等信息系统及信息化应用提供有力的基础保障，将有力地促进城乡统筹发展，推动规划信息化的进步，进一步发挥城乡规划职能部门在经济建设中的重要作用。

（3）提高城乡规划管理工作的规范性。在基础地理信息数据的建设中，数据的生产建设都按照严格的标准进行生产，生产标准的统一性、规范性有助于提高城乡规划管理工作的规范性。

（4）提高城乡规划管理的效率。通过基础地理信息数据的建设，完善补充了城乡规划工作所需要的数据，改革了落后的城乡规划管理方式，提高了城乡规划管理的效率。

（5）更好地服务于国民经济、国防建设。基础测绘为国民经济、国防建设和社会发展提供基础地理信息的基础性、公益性事业，其公益服务性在于它是直接为政府宏观决策服务，为国民经济和社会发展提供及时、适用、可靠的测绘保障，为丰富人们的物质文化生活提供服务。

2.1.2 县域城市基础地理信息数据建设主要工作内容

中华人民共和国测绘行业标准《基础地理信息数据库基本规定》对基础地理信息数据的建设内容、数据检查、数据组织等内容进行了详细的阐述，由于县域城市具有资金不足、技术力量欠缺、地域范围较小等特点，其基础地理信息数据建设工作也必须有所取舍。本节内容仅介绍县域城市所必需的基础地理信息数据。

1. 数据内容

1）1∶10 000

数据内容包含数字线划图、数字高程模型、数字栅格地图、数字正射影像和地名等数据。数字线划图采用国家统一的坐标和高程系统，若需投影，则采用高斯-克吕格投影，按3°分带，3′45″×2′30″（经差×纬差）分幅，主要内容包括测量控制点、水系、居民地及设施、交通、管线、境界与政区、地貌、植被与土质等；数字高程模型的格网间距为12.5m或5m；数字栅格地图是现有1∶10 000模拟地形图的数字形式，按地面分辨率0.8m输出，按照1∶10 000数字线划图分幅存储；数字正射影像是将航空像片或高分辨率影像数据，经逐像元进行几何改正，按标准1∶10 000图幅范围裁切和镶嵌生成、地面分辨率为1m；地名数据包含各类地名的位置及名称。由于这部分数据比例尺小，在县域城市应用较少，可以考虑从省市相关部门购买，以节约时间及资金。

2）1∶5000

它包含数字线划图、数字高程模型、数字栅格地图和数字正射影像等数据。数字线划图采用国家统一的坐标和高程系统，若需投影，则采用高斯-克吕格投影，按3°分带，1′52.5″×1′15″（经差×纬差）格网分幅，主要内容包括测量控制点、水系、居民地及设施、交通、管线、境界与政区、地貌、植被与土质等；数字高程模型的格网间距为2.5m；数字栅格地图是现有1∶5000模拟地形图的数字形式，按地面分辨率0.5m输出，按照1∶5000数字线划图分幅存储；数字正射影像是将航空影像或高分辨率卫片的影像数据，逐像元进行几何改正，按标准1∶5000图幅范围裁切和镶嵌生成，地面分辨率为0.5m。

3）1∶2000、1∶1000和1∶500

这三种比例尺的数据是规划国土管理工作中必需的数据，其中1∶2000、1∶1000是规划所需数据，由规划局负责生产，而后者由国土局负责，这样可以避免重复生产，节约数据建设成本。

三种数据包含数字线划图、数字高程模型和数字正射影像。数字线划图采用国家统一的坐标和高程系统，确有必要时，可采用依法批准的独立坐标系统和高程系统，若需投影，则采用高斯-克吕格投影，按3°分带，矩形分幅，其规格为50cm×50cm或40cm×50cm。主要内容包括测量控制点、水系、居民地及设施、交通、管线、境界与政区、地貌、植被与土质、地籍和地名等；数字高程模型的格网间距为2.5m；数字正射影像是将航空像片的影像数据，经过逐像元进行几何改正，按50cm×50cm或40cm×50cm标准图幅范围裁切和镶嵌生成，地面分辨率为0.2m。

2. 数据检查

对大地测量数据、数字线划图、数字高程模型、数字栅格地图和数字正射影像及其元数据进行检查，包括数学基础、数据完整性、逻辑一致性、位置精度、属性精度等内容。

（1）数学基础检查。检查数据的平面坐标基准、高程基准、投影、分幅和分带情况是否符合要求。

（2）数据完整性检查。检查数据覆盖范围、图幅总数量是否完整；要素、数据层与内部文件是否完整。

（3）逻辑一致性检查。检查数字线划图数据拓扑关系、概念、格式是否一致；数字高程模型和数字正射影像图像灰度值及色调、数据格式是否一致；数字栅格地图数据格式是否一致。

（4）位置精度检查。检查数据的平面位置精度和高程精度是否符合要求；数字正射影像和数字栅格地图的分辨率、数字高程模型格网大小是否符合要求。

（5）属性精度检查。检查属性项名称、类型、长度、顺序以及属性值、分类等内容是否正确。

3. 数据组织

（1）大地测量数据按类别分层分等级组织。

（2）数字线划图数据采用物理上分幅、分区块或按要素分层来组织。分幅、分区块组织时应通过接边处理确保数据库逻辑无缝；按要素分层组织时同一类数据放在同一层，每层通过拼接处理确保物理无缝，用于制图的辅助点、线、面数据应单独放在同一层。不同尺度的同类要素数据应建立垂直关联，同一尺度的要素数据间应建立正确拓扑关系。

（3）数字高程模型数据按分幅、分块或分区组织管理，并建立多级金字塔索引结构以提高存取速度，以对象关系数据库的方式存放金字塔各级数据。

（4）数字正射影像数据按分幅、分块或分区组织管理，通过接边处理确保数据逻辑无缝，建立多级金字塔索引结构以提高存取速度，以对象关系数据库的方式存放金字塔各级影像数据。

（5）数字栅格地图数据的组织以图幅为单元组织，并建立区域索引。

（6）地名数据采用分幅、分区块或按类别分层来组织。

（7）历史数据的组织与其他同源现势数据组织方式相同。

（8）元数据采用与所描述的数据对象（图幅、图层或块、区）的数据组织方式相同。

2.2 基础地理信息数据建设技术方法

本节将结合与县域城乡规划管理业务息息相关的几种数据建设工程，对基础地理信息数据建设技术方法进行详细的介绍（部分内容以增城市已经开展的相关工作为例），通过这些技术方法的介绍（1∶2000数字航摄成图、卫星影像处理、地理坐标参考、CORS系统应用），希望为其他县域城市的基础地理信息数据建设提供可借鉴的经验。

2.2.1 1∶2000数字航摄成图

1. 基本情况

1）测区概况

增城市位于珠江三角洲东北部，地理位置十分优越。因地处香港、深圳、广州三个大都市的中部，被称之为“黄金走廊”。

增城市地域面积为1616.47km^2，全市地形北高南低，北部山地面积约占全市面积的8.3%；丘陵主要分布在中部，约占全市面积的35.1%，低丘和台地集中在中南部，约占全市面积的23.2%；南部是广阔而典型的三角洲平原，加上河谷平原，约占全市面积的33.4%。航摄范围以行政境界为基础采用满图幅方式进行外扩设计。

2）气候条件

增城市气候温和，土地肥沃，全年平均气温为22.2℃，年降雨量1869mm。4～9月为雨季，占年降雨量的85%，10月～翌年3月为干季，占雨量的15%。受地形影响，降雨量北多南少；东北部正果最大年降雨量3049.1mm，南部石滩最少年降雨量只有877mm。夏季常有台风侵入，年平均2次，最大年达7次，也有无台风的年份，风力最大可达11级，对南部地区影响较大。

3）工程量

（1）1∶2000数字摄影测量成图（DLG）及数据十个类别63层分层编码入库；
（2）获取数字正射影像图（DOM）；
（3）获取数字高程模型（DEM）；
（4）获取数字栅格图（DRG）。
以上所列航空摄影测量产品均实现增城市1616.47km^2范围的全覆盖。

4）技术依据

项目的开展依据多种标准、规范，具体见表2.1。

表2.1 技术依据

序号	标准名称	标准代号
1	《全球定位系统城市测量技术规程》	CJJ 73—97
2	《航空摄影技术设计规范》	GB/T 19294—2003
3	《城市测量规范》	CJJ 8—99
4	《1∶500、1∶1000、1∶2000地形图图式》	GB/T 20257.1—2007
5	《1∶500、1∶1000、1∶2000航测内业规范》	GB/T 7930—2008
6	《1∶500、1∶1000、1∶2000航测外业规范》	GB/T 7931—2008
7	《数字测绘产品检查验收规定和质量评定标准》	GB/T 18316—2001
8	地球空间数据交换格式	GB/T 17798—1999
9	《1∶500、1∶1000、1∶2000地形图航空摄影测量数字化测图规范》	GB/T 15967—2008
10	国家测绘局《GPS辅助航空摄影技术规定（试行）》	—
11	《国家三、四等水准测量规范》	GB 12898—91
12	《数字测绘产品质量要求第1部分：数字线划地形图，数字高程模型质量要求》	GB/T 17941.1—2000
13	《数字测绘产品检查验收规定和质量评定》	GB/T 18316—2001
14	《测绘产品质量评定标准》	CH 1003—95
15	《1∶500、1∶1000、1∶2000地形图数字化规范》	GB/T 17160—1997
16	《数字地形图系列和基本要求》	GB/T 18315—2001
17	《1∶500、1∶1000、1∶2000地形图要素分类与代码》	GB/T 1804—93
18	技术设计书	

注：《1∶500、1∶1000、1∶2000航测内业规范》、《1∶500、1∶1000、1∶2000航测外业规范》、《1∶500、1∶1000、1∶2000地形图航空摄影测量数字化测图规范》因国家出台新的标准，所以在实施过程中进行及时的修改，采用最新的标准，“—”：未设标准代号。

5）航摄仪

ADS40 是当今先进的摄影测量系统之一。它采用推扫式三线阵获取影像，可以提供多种类型的数字影像数据。由于配备 IMU/DGPS 系统，在一定的基站范围内可以在无控制或少量控制点的情况下进行空三平差，极大地减轻了摄影测量外业控制工作量，缩短生产周期，提高作业效率。

2. 技术设计方案

1）作业的软、硬件环境

（1）硬件。LPS 数字摄影测量工作站、Topomouse 三维鼠标、GY 数字摄影测量工作站、计算机、绘图机、天宝 GPS、全站仪等。

（2）软件。ORIMA、Microstation、AutoCAD、Autodesk MAP、LPS Core、LPS Stereo、Pro600、GEOWAY、Access、ArcGIS 等。

2）数字航摄工作流程

航空摄影测量数字化产品作业流程(数字相机)如图 2.1 所示。

3）像控点布设及测量

（1）像片控制点布设。ADS40 数据空中三角测量加密作业方法现在还没有具体的规范。根据现有的经验，加密区取 10 条航线较为合适：像控点的位置，在加密区四个角附近及中间选择 5～7 个清晰、明显的地物点即可。为了检验空中三角测量加密精度，可选取 3～5 个点作为检查点。选定的像控点必须标记其位置，以便测量和点位检查用。有条件时可用数码相机拍摄选定的像控点，作为点之记之用。应在实地编绘点位文字说明，说明要简练、确切、准确表达点位与周围明显地物的相关位置。绘制局部放大的点位略图，点位图、说明要严格一致。每一个点均须注明高程测至何处。最后刺点者、检查者签名，注明刺点日期。

（2）野外像控点测量。测绘仪器的精度是测绘成果质量的基本保证，用于作业的各种仪器必须进行鉴定，要有记录。GPS 的观测要求、测量精度、测量数据的预处理执行《GPS 城市测量技术规程》。

野外像控点测量，采用广州市城市规划勘测设计研究院的广州市连续运行卫星定位服务系统（GZCORS 系统）及似大地水准面精化成果，在西安 80 坐标系下进行三维约束平差，以获取全测区统一的、高精度的像控点坐标成果。

4）坐标系统转换

ADS40 航空摄影所获得的数据是基于 WGS-84 坐标系统的，需要进行坐标系统的转换。在 ADS40 航摄项目中，坐标系统的转换是尤为重要的，平面坐标转换采用七参数转换法，包括 3 个平移参数、3 个旋转参数和 1 个尺度参数，并应用似大地水准面精化模型，可以提高其高程精度。其转换的工作过程是在徕卡系统下完成。坐标系统的格式定义为

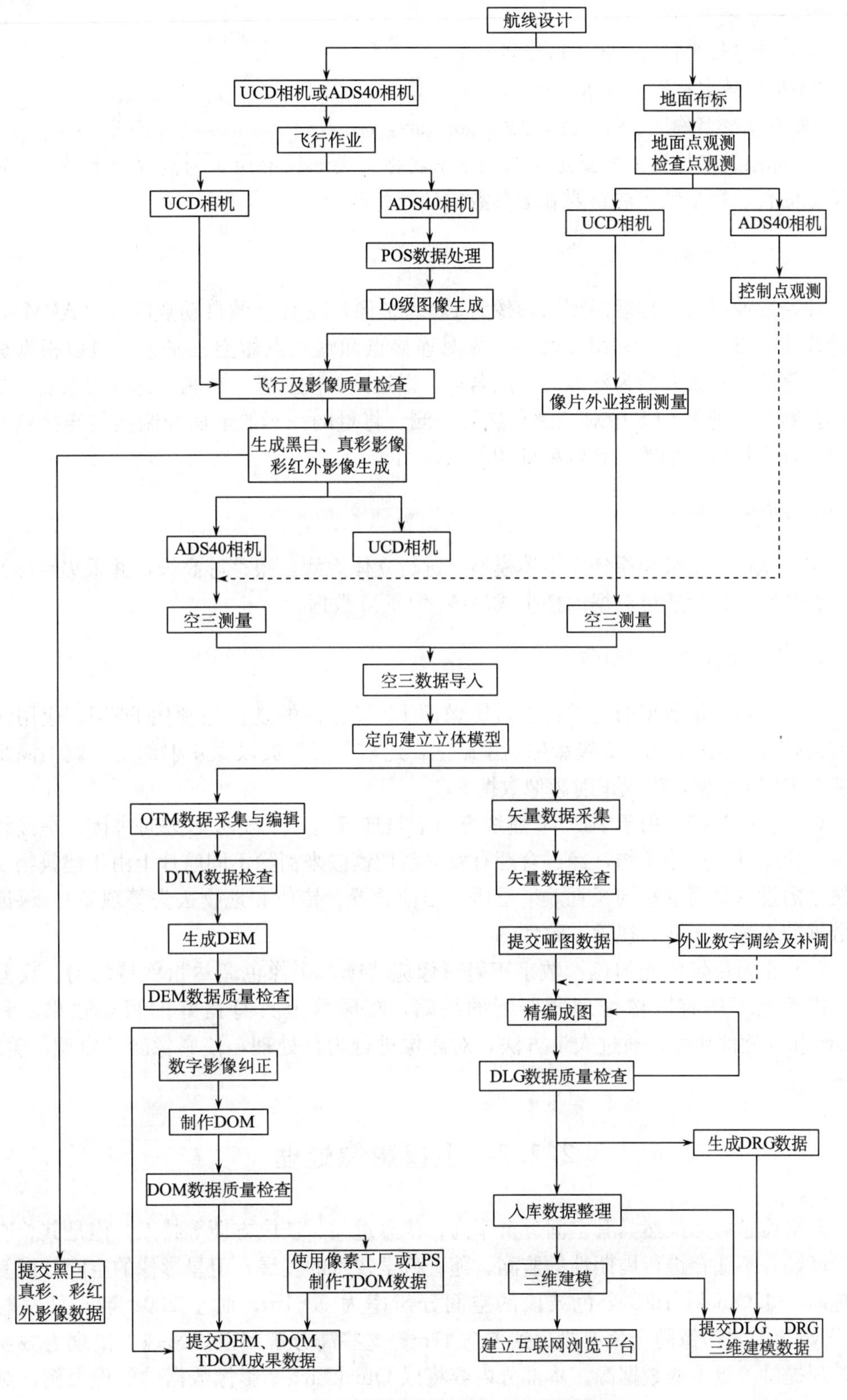

图 2.1　航空摄影测量数字化产品作业流程

"坐标系统名称，"{
序号椭球长半径 a　椭球短半径 b
"坐标系统名称"　0000000
"地方系统名称"ΔX，ΔY，ΔZ，ωx，ωy，ωz，m}

"坐标系统名称"是所要定义的坐标系名称，椭球长半径 *a* 与椭球短半径 *b* 指定义的椭球的长、短半轴，注意要和七参数的计算相匹配。

5）空中三角测量

原始影像引入工程后得到的影像为 L0 级影像，在其上做自动点匹配（APM），获得像片连接点。利用 ORIMA 软件，先对连接点和曝光点做空三平差。可以根据标准差、可靠性、观察个数为标准剔除同名点，以达到精度要求。待精度达到要求后，加在地面控制点，进入 LPS 中对控制点进行量测。将量测完毕的地面控制点与连接点及曝光点联合进行空三平差，获取精确的外方位元素。

6）DEM 数据生成

用 ADS40 L1 级影像建立立体模型，进行立体观测，跟踪等高线，并采集地形特征点、特征线。最后通过数据内插生成高精度 DEM 数据。

7）正射影像数据的制作

（1）正射影像数据的生成：正射影像即 L2 级影像的制作是利用 DEM，应用纠正得到的外方位元素，在 L0 级影像的基础上，选取需要的波段做正射纠正。调用满足精度要求 DEM 数据，生成正射影像数据。

（2）镶嵌拼接：由于 ADS40 航线方向上是连续的，主要考虑旁向拼接，拼接线的选取，应避开高层建筑物，经过合理有效的影像镶嵌来消除不同航片上由于建筑物及高大树木的投影差而带来的视觉效果矛盾（影像叠置、错位和地物丢失等现象），保证影像数据的连续、无缝和视觉一致性。

（3）正射影像匀光匀色：数字正射影像应清晰，影像色调尽量保持均匀、反差适中。图面上不得有图像处理所留下的缺陷，在屏幕上具有良好的视觉效果。利用 Photoshop 软件功能，通过人工方法，对影像进行匀色处理，使影像颜色协调，美观，均衡一致。

2.2.2　卫星影像处理

航空遥感影像虽然具有空间分辨率高、信息量大、获取方便等特点，但是其获取成本较高，并不适合进行周期性的监测。随着科学技术的发展，卫星影像的空间分辨率越来越高，如 QuickBird-2 全色波段的空间分辨率为 0.61m，而于 2008 年 4 月发射的 GeoEye-1 卫星影像的全色波段达到了 0.41m；这些高分辨率卫星影像的出现为城乡规划管理提供了更多的数据源。本部分内容将以 QuickBird-2 影像数据的处理为例，对高分辨率卫星影像处理进行简要介绍。

1. QuickBird-2 遥感影像的融合

由于获取的 QuickBird-2（以下简称 QuickBird）数据全色波段为 0.61m，多光谱波段为 2.44m；如果应用于辅助城乡规划及动态监测，要进行全色影像和多光谱影像的融合处理以提高多光谱影像的空间分辨率。

1）QuickBird 遥感影像的预处理

人眼对影像敏感的两个重要性能参数是影像的亮度和对比度。亮度和对比度也是一种重要的颜色调整方法。基于 RGB 颜色模式进行亮度/对比度调整需要对 R，G，B 颜色分量进行特定的处理。亮度的调整是对人眼亮度感觉的调整，可以通过对 R，G，B 颜色分量增加（增加亮度）或减少（减少亮度）相同的增量来实现。

2）QuickBird 遥感影像的融合

QuickBird 影像融合是将同一时期获取的 QuickBird 全色、多光谱波段在统一的地理坐标系统中，采用一定的算法生成一组新的影像的过程。这样可以弥补全色影像色调单一（灰度影像）、多光谱影像分辨率低的不足，能大大提高图像的视觉效果，有利于进行城市的规划管理及动态监测。

QuickBird 影像包含 4 个多光谱波段，不同的波段影像对不同的地物有不同的反映，因此在影像融合前需要进行最佳波段的组合和彩色合成。常用的融合方法有 IHS 变换、主成分变换、乘积、加权运算等方法。影像融合前对数据的处理主要包括影像增强、几何纠正、重采样等。

2. 遥感影像几何纠正

遥感影像在成像时，由于投影方式、传感器外方位元素变化、传感器介质的不均匀、地球曲率、地形起伏、地球旋转等因素的影响，使得遥感影像存在一定的几何变形。几何变形是指影像上的像元在影像坐标系中的坐标与其在地图坐标系等参考坐标系统中的坐标之间的差异，消除这种差异的过程称之为几何校正。几何变形主要表现为位移、旋转、缩放、仿射、弯曲和更高阶的扭曲。遥感影像几何纠正的一般步骤如下。

(1) 选择纠正方法：根据遥感影像几何畸变的性质和可用于校正的控制点数量确定几何纠正的方法。

(2) 确定纠正公式：确定原始影像上的像点和几何纠正后的影像上的像点之间的变换公式，并根据控制点分布等情况确定变换公式中的未知参数个数，选择合理的数学模型。

(3) 验证纠正方法、纠正公式的有效性：检查几何畸变能否得到充分的校正，若几何畸变不能得到有效的纠正，分析其原因，提出其他的几何纠正方法。

(4) 对原始输入影像进行重采样。

3. QuickBird 遥感影像的正射纠正

通常情况下，对于地形起伏不大的平坦区域，采用多项式进行影像的几何纠正就能满足一定的精度要求。但对于地形起伏较大，或卫星侧视角较大的影像，则需要利用数字高程模型（digital elevation model，DEM）进行遥感影像的正射纠正。通过对影像上像点位移的逐点改正，得到高精度的正射影像（刘鹰，2007）。

2.2.3 地理坐标参考

大地测量系统，规定了大地测量的起算基准、尺度标准及实现方式，包括坐标系统、高程系统、深度基准和重力参考系统。结合增城市的具体工作，对大地测量系统中的前两部分内容做出介绍。

坐标系统是一种固定在地球上，随地球一起转动的坐标系统。根据其原点位置不同，分为地心坐标系统和参心坐标系统，前者的原点与地球质心重合，后者的原点与参考椭球中心重合。高程系统定义了海拔的起算基准（高程基准）和实现方式。根据实现方式不同，高程系统可分为水准高程系统和（似）大地水准面高程系统。

增城市在不同时期、区域和用途下，曾使用过多种控制基准，相互间并存在很大的差异。在2004年增城市规划、国土及其他测绘相关部门达成协议，全市统一控制基准，明确坐标系统为1980西安坐标系统，高程基准为1985国家高程基准，并建立相应的基准转换模型处理历史数据。

在GIS环境下进行多源信息的集成，将各种数据整合成统一规范的信息，从而实现数据的共享是数字城市的必由之路，空间坐标系的变换与统一则是实现多源数据的统一管理、无缝集成的关键。

1. 坐标系统

1980西安坐标系统属于参心坐标系统，是在北京坐标系统的基础上采用多点定位法建立起来的。参考椭球采用IUGG75椭球，椭球定位参数根据我国范围内（天文大地网）高程异常平方和最小为条件求解（高程异常采用天文重力水准和天文水准推算）。椭球短轴平行于地球质心指向地极$JYD_{1968.0}$方向，起始大地子午面平行于我国起始天文子午面。1980西安坐标系统克服了1954北京坐标系统对我国大地测量计算的影响，坐标轴定向明确。

增城市位于中央子午线114度带附近，而且历史控制基准和地形资料大部门基于此坐标系统下完成的。因此，选择1980西安坐标系统，符合增城市坐标系统的实际情况。

在2005年之前，由于各种因素形成多种坐标系统，主要有珠区坐标系、广州坐标系、1954北京坐标系及GPS作业模式下的WGS-84坐标系。因此，需要建立高精度的数学变换模型转换到增城市统一的1980西安坐标系统。

1）珠区坐标系—西安坐标系

珠区坐标系是西安坐标系的演化，均为同一参心坐标系统，两者具有相同的椭球参数、相同的投影方式和投影带号，其数学变换模型最为简单，只需要加常数就可实现，即

$$X = x + 2\,000\,000, \quad Y = y + 100\,000$$

式中，X 为 80 西安坐标系横轴坐标；Y 为 80 西安坐标系纵轴坐标；x 为珠区坐标系横轴坐标；y 为珠区坐标系纵轴坐标。

1992 年，由广东省国土厅提供的增城市 GPS—C、D 级控制网，共有 111 个（其中有部分已遭破坏，有 15 个联测四等水准高程），坐标系统为珠区坐标，现已变换到 1980 西安坐标。

2）广州坐标系—西安坐标系

广州坐标系在 2005 年前主要用于增城西部的新塘、中新两镇，为广州市地方独立坐标系统，与西安坐标系为同一椭球参数，前者为 1.5°分带的高斯-克吕格投影，其中央子午线为 112.5°，后者为标准 3°分带的高斯-克吕格投影。

转换模型采用四参数直接变换法，利用增城市现有的西安坐标点以及广州独立坐标点，将西安坐标点和广州独立坐标点进行组合配对校正，采用 RTK 测出与西安坐标点配对的广州独立坐标点的西安坐标值。可以根据测得数据利用坐标转换软件进行平差计算求得坐标转换的 X 平移量、Y 平移量、旋转角度、变化尺度等四个转换参数，进而得到新塘、中新两镇区广州独立坐标和西安两种坐标转换模型。

（1）计算地方坐标系对国家坐标系的旋转角度。

在高斯-克吕格投影中，除中央经线投影为直线外，其余经线均对称并收敛于中央经线。根据国家坐标系和地方坐标系的建立原则，国家与地方两坐标系的夹角即为子午线收敛角。已知某地方原点的经纬度，利用子午线收敛角公式可计算地方坐标系相对于国家坐标系的旋转角度 α。

（2）计算平移量。

平移量即为地方坐标系的原点在国家坐标系中的坐标值。已知某地方坐标系的原点经纬度，可先计算原点与中央经线的经差，再利用高斯-克吕格投影公式计算地方坐标系相对于国家坐标系的平移量（Δx，Δy）。

（3）进行坐标变换。

选用平面相似变换模型（即常说的四参数转换法）。其数学模型如式 2.1 所示。

$$\begin{bmatrix} x \\ y \end{bmatrix}_2 = \begin{bmatrix} \Delta x \\ \Delta y \end{bmatrix} + \delta u \begin{bmatrix} \cos\alpha & \sin\alpha \\ -\sin\alpha & \cos\alpha \end{bmatrix} \begin{bmatrix} x \\ y \end{bmatrix}_1 \tag{2.1}$$

式中，下标 1、2 分别为两个不同坐标系下的平面坐标。Δx 和 Δy 为两个平移参数，δu 为尺度参数，α 为旋转角（韩雪培和廖邦固，2004）。

由式（2.1）可知，为解得转换参数，至少应当有 2 个重合点，当有多余两个重合点时，可采用最小二乘法得到转换参数，若有 n（$n \geqslant 2$）个重合点，则可以列出 $2n$ 个误差方程式，其矩阵形式如式 2.2。

$$\boldsymbol{V} = \boldsymbol{AX} + \boldsymbol{L} \tag{2.2}$$

式中，$\boldsymbol{A} = \begin{bmatrix} 1 & x_1 & y_1 & 0 \\ 0 & y_1 & x_1 & 1 \\ M & M & M & M \\ 0 & y_n & x_n & 1 \end{bmatrix}$；$\boldsymbol{X} = [\Delta x \quad k_1 \quad k_2 \quad \Delta y]^{\mathrm{T}}$，$k_1 = \delta u \times \cos\alpha - 1$，$k_2 = \delta u \times$

$\sin\alpha$；$\boldsymbol{L}=\begin{bmatrix}x_1\\y_1\\M\\y_n\end{bmatrix}_1-\begin{bmatrix}x_1\\y_1\\M\\y_n\end{bmatrix}_2$，

则可得平面相似变换参数的最小二乘法

$$\boldsymbol{X}=(\boldsymbol{A}^{\mathrm{T}}\boldsymbol{A})^{-1}\boldsymbol{A}^{\mathrm{T}}\boldsymbol{L} \tag{2.3}$$

坐标转换模型的建立采用 RTK 差分测量方式，在测量过程中以现有国家 80 点作为基准点放置基准站台，以广州独立坐标点作为待测点放置移动台，通过基准站和移动台的动态差分获得移动台所在点（广州独立坐标点）较精确的 1980 西安坐标系统的坐标值。

我们在选取测点时均衡了以下三个原则：①配对基准站和移动站的距离必须满足测量仪器的高效高精度距离。②尽可能减少基准站和移动站之间的障碍因素（如高山、强信号发射塔等）。③每对站点在所在镇区的位置应该相对分散覆盖，使得所得数据必须能够代表整个镇区。

3）北京坐标系—西安坐标系

1954 北京坐标系统采用了克拉索夫斯基参考椭球，并与苏联 1942 坐标系统进行联测，通过计算建立的国家坐标系统，其大地原点在苏联的普尔科沃，定位方向是苏联 1942 坐标系统的定位定向。其中高程异常是以苏联 1955 年大地水准面差距重新平差结果为依据，按我国天文水准路线传算过来的。

因此，1954 北京坐标系统的定向不明确，给 1980 西安坐标系统下的坐标换算带来不便和误差。参考椭球参数有较大误差，定位与我国大地水准面不符，使天文大地网观测量向椭球面归算产生偏差，影响其成果质量。

增城市全市面积 1616.47km^2，如果用一个变换模型会导致变形太大，影响整体转换精度，对此，我们采用按镇、街分区建立模型，选用平面相似变换模型，在全市三街六镇建立 9 个坐标转换模型。

4）WGS-84 坐标系—西安坐标系

WGS84 坐标系统属于地心坐标系统，地心坐标系统定向由国际时间局（Bureau International de l'Heure，BIH）给出的某一历元的地球自转参数确定的协议地极（conventional terrestrial pole，CTP）和零子午线，称为地球定向参数 EOP，BIH 1984.0 的 Z 轴和 X 轴指向分别为 BIH 历元的 CTP 和零子午线，定向随时间的演变满足地壳无整体运动的约束条件。地心大地坐标系统的原点和总地球椭球中心（即地球质心）重合，椭球旋转轴与 CTP 重合，起始大地子午面与零子午面重合。

增城市自 2007 年 9 月引进 CORS 技术以来，建立了一套精确的坐标换算模型。把 CORS－RTK 测量的 WGS84 大地坐标通过 PDA 实时地换算出 1980 西安坐标。

基于地心坐标与参心坐标之间的换算最为复杂，不同的椭球参数和投影面，对于大范围的坐标系统转换不能在投影面上简单地做四参数或七参数转换，只能把两者归算到相应空间直角坐标系统下进行七参数求解，本次系统换算分 4 步完成，分别如下。

(1) WGS84 大地坐标（B，L，H）→WGS84 空间直角坐标（x，y，z）。

由大地测量学得知，空间直角坐标（x，y，z）和大地坐标（B，L，H）有如下关系

$$\begin{cases} x = (N+H)\cos B\cos L \\ y = (N+H)\cos B\sin L \\ z = [N(1-e^2)+H]\sin B \\ N = a/\sqrt{(1-e^2\sin^2 B)} \end{cases} \tag{2.4}$$

其中，N 为椭球的卯酉圈曲率半径；a 为椭球体长半径；e 为椭球体的第一偏心率；B 为大地坐标的纬度；L 为大地坐标的经度；H 为大地高；x、y、z 为空间直角坐标。

(2) WGS84 空间直角坐标（x，y，z）→西安 80 空间直角坐标。（布尔莎七参数）（x'，y'，z'）

由如下布尔莎 7 参数公式得出

$$\begin{bmatrix} x' \\ y' \\ z' \end{bmatrix} = \begin{bmatrix} \Delta x'_0 \\ \Delta y'_0 \\ \Delta z'_0 \end{bmatrix} + \begin{bmatrix} 0 & e_i & -e_{y'} \\ -e_i & 0 & e_{x'} \\ e_{y'} & -e_{x'} & 0 \end{bmatrix} + (1+m)\begin{bmatrix} x \\ y \\ z \end{bmatrix} \tag{2.5}$$

上式中共有八个变换参数 $\Delta x'_0$，$\Delta y'_0$，$\Delta z'_0$，$e_{x'}$，$e_{y'}$，$e_{z'}$，e_i 和 m。

(3) 西安 80 空间直角坐标（x'，y'，z'）→西安 80 大地坐标（B'，L'，H'）。

由如下公式得出

$$\begin{aligned} & U = \arctan[Za/\sqrt{X^2+Y^2}b] \\ & B_0 = \arctan(Z+be'^2\sin^3 U)/(\sqrt{X^2+Y^2}-ae^2\cos^3 U) \\ & N = a/\sqrt{1-e^2\sin^2 B_0} \\ & L = \arctan(Y/X) \\ & H = \sqrt{X^2+Y^2+(Z+Ne^2\sin B_0)^2}-N \\ & B = \arctan\{Z/\sqrt{X^2+Y^2}\times[1-e^2N/(N+H)]^{-1}\} \end{aligned} \tag{2.6}$$

(4) 西安 80 大地坐标（B'，L'，H'）→西安 80 高斯平面直角坐标（x，y）。

由高斯正算公式得出

$$\begin{cases} x = X + \dfrac{N_f}{2}\sin B\cos Bl^2 + \dfrac{N_f}{24}\sin B\cos^3 B(5-t_f^2+9\eta_f^2+4\eta_f^4)l^4 \\ \quad + \dfrac{N_f}{720}\sin B\cos^5 B(61-58t_f^2+t_f^4+270\eta_f^2-330\eta_f^2t_f^2)l^6 \\ y = N_f\cos Bl + \dfrac{N_f}{6}\cos^3 B(1-t_f^2+\eta_f^2)l^3 + \dfrac{N_f}{120}\cos B(5-18t_f^2+t_f^4 \\ \quad +14\eta_f^2-58t_f^2\eta_f^2)l^5 \end{cases} \tag{2.7}$$

在该公式中，X 表示自赤道量起的子午线弧长，N_f 表示卯酉圈的曲率半径（所谓卯酉圈就是，该点的子午面相垂直的法截面同椭球面相截形成的闭合圈），B 表示大地纬度，l 表示椭球面上该点的经度与中央子午线的经度差（这里的中央子午线指所投影的高斯投影带上有 6°和 3°之分，东为正，西为负），$t_f=\tan B$，$\eta_f^2=\acute{e}\times 2\cos 2B$（$\acute{e}$ 为椭

球的第二偏心率）。

本次联测控制点数据为全市范围内均匀分布的 35 个 GPS-C、D 级点，均具有 80 西安坐标，其相邻点间距最远约为 9km，最近为 1km。选其中 2 个以上点和市域范围内另外 3 个一级导线点共 5 点作为模型检核点。

以上 35 个 GPS-C、D 联测控制点测量和计算点位精度可靠，最弱点残差为 3.9cm，满足精度要求。

2. 高程系统

高程基准定义了陆地上高程测量的起算高程。1987 年以后，我国启用“1985 国家高程基准”，它采用了青岛大港验潮站 1952～1979 年资料，取 19a 的资料为一组，滑动步长为 1a，得到 10 组以 19a 为一个周期的平均海面，然后取平均值确定了高程零点，水准原点高程为 72.260m。

增城市目前统一使用 1985 国家高程基准，早在 2005 年之前曾使用过 1956 黄海高程系统、广州城建高程系统及珠区高程系统。规划部门对历史高程数据变换主要通过加常数改正和似大地水准面曲面拟合的两种方法实现，后者主要用于 GPS 测量的大地高改正。

1）加常数改正

我国的水准高程系统采用正常高系统，通过水准测量方式从区域性水准原点传递，水准高差的水准面不平行改正采用地面点到水准面的平均正常重力计算，因此，从一定地域范围内来讲，不同高程系统的改正可以通过加常数实现。

（1）1985 国家高程基准＝1956 黄海高程系统＋0.158m（广东省水利水电科学研究院于 2004 年完成了《广东省海堤工程设计导则（试行）》（2004 年）的编写工作，在“气象与水文”一节中规定：1985 国家高程基准高程＝1956 黄海高程系高程＋0.158m）。

（2）1985 国家高程基准＝珠系高程＋*.744m（用 GZCORS－RTK 测量在初溪坝附近的四等水准点上进行测量复核只有 6mm 误差）。

（3）1985 国家高程基准（荔城）＝广州城建高程荔城＋*.290 m（以增城市增江街Ⅰ国测杭广南 413 测量的数据）。

（4）1985 国家高程基准（新塘）＝广州城建高程新塘＋*.256 m（以中心城区建设大马路测量的数据）。

以上整数位数据不便公开，用“*”代替。

2）似大地水准面曲面拟合改正

似大地水准面曲面拟合，就是在 GPS 点布设的区域内，根据已知点的平面坐标和高程异常 ξ 值，用数值拟合方法，拟合出似大地水准面，再内插求待定点的 ξ 值，从而求出待定点的正常高 H_r。

常用的拟合计算方法有：加权均值法、多项式曲面拟合、多面函数曲面拟合，线性移动拟合法、多层神经网络法等。考虑到模型的通用性、实用性以及计算实现的方便性，我们选用了多项式曲面拟合法计算。

以增城市为例，在 1616.47km^2 范围内有一半以上是山区，高程异常变化较大，通过最小二乘估计，使用二次曲面拟合的方法求得的正常高并不能精确反映真实的地形情况；如使用分区拟合，虽然能较好地反映地形情况，但在数据处理时非常烦琐，同时还涉及各个曲面的光滑连接处理，不太适用于实际生产，因此用三次多项式曲面拟合法求得的似大地水准面模型更加接近真实的大地水准面。

(1) 测定GPS高程的基本原理。

地面点沿椭球法线到参考椭球面的距离称为大地高，用 H_G 表示。地面点到似大地水准面的距离称为正常高，用 H_r 表示。正常高不随水准测量路线的变化而变化，是唯一确定的值，同时也是我们实用的高程。似大地水准面与椭球面之间的距离称为高程异常，用 ξ 表示。大地高 H_G 与正常高 H_r 的关系如式（2.8）所示。

$$H_r = H_G - \xi \tag{2.8}$$

严格地讲，这个表达式是近似的，它还应考虑参考椭球面法线与铅垂线的差异（垂线偏差）的影响，但由此引起的高程异常一般不超过± 0.1mm，完全可以忽略。

通常，高程异常是采用天文水准或天文重力水准的方法测定的，但精度较低，无法满足工程建设和大比例尺测图的要求。为求定精确的高程异常 ξ 值，可以在布设的GPS网中选择一定数量均匀的点，用几何水准直接连测高程由式（2.8）求出重合点上的高程异常 ξ；根据重合点的坐标和 ξ 值，采用多项式曲面拟合计算法，求出测区的似大地水准面模型，再据以求算其他GPS点的 ξ 值，从而求得各待求点的正常高 H_r。

(2) 多项式函数拟合法的数学模型。

多项式函数拟合法的基本思想是：在GPS区域网内，将似大地水准面的看成曲面，将高程异常 ξ 表示为平面坐标（x，y）的函数，通过网中起算点（联测水准测量的GPS观测点）已知高程异常确定测区的似大地水准面形状，求出其余各点的高程异常值，其数学模型为

$$\xi = Z(x, y) + \varepsilon \tag{2.9}$$

式中，$Z(x, y)$ 为拟合的似大地水准面；ε 为拟合残差。而

$$Z(x,y) = \sum_{i=0}^{p-1}\sum_{j=0}^{q-1} a_{ij}x^i y^j \quad (\boldsymbol{a}\text{ 为 } p \times q \text{ 的系数矩阵}) \tag{2.10}$$

式中，$\boldsymbol{a}$ 为拟合待定参数；x，y 为各GPS点的平面坐标；p，q 为多项式的阶数。由最小二乘法得点（a_{00}，…，a_{p-1q-1}）是多元函数

$$\varepsilon(a_{00}\cdots a_{p-1q-1}) = \sum_{g=1}^{n} w(x_i, y_j)\left[\sum_{i=0}^{p-1}\sum_{j=0}^{q-1} a_{ij}x^i y^j - \xi(x_i, y_j)\right]^2 \quad [w(x,y)\text{ 为权函数}] \tag{2.11}$$

的极小值点，从而 a_{00}，…，a_{p-1q-1} 必须满足方程组

$$\frac{\partial \varepsilon}{\partial \alpha_{ij}} = 0 \quad (i, j = 0, \cdots, p, q) \tag{2.12}$$

对 S 函数求偏导，移项之后得

$$\begin{bmatrix} (\phi_{00}, \phi_{00})(\phi_{00}, \phi_{01}) & \cdots & (\phi_{00}, \phi_{p-1q-1}) \\ \vdots & & \vdots \\ (\phi_{p-1q-1}, \phi_{00})(\phi_{p-1q-1}, \phi_{01}) & \cdots & (\phi_{p-1q-1}, \phi_{p-1q-1}) \end{bmatrix} \begin{bmatrix} a_{00} \\ \vdots \\ a_{p-1q-1} \end{bmatrix} = \begin{bmatrix} (\phi_{00}, \xi) \\ \vdots \\ (\phi_{p-1q-1}, \xi) \end{bmatrix} \tag{2.13}$$

其中，$\phi_{ij}=x^i y^j$。式（2.13）可简写成$\boldsymbol{A}\times\boldsymbol{A}_a=\boldsymbol{B}$，则可求出拟合待定参数为$\boldsymbol{A}_a=\boldsymbol{A}^{-1}\times\boldsymbol{B}$。再由式（2.9）、式（2.10）可得出任意平面点对应的高程异常值ξ，由式（2.8）推出正常高H_r。

（3）拟合精度分析。

增城市北部山区高程异常值偏差较为明显，拟合区域呈面状分布。本次测量共采用四等以上水准联测点29个，且均匀分布在全市各镇，其中拟合点为25个（另外4个作为较差检校点）。

通过拟合函数评估方法来选取拟合函数的模型，当拟合模型的估值精度σ^2给定到一定值时，这时两种函数的模型误差δ会趋于接近；当再提高精度值σ^2时，则其中一种模型误差值会明显增大。以下用25个拟合点对不同次数的两种多项式拟合模型分别建模后求残差值，如表2.2所示。

表2.2　多项式拟合精度统计表

点号	正常高/m	大地高/m	高程异常/m	二次拟合残差/cm	三次拟合残差/cm
z020	23.432	17.958	5.474	−2.8	0.5
z021	34.294	28.414	5.880	1.1	2.5
nxxx	19.152	13.563	5.589	−2.0	2.3
zxzf4	42.361	37.090	5.271	−3.5	−3.1
ytq01	16.334	11.291	5.043	−1.9	−2.2
ydlc01	9.857	5.187	4.670	6.7	4.7
jl01	9.969	5.196	4.773	9.8	1.9
st01	12.147	7.088	5.059	0.0	−0.7
xtzf01	35.645	30.184	5.461	−2.4	−0.9
yhgc01	18.376	12.665	5.711	1.6	2.7
fhez	41.180	35.169	6.011	−0.2	−1.1
xwc01	65.446	59.422	6.024	−2.3	−3.9
eldb01	33.188	27.520	5.668	−2.2	−2.6
dj01	13.301	7.798	5.503	4.3	2.5
ptzx01	19.849	14.123	5.726	4.7	3.1
smlsk	71.764	65.881	5.883	1.7	4.4
dfmsk01	272.185	266.613	5.572	−8.5	−5.8
zgdz01	18.671	13.486	5.185	5.5	3.4
hwxx01	18.645	13.529	5.116	5.9	3.6
hpxx	30.493	25.497	4.996	1.2	0.1
lxdbc	119.369	114.819	4.550	−6.4	−3.3
sydz01	224.513	220.132	4.381	−8.2	−3.2
xxx01	26.246	20.656	5.590	−2.3	−0.4
hs01	71.156	65.018	6.138	2.1	−0.8
gyc01	10.947	5.811	5.136	−0.5	−1.5
中误差M_0/cm				3.82	2.58

由以上统计情况可知，全市25个GPS水准联测点，用两种拟合模型求得的正常高与水准高程值比较可得，三次多项式拟合后高程中误差$M_0=\pm2.58$cm，较差最大值为

$\Delta H_{max}=5.8cm$，最小值为 $\Delta H_{min}=0.1cm$，共有 1 个联测点绝对值超过 5cm。因此三次多项式拟合成果较为可靠，可以使用。

3. 2000 国家大地坐标系

经国务院批准，我国自 2008 年 7 月 1 日起启用 2000 国家大地坐标系。2000 国家大地坐标系是地心坐标系，采用 2000 国家大地坐标系将有利于现代空间技术对坐标系进行维护和快速更新，有利于测定高精度大地控制点三维坐标，为城乡规划信息化建设提供科学的数据保障。

1）2000 国家大地坐标系的定义

国家大地坐标系的定义包括坐标系的原点、三个坐标轴的指向、尺度以及地球椭球的 4 个基本参数的定义。CGCS2000（China geodetic coordinate system 2000，中国大地坐标系统）的原点在包括海洋和大气的整个地球的质量中心。其 Z 轴由原点指向历元 2000.0 的地球参考极的方向，该历元的指向由国际时间局给定的历元为 1984.0 的初始指向推算，定向的时间演化保证相对于地壳不产生残余的全球旋转，X 轴由原点指向格林尼治参考子午线与地球赤道面（历元 2000.0）的交点，Y 轴与 Z 轴、X 轴构成右手正交坐标系。采用广义相对论意义下的尺度。2000 国家大地坐标系采用的地球椭球参数的数值为

长半轴	$a=6\ 378\ 137m$
扁率	$f=1/298.257\ 222\ 101$
地心引力常数	$GM=3.986\ 004\ 418\times 10^{14}m^3\cdot s^{-2}$
自转角速度	$\omega=7.292\ 115\times 10^{-5}rads^{-1}$

2）CGCS2000 的实现

CGCS2000 通过 2000 国家 GPS 大地控制网的坐标和速度具体实现，参考历元为 2000.0。2000 国家 GPS 大地控制网是在测绘、地震和科学院等部门布设的 4 个 GPS 网联合平差的基础上得到的一个全国规模的 GPS 大地控制网，共包括 2518 个点。

坐标平均中误差：

$\sigma_x=0.90cm$，$\sigma_y=1.57cm$，$\sigma_z=1.06cm$

$\sigma_B=0.37cm$，$\sigma_L=0.77cm$，$\sigma_h=1.92cm$

点位平均中误差：

$\sigma_P=2.13cm$

其中，σ_x、σ_y、σ_z 分别为平面坐标分量中误差；σ_B、σ_L、σ_h 为大地坐标分量中误差。

CGCS 2000 有以下特征：

（1）CGCS 2000 具有比现行大地坐标框架更高的精度；

（2）与现有的大地坐标系统和高程系统相比，它涵盖了包括海洋、国土在内的全部国土范围；

（3）CGCS 2000 是一个 3 维的大地测量基准，有利于对空间物体的位置描述和表达；

（4）CGCS 2000 是一个动态的大地测量基准，具有时间特征；

(5) CGCS 2000是一个地心坐标系，它可以更好地阐明地球上各种地理和物理现象；

(6) 与国际接轨，它采用的椭球参数及物理参数与国际上公认的数据一致，有利于国际科研合作及科研成果共享。

3) 现有大地坐标系与2000国家大地坐标系间的转换

CGCS2000是通过2000国家GPS大地控制网的ITRF97坐标（和速度）实现的，每一坐标分量的实现精度约1cm。而WGS84是通过GPS监测站坐标实现，监测站坐标用来计算GPS的精密星历。最近（2002）一次用17个GPS监测站实现的框架是WGS84（G1150），每个监测站的每一坐标分量精度为1cm量级。可以认为，CGCS2000和WGS84（G1150）的实现精度是一致的。

随着信息化测绘的发展，卫星定位测量的前景会越来越宽阔，当我们的地理参考坐标转移到CGCS2000后，无疑今后利用卫星定位测量带来极大的方便。因此，我们下一步要做的是尽快在增城市建立更加完善的地理参考坐标系统，为城乡规划建设提供快捷、高精度的信息化数据。

2.2.4 CORS系统应用

CORS（continuously operating reference stations）全称为“连续运行参考站系统”。它是利用全球导航卫星系统、计算机、数据通信和互联网络等技术，在一个城市、一个地区或一个国家根据需求按一定距离所建立的、由若干个长年连续运行的固定GNSS参考站组成的网络系统。CORS可以实时发布GNSS差分数据并为用户提供相应的位置服务。基于CORS系统所进行的RTK测量又被称为网络RTK测量。

以增城市为例，增城市为建立和完善城市测绘基准框架，满足城市规划建设的需要，应用了广州市连续运行卫星定位系统（Guangzhou continuous operational reference system，GZCORS），主要用于控制测量、地面沉降监测、工程放样、地形及地下管线测量等各种精度要求的定位测量服务。连续运行卫星定位服务系统和似大地水准面系统的建立，完整构建了增城市三维动态空间定位基准框架，为增城市提供全天候、统一的地理空间信息服务。

1. CORS系统运行原理

CORS采用虚拟参考站（VRS）技术，所谓VRS技术是应用网络内所有GPS基准站的数据，生成整个网络区域内的动态模型，为整个网络覆盖范围内的每个用户生成唯一的虚拟参考站，实时提供相应的差分数据。这样用户可以用单个GPS接收机测量系统覆盖范围内的卫星星历数据，根据虚拟参考站提供的差分数据，计算出厘米级精度的点位坐标。基于VRS技术的CORS系统运行原理如图2.2所示。

2. 似大地水准面精化

大地水准面是由静止海水面并向大陆延伸所形成的不规则的封闭曲面，是大地测量基准之一。真正的大地水准面是未知的，通过几何大地测量和重力测量等方法确定的近

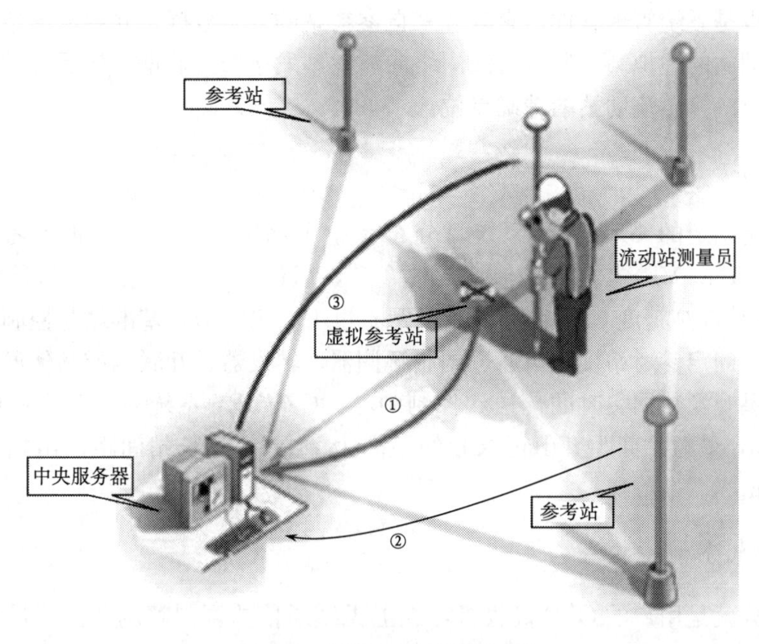

图 2.2　CORS 系统运行原理

①流动站通过 GPRS 网络向中央服务器发送卫星观测数据；②参考站接收机通过调制解调器、转发器、互联网向中央服务器发送卫星观测数据；③通过蜂窝通讯向流动站发送修正数据

似大地水准面模型即为似大地水准面。似大地水准面是正常高的基准面，其公式为正常高（H）＝大地高（H_r）－高程异常值（ξ）。式中，正常高为国家高程系统和地方高程系统加常数，大地高为 GPS 在 WGS 地心坐标下测得的高程，而高程异常值正是似大地水准面上不规则的高程异常值。因此，为得到某点的正常高，就需测得该点的大地高和高程异常值。

广州市利用现代大地测量技术对广州市 7434km^2 行政区域内的似大地水准面精确化测量，利用 5621 个点重力数据、143 个高精度 GPS 水准资料和 DTM2000 海深资料，并以地球重力场模型 EGM96 作为参考重力场，运用球冠谐调和分析方法，计算出精度优于±1cm 的高程异常值，实现了 GPS 高程测量精度在 3cm 以内（GPS 高程主要误差来源于似大地水准面的高程异常值 ξ 误差）。

3. 系统组成

GZCORS 系统由 3 部分组成：1 个系统控制中心，8 个 GPS 基准站，若干个用户部分。基准站包括增城市 2 个（荔城站和永和站）。系统覆盖整个广州市全市域 7434km^2 范围。

1）系统控制中心

控制中心是整个系统的核心，它既是通信控制中心，也是数据处理中心。通过通信线（光缆，综合业务数字网（integrated services digital network，ISDN），电话线）与所有的固定参考站通信；通过无线网络（GSM，CDMA，GPRS……）与移动用户通信。由计算机实时系统控制整个系统的运行，所以控制中心的软件 GPS-NET 既是数据处理软件，也是系统管理软件。它处理来自参考站的卫星数据，并用流动站的近似位置合成靠近流动站的虚拟站，通过无线网络向流动站发送修正数据。然后流动站结合自身的观测值实时解算出流动站的精确点位。

2）基准站

基准站是固定的 GPS 接收系统，分布在整个网络中，一个虚拟参考站（virtual reference station，VRS）网络可包括无数个站，但最少要 3 个站，站与站之间的距离可达 70km（传统高精度 GPS 网络，站间距不过 10～20km）。基准站与控制中心之间有通信线相连，固定参考站接收机通过调制解调器、转发器、互联网或其他通信链向中央服务器将卫星观测数据实时的传送到控制中心。GZCORS 系统 8 个基准站的平均站间距约 44.3km，最短站间距五山至永和的距离为 24km，最长站间距吕田站至新华站的距离达 89km。

3）用户部分

用户部分就是用户的 GPS 接收机，加上无线通信的调制解调器。测量用户可以拿着轻便的一体化 GPS 接收机到非隐蔽区进行测量作业，身上无需背包，流动站接收机重量仅为 2kg 左右，如天宝 R8 GNSS 的主机为 1.35kg。接收机通过无线网络将自己的初始位置发给控制中心，并接收 VRS 中央服务器给出的改正信号，计算出精确的点位坐标及高程。

系统控制中心与基准站和移动站 RTK 用户的通信关系如图 2.3 所示。

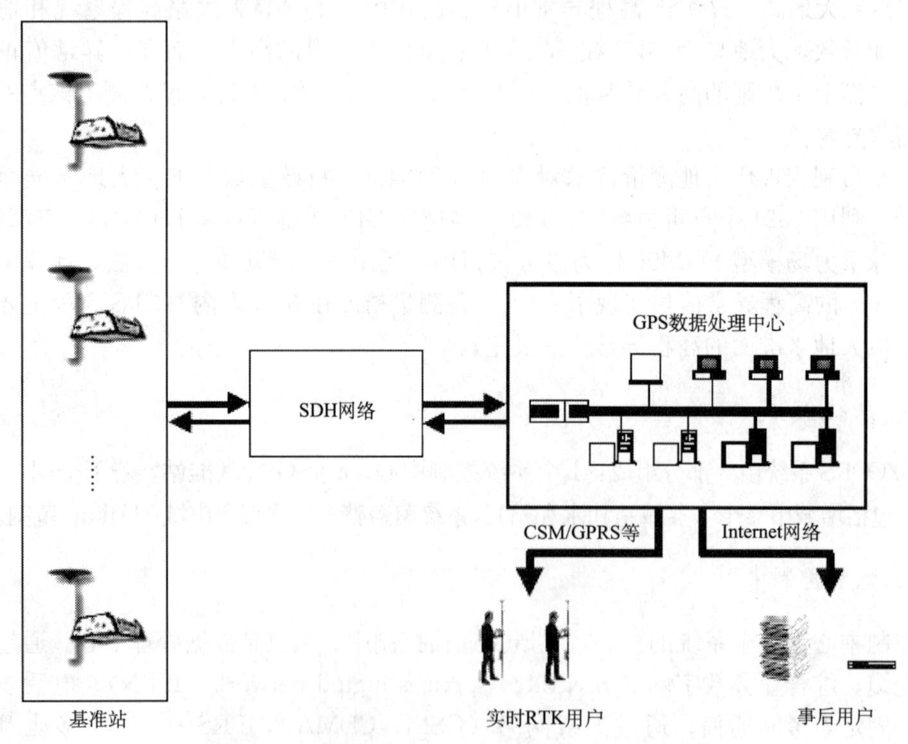

图 2.3　数据处理中心与基准站和移动站的通信关系

根据不同用户的需求，可以将 GPS 接收机放置在不同的载体如汽车、飞机、轮船、高楼顶和水库大坝上等用来导航或监测。

4. 系统覆盖范围

系统测试点均匀覆盖了广州市域 7400km^2，最南南沙 S002 点距离基准站 15km，最西面 S120 点距离基准站 25km，北面 S101 点距离基线 26km。在广州全市范围内都可以得到网络 RTK 的实时定位服务。

5. CORS 系统的应用优越性

CORS 系统简单理解为网络 RTK（real-time kinematic），是常规 RTK 作业的一种改进。RTK 技术是 GPS 实时载波相位差分的简称。这是一种将 GPS 与数传技术相结合，实时解算进行数据处理，在 1～2s 的时间里得到高精度位置信息的技术。但传统 RTK 技术有着一定局限性，使得其在应用中受到限制，主要表现在：

（1）用户需架设本地的参考站；

（2）误差随距离增加而变大；

（3）误差增大使流动站和参考站距离受到限制；

（4）可靠性和可行性随距离增加而降低。

而 VRS 技术最大意义在于，它将克服以上的局限性，扩展 RTK 的作业距离。在 VRS 网络区域内，可以独自一人进入任何测点上开始获取厘米级精度的 GPS 成果。

6. CROS-RTK 测量的一般规定

（1）CORS-RTK 测量适用于在增城市所进行的三级及以下精度的控制测量、航测像控点测量、各种比例尺数字化地形及地籍测图、管线数字化测量、城市规划测量、一般工程测量、市政道路测量、工程放样和其他厘米级精度的测量项目。

（2）在增城市的行政区域内，CORS 系统均能有效地覆盖，RTK 测量不宜超出此区域。确有需要在增城市以外进行 RTK 测量时，应适当增加检测量。

（3）增城市处于低纬度地区，高温多雨，RTK 作业应尽可能安排在良好的天气状况下进行。作业前还可查询 CORS 系统运行状态、进行星历预报及电离层、对流层活跃度分析，以避开不利时段，合理制订作业计划。

（4）RTK 测量还应特别注意 GPS 卫星数量、分布等观测窗口状况，其作业条件应符合表 2.3 规定。

表 2.3　作业观测环境基本要求

观测窗口状态	15°以上的卫星个数	PDOP 值	作业要求
良好窗口	≥6	≤5	允许作业
较差窗口	5	≤8	尽量避免作业
不利窗口	＜5	≥8	禁止作业

（5）RTK观测时距接收机10m范围内禁止使用对讲机、手机等电磁发射设备。遇雷雨应关机停测，并卸下天线以防雷击。

（6）RTK测量的作业步骤一般应包括以下内容：①仪器的充电、检查准备工作；②接收机天线和仪器电缆连接；③接收机蓝牙连接与手簿参数设置；④接收机仪器的安置、对中、整平；⑤与CORS中心通信并获得用户许可，建立数据连接；⑥选择正确的差分数据类型；⑦仪器高量取及输入；⑧开始测量；⑨数据处理。

（7）CORS-RTK测量按精度可划分为三级、图根和碎部。RTK测量的点位平面中误差（相对于起算点）不得大于±5cm。测量技术要求应符合表2.4的规定。

表2.4 CORS-RTK测量基本技术要求

等级	相邻点间距离/m	测回数	采集历元
三级	≥200	≥3	≥20
图根	≥120	≥2	
碎部	—	≥1	≥5

注：一测回是指流动站接收机在重新初始化之后所成功完成的一次RTK测量；
个别困难条件下，相邻点间距离最多可缩短至规定值的2/3。但边长与全站仪检测较差应≤±2cm；
—为无相邻点间距离。

（8）由于载波相位模糊度的多值性，RTK测量中内外部各种误差及干扰均可能导致模糊度的解算不可靠。因此，应以多种检核确保成果的可靠性：如内符合残差检验、两次初始化测量校核、已知点检核、分时段重复测量比较、全站仪检测等。

7. CROS-RTK测量作业要求

（1）RTK测量的点位应满足以下要求：①点位所在的区域应被中国移动网络信号有效覆盖，确保接收机能够通过GPRS或GSM方式稳定地连接CORS网络；②点位视野开阔，视场内连续障碍物的高度角不宜大于15°；③点位远离微波塔、发射天线等大功率无线电发射源200m以上，尽量远离高压输电线路；④点位附近不应有金属、水面等反射电磁波信号强烈的物体；⑤交通方便，并有利于其他测量手段的扩展。

（2）RTK控制点的布设要求如下：①RTK控制点应布设为三个以上的连续通视点；②当布设为2个点的点对时，应在各点对之间用导线进行连接。

（3）RTK测量控制点点名应加“V”字轨标识，三级点点名应加“V-III”字轨标识。三级点的埋石和点之间应执行《城市一、二、三级控制点测量补充实施细则》，或按照经批准的专项技术设计书执行。

（4）接收机在连接CORS前应正确设置各项网络参数，包括通信参数、IP地址、APN、端口和差分数据格式等。

（5）与CORS网络连接之后，RTK用户应正确输入本人的用户名和密码登录Ntrip，并选择合适的服务类型。只有在获得CORS系统的认证许可之后，才能进行作业。

（6）进行RTK控制点测量时，应使用三脚架并安装基座。对中整平后应分多方向量测仪器高度，并正确设置仪器高类型（斜高、垂高）和量取位置（天线相位中心、天线项圈和天线底部等）。互差≤±2mm 时可输入其平均值。

（7）RTK 测量中数据采样间隔一般设为 1s，模糊度置信度应设为 99.9%以上。经、纬度记录到 0.00001″，平面坐标和高程记录到 0.001m。

（8）RTK 作业中应检测已知点，确保接收机配置、仪器高设置、CORS 系统和网络信号等均处于正常状态。检核点宜位于作业区域内，且检核较差应满足：平面≤5cm、高程≤8cm。

（9）RTK 测量必须在接收机已得到网络固定解状态下方可进行数据记录。单次测回应满足点位平面残差 HRMS≤±2cm，高程残差 VRMS≤±3cm。

（10）RTK 控制点测回间观测记录的时间间隔不应小于 1min。两次平面互差应≤±3cm，高程互差应≤±4cm。符合要求的取各次观测结果的平均值作为最终成果。

（11）3min 之内仍不能获得固定解时，应断开数据链，重启接收机，再次进行初始化操作。此外，还可以增大卫星截止角，或选择不同的多路径效应消除模式进行测量。

（12）重试次数超过三次仍不能获得初始化时，应取消本次测量，对现场观测环境和通信链接进行分析，选择观测和通信条件较好的其他位置重新进行测量。

（13）RTK 控制点之间必须 100%检核边长、角度及高差等相对几何关系：①RTK 控制点通视边长反算值与全站仪实测边长比较，应满足表 2.5 中相应等级的精度要求；②三个以上的连续通视点所反算的夹角与全站仪实测角度比较，应满足表 2.5 的要求；③2 点对的 RTK 控制点之间按导线的要求进行串测，并应满足表 2.5 的要求；④RTK 控制点的高差检测，可采用水准测量或三角高程进行，其精度应满足表 2.6 的要求。

表 2.5 控制点平面校核技术要求

等级	边长较差相对中误差	角度校核较差限差/(″)	导线串测角度闭合差/(″)	导线串测边长相对闭合差
三级	≤1/7000	30	$\leq\pm30\sqrt{n}$	≤1/5000
图根	≤1/5000	60	$\leq\pm40\sqrt{n}$	≤1/4000

注：n 为测站数；

导线串测即为下一级导线。

表 2.6 控制点高程校核技术要求

方法	水准/mm	三角高程/m
限差	$\leq\pm30\sqrt{L}$	$\leq0.4\times S$

注：L 为水准检测线路长度，以 km 为单位，小于 0.5km 按 0.5km 计；

S 为检测点间距，以 km 为单位，小于 0.1km 按 0.1km 计。

（14）对于测区等大面积的 RTK 控制测量，每天的作业均应进行已知点检测。此外，还应对所有控制点进行分时段的重复测量，且满足如下要求：①重复测量检核点数量应达到总测量点数的 10%以上；②两次重复测量时段应间隔 2 小时以上；③重复测量检核点宜均匀分布于作业区域；④两次分时段重复测量的平面互差应≤±5cm，高程较差应≤±8cm。

(15) 对于小件工程的 RTK 控制测量，每次作业均应进行已知点检测。此外，还应对所有控制点进行分时段的重复测量，且满足如下要求：①两次重复测量时段应间隔 1 小时以上；②两次分时段重复测量的平面互差应≤±5cm，高程互差应≤±8cm。

8. 基本说明

(1) CORS 测量所得到的是 WGS-84 坐标，使用 1980 西安坐标系统时需进行坐标转换。

(2) CORS 测量所得到的是 WGS-84 大地高，使用 1985 国家高程系统时需进行高程转换。

(3) 与上述各坐标及高程系统相关的地球椭球与参考椭球的基本参数如表 2.7 所示。

表 2.7　地球椭球和参考椭球的基本几何参数

类　别	地球椭球	参考椭球
坐标系统	WGS-84	1980 西安
长半轴 a/m	6 378 137	6 378 140
短半轴 b/m	6 356 752.314 2	6 356 755.288 2
扁率/a	1/298.257 223 563	1/298.257
第一偏心率平方/e^2	0.006 694 379 990 13	0.006 694 384 999 59
第二偏心率平方/e'^2	0.006 739 496 742 227	0.006 739 501 819 47

(4) RTK 测量宜采用协调世界时（coordinated universal time，UTC）。当采用北京标准时间时，应按东 8 时区时差予以换算。

(5) 现阶段条件下，CORS 只支持 GPS 定位系统卫星信号。

(6) 现阶段条件下，CORS 只支持 GPRS 和 GSM 方式的用户无线连接。

2.3　基础地理数据建设实例

本节内容以广东省增城市基础测绘项目为案例，详细介绍基础地理数据的建设。

2.3.1　前期准备工作

1. 项目背景

随着增城市社会经济的迅猛发展，为加强行政区域调整后的城市规划管理，组织城市规划的编制，重点是各中心镇、中心村的控制性详规，有必要完成增城市基础测绘和基础地理信息数据的更新。增城市基础测绘纳入了 2007 年市政府重点项目实施表，项目采用先进的航测技术，完成增城市 1∶2000 地形图数据，覆盖全市 1616.47km^2；为打造县域城市“数字增城”提供重要的基础地理信息数据基础；满足村庄规划编制对基础地形数据的需求；满足广河高速、北三环高速、增从高速及广汕快速公路等重点项目建设对基础数据的需求；同时还能满足全市城乡规划、土地管理、环境保护、灾害预防以及城市应急预警等方面的需求；为增城市构建空间地理信息框架打下坚实基础。

由于各方面的原因，增城市基础测绘的航空摄影纳入了广州市数码航空摄影项目，根据已有的影像数据进行数字成图及数据入库。

2. 已有资料收集及利用

由于增城市城乡规划局在多年的信息化建设过程中已经积累了大量的数据资料，为了避免浪费，在项目开展之前对已有资料进行了收集整理。具体如下。

（1）数字图件：包括增城市最新的1∶50 000数字栅格图、1∶10 000数字矢量图以及部分1∶2000数字矢量图等基础地形数据资料。1∶50 000数字栅格图主要作为增城区域内航线设计的参考依据；1∶10 000数字矢量图以及部分1∶2000数字矢量图是作为像控检核点网布设的地形参考依据。

（2）航空摄影数据包括：数字航空摄影GSD16cm高分辨率黑白影像数据、数字航空摄影天然彩色影像数据、数字航空摄影彩红外影像数据及真彩色激光数码航摄像片。以上数据均包括L0级与L1级数据。同时还有测区航线、像片结合图，数码相机技术参数，航空摄影飞行记录及数字航空摄影成果质量分析评价报告等技术参数文件资料。

（3）专题数据：包括测区内最新的地名、水系及高压电网等专题数据库数据，这一部分数据主要应用于辅助数据采集及外业调绘。

3. 技术文件编制

（1）2006～2007年增城市基础测绘项目建议书。

增城市基础测绘项目建议书建议将增城市基础测绘纳入国民经济和社会发展年度计划和财政预算中，总结2006年以前增城市基础测绘的技术体系、平面坐标系统、高程基准以及主要成果，并从资金投入、技术手段、测绘工程项目管理等几方面提出基础测绘管理的主要措施，结合增城市经济社会发展和城乡规划编制的需要制定2006～2010年中长期增城市基础测绘规划，并在2007年开始实施1∶2000数字航摄成图计划。

（2）增城市1∶2000数字摄影成图及数据入库技术设计书。

由增城市基础测绘项目组编写了《增城市1∶2000数字摄影成图及数据入库技术设计书》，设计书对作业流程、作业软硬件环境、成图规格、成图精度、成果验收及成果上交等方面作了详细介绍，并对矢量数据采集、毛图粗编、外业调绘、精编成图、数据入库等技术环节作了详细的技术要求。该设计书是整个航测项目实施过程中的主要基础技术文件。

（3）增城市1∶2000地形图数据生产规范。

为统一增城市现有基础测绘数据成果，规范增城市基础测绘数据入库，增城市金站城市建设测量队联合中山大学地理信息与遥感工程系共同制定了《增城市1∶2000地形图数据生产规范》。在参照国家标准以及广州市相关规范，结合增城市现有数据的实际情况，保证按本方案生产的数据可以顺利转入到Oracle数据库中，并保持数据的完整性等基础要求上，该规范制定了增城市大比例尺基础地形数据（shape 格式）的分层方案、编码方案和各层属性表。

4. 技术培训

2007 年 1 月下旬，增城市城乡规划局邀请中国工程院院士刘先林为增城市全市规划建设技术人员作了“现代测绘技术体系与国家基础测绘的发展”专题报告，报告系统介绍了信息化测绘在规划、建设、国土等方面的应用以及国家基础测绘近期、中期、远期的规划，鼓励政府投入财政资金发展基础测绘产业，并着重讲解了现代航空摄影测量技术及其发展应用的情况。

针对测量队人员少、业务多的实际情况，增城市城乡规划局一手抓项目管理、一手抓关键技术。为了全面提高项目管理人员的项目管理意识，控制项目风险，保证项目按计划完成，测量队力邀项目管理咨询公司在项目启动、计划、执行、控制、收尾几方面进行了系统的培训，要求主要技术人员掌握编制全面的、系统化的项目计划的方法，包括界定项目的工作范围，分解详细的工作步骤，分析关键路径，分配各成员的职责，制定进度计划，估算项目费用等。

2007 年 9 月至 2008 年年初，项目组根据项目进度和要求，针对不同的工作内容，分别委派技术人员多次前往焦作市、西安市航测生产单位接受航测新技术培训，并邀请国内知名专家开展数字航空摄影等技术讲座。

2.3.2 数据精度要求

1. 航摄技术参数

增城市 1∶2000 航摄成图设计为 GSD＝16cm 真彩色摄影，具体航摄参数如表 2.8 所示。

表 2.8 航摄技术参数

类型	GSD16cm 真彩色、黑白、彩红外
航摄时间	2008 年 1 月 6 日～2008 年 3 月 28 日
像　幅	按项目要求分幅
航摄仪型号	ADS40
飞行方向	东西
焦距/mm	62.7
航摄分区	广州地区 2 区（1800m）、C 区（2100m）
备　注	测区 8 个 GZCORS 永久基准站（高精度修正影像系统误差）

2. 空三测量精度分析

GSD 地面分辨率不低于 16cm；

内定向：内定向≤0.02mm；

相对定向：

标准点残余上下视差：$\Delta q \leqslant 0.02$mm；

检查点残余上下视差：$\Delta p \leqslant 0.03$mm。

模型连接较差：

平面位置较差（m）：$\Delta S \leqslant 0.06 \cdot m \cdot 10^{-3}$；

高程较差（m）：$\Delta Z \leqslant 0.04 \cdot (m \cdot f)/b \cdot (10^{-3})$。

绝对定向精度见表 2.9。

表 2.9　绝对定向精度表　　（单位：m）

定向点		检查点		公共点	
平面	高程	平面	高程	平面	高程
0.5	0.2	0.9	0.3	1.4	0.48

3. 成图技术要求

为保证成图质量，设计书对成图各环节制订了相关的技术指标，其中包括内业加密点和地物点相对于邻近平面控制点的点位中误差（表 2.10）以及内业加密点和等高线插求点对邻近高程控制点的高程中误差（表 2.11），同时对 1：2000 线划图中城市建筑区及铺装路面高程注记点的高程中误差以及相邻图幅的地物、地貌的接边做了详细的规定。

表 2.10　内业加密点和地物点相对于邻近平面控制点的点位中误差

点别	不同地形类别的中误差	
	平地、丘陵地	山地
加密点/mm	0.35	0.5
地物点/mm	0.5	0.75

表 2.11　内业加密点和等高线插求点对邻近高程控制点的高程中误差

点别	不同地形类别的中误差		
	1：2000 平地	1：2000 丘陵	山地
加密点/m	0.24	0.35	0.8
高程注记点/m	1/3 等高距	1/2 等高距	2/3 等高距
等高线	1/3 等高距	1/2 等高距	2/3 等高距

2.3.3　航摄飞行

增城市 1：2000 航摄成图采用国际先进的线阵列推扫式数字传感器 ADS40（airborne digital sensor）。ADS40 传感器由瑞士 LH 公司与德国宇航中心 DLR 联合研制，它的扫描宽度几乎是典型框幅式照相机的 3 倍（图 2.4），飞机的飞行航线宽度是使用框幅式照相机的飞机的3倍，大大提高了摄影效率；ADS40传感器采用线阵列推扫成像原理（图2.5），能同时提供3个全色与4个多光谱波段数字影像，其全色波段的前视、下视和后视影像（图2.6）能构成3对立体以供观测；相机上集成了GPS和惯性测量装置（inertial measurement unit，IMU），可以为每条扫描线产生较准确的外方位初值，可以在四角控制或无地面控制的情况下完成对地面目标的三维定位。

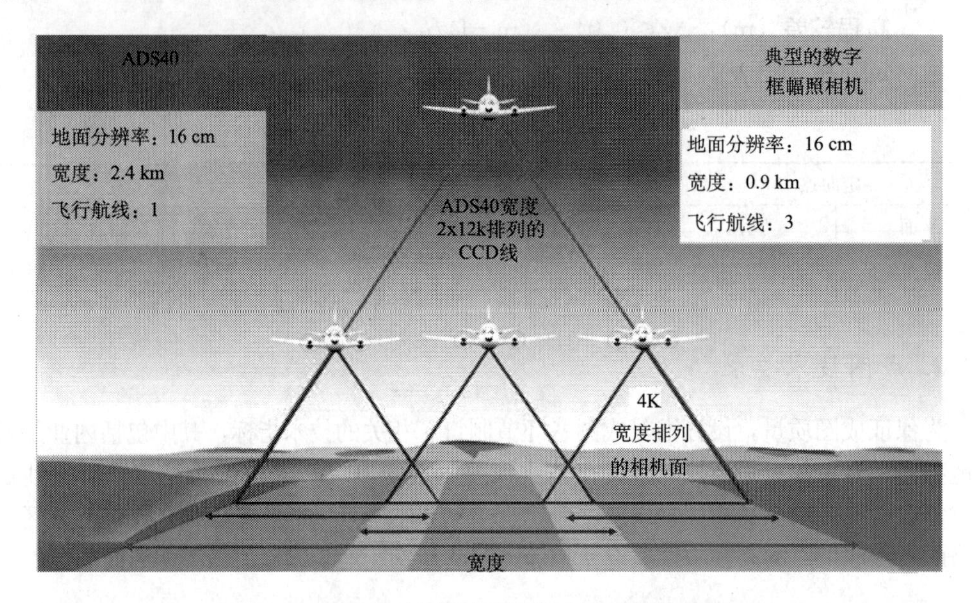

图2.4　相同地面分辨率不同传感器扫描宽度对比

在飞行过程中，机载GPS接入GZCORS系统，与GZCORS系统的8个永久性GPS基准站及1个GPS监测站进行同步观测，加强影像系统误差的修正。

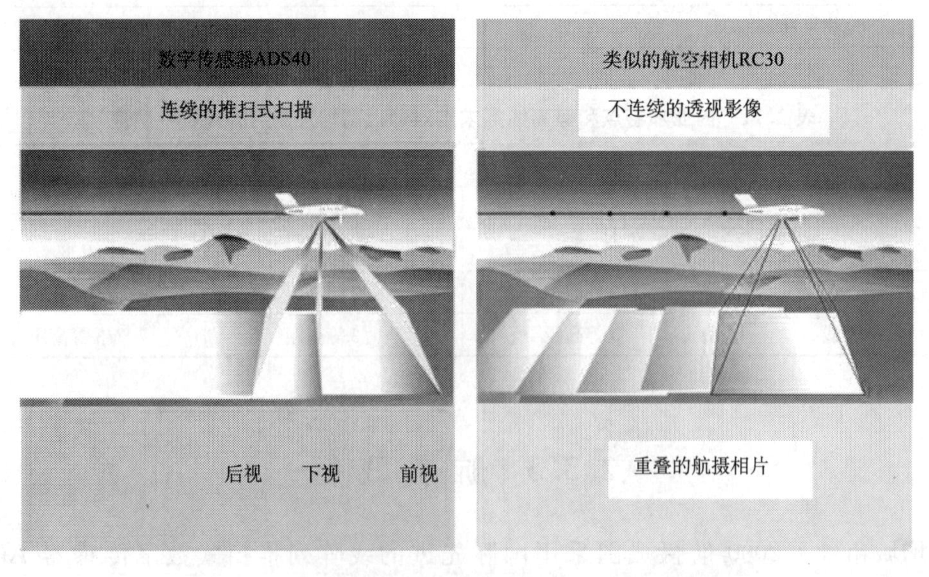

图2.5　ADS40推扫式成像原理与传统成像原理比较

图 2.6　ADS40 全色下视影像图

2.3.4　数字成图工作

1. 空三加密

空三加密（orientation management，ORIMA）是 ADS40 的数字空中三角测量模块，其中自动点量测 APM 是空中三角测量的关键，数字空中三角测量包括有控、无控、人工量测等多种方式，ORIMA 数据管理是基于工程项目的数据管理结构，数据存储在工程目录中，目录与工程文件具有相同位置。大部分数据文件是 ASCII 文本文件，相机文件是具有多个相机的（*.cam）文件，地面控制文件是（*.dat）文件，像坐标是（*.mea）文件，外方位元素是（*.ori）文件，GPS 天线中心坐标是（*.gps）文件，天线定向角度是（*.imu）文件。

基于 ORIMA 的数字空中三角测量具体过程包括：数据输入、运行自动点量测 APM、空间前方交会、自由平差、运行 CAP-A、分析 CAP-A 计算结果、增加连接点、行成定向参数。

2. 矢量数据采集

依据 LPS 生成的立体模型对影像进行纠正生成 L2 级影像，按照内业定位、外业定性的原则，对影像中地物、地貌各要素按编码、层、颜色、线型进行矢量采集，获得哑图数据（图 2.7）。

3. 野外调绘

外业调绘以内业采集的哑图为依据，在野外对哑图上各类地物地貌的属性、名称以及相互关系进行调查绘制；并对在内业采集过程中无法判别而遗留的需外调解决的问题进行实地勘测，以便于内业及时修测。外业调绘可采用交会法或截距法，并辅助以相应

图 2.7 矢量数据采集

的仪器设备准确定位，经过整理后形成粗编图。

4. 精编成图

粗编图仍需要进一步根据地形图图式的要求进行编辑整饰，并且对外业调绘获取的信息进行分层编码，同时对点、线、面及文字注记各要素进行处理。精编图式是依据国家1∶2000地形图图式，部分参照广州市地形图图式，并结合增城市的数据特点修订，最终完成标准图幅的1∶2000地形图。

2.3.5 数据检查入库

1. DLG数据质量检查

1）属性精度检查

（1）检查各个图层的名称和要素归属（归层）是否符合数据标准设计要求；

（2）检查所有地物要素是否遵守生产规范中的代码、颜色、类型、线型及线宽等编码属性定义要求；

（3）逐层检查各属性表中的属性项是否为空值，非空值是否为唯一值，属性中类型、长度、顺序及高程等是否正确；

（4）检查公共边的属性值是否正确。

2）逻辑一致性检查

（1）检查各层是否建立了拓扑关系及相应拓扑关系的正确性。

（2）检查各层是否有重复的要素。

（3）检查有向符号、有向线状要素的方向是否正确。

（4）检查多边形的闭合情况，标识码是否正确。例如，房屋是否已经构面，是否消除重叠、交叉、悬挂；地类界是否已经构面，是否消除重叠、交叉、悬挂；根据面状地物建构多边形拓扑分析。

（5）检查线状要素的节点匹配情况。例如，道路等是否已经贯通；针对道路等网状地物建构网络拓扑分析。

（6）检查各要素的关系表示是否合理，有无地理适应性矛盾，是否能正确反映各要素的分布特点和密度特征。

（7）检查是否存在不符合要求的重复点、线、实体及回头线等。

（8）检查有无点、线矛盾的情况。

2. 数据入库

1）去符号化处理

为减少数据量，降低因大量数据对数据库管理系统产生的压力，根据数据入库标准要求，经过检查的数据要进行图面去符号化处理：面状地物如植被等，去除符号只保留面状地类界线；点状地物如路灯，去除符号只保留点位。

2）数据转换

由于地形图成果数据为dwg格式数据，若把这些数据强行直接导入GIS平台的数据库中，会造成许多错误及信息的丢漏。因此，在dwg格式数据与GIS数据平台之间必须通过一个衔接的桥梁，把dwg数据信息全息转成shp数据，导入到空间地理信息数据库中。

3）数据融合

在DLG数据生产过程中，数据是根据基本比例尺，按照规定进行标准图幅数据分割生产的。为保证空间地理信息数据中各地物要素能够保持其原有属性特征，在数据入库过程中要把基础测绘成果各图幅中相同图层的数据进行融合处理。经过图层融合整理，数据库中的空间数据不再根据图幅进行图框分割，在空间地理信息数据使用中取消图幅的概念，结构上只保留图层进行区分。

要素要进行接边融合的原因也是数据的分幅所致，分幅线把跨越图幅的地物分割成两个或多个独立地物，改变了地物的实际空间属性信息，因此在数据导入数据库之后建立地物要素接边判断的机制。对于需要接边的要素，系统会对图幅边界属于同一图层的实体逐一进行接边检查，首先检查数据库中实体之间是否存在几何接边，即相近两实体边界点的坐标差值是否在判断的范围之内。如果判断出两实体间存在几何接边，则进一步判断这两个几何接边的实体是否属性接边，即判断这两个实体的属性是否一致（通过要素的编码来判断），如果这两个实体同时满足几何和属性接边，系统就执行自动接边操作，即将这两个实体融合为一个实体。

2.3.6 工程项目管理

1. 项目立项

增城市城乡规划局是增城市人民政府的下属单位，是负责增城市行政区域内城乡规划管理工作的城乡规划行政主管部门，受市政府委托负责“增城市基础测绘”项目的生产，是“增城市基础测绘”项目的主办单位。

2007 年，增城市基础测绘项目由增城市城乡规划局向增城市政府申报立项，并经增城市财政局和广州市财政局审核通过，项目采用单一来源采购方式委托增城市金站城市建设测量队组织项目的具体实施工作。

项目总投资 1118.8 万元，目标完成增城市域范围内 1616.47km^2 的 1∶2000 地形图全覆盖。

2. 项目论证会

2007 年 9 月 13 日，增城市城乡规划局受增城市政府委托，召开增城市基础测绘技术方案专家论证会。中国工程院院士刘先林、宁津生、张祖勋，北京大学教授邬伦，中国矿业大学教授吴立新，中山大学教授张新长和广州市城乡规划勘测设计研究院副院长方锋等专家受邀参加。

在听取了项目组就技术方案所作报告之后，专家组对该方案进行了全面、细致的论证，一致认为：方案设计依据充分、技术先进、进度安排适当、费用预算合理、符合国家有关政策和规范要求，项目的实施对于促进增城市经济建设与社会发展具有十分重要的意义，同意通过论证。同时，专家组还就项目的实施提出了富有建设性的意见和建议，使方案更符合增城实际，更符合科学发展要求。

3. 项目管理

项目批准立项后，成立了以主管副市长为组长的项目管理小组，并成立了以增城市规划编制研究中心主任为组长的项目绩效管理小组。

在项目实施过程中实行每周例会检查进度、商讨技术问题、控制风险，严格执行项目合同的规定，努力提高工作质量和效率，明确规范管理、强化责任、稳中求进、确保安全、质量第一的指导思想，从思想观念、技术文件、技术变更和计量支付等方面入手，做到未雨绸缪，防患于未然，严把安全和质量关，严控投资和进度关。

为加强财务管理工作，本项目严格按照《行政事业单位财务管理规则》的要求，对批准的预算项目设置独立档案、专项细明，依照合同按步骤、进度并经业务部门经办人、项目负责人对项目情况确认签字，领导审批后，财务方办理请款手续，请款采取直接支付方式支付乙方工程费用。在资金使用过程中，严把监督审核关，建立健全内部审批制度。

4. 工程监理

为保证项目进展，确保项目成果质量，在项目实施过程中，引进了工程项目过程监理。项目监理的主要职责为：监控项目进度、组织协调、项目中间成果检查以及项目预算结算审核等。监理机制及实施细则贯穿于整个项目的实施过程，极大地提高了项目技术方案的贯彻以及项目成果的保证。

2.3.7 第三方质检验收

项目完成后，为进一步确保项目的成果资料客观可靠，由增城市城乡规划局引入第三方检测的方式，委托广州市城市规划勘测设计研究院对增城市基础测绘项目成果进行质检验收。

1. 项目检测总流程

项目检测总流程如图 2.8 所示。

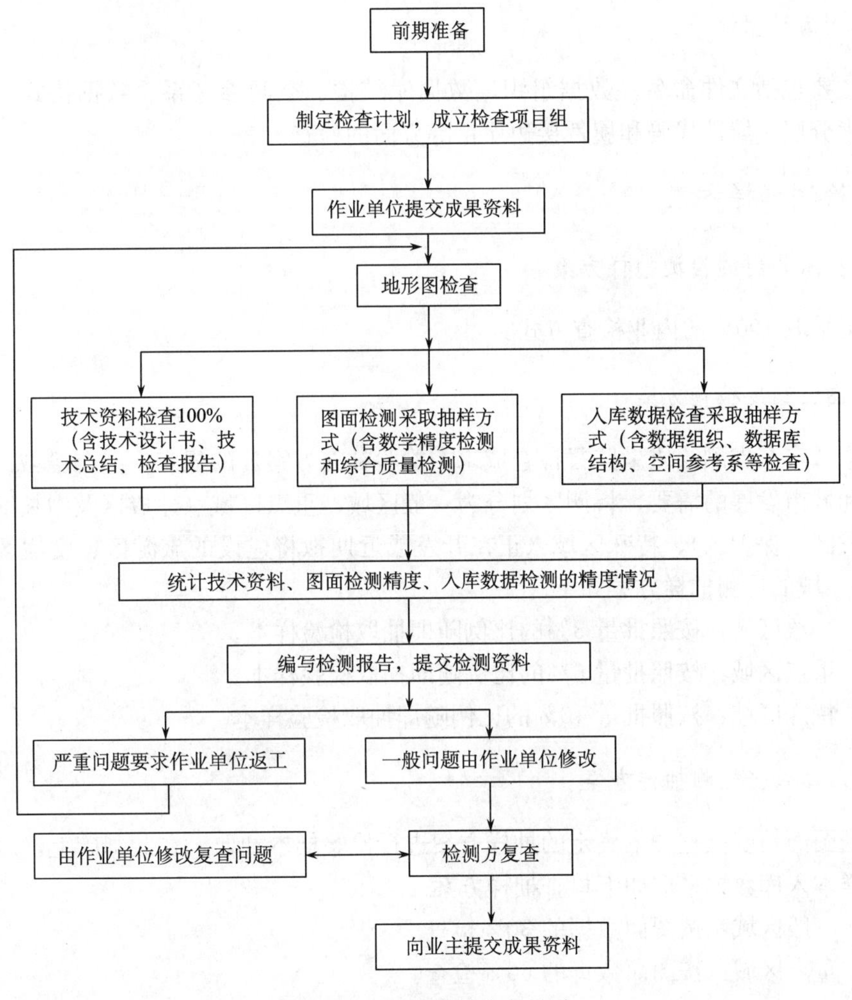

图 2.8 项目检测总流程图

2. 检测内容

根据设计方案的要求，检测的主要内容包括以下三个方面。

1）技术资料检查

这主要包括项目技术设计书、技术总结、检查报告等资料的检查。

2）图面检测

图面检测分为地形图综合质量检测和数学精度检测。

地形图综合质量检查包括地理精度检查（即实地巡视检查）和整饰质量检查（即内业图面检查和地物要素接边检查）。

数学精度检测包括图上地物点平面精度、高程精度和间距精度检测等。

3）入库数据检查

它主要包括文件命名、数据组织、数据库结构、空间参考系、数据格式、要素类型、要素分层、属性代码和属性接边质量等方面的检查。

3．检测抽样方案

1）技术资料的检测抽样方案

方案采取100％的内业检查方式。

2）图面精度检查方案

根据《广东省测绘质量监督检查成果类检验补充方案》的规定，结合增城市城乡规划管理和城市发展的需要，将测区划分为一般区域、重点区域（建成区及中长期拟将建设的开发区、保护区）、特殊区域（正在开发或近期拟将建设的旅游区、度假区、开发区），各区域的检测抽样方案如下。

（1）一般区域：按照批量3％的比例随即抽取检验样本。

（2）重点区域：按照批量6％的比例随即抽取检验样本。

（3）特殊区域：按照批量10％的比例随即抽取检验样本。

3）入库数据检测抽样方案

根据图面精度检查方案确定的抽样方案进行检验样本抽取，在此基础上，对所抽取的检验样本入库数据采取如下检查抽样方案。

（1）一般区域：按图面数据的30％检查。

（2）重点区域：按图面数据的60％检查。

（3）特殊区域：按图面数据的100％检查。

4．质量评定

1）权重确定

根据相关检查验收规定及要求，确定检测质量元素、质量子元素的权重分配（表2.12）。

表 2.12　质量元素权重分配表

质量元素	权	质量子元素	权	检查项	权
技术资料质量	0.1	—	—	技术设计书	0.3
	0.1	—	—	技术总结	0.3
	0.1	—	—	检查报告	0.4
图面检测精度	0.7	地形图综合质量	0.4	地理精度	0.6
				整饰质量	0.4
		数学精度	0.6	平面精度	0.3
				高程精度	0.3
				相对精度	0.4
数据入库	0.2	—	—	数据组织	0.4
	0.2	—	—	数据结构	0.3
	0.2	—	—	空间参考系	0.3

2）质量评分方法

根据数学精度、图面精度和入库数据的权重，结合检测项目的得分，加权平均即可得到每幅图的图幅质量得分，取其平均值就可以得到检测样本的质量得分。根据检测成果的质量得分，按照表 2.13 的质量等级评定标准，划分质量等级。

表 2.13　单位成果质量等级评定标准

质量等级	质量得分/分
优	≥90
良	75～90（包括 75 不包括 90）
合格	60～75（包括 60 不包括 75）
不合格	<60

主要参考文献

国家测绘局．2008．基础地理信息标准数据基本规定．GB21139—2007．北京：中国标准出版社
韩雪培，廖邦固．2004．地方坐标系与国家坐标系转换方法探讨．测绘通报，10：20～22
侯兆泰．2007．关于基础地理数据几个问题的探讨．现代测绘，30（2）：33～35
刘鹰．2007．利用 QuickBird 高分辨率遥感影像更新城市大比例尺地形图的研究．阜新：辽宁工程技术大学硕士学位论文
熊顺．2007．基础地理信息数据相关处理技术的研究与实践．郑州：解放军信息工程大学硕士学位论文

第3章　城乡规划审批、编制及专题数据建设

3.1　理论概述

3.1.1　专题数据概念

目前，对专题数据还没有一个公认的定义和界定，一般认为专题数据就是属性数据。很多文献将属性数据称为专题数据(陈燕娥,2005)，这是从狭义角度定义专题数据。

本章从广义的角度将专题数据定义为：用于描述某项特定应用专题或某个专业涉及的地理对象的地理特征的数据，包括空间数据、属性数据和时间数据。在某种情况下专题数据所指与专业数据相同；但大多数情况下，专题数据可能描述某个专业（规划、国土和环保等）的某项特征，或者只涉及部分因素，所以专题数据的外延要比专业数据的外延小。该定义下的专题数据不仅仅涉及地理实体的属性数据，同时也可能涉及空间数据和时间数据，其实质就是在基础地理数据库基础上，由各专业部门所添加的应用数据，为各级组织和部门的应用和决策提供支持，为各学科研究提供所需专题信息。这些应用数据可以融合和集成，其存储分散在空间信息资源网络的节点上。专题数据还包括同一专题的不同历史时期的数据，这些数据组成专业部门的本地空间数据库，可以提供建立决策支持系统所需的信息资源。从数据库角度来讲，城乡规划空间数据库包括以下几个方面的内容：基础地理数据库、规划审批数据库、规划成果数据库、规划管理数据库和其他专题数据库。从广义上讲，除去基础地理数据库之外的规划审批、规划成果、规划管理等城乡规划与建设空间数据库子库均可纳入为“专题数据库”的概念中，本章在数据建设方面的论述按照广义的概念。以下“专题数据”若未明确声明，均表示这一广义的概念。

专题数据在内容体系上严格依据国家和省级数据中心建设标准和信息系统建设规范，参考地级市的相关规定，实现六个统一：

（1）统一 GIS 平台；

（2）统一数据库平台；

（3）统一数据组织方式；

（4）统一要素分类和编码；

（5）统一规范业务流程；

（6）统一数据精度和检查处理机制。

这样的处理便于同国家、省和市三级数据中心的数据交换，便于数据的统一管理，便于整合现有数据，建立统一编码体系，以保证数据单元在整个数据中心体系下，在时间、空间和形态上表示唯一。

3.1.2 目标与任务

1. 目标

县域城乡规划编制、审批及专题数据建设将利用计算机网络、地理信息系统、信息交换适配器、数据挖掘等先进技术，在全市范围内形成准确、动态、高效的城乡规划编制、审批及专题数据生产、数据管理和数据服务体系，为政府和全社会提供可持续的专题共享服务，为形成先进、完善、全局性的地理空间信息大系统打下坚实的数据基础。

县域城乡规划编制、审批及专题数据建设一般应达到以下目标。

1）满足用户要求

规划专题数据的建设必须充分理解各行各业各方面的要求与约束条件，尽可能精确地定义规划专题数据的需求。

2）形成有效体系

形成有效的数据共享体系，为县域城乡的规划、建设、管理和社会各行业提供完善、优质和高效的专题数据服务（刘世伟，2008）。

3）可以动态更新

根本上解决基础地理综合信息数据更新不快、各部门单兵作战、业务信息沟通困难、缺少宏观调控等问题。

4）能被某个数据库管理系统接受

规划专题数据的最终结果是确定数据库管理支持下能运行的数据模型，建立起可用、有效的数据库，因此，在建设过程中必须与数据库管理系统建设的标准建设、数据整理和质量检查相配合。

5）推进“城市建设数据说话，重点工程协同督办”

所谓“城市建设数据说话”是指：在涉及城市空间信息支持的任务中，无论属于具体实施任务还是重大调研和规划任务，都需要严谨的基础数据、规划数据、历史数据、专题数据作为管理的信息基础，在此基础上能够拿出令各级领导、各类专家和媒体信服的方案或报告；“重点工程协同督办”是指：政府工作各项硬任务必须采用更加直接有力的手段，督促各级主管机构和干部落实责任制提高办事效率，督办各个任务按时、按质完成。如果县域城乡规划管理能够得到上述方式的信息化手段支持，无疑将有效提高规划部门的办公效率、提高政府在社会公众和媒体前形象、有利于市政府名片的打造。

县域城乡规划需要大比例尺地形图、专题数据和高素质的规划人员，在这个基础上的规划建设管理才能实现因地制宜、经济实用、实事求是。因此在基础地理数据的基础上，必须不断完善规划领域的专题建设，以满足规划审批、编制、管理和决策各项工作的要求。

2. 任务

县域城乡规划编制、审批及专题数据建设将依据“统一规划、分步实施”的原则有条不紊地进行，大体分两个阶段进行，具体任务描述如下：

第一阶段目标是完成规划专题数据的框架建设。规划审批数据建设主要包括建设用地、城乡规划内控路网、建筑报建验收和修建性详细规划；规划编制数据建设主要包括中心城区及各镇总体规划、土地利用总体规划、公共服务设施用地控制、市域高压线网规划、文物保护数据、水系河涌、行政区划、等级路网和规划地名。

第二阶段重点实现专题数据建设的各项整理工作和配套信息化平台的推广应用，在全市范围内逐步建立专题数据发布服务。各项整理工作将在系统开发过程中同步进行，内容如下：

（1）对规划设计电子图图形属性进行关联。

（2）规范图层命名，采用统一的命名方式。

（3）规划数据存储避免多样化，坚持采用通用格式，贯彻到对图纸资料（纸质和电子版）和附属资料档案（表格、说明文件等）的整理。其中，重点部分是规划设计电子图，另外也有部分规划成果图（由 Photoshop 制作）。

因此县域城乡规划编制、审批及专题数据建设的任务主要是对源数据进行全面的普查和整理，使规划部门的数据更加清晰、坐标统一、数据标准统一，同时明确各 GIS 图层的数据制作单位以及共享使用单位，为建立规划部门相应的数据共享长效机制做好准备。

需要注意的是，CAD 和 GIS 本来属于两种不同的软件，各有各的侧重领域。在国内一般习惯把 AutoCAD 笼统称为 CAD，Arc/Info、MapInfo、MapGIS 和 SuperMap 笼统称为 GIS。虽然出现了基于 CAD 平台的 GIS，或者 GIS 平台由类似 CAD 的功能，但是两者的特点依然鲜明，有区别。在整理过程中，需要根据用途侧重点不同进行统一处理。例如，在规划审批领域通常以 CAD 数据为主，在规划管理决策领域以 GIS 数据为主。

3.2 规划审批数据建设

3.2.1 简　　述

规划审批数据是规划局建设项目规划许可的结果数据，具有法律效力。具体包括规划选址红线、规划用地红线、城乡规划内控路网、建筑报建验收图形数据、修建性详细规划图。规划审批数据与规划局“一书三证[①]”的业务密切相关，在规划编制、审批及

① 一书三证：《建设项目选址意见书》、《建设用地规划许可证》、《建设工程规划许可证》和《建设工程验收合格证》。

专题数据建设中处于基础性地位。

许多县域城市的城乡规划业务资料以纸质材料为主，信息化水平较低，传统的规划项目审批方法使规划管理者陷入算面积、测间距、算指标、绘规划控制线等繁杂、重复的事务性工作之中，造成效率低下。针对县域城市的情况，采用电子报批进行管理的第一步是按照预先制定的数据标准将传统报批使用的纸介质转变为电子介质，生成一批高质量的规划审批数据（表 3.1），该数据同时也作为规划编制的基础资料。然后随着规划管理信息化工作的深入，逐步形成城乡规划审批动态更新机制，保证规划审批数据能够及时得到更新。以下先分述建设用地（包括用地红线、选址红线和征地红线），路网，建筑报建验收（简称“放验线”），修建性详细规划（简称“修规”）四种数据，最后介绍城乡规划审批动态更新机制。

表 3.1　城乡规划审批数据

数据集	图层	内容
建设用地（用地红线）	用地红线	历史《建设用地规划许可证》图形库
城乡规划内控路网	路网	内控路网建设，实现“一个路网”管理
建筑报建（放线）	放线	历年《建设工程规划许可证》图形库
建筑验收（验线）	验线	历年《建设工程验收合格证》图形库
修建性详细规划	修建性详细规划	历年建设项目修建性详细规划图形库

3.2.2　建 设 用 地

用地边界是规划用地和道路或其他规划用地的分界线，是用来划分用地的权属。一般的用地红线表示的是一个包括空中和地下空间的竖直的三维界面，也称征地红线，即规划管理部门按照城市总体规划和节约用地的原则，核定或审批的建设用地的位置和范围线。建筑控制线，也称建筑红线，即建筑物基底位置（如外墙和台阶等）的边界控制线。规划实施后的城市道路布置基地范围时，一般在道路一侧的用地红线和道路红线重合（王勇和王隽，2002）。而该规划道路还未实施时，用地红线有可能包含有道路红线，其主要技术路线如图 3.1 所示。

在实地调查的过程中是否能够得到相关信息、被调查人员是否能够知道或回忆起如此多的建设用地信息等都将是实地调查将要面临的较大难题。以增城市为例，小于 $1000m^2$ 的建设用地调查有比较大的差异（“$1000m^2$”是根据增城企业用地或者民用地情况决定的，假如在地广人稀的县级市，则该数字可能提高），而且这批数据的纸质资料中部分坐标不齐全，也意味着只有部分能够直接进行上图定位，这同以上大于 $1000m^2$ 的建设用地调查完全不同，因此，完全依靠外业调查是存在较大的风险。

根据以上种种情况的分析，主要技术路线可以采用内业预判与外业调查紧密滚动结合的作业模式，首先利用已有的数据库进行内业预判，外业调查在内业预判的基础上进行，每当外业调查获取一定的有效信息，立即将其补充为内业预判的根据，

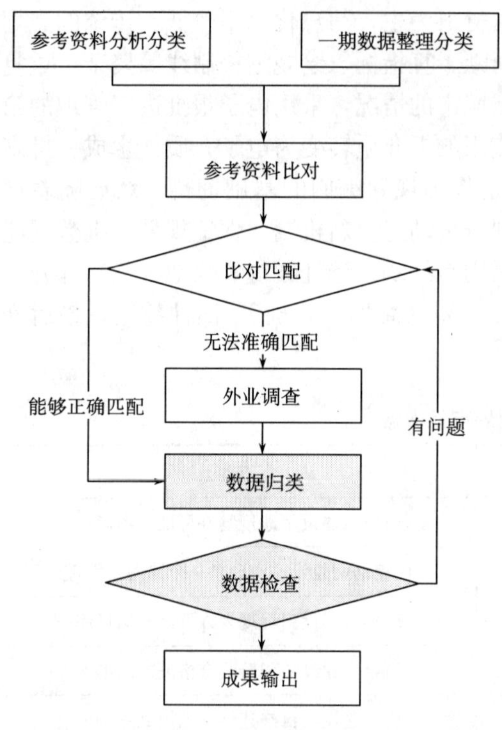

图 3.1 建设用地信息匹配主要技术路线

再进行内业预判。为保证数据处理过程中的信息得以完全保留，针对不同类型数据的处理分别添加相关备注信息，以备日后数据复查。同时将所有能够采用扫描仪（A4-A0 幅面）进行扫描的图纸（非常明确无误的建设用地红线除外）均扫描为电子文档，以备日后数据复查。

检查验收是保证测绘成果质量的重要环节之一。为保证测绘成果质量，项目实施工程化管理，建立质量保证体系，采取多种途径、基于过程的质量控制措施，确保最终数据成果的质量（图 3.2）。每个环节都要实行严格的检查，作业组对所完成的测绘成果进行认真的自查自检，质检员对作业组自检修改后的成果进行全面的检查。质检员应对生产后的每一道工序进行及时的检查，发现问题及时处理，并做好记录，作为建设用地审批数据建设质量评价的依据。检查员的检查工作必须踏踏实实地进行，并对所检查的内容进行记录，并亲笔签名。

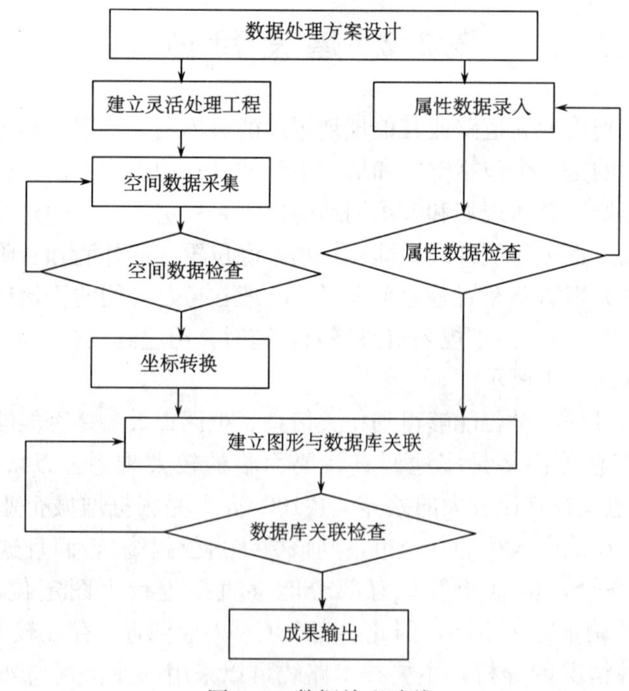

图 3.2 数据检查路线

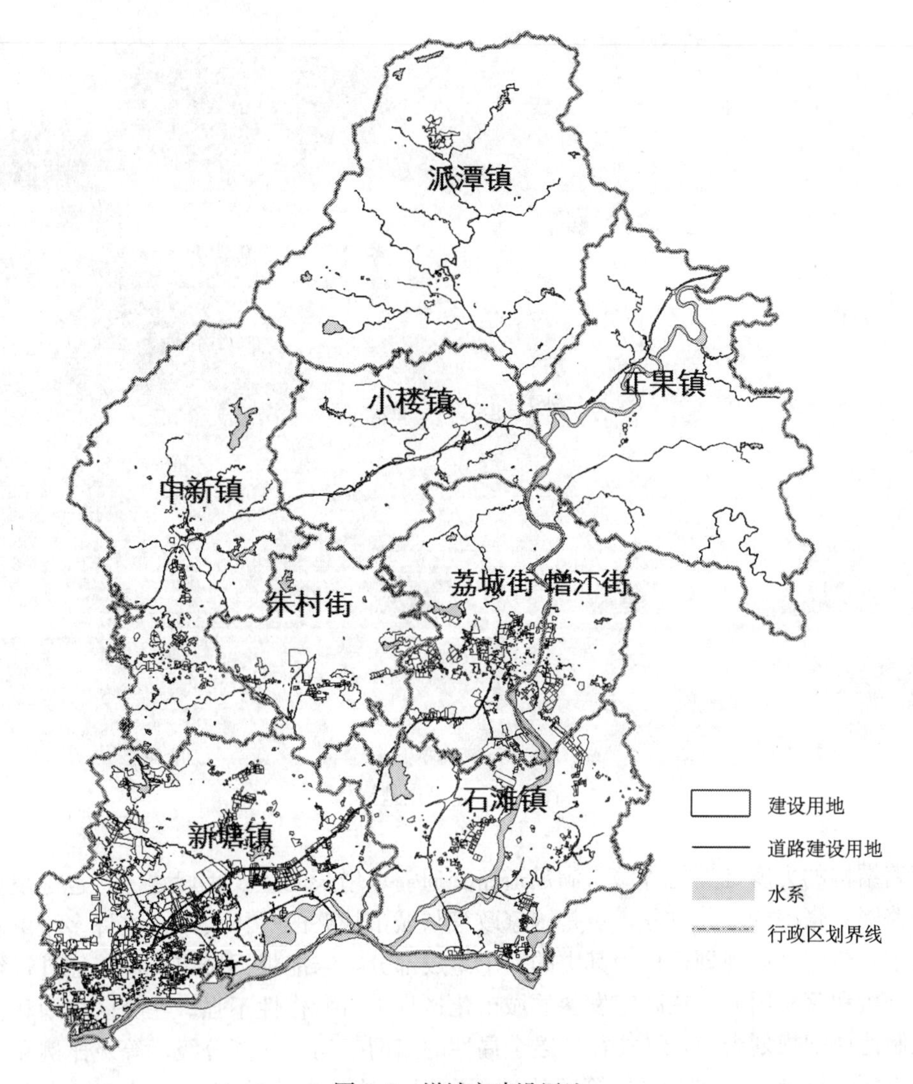

图 3.3　增城市建设用地

数据采集和加工处理的各环节都要设立数据质量检查程序，并形成检查记录，对项目实施实行过程质量控制。

数据检查项目包括对数据完整性、逻辑一致性、数据几何精度和数据属性精度的检查。具体在本书 4.3 节中进行详细阐述。

数据质量检查采用多种手段相结合的方法，逐层把关。最终数据的质量检查采取上机程序检查、人机交互检查、元数据检查和绘图检查等多种方式的检查。最终通过文档簿检查上交成果资料。

图 3.3 就是利用以上方法获得的增城市建设用地图。图 3.4 则是局部建设用地详情。

3.2.3　城乡规划内控路网

道路规划管理问题是每个城市面临的难题，加大改善道路系统、扩展道路网络、优

图 3.4　建设用地详情

化道路结构的力度是当前各城市满足道路交通需求增长的主要手段之一，也是规划管理一个路网一张图的操作过程，更是国家政策与城市战略的具体要求。在许多城市总体规划当中，道路交通规划仅作为其中的一个组成部分，未能根据城市交通特征进行细致的定量分析和落实用地，在高速发展的城市化过程中可操作性不强。在分区规划和各单元的控制性详细规划当中，又往往缺乏全局性的路网架构、功能分级、等级比例和道路衔接等方面的指导，常常在规划管理的过程中因为道路实施的变化而引起其他指标的改变，甚至在某些快速增长的城市当中，因为没有集成数据互相参照，特别是原路网编制时使用的地形图较旧，没有参照建设用地审批数据，且以往总体规划、分区规划、控制性详细规划和村镇规划存在并行调整，导致存在总体规划、分区规划、控制性详细规划、村镇规划等几套路网，在GIS系统中叠置后，不完全重合，使后续的规划管理无所适从，降低了修规审批的效率。于是，城市内控路网专项深化规划应运而生，它既有总体规划的宏观性和协调性，又达到控制性详细规划的深度，是在城市总体规划、交通规划研究指导下的专项规划工作，对规划行政审批管理具有更高的指导性和操作性（贺崇明和邓毛颖，2002)。同时，内控路网专项深化规划并非简单的道路交通规划问题，还是规划管理的内部问题。建立唯一的一套路网，并以之为审核标准，将有效促进各级规划的编制与管理，提高行政审批效率。

城市内控路网专项深化规划主要目标是以现有总规道路、控规道路为基础，依据历史审批数据，结合城市未来发展形态，构筑城市结构性网络，确定干道系统空间布局，联通各级规划道路，解决多套路网现象，以加强城市空间结构的整体性和路网结构的完整性；结合周边地区公路网发展，合理布局城市对外出入口，协调过境公路与城市道路的衔接，使城市空间向外延续，增强城市对外吸引力和辐射力；进一步完善城市道路系统功能分级体系，明确界定城市道路等级、功能，提高路网容量，减少道路交通瓶颈，并协调路口与路段能力的匹配，合理确定道路等级比例关系，以提高路网整体交通效能确定道路技术标准、线路走向、红线宽度和交叉口控制形式，并以图则形式加以明确，供规划管理和编制使用。

基于现有城乡规划控制红线，在确保道路等级技术标准的情况下，应尽量减少用地的矛盾，紧密结合土地利用规划，为保证路网合理结构必要时提出“二次红线控制”。立交形式应按互通和非互通分区域采用相应的技术标准进行用地控制，对已建、在建和已有方案的立交，可采用设计方案，对未建的立交，按确定的标准先控制用地。平交路口应视交叉口间距和区域分布，按技术标准对进口道或整个交叉口进行展宽控制。

道路规划管理信息系统，应按图层进行管理，道路属性信息应反映道路基本特征和规划建设情况，因为道路调整涉及许多土地利益问题，信息系统应储存道路调整过程。

“道路控规”虽然是交通专项规划，但它是道路用地空间落实和控制的基础，与城乡规划密切相关，若片面强调道路工程，规划设计理念经常与现状不符，各级规划在局部调整中未能衔接好，将容易造成规划成果脱离实际，并制造较大的利益冲突，将导致实施过程困难重重。若片面追求土地布局而忽略交通量的均衡分布，将造成城市功能的缺失。土地利用是“源”，交通量是“流”，道路即是疏通“流”的通道，但离不开“源”的因素，因此“道路控规”必须在多个城乡规划部门参与和合作下完成，密切结合已批土地和修建性详细规划，多方协调，才具有合理性和可实施性（邓毛颖和蒋万芳，2007）。

为了使路网上图，在空间数据库采用如表 3.2、表 3.3 的方式进行组织。

分层设计：

表 3.2 数据分层结构

图层名称	主要内容	实体类型	层名
路网边线	路网边线	Line/Pline	RD_BORDER
路网中心线	路网中心线	Line/Pline	RD_CENTER
立交桥层	立交桥层	Line/Pline	RD_CROSS
道路标注	道路标注	Annotation	RD_MARKER
干道网边线	干道网边线	Line/Pline	RD_MAIN_SID
干道网中心线	干道网中心线	Line/Pline	RD_MAIN_CEN
高速路边线	高速路边线	Line/Pline	RD_GS_SID
高速路中心线	高速路中心线	Line/Pline	RD_GS_CEN
快速路边线	快速路边线	Line/Pline	RD_KS_SID
快速路中心线	快速路中心线	Line/Pline	RD_KS_CEN

属性设计：

表 3.3 数据属性

属性项名	字段代码	数据类型	宽度	备注
道路编码	rd _ code	C	6	
道路等级	rd _ class	C	10	标准属性项
红线宽度	rd _ width	F		
横断面类型	rd _ sectype	C	40	标准属性项
两侧建筑退缩要求	rd _ back	C	50	
道路来源	rd _ source	C	60	标准属性项
所在行政区	rd _ site	C	6	标准属性项
建设情况	rd _ finish	C	10	标准属性项
业主	rd _ owner	C	60	
备注	remark	C	60	填写出口道路等特殊属性

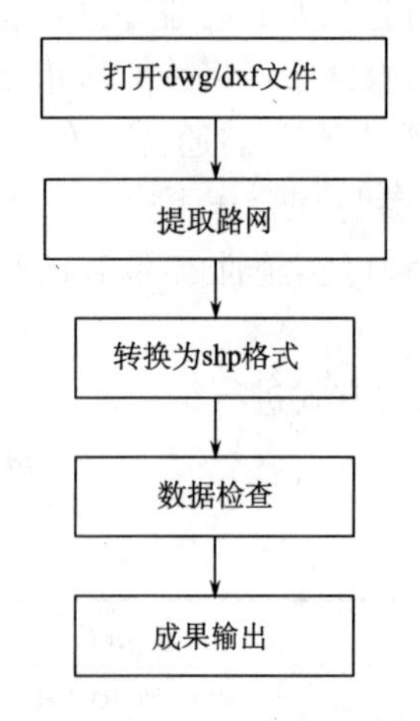

图 3.5 CAD数据处理方案

规划审批中的路网多为CAD格式，可以通过图3.5所示的数据处理方案将CAD格式转换为SHP文件步骤如下：

(1) 收集已审批的路网dwg/dxf数据；

(2) 将路网层提取出来；

(3) 转换为shp格式；

(4) 进行数据检查。

入库后的路网如图3.6所示。

3.2.4 建筑报建验收

在城乡一体化规划管理中，对城市道路设施、居民建筑等实施放线验收和规划验收，及时发现和清除建设过程中产生的偏差，确保规划数据的准确，是搞好城乡规划建设的一项有力措施。建筑报建验收的结果包括建设工程规划许可证和建设工程验收合格证，为了出图和计算方便，通常以CAD的形式存储，如果将其进行信息化管理，则需要按照一定的方式进行调整。

1. 建设工程规划许可证

为了使建设工程规划许可证图件（以下简称放线数据）入库，空间数据库采用如表3.4、表3.5和图3.7所示的方式进行组织。

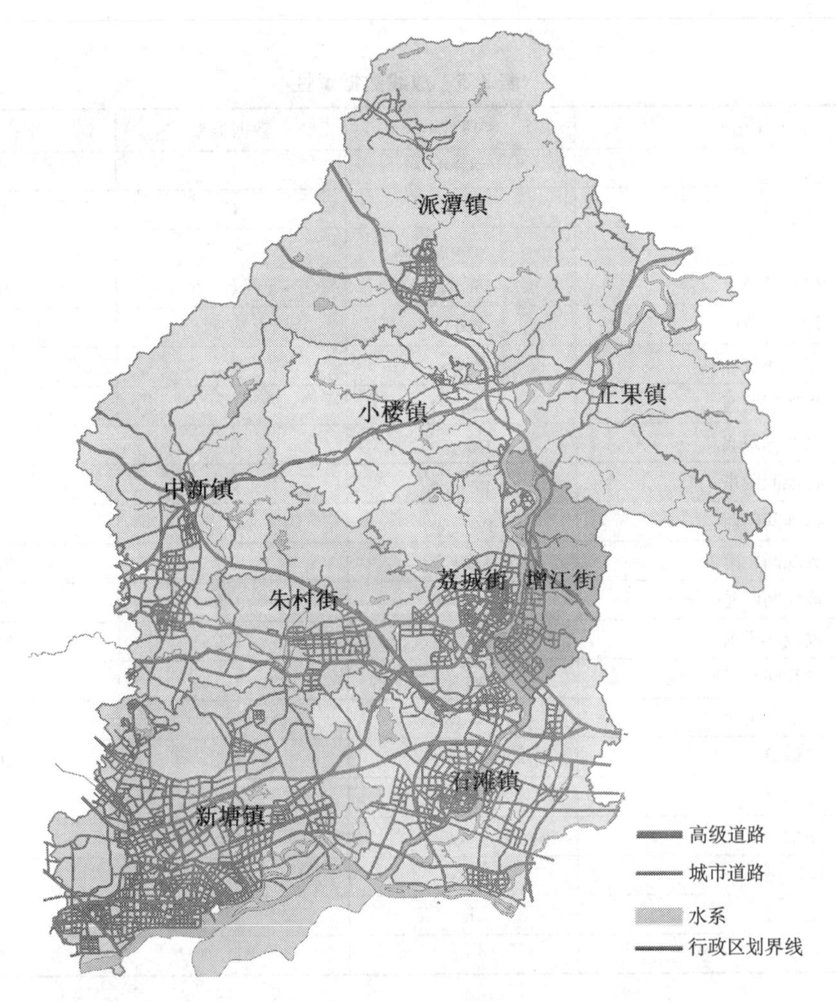

图 3.6　增城市路网

分层设计：

表 3.4　放线数据层

图层名称	主要内容	实体类型	层名
B_BASE	建筑首层边线	Line/Pline	B_BASE
BS_AUX	内缩、飘台、地下室边线、阳台、室外楼梯	Line/Pline	BS_AUX
SD_MARK	控制间距数值标注	Annotation	SD_MARK
SD_LINE	控制间距线	Line	SD_LINE
B_TEXT	建筑结构、层数及说明性注记建筑边长、宽注记	Annotation	B_TEXT
B_CTRL	征地界线、道路中线、路边线及其他用于做间距控制的周边界线	Line/Pline	B_CTRL
TPG	外围地物、地貌	Line/Pline	TPG

属性设计：

表 3.5 放线数据属性

属性项名称	字段代码	数据类型	字符宽度
工程编号	gcbh	C	40
建设项目名称	jsmc	C	40
建设规模	jsgm	C	30
建设单位	jsdw	C	40
设计单位	sjdw	C	40
施工单位	sgdw	C	40
批准间距南	pzjj _ s	C	30
批准间距北	pzjj _ n	C	30
批准间距东	pzjj _ e	C	30
批准间距西	pzjj _ w	C	30
放线间距南	fxjj _ s	C	30
放线间距北	fxjj _ n	C	30
放线间距东	fxjj _ e	C	30
放线间距西	fxjj _ w	C	30
测量单位	cldw	C	40
工程编号	gcbh	C	40
比例尺	blc	C	10
测量员	cly	C	10
绘图员	hty	C	10
检查员	jcy	C	10
日期	rq	D	12

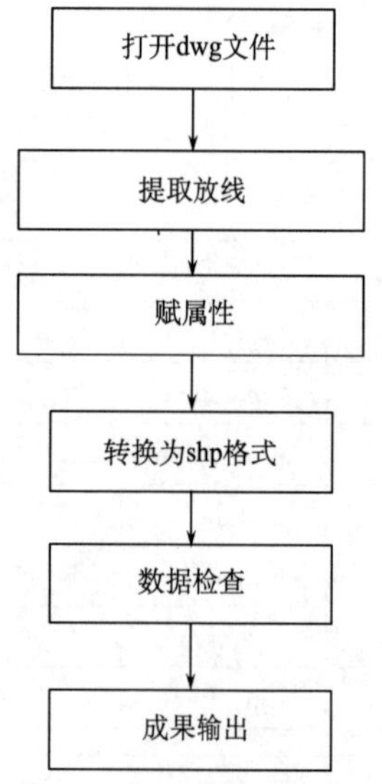

图 3.7 CAD数据提取放线流程图

放线处理流程：

(1) 打开 dwg 文件，根据图框里的工程编号重新命名文件。

(2) 提取放线，大部分报建建筑红线在“报建红线”层中，少部分管线和道路红线视具体图层提取。如果该 dwg 文件中不存在“报建红线”，则新建该图层，并把提取的红线建筑转存到“报建红线”层，在每个建筑红线边加工程编号注记，注记层存于“报建建筑注记”层。

(3) 赋属性，建筑红线的每一部分都赋予对应的工程编号。

(4) 转换为 shp 格式。

这里以增城市城乡规划为案例，介绍相应的处理细节。

第一步：打开 dwg 文件，根据图框里的工程编号重新命名文件，如图 3.8 所示。

测量单位：增城市金站城市建设测量队	
工程编号：2008[复]0500	比例尺：1：1000
测量：	绘图：
检查：	日期：2008-12-10
测量单位负责人：	

图 3.8　CAD 数据描述

第二步：按图 3.7 中步骤（2），得到如图 3.9 所示：图中黑色粗实线建筑不提取（实际为蓝色实线），征地红线不提取（图中为中空粗虚线，实际为红色虚线）。

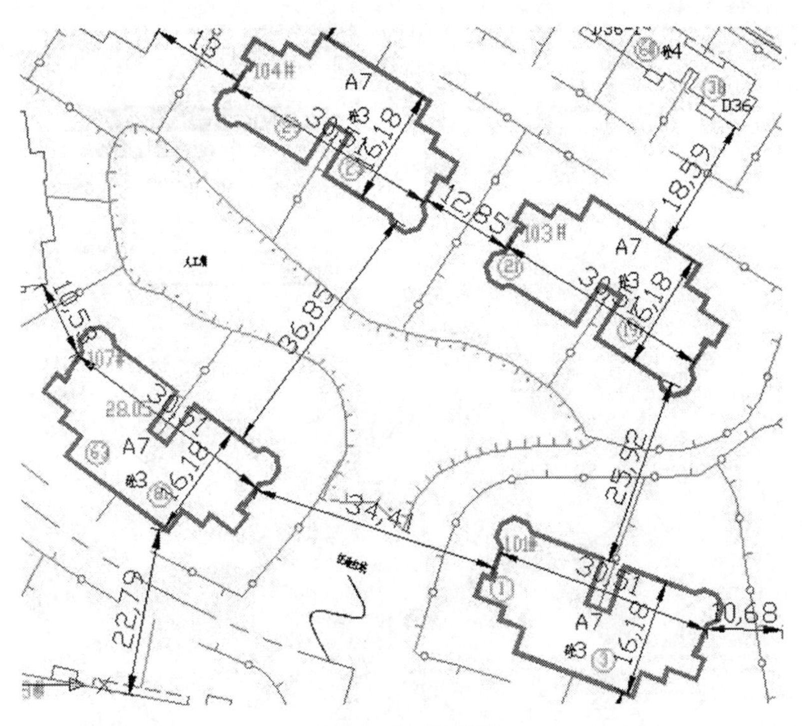

图 3.9　CAD 数据

提取后效果图如图 3.10 所示

第三步：赋属性，建筑红线的每一部分都赋予对应的工程编号，赋值步骤如下：在 AutoDesk Map 2004 中，菜单栏 Map 菜单→对象数据→定义对象数据→新建表→输入表名称→输入字段名（“工程编号”），选择“字符”类型，输入说明，输入缺省值（值为该报建红线对应的工程编号）→确定→回到对象数据→附着/拆离对象数据→附着到对象→选择图形→回车确定→完成。

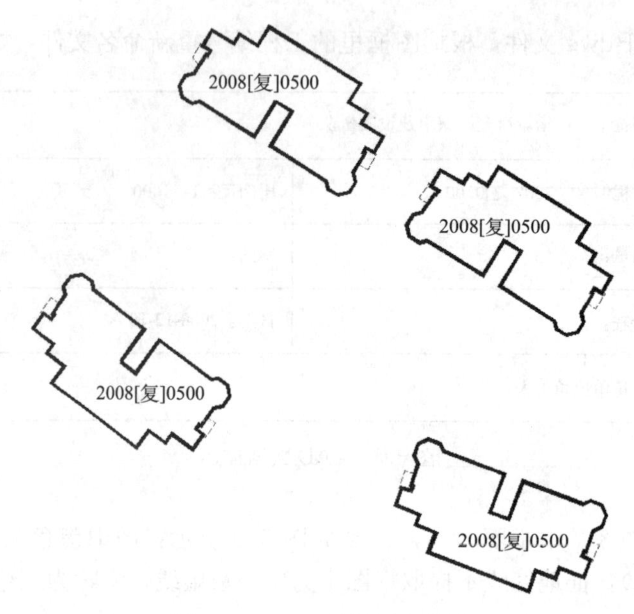

图 3.10　CAD 数据提取结果

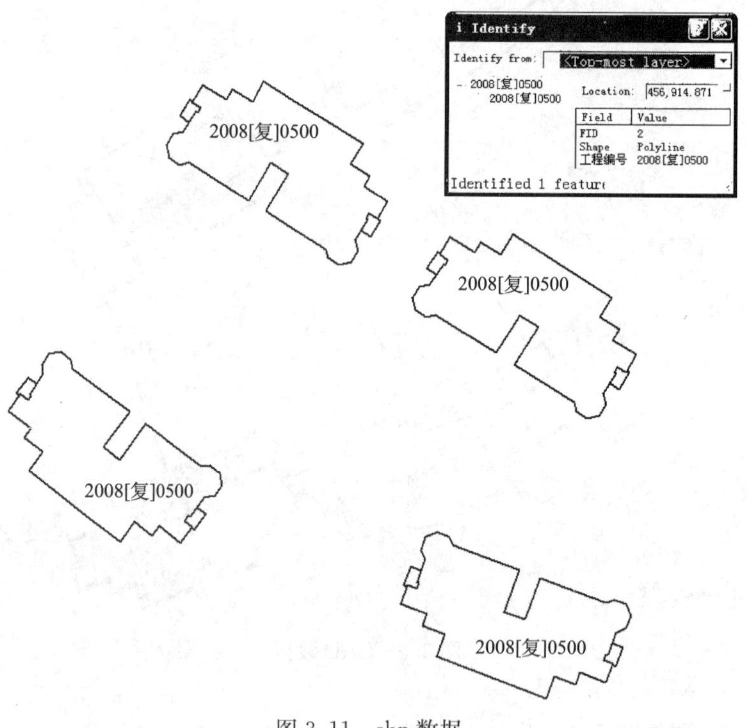

图 3.11　shp 数据

第四步：转换为 shp 格式：同样在 AutoDesk Map 2004 环境下，菜单栏 Map 菜单→工具→输出→文件类型选 ESRI shape，且输入文件名→出现对话框→“要素类型”选“多边形”；“选择要输出的对象”选“全选”；“图层”选“报建建筑”层；“要素类型”保持默认→点击上方“数据”选钮，出现数据界面，点击“选择属性”→弹出对话框，打开“对象数据”，可以看到建立的属性表，勾选，确定→点击“选项”选钮，勾选“将封闭多段线视为多边形”→确定。完成格式转换效果如图 3.11 所示。

2. 建设工程验收合格证

为了使建设工程验收合格证图件（以下简称验线数据）入库，在空间数据库采用如表 3.6、表 3.7 和图 3.12 所示的方式进行组织。

分层设计：

表 3.6 验线数据层

图层名称	主要内容	实体类型	层名
B_BASE	建筑首层边线	Line/Pline	B_BASE
BS_AUX	内缩、飘台、地下室边线、阳台、室外楼梯	Line/Pline	BS_AUX
SD_MARK	控制间距数值标注	Annotation	SD_MARK
SD_LINE	控制间距线	Line	SD_LINE
B_TEXT	建筑结构、层数及说明性注记建筑边长、宽注记	Annotation	B_TEXT
B_CTRL	征地界线、道路中线、路边线及其他用于做间距控制的周边界线	Line/Pline	B_CTRL
TPG	外围地物、地貌	Line/Pline	TPG

属性设计：

表 3.7 验线属性

属性项名称	字段代码	数据类型	宽度	说明
工程编号	gcbh	C	40	
建设项目名称	jsmc	C	40	
建设规模	jsgm	C	30	
建设单位	jsdw	C	40	
设计单位	sjdw	C	40	
施工单位	sgdw	C	40	
批准间距南	pzjj_s	C	30	
批准间距北	pzjj_n	C	30	
批准间距东	pzjj_e	C	30	
批准间距西	pzjj_w	C	30	
验收间距南	yxjj_s	C	30	
验收间距北	yxjj_n	C	30	
验收间距东	yxjj_e	C	30	
验收间距西	yxjj_w	C	30	
测量单位	cldw	C	40	
工程编号	gcbh	C	40	
比例尺	blc	C	10	
测量员	cly	C	10	
绘图员	hty	C	10	
检查员	jcy	C	10	
日期	rq	D	12	

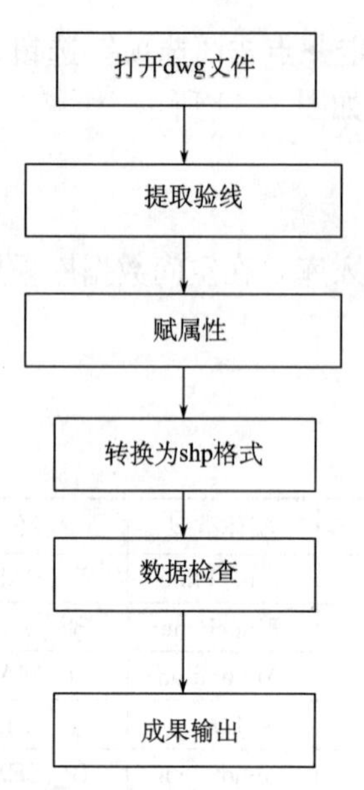

图 3.12 cad 数据提取验线流程

数据处理方案：

验线处理流程：

(1) 打开 dwg 文件，根据图框里的工程编号重新命名文件；

(2) 与图 3.7 中步骤 (2) 相同；

(3) 赋属性，建筑红线的每一部分都赋予对应的工程编号；

(4) 转换为 shp 格式。

在数据库中的放验线数据与行政区图叠加如图 3.13 所示。

3.2.5 修建性详细规划

许多县域城乡规划部门在引入 GIS 前，鉴于当时的技术手段，大量的修规图件还没有纳入 GIS 进行系统管理，因而需要将历史电子光盘数据和纸质审批图数据等修建性详细规划材料进行电子数据

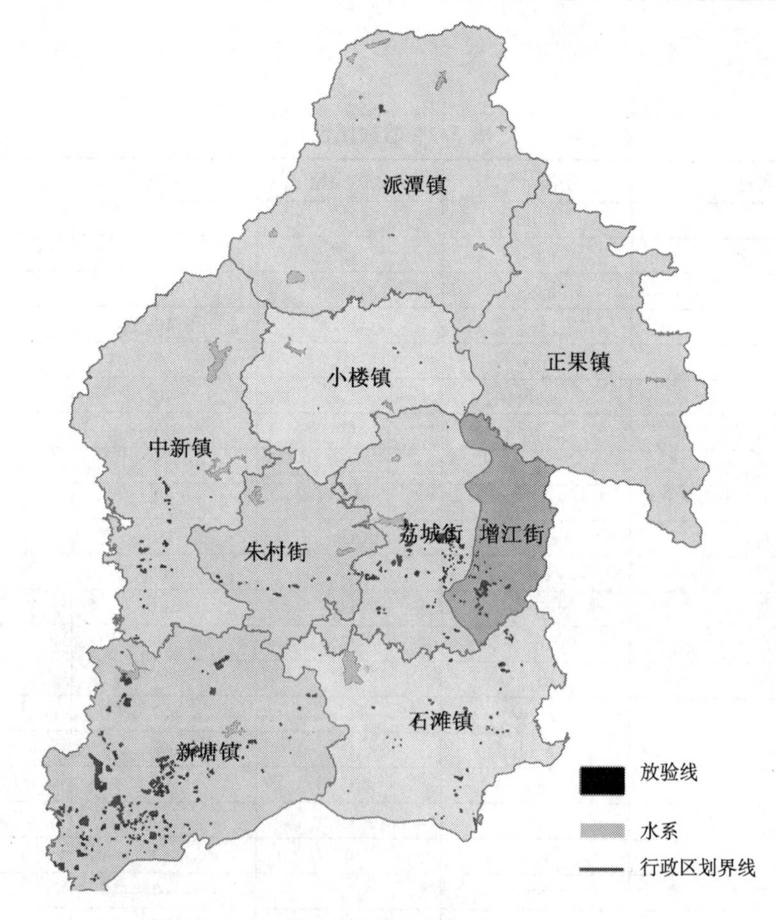

图 3.13 增城市放验线与行政区叠加效果

化处理和入库，使之满足图文办公地理信息系统进行更新、查询、显示、绘图、统计、分析等网络化、业务化运行的要求。对历史修规图件进行扫描、纠正、配准，建立栅格数据库，并提取修改范围线，录入修规项目修改信息，建立索引数据库。

历史数据修规图件经过扫描、纠正、配准后放入数据库。图纸上有坐标系的，纠正后根据坐标配准，能够判断坐标系的，全部统一坐标系。如果坐标系不明确的、或者没有坐标的，尽量根据现状配准（在现有的地形图上直接找到其相应的坐标配准）。坐标配准后，矢量化修规范围，并录入项目相关信息，并建立与对应栅格图的链接。

整个修建性详细规划数据处理流程如图 3.14 所示。

采用以下作业方法。

（1）整理。对所有的历史修规图进行整理、分析、技术设计书审核等前期准备工作。按年代、区域进行整理，分析其范围，有考虑不清楚的地方，需要修改技术设计书。

（2）扫描。扫描采用彩色与黑白分别扫描两次，彩色分辨率要求 300dpi 左右，保证图件清晰，还原度高，成果格式为 jpg；黑白扫描要求能够快速网络浏览，因此数据量要求小，要求高压缩，每个文件保证在几百 K 左右，TIFF 格式，分辨率为 150dpi。文件命名：批文日期（经过行政审批）＋单位名称。

（3）纠正配准。利用 Raster Design 2006 来进行纠正和配准，由于修规图一般为不规则的图框，主要根据图纸上已有坐标定位点进行纠正配准。没有坐标信息的，参照参考资料，主要是一些路网的交叉点进行大致定位。

（4）矢量化。用 Autodesk Map 2006 软件来矢量化修规图范围线。

（5）属性输入。对所有修规范围线进行相关项目属性信息录入，输入字段如表 3.8 所示。

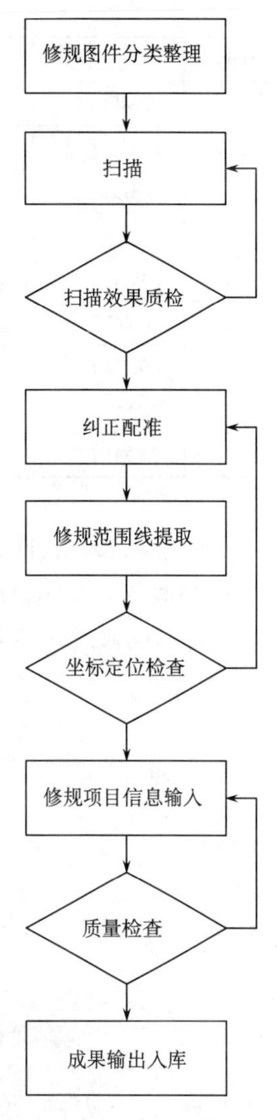

图 3.14　修建性详细规划数据处理流程

表 3.8　修规范围线属性

序号	字段名称	字段描述	字段类型	字段长度	小数位	说明
1	DWMC	单位名称	Char	100		
2	PWRQ	批文日期	Date			
3	PZWH	批准文号	Char	20		
4	YDDZ	用地地址	Char	100		
5	YDXZ	用地性质	Char	YYYYMMDD		
6	ZYDMJ	总用地面积	Float	8	2	
7	JZZDMJ	建筑占地面积	Float	8	2	
8	ZJZMJ	总建筑面积	Float	8	2	

续表

序号	字段名称	字段描述	字段类型	字段长度	小数位	说明
9	JZMD	建筑密度	Float	5	3	
10	RJL	容积率	Float	5	2	
11	LHL	绿化率	Float	5	3	
12	LS	户数	INT			只针对住宅小区
13	CWS	车位数	INT			只针对住宅小区
14	DSJZMJ	地上建筑面积	Float	8	2	只针对住宅小区
15	DXJZMJ	地下建筑面积	Float	8	2	只针对住宅小区
16	ZZMJ	住宅面积	Float	8	2	只针对住宅小区
17	SYMJ	商业面积	Float	8	2	只针对住宅小区

（6）数据检查入库。对所有修规范围数据进行空间、属性质量检查，最后入库。检查方式类似 3.2.2 建设用地的检查方法。

入库后的修建性详细规划数据如图 3.15 所示，修建性详细规划详情如图 3.16 所示。

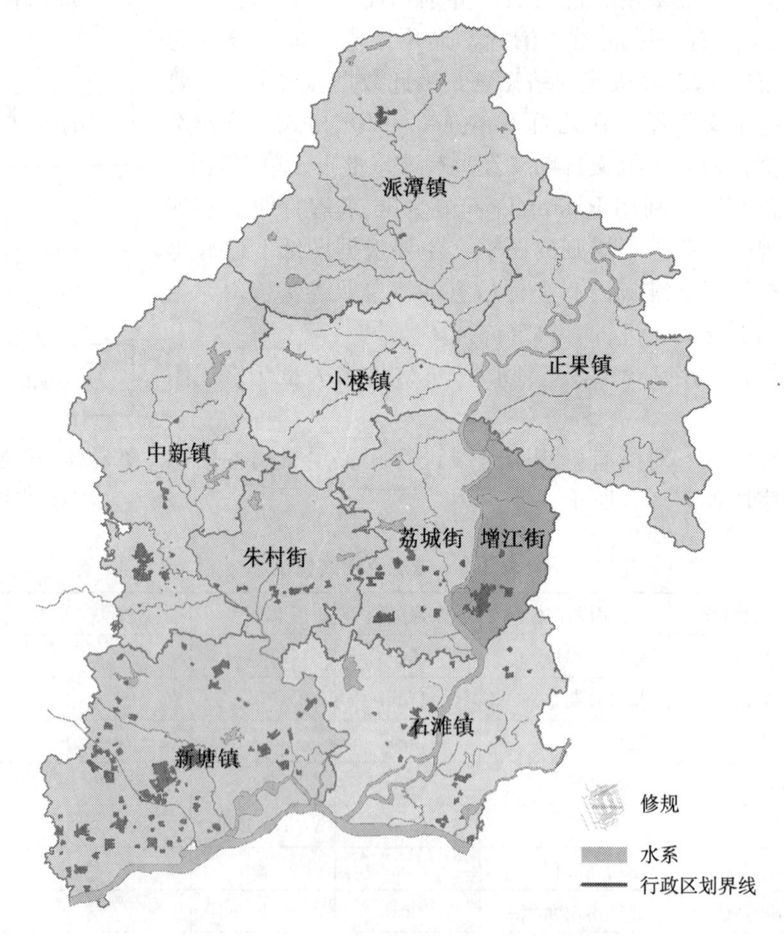

图 3.15　增城市修建性详细规划

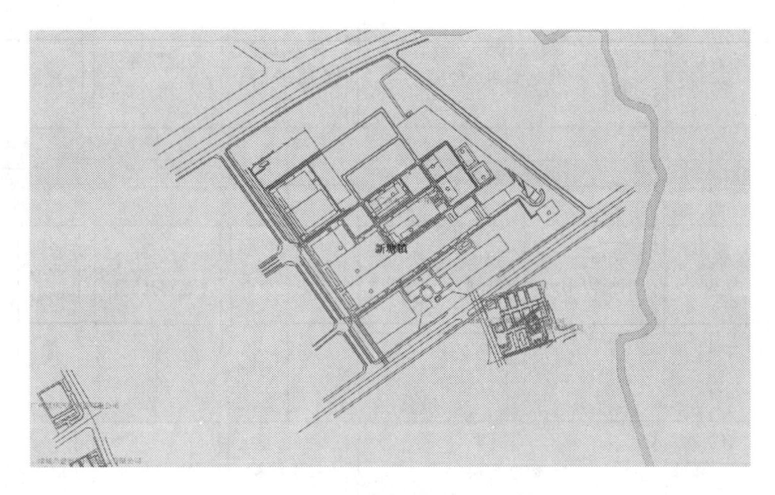

图 3.16　修建性详细规划详情

3.2.6　城乡规划审批动态更新机制

城乡规划审批数据是规划管理信息系统的基础和核心，因为随着城市建设速度的加大加快、规划审批的范围变广等因素，使县域城市每年审批的“一书三证”、规划编制审批和路网调整业务量逐年增加，之前一直采取每年年底统一整理的更新机制并不能满足日益增长的需要。为了在GIS系统中保持数据的动态性，县域城乡规划部门可以成立动态更新工作协调小组，召开信息中心、各业务科室、测量队、窗口和档案室等相关部门动态更新协调会，建立动态更新机制。

以增城市为例，动态更新以两周为更新周期，成立城乡规划审批数据动态更新小组，将各类动态更新数据分配到专人负责，实时将已审批的《项目选址意见书》、《用地规划许可证》、《建设工程许可证》、《规划验收合格证》、修建性详细规划和路网调整等成果输入系统，以确保城市总体规划、控制性详细规划和路网调整等城乡规划管理的科学性。

数据动态更新是信息系统可持续应用的重要保障，一个规划管理信息系统能否长期使用，数据动态更新机制是关键因素之一。目前国内规划管理信息系统部分失败的原因就在于数据的更新不及时，过时的数据无法为规划设计和管理提供有力的支持。城乡规划管理涉及的对象是多方面的，管理的主体众多，而城市建设需要各个主管部门的协调和配合。从前面的叙述中，城乡规划管理信息系统的基本数据是城乡规划管理日常业务需要的核心数据，这些数据的来源是多方面的，有规划编制单位、测绘部门、房产部门、交通部门和市政部门，还有特殊的专业服务机构（如航拍机构），城乡规划管理的数据除城乡规划编制成果外，大部分分散在上述的专门机构中，需要数据共享才能获得最新的数据。不同的数据应采用不同的更新方式，对于大比例尺的地形数据、房产数据、地籍数据、地下管线数据、交通数据等的更新，一般采用竣工测量的方法，竣工测量不仅节约重复测绘的成本，还能实时更新数据，保证现状信息变更的及时性。航空影像的更新可以根据地区的发展速度，进行每年或者几年的时间重新航拍一次的方式。在规划管理部门内部的建设许可等的审批数据可以通过报建验收一体化的方式（图 3.17），对数据随时进行更新。

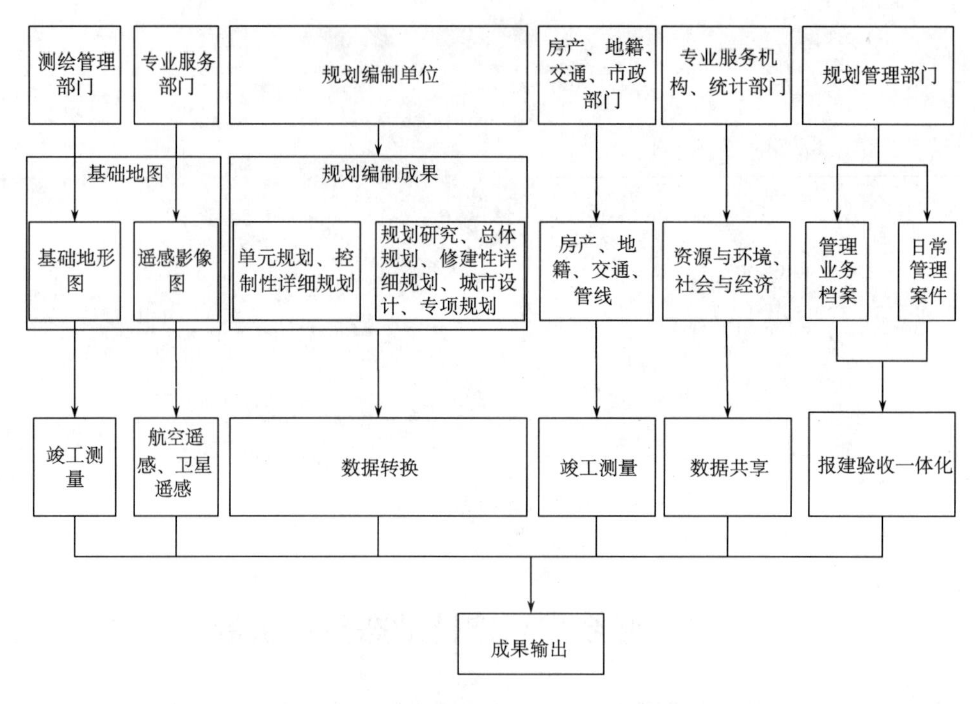

图 3.17　数据更新方式

城乡规划审批动态更新机制与空间数据库管理的数据更新不同，重点在于专题数据建设本身内容，有关更新技术方面的内容在第 4 章将进一步进行讨论。

3.3　规划编制数据建设

3.3.1　简　　述

城乡规划编制是根据城市在区域范围内的地位和作用，对组成城市的众多要素进行组合或调整，以求得最合理的城市结构和外部联系。规划编制数据对城乡规划工作起着指导性的作用，是城市未来建设发展的蓝图，是城乡土地使用和开发的法定依据，是公众参与规划的重要渠道。

3.3.2　中心城区及各镇总体规划

中心城区及各镇总体规划编制成果数据库主要存储城市总体规划文本和规划说明，主要包括城市规划的依据、城市规划基本对策、城市发展性质等内容，总体规划涉及的各项专项规划的相关文本存储于该数据库中。除此之外，城市规划设计三维动态显示、影像图片资料也存储在该数据库中。

县域城乡规划编制成果数据库内容包括规划管理部门已审批的大量城市总体规划、控制性详细规划数据。可以通过信息中心部门针对城市发展快，总体规划和控制性详细规划调整频繁的实际情况，制定一套将城市总体规划、控制性详细规划以 JPG 图直接入库的方法，实现在城乡规划管理系统中作为背景图层快速调用。

目前大城市现有单元图则建库的方式是将城市总体规划、控制性详细规划按各类要素分层整理后，再进行入库，这样入库数据清晰明了，但一旦有局部调整，整体入库工作需要重新开展。采用的jpg图入库方法，若总体规划或控制性详细规划有调整，只需要整体替换对应的jpg文件，就可以完成数据更新操作。相对大城市现有单元图则艰苦方式，成本低、速度快、容易更新、工作量小，成本仅为原先的1/20。例如，增城市目前已经按照jpg图入库的方式，完成6镇、3街9个城市总体规划，中心城区A01_A12片区、陈家林周边、汽车产业基地、中新三迳工业园等18个控制性详细规划入库工作，并根据实际调整，不断更新。

中心城区及各镇总体规划数据jpeg格式可以采用表3.9的存放方式。

表3.9 存放方式

存放内容	存放地点
已经审批的总规总图数据	\\App_Data\ZG*.jpg

为保证对总规总图数据文件进行有效管理，便于查询，不致发生混淆现象，现按以下结构命名：

××××××　＋　××

总规图名称　＋　审批日期

数据处理方案如图3.18所示。

(1) 采用ERDAS IMAGINE软件对栅格图像主体部分进行提取，去掉规划成果jpg图中不需要显示的部分。将矢量边框保存为*.aoi文件，以便以后进行提取。

(2) 如果需要，对提取后的文件进行色彩处理。

(3) 采用与栅格图形的配准相同的方法利用ArcGIS的GeoReferencing模块进行人工配准。

(4) 将总规总图数据与数据库进行关联，观察是否图像发生变色。如果变色，重新进行色彩配置。

(5) 得到成果。

在实际应用中，进行城市建设项目选址时，常出现因为不了解城市总体规划范围内、土地利用规划范围外的土地规划性质和用途，使建设项目选址因无法避开基本农田而缺乏可操作性和实施性的问题。为解决这一实际应用问题，可以把城市总体规划图和城市土地利用规划图两张图叠加在一起来明确了城市总体规划中各地块的土地规划性质和用途，俗称“二规合一”。但是在显示技术实现上，叠在上方的栅格图的背景色将底下的栅格图挡住，影响了叠置查看的效果。在系统开发过程中，采用调解阿尔法通道的方法实现透明化。

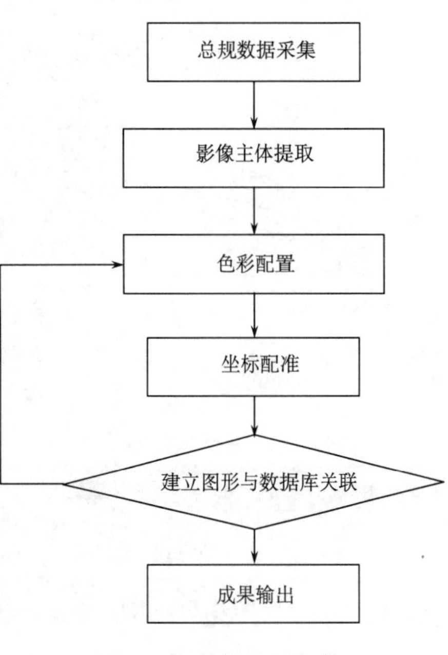

图3.18　数据处理方案

阿尔法通道（alpha channel）是指一张图片的透明和半透明度。阿尔法通道可以理解为α射线穿墙使胶片感光的原理。墙厚过α射线穿透能力时，胶片不感光墙厚为零的地方，胶片完全感光可以理解通道是那片墙。α通道作用是一种以位图形式（灰度图）储存选择域（selection）。亮度为255的区域是完全选择，亮度为0的区域是完全不选择，亮度在255与0之间的区域根据灰度数值的大小相反的转变成选择域的多少，就像α射线穿墙使胶片感光。根据墙的厚薄，图片会相应的穿透那堵墙。其实在channels的面板下面能看到有三个通道分别是red、green、blue。根据通道的原理，red、green、blue的数值是由灰度图的亮度决定。例如，在某个区域red通道里灰度为255，在green通道里灰度为0，在blue通道里灰度为0那么图片的这个区域的RGB值为255.0.0。例如，一个使用每个像素16位元储存的点阵图，对于图形中的每一个像素而言，可能以5个位元表示红色，5个位元表示绿色，5个位元表示蓝色，最后一个位元是阿尔法。一个使用32位存储的图片，每8位表示红、绿、蓝和阿尔法通道。在这种情况下，阿尔法通道就不止可以表示透明还是不透明，阿尔法通道还可以表示256级的半透明度，因为阿尔法通道有8个位元可以有256种不同的资料表示可能性。三个颜色为C1，C2，C3，先是C2混合到C1，得到C12，然后C3再混合到C12得到C123。由Alpha混合公式有

$$C12=(C1\times(255-C2.A)+C2\times C2.A)/255$$

$$\begin{aligned}C123&=(C12\times(255-C3.A)+C3\times C3.A)/255\\&=(C1\times(255-C2.A)(255-C3.A)+C2\times C2.A\times 255+C3.C3.A\times 255\\&\quad-C2\times C2.A\times C3.A)/(255\times 255)\end{aligned}$$

在方法上可以借助组件GIS的方法进行渲染实现透明化，包括对不同颜色的背景色进行透明化调节，提高透明化的适用性和可操作性。通过实实在在地进行用户需求整合，以如何将背景色透明化的问题作为切入，把土地利用规划落实到城市总体规划图上，为县域城市城乡规划局科学选址、科学决策提供依据（图3.19）。

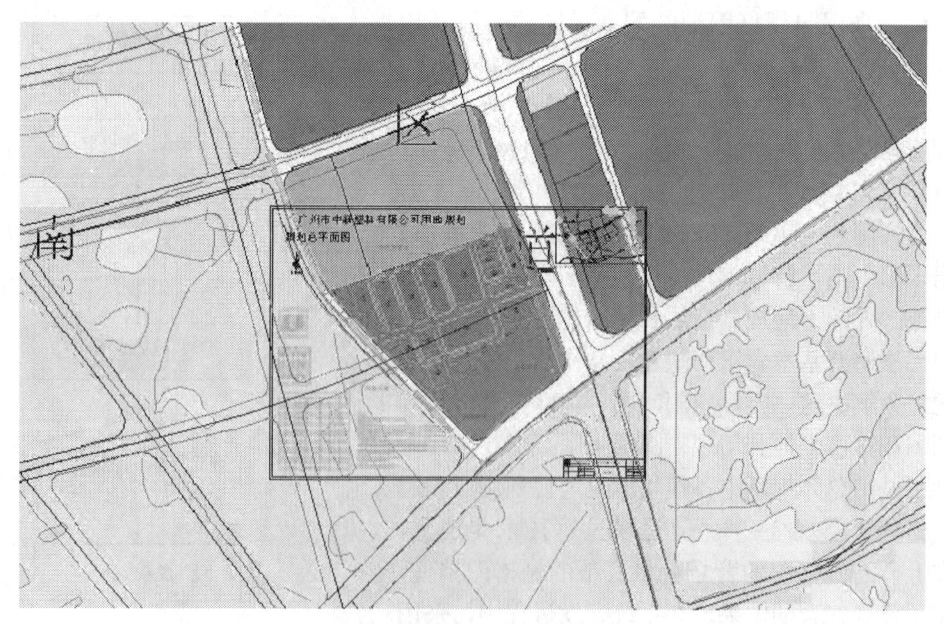

图3.19　土地利用规划与城市总体规划图叠加成果图

3.3.3 土地利用总体规划

土地利用总体规划中需要输出的图纸种类较多，如何对它们进行科学的编制是一个重要的话题。这些图纸主要包括土地利用现状图、土地适宜性评价图、地形地貌图、综合农业区划图、土地利用总体规划图、城镇体系规划图、基本农田和菜地保护区规划图、后备土地资源重点开发区规划图、大中型建设项目用地布局图等。一般传统的方法是采用纸质地图，但这种作法不利于数据的动态更新，所以应引进地理信息系统的思路。即通过建立图形数据库来制作各类图件。其思路是：把各类数据通过数字化、扫描等录入手段，建立起图形数据库。建立起数据库之后，首先借助 ArcGIS 平台把数据调出，按照 ArcGIS 的制图规则进行投影改正以及单位换算。其次，对部分图斑进行修正，这包括图斑节点的增、减；图斑注记的增添；图斑上色以及一些不正确图斑的修改等。最后，对新增用地要用时地把它添加到地图上，以确保该地图具有较强的时效性。许多城市土地利用总体规划电子数据一般来自国土部门，往往为 MapInfo 或者 MapGIS 格式，如果有不同格式，不同来源的数据，应将其整合到同一的数据源上来。

MapInfo 中的地图可以有两种格式：Tab 格式（表格式）、Mif 格式（交换格式）。ArcSDE 空间数据库中的地图入库以 Shape 格式为主，有以下四种转换方式。

(1) Mif→Shape：使用 MapInfo 工具中的通用转换器，或者使用 ArcToolbox 直接转换；

(2) 由 Mif→mdb：在 MapInfo 中导入成 Tab，然后使用 MapInfo 工具中的 ArcLink，最后导入 Personal Geodatabase；

(3) 由 Tab→Shape：使用 MapInfo 工具中的通用转换器；

(4) 由 Tab→mdb：使用 MapInfo 工具中的 ArcLink，最后导入 Personal Geodatabase。

不管采用何种方式，目的就是让已有的土地利用总体规划电子数据在尽量不丢失几何信息、属性信息的情况下，统一到空间数据库下，便于管理和发布地图服务。

例如，计算几何误差，在 MapInfo 软件下，通过“通用转换器”和表的“转出”功能转换坐标，重新量算图件面积，通过两者相减进行误差率统计，为 0.05%～0.1%，其中大部分来自图件坐标系不同产生的误差。

在每一轮城市总体规划或者土地利用总体规划编制或修编时，总有许多专家学者和规划工作者提出“三规”（城乡规划、土地利用总体规划、国民经济与社会发展规划）协调衔接问题的研究，并逐步形成共识“三规”衔接的核心是建设用地规模、用地布局和水利环保。如果建设用地和基本农田、水利、环保布局上不能充分衔接，在实施中也必然会导致频繁调整两个规划的结果。因此，在土地利用总体规划修编之前，必须对城市的未来发展进行全面客观地评价；在控制区域建设用地总量的基础上，按照“有保有压、突出重点”的原则，确保重点城市和重点城镇的发展需要；把城市建设用地的增加与村庄建设用地的减少相挂钩，提高建设用地集约利用程度和效益；按照建设节约型社会的要求，在考虑城市安全和布局结构完整的情况下，尽量使用未利用地，少占耕地。

以增城市汽车产业基地的土地利用总体规划情况为例，由于土地利用总体规划图是在 1∶10 000 的地形图基础上进行编制，所以高压走廊穿过了很多在土地利用总体规划中是建设用地的地方。如果没有完善的土地利用总体规划，这些宝贵的建设用地会因为高压线的穿过，而不能真正的开发建设。因此完善的土地利用总体规划数据对推动县域城市今后更好地利用土地资源、推进城市发展有着十分重要的促进作用。

3.3.4 公共服务设施用地控制

公共服务设施按照市场属性分为公益性公共服务设施、经营性公共服务设施两类。公共服务设施在传统的农村中普遍缺乏，城郊型农村既然要服务于城市，那么在完善自身公益性公共服务设施的基础上还要加强一些经营性的公共服务设施。在公共服务设施的配置上要站在区域的高度上，既注意城郊型农村自身的因地制宜，还要考虑城市对其的影响、突出各城郊型农村之间的联建共享；同时，分级分类规划设置，统一规划、分期建设（杨震和赵民，2002）。

为避免城乡之间或乡与乡之间的建筑物无序蔓延填充，确保城乡人居环境质量，必须进行公共服务设施用地控制。首先可从区域层次上确定公共服务设施的类型和范围。

居住区公共服务设施，即配套公建，在《城市居住区规划设计规范》（GB 50180—93）中共分为教育、医疗卫生、文化体育、商业服务、金融邮电、市政公用、行政管理和其他八类，按居住区、居住小区和组团三级配置。作为保障居住区广大居民日常生活的重要物质设施，居住区公共服务设施的建设的数量和质量不仅直接影响到居民的生活水平和生活方式，而且在一定程度上体现并影响到社会的文明程度，是关系城市整体功能的重要因素。

公共服务设施（独立用地及非独立用地）可以包括以下内容：

体育中心、图书馆、青少年宫、文化馆、综合医院、卫生院、影剧娱乐中心（电影院）、中学、小学、幼儿园、肉菜农贸市场、社区运动场、社区文化活动中心、社区青少年活动中心、街道办事处、公安派出所、物业管理所、卫生防疫站、卫生防治所、综合百货商店、书店、粮油店、肉菜分销店、柴煤店、中西药店、储蓄所、邮政所、电信营业所和托老院。

为了使公共服务设施用地控制数据上图，在空间数据库采用如表 3.10 的方式进行组织。

表 3.10 公共服务设施用地控制数据属性

字段名称	字段代码	字段类型	字段长度	小数位	说明
设施编码	code	Char	11		××××××××　× 所在地块号　序号
设施名称	name	Char	40		
用地面积	l_area	Double	10	2	单位：m^2
建筑面积	C_area	Double	10	2	单位：m^2
规　模	scale	Long	11		
分类码	type_id	Int	3		
备　注	remark	Char	40		非独立用地公共服务设施所处的位置、层数以及每一个设施的建设情况

3.3.5 市域高压线网规划

各种地理空间实体，如居民区、街道市政管线、电话亭、电力线路等，在计算机中的表达一般抽象为点、线、面这 3 种最基本的实体，任何空间实体都可以用点、线、面，再加上说明和记号来表示。这种空间数据的组织能满足配电网自动化的要求，根据实际地理位置布置设备、线路，展示配电网的实际分布，采用层的概念组织图形和管理基础数据，自由分层，层次之间又可以灵活的自由组合（陈功等，2007）。

与空间图形数据对应的还有属性数据，既对图形相关要素的描述信息，如配电线路的长度、电缆型号、线路编号、额定电流、配变型号，编号、名称、安装位置、投运时间、检修情况和实验报告等（崔跃文，2001）。

增城市高压线分布如图 3.20 所示。为了使市域高压线网规划数据上图，在空间数据库采用如表 3.11 至表 3.15 的方式进行组织。

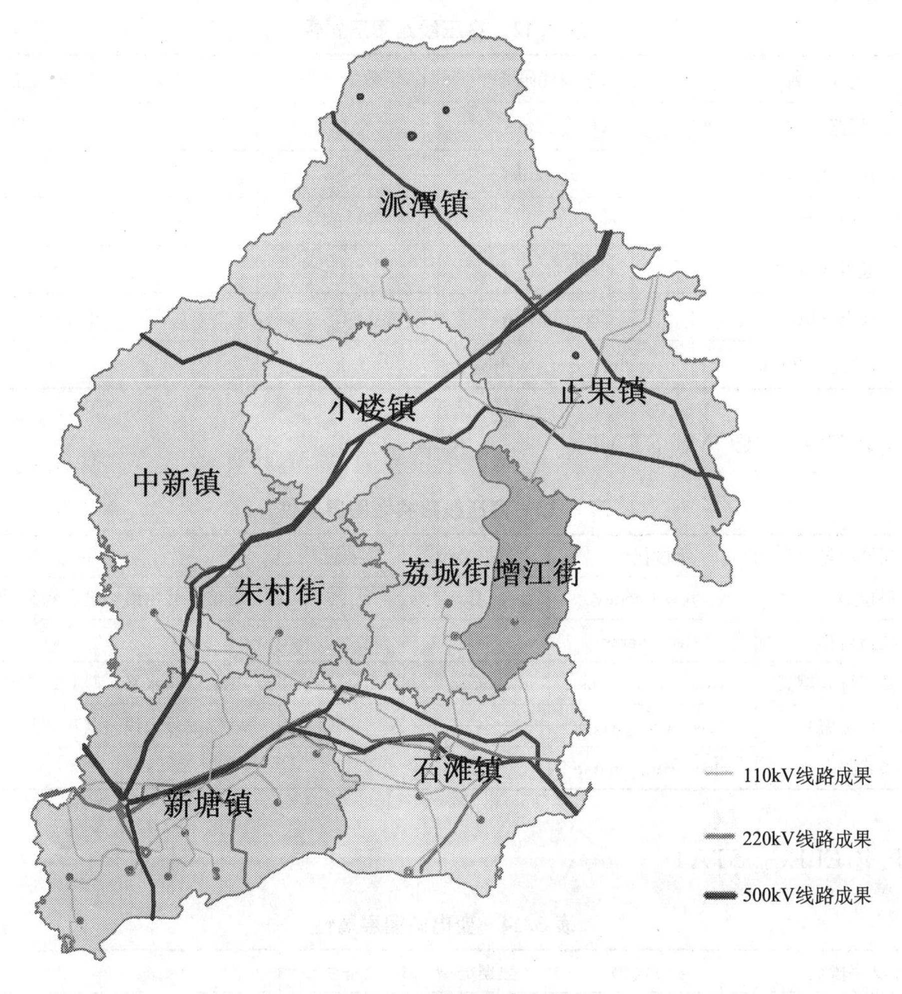

图 3.20 增城市高压线

分层设计：

表 3.11　市域高压线网规划数据分层结构

图层名称	主要内容	实体类型	层名
高压线路	高压线路	Line	ELEC _ LIN
高压塔	高压塔	Point	TOW _ PNT
变电站	变电站	Polygon	ELEC _ STAT
高压走廊注记	高压走廊注记	Annotation	ELEC _ TEXT
高压线路共塔	高压线路共塔	Point	TOW _ COM _ STAT

属性设计：

层名 ELEC _ LIN

表 3.12　高压线路图层属性

属性项名	字段代码	数据类型	宽度	备注
线路名称	elec _ name	C		
电压等级（kV）	elec _ rank	F		
回路数	elec _ loop _ num	I		
起点变电站	elec _ stat _ f	C		
终点变电站	elec _ stat _ t	C		
规划控制宽度（m）	elec _ con _ width	F		

层名 TOW _ COM _ STAT

表 3.13　高压线路共塔图层属性

属性项名	字段代码	数据类型	宽度	备注
塔位编号	tow _ code	C		塔位编号由线路名称和编号组成
线路名称	elec _ name	C		
回路共塔排列型式	tow _ com _ type	C		取值：水平、竖列、三角形
共塔塔位编号	tow _ com _ code	C		塔位编号由线路名称和编号组成
共塔线路名称	elec _ com _ name	C		

层名 ELEC _ STAT

表 3.14　变电站图层属性

中文字段名	字段代码	数据类型	备注	
名称	elec _ stat _ name	C		

层名 TOW _ PNT

表 3.15 高压塔图层属性

中文字段名	字段代码	数据类型	宽度	说明
塔位编号	tow _ code	C		塔位编号由线路名称和编号组成
线路名称	elec _ name	C		
塔型	tow _ type	C		取值：铁塔、小铁塔、电杆、电线架
塔高（m）	tow _ height	F		
塔基高程（m）	tow _ base _ height	F		
塔位几何中心 X 坐标	tow _ x	F		
塔位几何中心 Y 坐标	tow _ y	F		
权属单位	tow _ owner	C		
建设日期	tow _ btime	D		

3.3.6 文物保护数据

文物保护管理的目标是文物资源的保存、保护和增值，它主要是通过保护和可持续的资源利用，以确保当前和未来文物资源的重要性、完整性与真实性。为了达到这些目标，必须制订针对特定项目的文物管理办法（曾群华，2008）。

为了有效地管理文物资源，需要有一个系统的方法。以下步骤提供了文物保护管理过程的方法学框架。

包括研究文物保护区的地形、地质水文、旅游、土地利用和城乡规划等基础地理要素图件：各文物保护区及各建设控制范围、文物管理单位和考古发掘点的范围与分布图等。空间图形数据的建立，主要通过扫描入计算机，利用 MapGIS 软件强大的矢量化功能将各扫描图转为矢量图，并进行矢量图的编辑、修改，以达到质量要求，然后再建立拓扑关系，并给每一个图斑建属性表、赋值，最后把数据转换为可入库 shp 格式。

1. 底图处理与栅格扫描

为了减轻矢量化工作，在扫描之前需要对基础底图作相应的简化和净化处理，减少非目标对象的影响而突出图件中需要矢量化的对象要素。为了减少拼图次数，降低系统误差，提高数据质量，扫描时尽量使用大幅面、高精度扫描仪对底图进行栅格扫描。此外，扫描文件类型最好采用二值图，它在自动跟踪方面要优于其他类型（灰度扫描图和彩色扫描图等）。

2. 栅格图件数字化

由栅格数据向矢量数据转化的过程称为数字化或矢量化。MapGIS 提供无条件全自动矢量化和人工导向自动识别跟踪矢量化两种方式。

3. 矢量图形数据编辑与处理

矢量图形的编辑包括拓扑差错与成区、误差校正、投影变换和图元对象赋值等。矢量图形的区与区之间具有一定的空间关系，而我们矢量化出来的是线，然后将线转为弧段，但本应闭合的弧段在矢量化时可能没有闭合，因此不能顺利成区。为避免这种情况发生，在拓扑成区之前，一定要进行拓扑差错工作。误差校正和投影变换工作主要是为了尽量消除误差、提高精度并采用所需要的地图投影类型，同时也是为实现矢量数据的标准化以及其通用性而进行的。各个空间图元对象的赋值主要是对各个空间对象赋予其相应的属性数据，它们是进行统计与分析的基础。

4. 导入数据库

通过图 3.21 所示对空间数据的处理，得到需要的历史建筑和文物保护数据，主要用于文物信息的查询与检索、文物风险评估管理等功能。

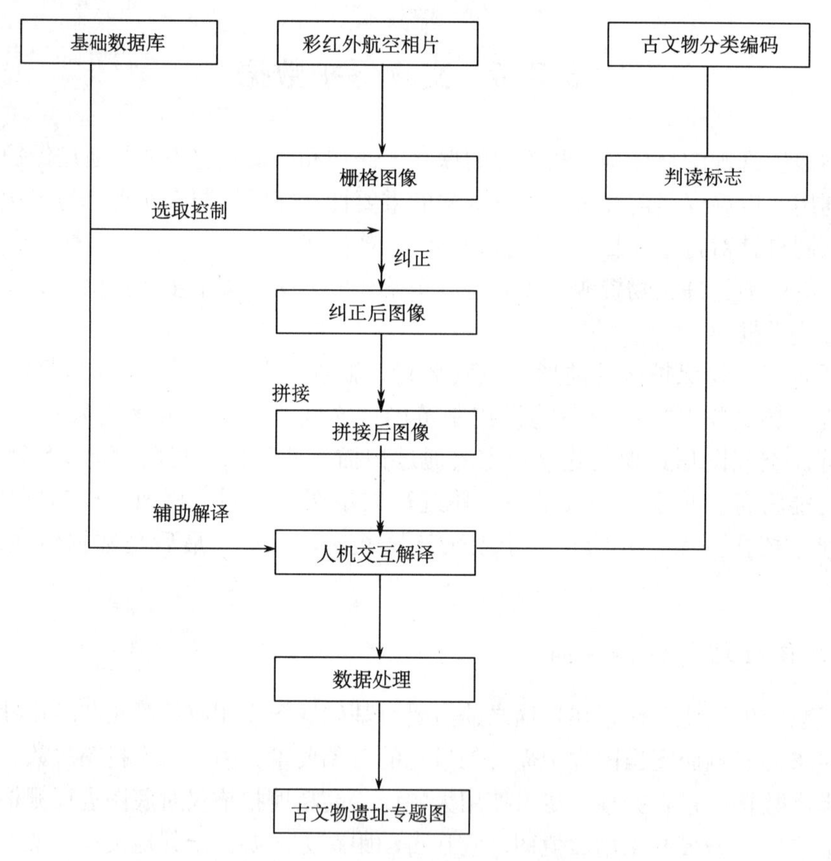

图 3.21　文物保护数据处理流程

从现存的遗址清单、航空照片的解译结果及必要的地面验证可获得一幅标明遗址位置的地图，用来判别潜在的考古遗址，如古代居民地遗址和水文特征。然后，对被识别的遗址进行评价，从而决定考古的潜在价值、条件、发掘的优先权和旅游潜能。

对已知遗址需对其分布特征信息（空间分析信息）：位置、形状、面积和自然地面标高；文物基本属性信息：遗址名称、所在地、保存完整性、土地利用情况和现状；文物内涵信息：遗址年代、发掘时间、文化层深度、出土文物的种类、编码、图件或图片和研究文字等资料等详细情况进行记录。对于未知的遗址，需从航片上识别出具有考古潜在价值的属性数据，分别记录在不同的数据库中。对考古价值进行等级划分，给每个遗址赋不同级别的值（表 3.16）。

表 3.16　文物保护数据属性

字段名称	含义	数据类型	长度	是否允许为空
SmID	系统字段，存储空间数据，主键	int		N
SmX	系统字段，存储空间数据	float		N
SmY	系统字段，存储空间数据	float		N
SmUserID	系统字段，存储空间数据	int		N
UnitFullID	文保单位编号	varchar	20	N
UnitName	文保单位名称	varchar	50	N
UnitPublishOrder	所属批次	int		N
UnitCategoryID	所属类别编号，外键	int		N
UnitDynasty	所处时代	varchar	20	N
UnitPositionLong	所处经度	varchar	12	N
UnitPositionLat	所处纬度	varchar	12	N
UnitCode	地区编号	int		N
UnitProvinceName	省	varchar	30	N
UnitCityName	市	varchar	30	N
UnitCountryName	县	varchar	30	N
UnitDescription	文字简介	text		N
UnitAdmin	管理机构	varchar	50	N
UnitImageNum	图片数量	int		N

文物保护数据不需要具体到文物具体图片，可以采用公共服务的模式共享底图，文物具体图片等文物专题信息仍归文物单位所有。

3.3.7　规划背景数据采集

目前县域城市常用的规划背景数据主要有水系河道、行政区划、等级路网和规划地名四种。顾名思义，规划背景数据在规划管理过程中充当背景图的作用，其内容相比其他专题数据而言，稳定性较大，覆盖范围基本达到全域。

1. 水系河道

水系信息包括水路交通体系及其相关附属设施。内容涉及水道的名称、宽度、水位、高程、流向、桥梁名称和特征等信息（沈国华，1998）。在规划背景数据生产过程中，可以大量在已有的基础地理数据和专题数据基础上进行建设。例如，水系河道类数据可以经过对地形图、土地利用等数据处理得到。

1）1∶10 000 地形图

1∶10 000 地形图一般是全要素成图，水系要素完整，未构面，为满足制图美观要求，部分线段被打断，不连续，纯图面数据，没有 GIS 相关信息（代码、名称）。此部分数据可以用于提取水系要素。

具体作业方法如下：

（1）根据规划背景数据要求，可以结合水利局的意见，提取大型水库、较宽的河流（一般在 1∶10 000 地形图上表现为双线河流）。

（2）按照 GIS 的数据要求处理所提取的水系要素，空间关系错误处理，构建拓扑关系。

（3）按照空间数据库的数据分层和属性结构（第 4 章），给不同要素分别赋予相应的代码，从图面提取相应水系相关属性信息，赋值给相应对象。

2）土地利用现状数据

应用分析：土地利用现状一般是按照地级市所规定的城乡地籍数据库建库标准，基于大比例尺正射影像图按照用地类别分图斑采集，一般实际宽度大于 4m 的水系都被按照面域提取。此部分数据的特点如下所示。

A. 确认为水域及水利设施用地的土地

（1）长年被水（液态或固态）覆盖的土地，如河流、湖泊、水库、坑塘、沟渠和冰川等。

（2）季节性干涸的土地，如时令河等。

（3）沿海（含岛屿）潮水常年涨落的区域。

（4）常水位岸线以上，洪水位线以下的河滩、湖滩等内陆滩涂。

（5）为了满足发电、灌溉、防洪、挡潮和航行等而修建各种水利工程设施的土地。

B. 不能确认为水域及水利设施用地的土地

（1）因决堤、特大洪水等原因临时被水淹没的土地。

（2）耕地中用于灌溉的临时性沟渠。

（3）城镇、农村居民点、厂矿企业等建设用地范围内的水面，如公园内的水面。

（4）修建以路为主的海堤、河堤和塘堤的土地。

C. 河流水面的认定

河流水面是指天然形成或人工开挖河流常水位岸线之间的水面，不包括被堤坝拦截后形成的水库水面。

下列土地确认为河流水面。

（1）河流、运河常水位岸线之间的土地。河流参照《中国河流名称代码》（中华人民共和国行业标准，1999.12.28 发布）确定。《中国河流名称代码》中未列出的河流，可参照当地水利部门资料确定。

（2）时令河（也称间歇性河流、偶然性河流），正常年份（非大旱大涝年份）水流流经的土地。

（3）河流常水位岸线以下种植农作物等的土地。

（4）河流入海口处两岸突出岬角连线以内的土地。

下列土地不能确认为河流水面。

（1）地下河；

（2）穿越隧道的河流。

河流水面的实地调绘确认

从河流的横断面看，主要有无堤（图 3.22）和有堤（图 3.23）两种类型，一般由河流水面、河滩、河堤构成，还有河流两侧与成行的树木、耕地毗邻情形（图 3.24）。

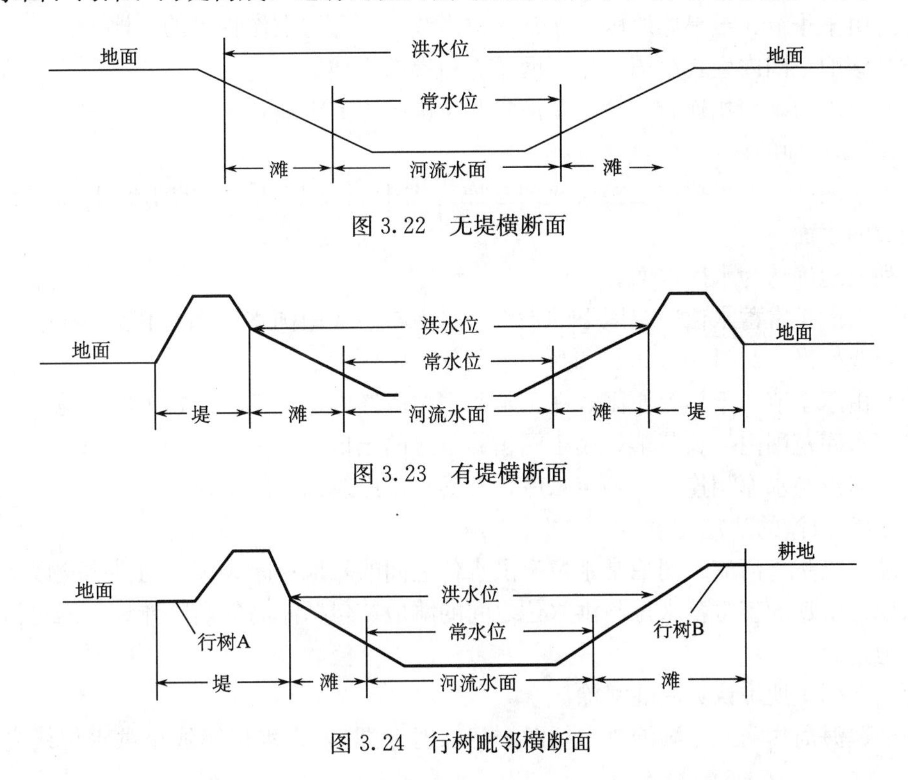

图 3.22　无堤横断面

图 3.23　有堤横断面

图 3.24　行树毗邻横断面

河流水面调查是按常水位线调绘或量测，一般情况下，大部分河流的常水位线与近期影像基本一致，可按影像调绘；特殊情况下，可参照近期地形图等资料标绘常水位线。

河流滩涂（内陆滩涂）是河流的常水位线与一般年份的洪水位线之间的区域，调查时，可按实地现状或在当地了解情况或向有关部门咨询调绘或标绘。

堤是人工修筑的常水位岸线以上的建筑物用地，调查时可根据实地现状调绘或量测宽度。

具体调绘时注意以下几个问题的处理：

（1）图上宽度小于 2mm 的河流按单线线状地物调绘，实地量测宽度。

（2）季节性河流应以有水时的水位线按河流水面调绘。

（3）当滩涂不能够依比例尺调绘时，可综合到河流水面中。

（4）对于人工修建（水泥结构）的主要用于挡水的堤，不能够依比例尺调绘时，可综合到内陆滩涂或河流水面中。

（5）对于主要用于交通的堤，按交通用地调绘。

D. 湖泊水面的认定

湖泊水面是指天然形成的积水区常水位岸线所围成的水面。

下列土地确认为湖泊水面。

（1）湖泊常水位岸线以下的土地。大于 1km² 湖泊，参照《中国湖泊名称代码》（中华人民共和国行业标准，1998.11.02）确定。小于 1km² 湖泊，可参照当地水利部门资料。

（2）由于季节、干旱等原因，在常水位岸线以下种植农作物等的土地。

（3）湖泊范围内生长芦苇、用于网箱养鱼等的土地。

（4）河流与湖泊相连时，划定湖泊常水位岸线内的土地。

E. 水库水面的认定

水库水面是指人工拦截汇集而成的总库容大于等于 10 万 m³ 的水库正常蓄水位岸线所围成的水面。

下列土地确认为水库水面。

（1）水库正常蓄水位岸线以下的土地。水库参照《中国水库名称代码》（中华人民共和国行业标准，2001.01.20）和当地水利部门资料确定。

（2）由于季节、干旱等原因，在正常蓄水位岸线以下种植农作物等的土地。

（3）水库范围内生长芦苇，用于网箱养鱼等的土地。

（4）河流与水库相连时，划定水库正常蓄水位岸线以内的土地。

F. 内陆滩涂的认定

内陆滩涂是指河流、湖泊常水位至洪水位之间的滩地；时令湖、河洪水位以下的滩地；水库、坑塘的正常蓄水位与洪水位之间的滩地。包括海岛的内陆滩地。不包括已利用的滩地。

（1）下列土地确认为内陆滩涂。

大陆、海岛内河流、湖泊（包括时令河、时令湖），常水位岸线至洪水位线之间的土地；

大陆、海岛内，坑塘正常水位岸线与洪水位之间的土地。

（2）下列土地不能确认为内陆滩涂。

滩涂上已围垦的土地。

滩涂已用于养殖、建设等的土地。

G. 水工建筑用地的认定

水工建筑用地指人工修建的闸、坝、堤路林、水电厂房、扬水站等常水位岸线以上的建筑物用地。

（1）下列土地确认为水工建筑用地。

修建水库挡水和泄水建筑物的土地，如坝、闸、堤、溢洪道等；

沿江、河、湖、海岸边，修建抗御洪水、挡潮堤的土地；

修建取（进）水的建筑物的土地，如水闸、扬水站、水泵站等；

用于防护堤岸，修建丁坝、顺坝的土地；

修建水力发电厂房、水泵站等的土地；

修建过坝等建筑物及设施的土地，如船闸、升船机、筏道及鱼道等；

坝或闸筑有道路，以坝或闸为主要用途的土地。

(2) 下列土地不能确认为水工建筑用地。

用于临时性堤坝的土地。

沟渠两岸人工修筑护岸、渠堤的土地。

以交通为主要目的的堤、坝或闸。

具体作业方法如表 3.17 所示。

表 3.17　水工建筑用地认定作业方法

分类名称	说明
坑塘水面	不提取
养殖水面	不提取
可调整养殖水面	不提取
农田水利用地	不提取
水库水面	需要提取
水工建筑用地	需要提取
河流水面	需要提取
湖泊水面	需要提取
滩涂	需要提取

提取与水系相关要素（上述列表）的水库水面、水工建筑用地、河流水面、湖泊水面、滩涂等图斑要素；

结合县域城市水利部门的意见以及从 1∶10 000 地形图上提取的水系要素，再次筛选提取；

结合县域城市水利部门的意见，再结合大比例尺航拍影像图，对水工建筑用地、滩涂等图斑进行综合处理；

提取水要素赋予相关属性；

对最后确定的水域边线进行导直处理，首批数据经过权责部门确认后，方全面开展。

3) 大比例尺航拍影像图

此数据可作为对水系要素的提取的重要依据，详见基础数据建设（第 2 章）。

4) 水利局辖区内水系名称、级别、库容列表

此列表是对水系要素的提取、分类等的重要依据。

2. 行政区划

将县域城市的乡镇行政区划进行数字化整理，并从地形图的境界数据集中独立出来，成为规划背景行政区划数据。均按照国标对乡镇和村进行阿拉伯数字编码。以广东省增城市为例，全市调整后有6镇、3街、282个村，并同时对行政区划标注进行更新。

3. 等级路网

等级路网是在统一整合的基础上，经过行政审批的规划背景路网。随着交通机动化程度的提高，汽车保有量迅速增加，而自行车保有量却不断下降，城市道路交通正从以往的混合交通向汽车交通演变。城市发展方向的变化和结构的调整，引起了道路网络形态的变化。外围公路网络的发展，尤其是高速公路网络成为区域公路主骨架，迫使城市出入口道路等级相应提高。城市规模与结构、交通机动化与汽车保有量、外围高速公路与区域经济一体化等主要条件发生了巨大变化，使原有的道路网络规划难以适应发展的要求，必须对道路网络规划进行深化调整。进一步完善城市道路系统功能分级体系，明确界定道路的等级、功能，形成由高速公路、快速路、主干道组成的道路系统。道路功能分级如下：

高速公路——承担城市间交通联系，连接主要对外出入口，设计速度100km/h，6～8条车道，道路红线宽度80～100m；

快速路——承担城市内机动车走廊及对外交通设施联系，连接城市三大组团和三大地块，构成路网骨架，设计速度60～80km/h，6～8条车道，道路红线宽度60～80m；

主干路——承担城市大组团内部机动车交通，连接城市主要组团和地区中心，构成路网基本形态，设计速度40～60km/h，6～8条车道，道路红线宽度40～60m。

4. 规划地名

“规划地名数据”与《国家地理信息公共平台基本规定（CH/T 9004—2009)》5.5节中所定义的“地名地址数据”不同。“规划地名数据”不是“建立与空间位置之间一一对应的关系，形成带有空间位置坐标的地名地址数据，以满足各种专题信息空间定位的要求”。而是从基础地形图与地名相关的注记层中按照城乡规划管理的需要经过提取、简化得到的地名数据（民政部区划地名司综合处，2009）。本小节所论述的地名数据，仍然属于专题数据的范畴。前面加“规划”二字，一方面是同“地名地址数据”相区别，另一方面强调该类地名数据是为规划审批和编制服务。

规划地名数据主要包括城市的街道、小区、交通地名及城市建筑物名。不同比例尺的地名数据其要素不尽一致，城市大比例尺（如1∶2000）的地名数据主要准确记录了单体建筑要素信息。这些单体建筑要素信息按建筑类型可划分为平房和楼房；按使用功能可划分为居住用途和非居住用途；按组合形式可划分为小区和独立建筑等。与这些单体建筑要素信息相联系的是大量机关、工厂、医院和学校等的位置和类型信息。规划地名数据的特点是地名点简约明了，人文信息量大。城市以小区和独立建筑物为基本格局，各基本单位互相连接或按街、巷分开。城市的街、巷名称和门牌号码采用以条为主、条块结合的规律进行门牌号码的编排，实现门牌号码的序列化。显然，城市地名管理并不以地形图上的单体建筑为基本单元，而是以地址门牌号为管理的基本单元（即小区地址和独立建筑地址）（赵连柱和张保钢，2008）。因此，按每个地址门牌号小区或独立建筑的范围提取出边界线作为新图形目标并标注唯一代码，进行图形目标和地名属性的挂接，可以实现街、路、巷、小区、建筑物名称的层次化、群体化和管理的规范化。

根据上述原则，城市大比例的地名地理数据的基本信息应包括以下内容。

（1）空间范围。院落、建筑物、小区的边界线。

（2）空间位置。门牌号：正门牌号、侧门牌号；地址名：街、路、胡同、小区。

（3）组合形式。院落与建筑物之间的隶属关系。

（4）名称。院落、建筑物、小区的标准名称。

（5）使用功能。院落、建筑物的用途。

（6）相关属性。居民数量：户数，人口数量。

（7）院落或建筑物内单位名称。

（8）行政管辖：街道办事处、居委会、社区；图幅编码。

（9）其他相关信息。

在城市大比例尺地名地理信息中，院落、建筑物、街路巷、地址门牌号、单元号、单位、小区等之间存在着包含关系、一对多、一对一等关系。这些关系相互制约，而且相互之间的引用是有效的。如果某建筑物坐落于某个小区内，这个建筑物的地址门牌号引用该小区的地址门牌号，即为一对多关系。如果某建筑物不属于任何一个院落，它有独立的地址门牌号，称为独立楼，即为一对一的关系。

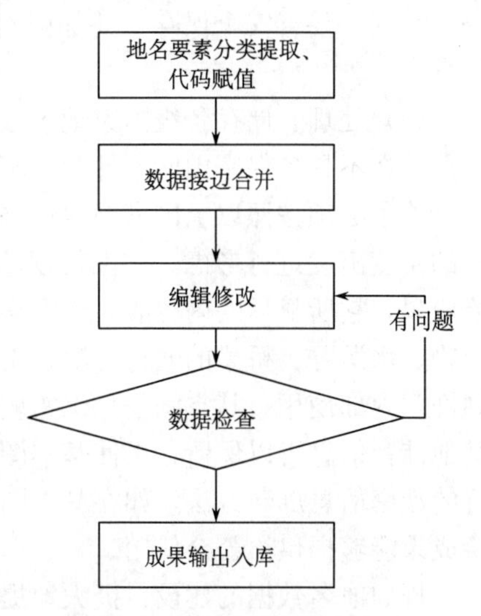

图 3.25 规划地名数据制作流程

经过数字航摄生产的 1∶2000 地形图（第 2 章）包括了居民地、水系、道路、地貌和植被等九大要素。内容多、平面精度高、表示要素内容细，满足规划信息平台对空间定位框架数据的要求，完全可以作为规划地名数据生产的基本图。既节约成本，又可以提高基础地理数据的使用程度。规划地名数据制作流程如图 3.25 所示。

1）从地形图提取地名注记

根据已有的地形图，按照数据标准进行分类提取与代码赋值，并归并到不同图层，按照数据标准提取所需的地名数据。

2）数据合并与编辑修改

将所有图幅的地名数据合并，进行重复地名、地名矛盾检查编辑。

3）数据全面检查入库

数据在入库前，必须对其进行一次全面的检查，检查主要包括以下内容。

（1）原始数据的完全情况，检查是否有未处理的数据；

（2）数据归层、代码的准确性检查；

（3）数据的完整性检查，包括数据的图层、代码、属性表及某些特殊要素的特殊属性等。

地名数据的保密是地名数据建设中比较敏感的问题，针对地名数据库中的涉密材料，国家有以下规定。

（1）若要将各级国家地名数据库中的非涉密数据提供给社会使用，应进行数据过滤和解密处理，并履行审查、审批手续。与各级国家地名数据库相衔接的地名公共服务平台应采用国产软件。

（2）各级国家地名数据库中的涉密数据不得对社会提供，对内部单位提供时要履行审查、审批手续，必要时进行数据过滤和解密处理。

（3）各级国家地名数据库要定期用光盘、移动硬盘等不同介质进行数据备份并加以登记管理，妥善安全保存，并加强对参与地名数据库建设的人员进行信息安全和保密教育。

（4）处理、储存各级国家地名数据库的计算机不得接入互联网。涉密数据的上报、汇总，在不具备保密内网条件时，不能采用网络方式，而应以报盘方式进行。

除了必须按照以上国家规定认真做好保密工作之外，还应该从规划地名数据生产过程的角度出发进行考虑。按现行规范生产的1∶2000、1∶10 000地形图仍为秘密级测绘成果，它所显示的内容既是为军事行动服务的，也是国民经济建设需要的。例如，方位物、水源井、桥梁的通行情况、工矿设施的分布情况。规划地名数据主要面向城乡规划部门内部使用，其空间信息保密应不同于公开出版的地图。除了明显的军事设施外，其他涉密信息可以保留，以使基本图在政府决策中发挥更大的作用。同时也应该探索可行的涉密信息屏蔽方法，如在基本图中设置几个涉密层，需保密时将其关掉，使基础测绘成果能够提供给公众使用。

规划地名数据的建设，极大地提高了行政区划、地名管理服务的效率和地名审批工作效率。例如，在规划信息平台中只需输入查询的地名，就能得出准确结果，行政区划审批工作效率极大提高。市区和乡、镇地名总体规划图一改以往人工绘制和更新的方法，只需在电子地图上直接编制、修改即可，地名标志设置的工作效率得到提高。

3.4 其他规划专题数据建设

3.4.1 地下管线数据库

随着城市经济、科技和人民生活水平的不断提高，所需的地下管线日渐增多，城区地下已经密如蛛网的各类管线还将有增无减。种类繁多的地下管线，由于缺少统一的管理系统和准确的管线资料，在城市建设中常有管线被破坏，造成通信中断、煤气泄漏、污水漫流等，给人民生命和国家财产造成巨大威胁和无可挽回的损失。据有关资料统计，我国大城市仅每年管线损坏造成的损失就达20亿元，全国约70%的城市没有完整的地下管线资料，地下管线家底不清的现象普遍存在。传统的城市地下管线普查技术与管理方法已经无法满足城乡规划管理的需要。因此，建立以GIS技术为核心的，面向城乡规划建设管理的综合性地下管线信息系统具有重要的意义（张新长等，2007）。

城市地下管线信息系统是为了满足城市地下管线建设管理的要求，结合当前地下管线管理的现状，建立以普查地下管线数据为基础的综合地下管线系统。系统将实现地下管线数据的采集、存储和分析等管线管理工作，并实现与地下管线规划审批、竣工入库等业务的有效集成。同时根据综合管线系统与专业管线数据的关系，形成以规划局为中心，上联市政府有关部门，下联各专业管线单位的网络，建立覆盖整个城市的分布式应用和集中管理结合的综合地下管线信息系统。

作为城市的重要基础设施，地下管线是城乡规划、城市建设以及城市管理的基础资料之一。城市地下管线的主要类型有：给水、排水、通信、电力、燃气、热力和工业管道等。

1. 城市地下管线的特点

（1）城市地下管线的隐蔽性确定了其资料完整、准确及动态管理的重要性；

（2）随着社会、科技进步与城市发展，城市物质流、能量流与信息流量的增大，城市地下管线的密集度都会急剧增大，空间分布也急剧扩张；

（3）城市地下管线的分布与城市地面上人流、车流和建筑密度在空间分布上呈明显的正相关；

（4）城市地下管线与地上管线密切相关，不能分开管理；

（5）城市地下管线种类繁多，同时与地下各项工程设施的交叉矛盾也日益突出；

（6）城市地下管线是布局复杂的网，其网络功能日趋重要，通信网、供水网、排水网和电力网等这些网络功能给我们带来了技术上的复杂、管理上的困难。

2. 城市地下管线信息系统的特点

城市地下管线信息系统就是指采用GIS技术和其他专业技术，采集、管理、更新、综合分析与处理城市地下管线信息的一种技术系统。它具有以下特点：

（1）城市地下管线信息系统是一个四维的系统，隐蔽性决定了埋深与时间及三维空间动态的复杂性；

（2）隐蔽性、埋设位置的集中性也决定了地下管线数据的重要性，数据的完整性、可靠性与准确性（高精度）是地下管线信息系统的实用性关键；

（3）非常重视线段间的连接性和彼此间的关系，必须具有综合的网络分析功能，如拓扑关系分析、最短路径分析、管线事故分析和选址分析等；

（4）城市地下管线信息系统是一个信息在空间分布上极不均匀的空间异质系统，建成区内密度大，从中心区向城市边缘急剧减小；

（5）城市地下管线信息系统必须将地下、地上的各种管线纳入统一的管理；

（6）城市地下管线信息必须同管线探查、测量和成图系统具有良好的衔接能力，以便于通过管线普查、竣工测量等方式确保系统数据的采集与现势性。

3. 地下管线的数据模型和数据结构

1）数据模型

城市地下管线虽然种类较多，但其空间结构基本一致。一般都由管线点、管线段及其附属设施构成，在GIS中均可用点和线进行描述。从几何角度看这些对象可以分为点、线对象两大类，按空间维数分则有零维对象（如三通、四通和阀门等），一维对象（如污水管、排水管和自来水管）。按照面向对象的观点，根据空间对象不同的几何特征（点、线），可以将上述实体分别设计成不同的对象类。

随着时间的推移，必然有管线的变更、新增和废除等事件不断发生，这些事件可引起管线实体空间或属性的变化，因此，将这些事件定义为修测类型，事件发生的时间定义为修测工程号。将各种数据结构单元附上时间标记（修测工程号）和事件标记（修测类型），形成时空对象类，以这些类作为设计模型的基础，如图3.26所示。

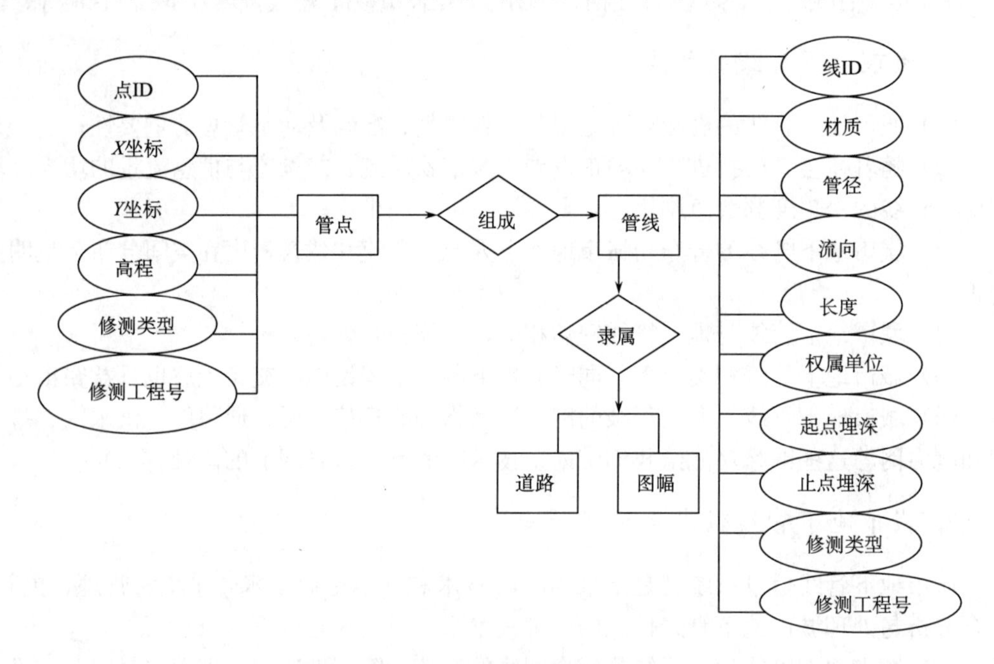

图3.26 管线数据模型

点（Point）：节点ID（用户标识码），节点X坐标值，节点Y坐标值，修测时间，修测类型。

线（Line）：线段ID（用户标识码），线段起始节点ID，线段终止节点ID，修测时间，修测类型。

2）数据结构

A. 管线数据的分层标准

管线数据的分层标准按照《城市工程管线综合规划规范》(GB50289—98)，如

表3.18所示。

表3.18 管线数据分层标准

类别	图层名称	主要内容	实体类型	层名
电力管线	电力管线	电力管线及其附属设施和特征点	点、线	DLGX
	电力管线线状附属设施	依比例表示的电力管线附属设施外围线	线	DLL
电信管线	电信管线	电信管线及其附属设施和特征点	点、线	DXGX
	电信管线线状附属设施	依比例表示的电信管线附属设施外围线	线	DXL
给水管线	给水管线	给水管线及其附属设施和特征点	点、线	SSGX
	给水管线线状附属设施	依比例表示的给水管线附属设施外围线	线	SSL
排水管线	排水管线	排水管线及其附属设施和特征点	点、线	XSGX
	排水管线线状附属设施	依比例表示的排水管线附属设施外围线	线	XSL
燃气管线	燃气管线	燃气管线及其附属设施和特征点	点、线	RQGX
	燃气管线线状附属设施	依比例表示的燃气管线附属设施外围线	线	RQL
热力管线	热力管线	热力管线及其附属设施和特征点	点、线	RLGX
	热力管线线状附属设施	依比例表示的热力管线附属设施外围线	线	RLL
工业管线	工业管线	工业管线及其附属设施和特征点	点、线	GYGX
	工业管线线状附属设施	依比例表示的工业管线附属设施外围线	线	GYL
综合管线	综合管线	综合管线及其附属设施和特征点	点、线	ZHGX
	综合管线线状附属设施	依比例表示的综合管线附属设施外围线	线	ZHL
有线电视	有线电视	有线电视及其附属设施和特征点	点、线	TVGX
	有线电视管线线状附属设施	依比例表示的有线电视附属设施外围线	线	TVL

B. 管线编码

管线编码同管线信息系统中现状管线数据库与规划管线数据库的数据存储方式相关联。因为编码的目的也是为了提高数据的管理、查询与分析能力。

a. 普查与竣工测量现状管线库的基本存贮单元

对存储地下管线现状信息的普查与竣工测量库采用 Mapfased or TilMased 的存贮结构，即以1∶500图幅为最小存储单元范围。

为了弥补基于1∶500比例尺单张图的GIS系统的不足，提高对地下管线的计算机管理效率，对于城市地下管线信息系统的管线现状数据库，除了以1∶500单幅图进行存储外，根据应用需要也可存储由4×4（16张）1∶500图幅构成的，拼接好的连续、无缝的1∶2000图幅管线图，便于较大范围的查询与使用。

b. 规划管线库的基本存储单元

规划管线库中的管线主要是起管线工程规划综合的辅助作用，综合管线信息系统不可能也没有必要管理到施工图的深度。此外，规划管理人员的日常工作是报建编号为主线的，对每宗案件进行单独管理。因此，在进行城市地下管线信息系统设计时，将规划管线库的存储单元定义为全市范围内的每类管线，以便于报建案号为主的数据操作。规划管线库与现状管线库相比，在存储结构、生存周期、查询方式、采集入库方式等方面存在较大差异。

c. 管线编码

(1) 管线类型码。

- 现状管线库

给　　水——J
雨污合流——P
雨　　水——Y
污　　水——W
煤　　气——M
电　　力——L
电　　信——D
工　　业——G

- 规划管线库

给　　水——PJ
雨污合流——PP
雨　　水——PY
污　　水——PW
煤　　气——PM
电　　力——PL
电　　信——PD
工　　业——PG

(2) 现状管线库中管线点的标识方法。

管线点采用10位混合（文字数字）标识方法（图 3.27）。由于管线普查地段不可能规则有序，外业勘测单位又不可能根据道路进行编码、组织管线，为了不增加勘测单位在图形与属性数据整理上的难度，采用1：500图幅号（压宿图号）＋图上点号组成，这也体现了以1：500为基本存储单元的原则。①图幅号用6位数字喷字混合编码；②管线类型码见上述①中说明；③管线点顺序号与管线普查（竣工测量）成果图上编号相同，有利于与成果表上的属性相对应。

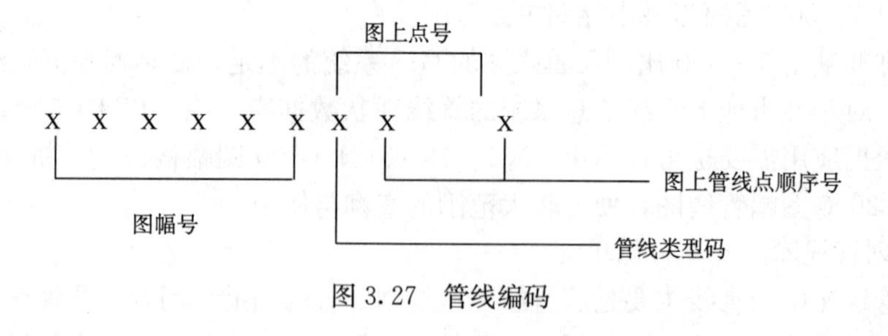

图 3.27　管线编码

C. 管线数据的实体属性信息

以电力管线为例，电力管线的属性信息应包括以下内容。

(1) 电力管线线层（表 3.19）。

文件名：DLGX. AAT

表 3.19 电力管线线层属性

属性项名称	数据类型	字段宽度	备注
编码	C	5	
起点号	C	9	
终点号	C	9	
管道宽高	C	16	
电缆条数	I	3	
电压	C	10	
保护材料	C	8	
所属路名	C	16	
建设年代	D		
权属单位	C	30	
备注	C	40	

(2) 电力管线点层（表 3.20）。

文件名：DLGX. PAT

表 3.20 电力管线点层属性

属性项名称	数据类型	字段宽度	备注
编码	C	5	
点号	C	9	
地面高程	F	6.3	
管顶高程	F	6.3	
埋深	F	6.3	
X 坐标	F	12.3	
Y 坐标	F	11.3	
备注	C	40	

(3) 电力管线辅助线层（表 3.21）。

文件名：DLL. AAT

表 3.21 电力管线辅助线层属性

属性项名称	数据类型	字段宽度	备注
编码	C	5	
备注	C	40	

D. 主要属性连接元素的管理方法

地下管线信息系统最直观的方式是将管线数据存放在管线上，并按管线信息以一定的符号、颜色、线型构造专业管线图与综合管线图；另外一种方式是将主要属性连接到管线点上，这既符合管线普查或竣工测量的勘测、绘图习惯，将管线点属性保存在点成果表中，也简化了管线线符号的构成。因为，我们可以采用管线线与管线点合成效果的方式。例如，对某条管线的线段，如果主要属性连接在线上，则要根据属性按一定成图规则构造颜色、符号与线型，这是较复杂的。

3.4.2 地下管线信息系统的数据组织

地下管线空间数据的采集与建库工作主要分为以下两部分。

1. 数据采集

管线数据采集的流程如图 3.28 所示。

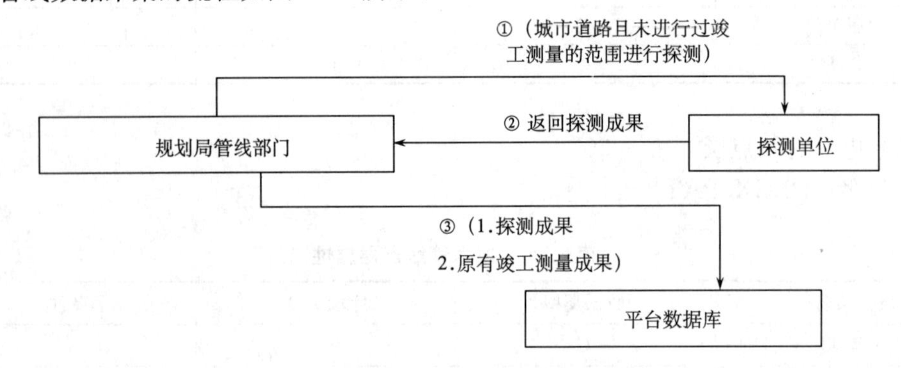

图 3.28 管线数据采集的流程图

2. 数据入库

地下管线信息系统涉及的数据十分丰富，包括复杂的基础空间数据（基础地形图）和管线专业数据。对专业地下管线数据来说，组织和整理这些数据将是一项烦琐的工程，必须仔细分析各种数据的来源、格式、处理目标和方法等内容，建立满足项目要求的数据体系。

在对现有的基础数据、规划数据的生产、管理与应用过程深入调查、研究的基础上，概括出如图 3.29 所示的地下管线数据管理流程图。整个数据处理过程可以简要分成三步：标准制定、数据采集与处理、数据整理与入库。

首先要制定各类数据的制作标准，包括分层、编码与属性标准，数据交换格式标准，数据生产作业流程（包括更新流程）以及各项业务标准化流程。然后数据将经过标准流程按照标准格式进行采集、处理、转换和入库。

对于现状管线数据，由于普查数据采用普查技术规程规定中间格式数据标准。中间格式数据提交后，规划局信息中心首先要进行数据的检查，如果数据是符合标准的，则可以顺利地转入系统数据库。

对于规划成果数据，长期以来设计单位都习惯于只提交设计图纸给规划局，或提交形式各异的电子数据给规划局。在本系统中，将采用远程管线电子报批机制，建立起设

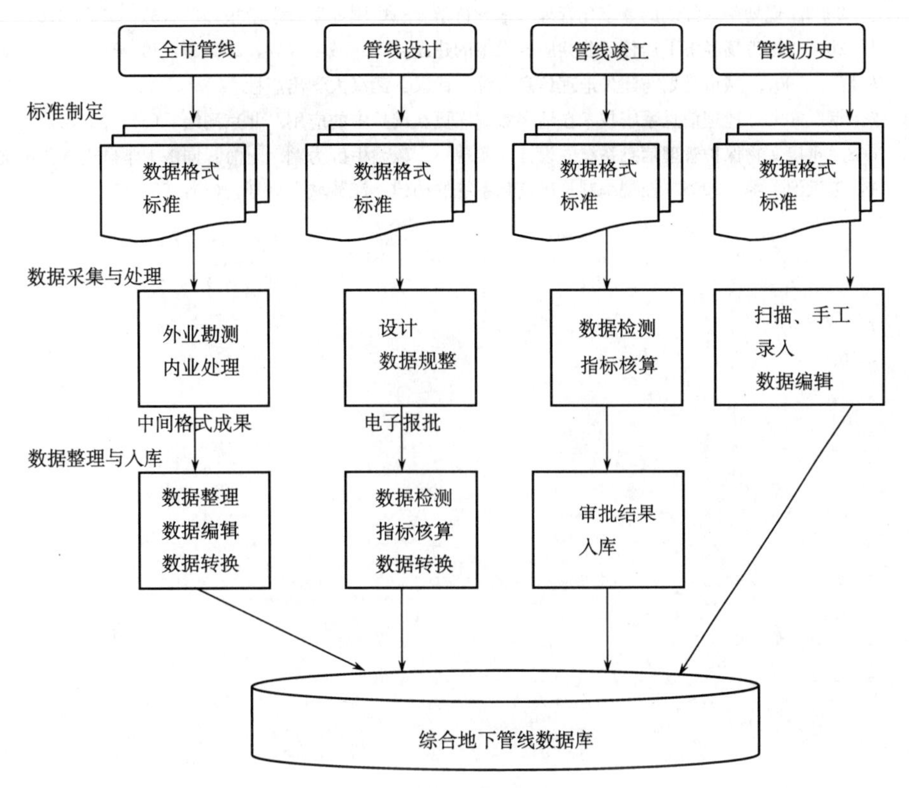

图 3.29　地下管线数据管理流程图

计单位和规划局之间的数据通道，从而解决以上问题。具体的实现方式为：建立规划成果数据制作标准，设计单位按标准提交电子成果，规划局接收电子成果，首先进行数据的检测，其次进行指标核算，批复建设方案，最后将满足要求的报建数据通过转换录入到系统规划管线数据库中。

对于空间历史数据，则通过扫描、矢量化等方式录入计算机，然后再进行图形的规整、属性的赋值、符号化等工作，这些过程不可能完全自动化，但需要编制一些辅助工具以提高建库的效率。对于非空间历史数据，主要是通过手工录入方式进行建库。

主要参考文献

陈功，李艳，程正逢，等. 2007. 遥感与GIS技术在城市高压电网规划环境影响评价中的应用. 电力勘测设计，4（2）：27～30

陈燕娥. 2005. GIS中专题数据库综合的研究. 武汉：武汉大学硕士学位论文

崔跃文. 2001. 地理信息系统在配电管理中的应用山西电力，99（4）：53～58

邓毛颖，蒋万芳. 2007. 城市干道网络专项深化规划研究——以广州市为例. 中华建设，（7）：90～92

杜道生，高文秀，龚健雅. 2003. GIS专题数据综合的研究，19（3）：1～5

贺崇明，邓毛颖. 2002. 广州市区道路网络深化规划研究. 新世纪的城市与交通发展：中国建筑学会城市交通规划学术委员会2001年年会暨第十九次学术讨论会（广州）

刘世伟. 2008. 基于GIS平台的城市规划管理数据的组织研究. 上海：同济大学硕士学位论文

民政部区划地名司综合处. 2009. 关于进一步加快地名数据库建设的几点思考. 中国地名，（2）：62

沈国华. 1998. 五线规划与小城镇建设. 村镇规划，15：15

王勇，王隽．2002．规划用地红线的数字化管理．地球科学——中国地质大学学报，27（3）：315～318
杨震，赵民．2002．论市场经济下居住区公共服务设施的建设方式．城乡规划，26（5）：14～19
张新长，马林兵．2007．城市规划与建设地理信息系统．武汉：武汉大学出版社
赵连柱，张保钢．2008．地理信息系统技术在地名数据库更新维护中的应用．北京测绘，（3）：38～41
曾群华．2008．重庆文物保护管理信息系统的设计与实现——以渝中区为例．上海：同济大学硕士学位论文
周晟，邹斌，王汉洲，等．2008．控规编制管理信息系统的构建．江苏城乡规划，（3）：25～27

第 4 章　空间数据库管理研究

4.1　理论概述

4.1.1　设计原则

县域城乡规划涉及大量资料和数据的特点决定了基础数据的收集、积累和更新的重要地位。从地理信息系统角度，获得在地理空间上有足够精度的定位信息需花费大量人力、资金去收集，数据的投入应占80%以上。目前信息系统建设过程在数据的投入上重视程度提高，比重增大。但是数据的把关、管理规划更新过程不容乐观。由于城市高速发展，出现“管理滞后于办案”的现象，传统的规划管理系统数据管理能力不强，缺乏数据更新功能，随着数据的生产累积，维护成本越来越高（图 4.1），最终阻碍了数据的投入和生产。美国著名地理信息系统专家 GoodChild 认为：数字地球需要进一步获得地理意义上的数据集成。

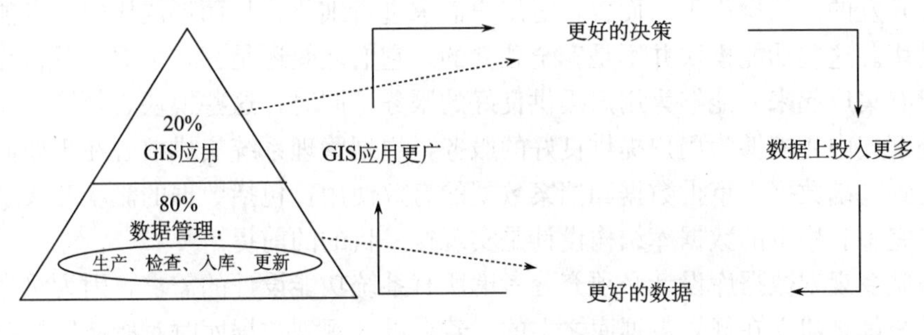

图 4.1　数据管理良性循环图

县域城市在进行信息化建设方面，资金和人力是弱项，比如搜索是对某一个位置的所有相关信息而不仅仅是对某一图层的搜索。具体来说，就是查找某一年的用地红线的历史状况，或者调出某一个地区不同版本的路网数据等不同规划业务都需要进行历史数据的管理。系统在投入应用后，由于更新节省了不必要的人力维护（图 4.2），加速了数据周转率，提高了数据的现势性，有利于规划办案人员提高效率。能够实时更新的数据，这样的数据更有助于为决策者做出正确的判断提供基础和平台，取得效益，促进数据建设和 GIS 建设，进入一个规划管理信息化良性发展的循环，实现数据管理的可持续发展。

城乡规划管理系统比较特殊，既没有一个“最终方案”，社会上也往往缺乏足够的机构提供稳定的技术开发、技术服务，因此必须结合县域城市自身的实际情况，以城乡规划的信息化需求为导向，低成本、高起点、严标准地进行信息化建设，“发现问题—

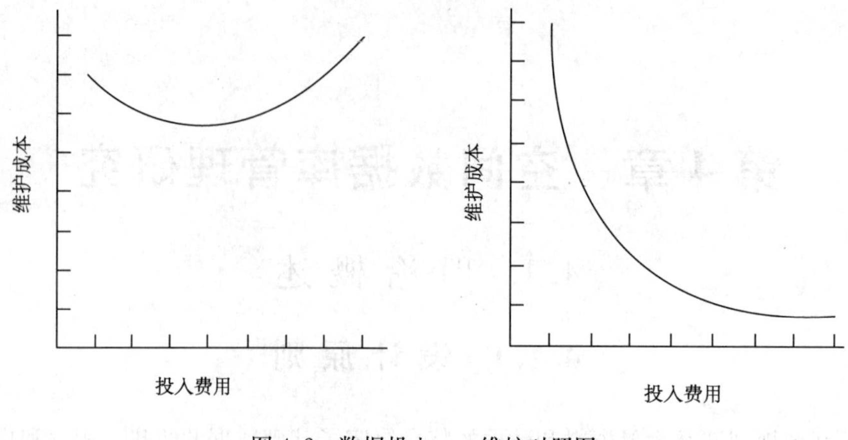

图 4.2　数据投入——维护对照图

解决问题—解决反馈—不断提升”的途径，解决规划工作中出现的实际问题。这就意味着规划管理系统的建设需要不断将新建的系统与已有的系统建设相融合，以节约成本。同时规划办案人员可以在原有的基础上进行学习，不必从头开始。这个过程就是一个前台与后台相整合的过程。

对于功能集成有一个如下原则：下限是用户需求的完全满足，上限是在有限的资金预算内，最佳是在前两者的基础上获得最佳投资效益比。一个信息系统是满足用户的应用需求而开发的。从操作手法而言，对用户需求进行细化，从而形成比较具有独立意义的应用模块。这些功能模块并不是完全独立的，它们之间还是存在数据、逻辑等方面的联系，只有集成起来才能够为用户提供良好的服务。同时，这些模块必须统一在友好方便的系统框架中才能够为用户提供良好的服务，规划管理系统集成核心在于如何通过集成技术达到基础数据、审批数据和档案数据的有效使用，包括数据的流动和共享等。一个周全、完整和稳定的数据库结构设计是实现这一目的的前提。

县域城乡规划数据库设计必须充分考虑所有系统功能设计的需求，因为整个规划管理信息系统都是建立在规划数据库之上的，若在设计规划数据库时对所应用的规划管理信息系统考虑不周，那么在系统完成的过程中就会出现很多问题，有些问题在意料之内，有些在意料之外，所以在设计规划数据库时就必须遵照一定的参考原则。这里重点讨论空间数据库部分的设计原则。在参考数据库设计通用原则的基础上，空间数据库设计应遵照以下七个原则。

1. 标准化

规划数据库建库要符合国土资源部颁发的相应数据库建库规范标准，国家已经发布的许多基础的行业分类、代码标准以及在信息化建设过程中形成的一些可操作性强的数据库设计标准。对于地方性标准和国家标准或上级部门相冲突的情况，以维持地方性标准的可操作性为基本原则，但要尽量考虑标准的兼容性、开放性和可移植性。

2. 系统性

数据库建库要在技术指标、标准体系、产品模式和库体结构等方面具有系统性，各数据库之间具有良好的衔接性和相关性。

3. 先进性

充分利用当前先进的技术手段，采用先进的设计方案、技术标准、硬件平台、数据库和GIS软件平台，确保数据库的科学性和先进性，数据库内容规范统一，各项技术指标恰当，数据质量优良，数据库结构及组织协调合理，实现多种类型海量空间数据的集成化管理，应用方便快捷。同时，系统的设计要保证数据库具有很好的前瞻性，可以很好地进行更新和维护，保持数据库的持续发展。

4. 安全性

保证数据操作的正确性，具有良好的数据恢复能力，使数据具有较高的固有安全性。在此原则下，一是采用数据库用户—角色—运行用户三级访问机制，通过角色对权限的控制，达到对数据的安全操作；二是在数据库表的设计上，对重要数据有备份，为了数据库的安全可靠性，对数据库实行以物理备份为主、逻辑备份为辅的备份方式，在联机备份状态，周期性地对数据库全备份、增量备份，减少备份空间的需求，提高数据库恢复速度；三是加密；四是增加日志，跟踪数据库操作。

5. 开放性

数据库管理软件和应用软件采用组件式设计，可根据实际的应用环境进行伸缩；选择大型通用的数据库管理平台，采用标准的空间数据模型，同时提供良好的数据交换能力，以利于数据共享和系统集成。

6. 现势性

在建立城乡规划审批动态更新机制的基础上，疏通获取各种专业信息和资料的渠道，扩展各种信息来源，采用各种高科技手段，提高数据获取的效率，最大限度地获取最新信息，以保证空间数据库的现势性，满足用户不断增长的需要。

7. 网络化

规划数据库管理系统是一个具有开放性特点的系统，其用户涉及规划管理部门以及相关政府职能部门及社会公众，数据库建设要顺应网络化发展的需求，采用Client/Server和Browser/Server相结合的混合模式、分布式数据库管理、互联网信息发布等先进技术。系统设计时必须考虑系统结构、数据共享、数据传输和系统安全等方面，都要达到系统目标的要求。

4.1.2 时空数据模型

县域城乡规划管理数据库时空数据模型是人们为了一定的应用目的，根据自己对客观地理世界的认识，以数字数据的形式建立的对客观地理世界的模拟系统。时空数据模型是时空数据库建库的模型实现基础，是一种有效组织和管理时态地理数据、属性、空间和时间语义更完整的地理数据模型。目前，规范化的时空数据模型尚处在探索阶段，以 MaxJ. Egenhofer、Donna Pequet 和 Michael F. Worboy 为代表的学者们从概念、理论、结构和实现技术等方面对时空数据模型进行了广泛的研究。目前研究比较有影响的时空数据模型有以下六种。

1. 时间片快照模型

时间片快照模型（time slice snapshots model）对地图等空间对象的表示是以记录了固定空间数据的快照序列来完成的，所有关于空间对象信息的变化均以预先定义的快照序列来反映，而快照的基本组成可以为图层、表格等空间对象粒子，如图 4.3 所示。这种空间模型的优点很明显就是简单和直观，但是每一个独立的快照仅仅存储了当时的有效值，而前后快照的区别不能直接表示，因此需要高代价来完成此处理操作，并且在不考虑体积等级的变化情况下，对于每一完整时间片快照都需要把所有的无改变数据全部复制，由于快照将对未发生变化的所有特征重复进行存储，会产生大量的数据冗余，当地物变化频繁，而且数据量较大时，系统效率急剧下降。另在改进时间片快照模型中的基本状态提供了对变化的简要描述，它表示了空间对象的状态及其描述的界限，尽管该改进模型降低了对未改变数据的存储，但是对当前的快照的处理必须以前一快照为参考。

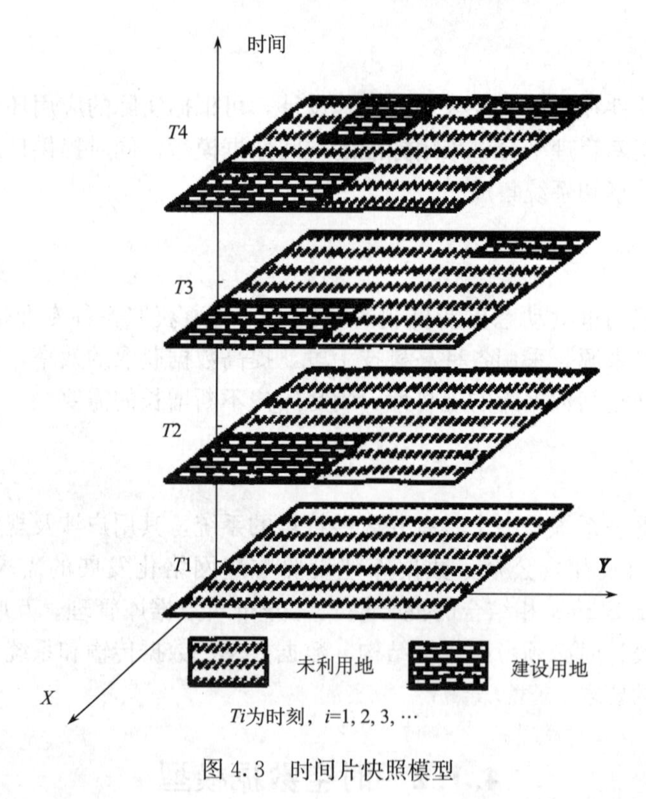

图 4.3　时间片快照模型

2. 时空复合模型

时空复合模型（space time composite model）将带有历史信息对象的所有变化记录

在快照中，它和带有基本状态信息的时间片快照模型相似，但是对空间对象的表示基于时间分解成更小的分片，该分片定义为某一区域最大的公共时空单元，将每一次独立的叠加操作转换为一次性的合成叠加，变化的累积形成最小变化单元，由这些最小变化单元构成的图形文件和记录变化历史的属性文件联系在一起表达数据的时空特征。最小变化单元即是一定时空范围内的最大同质单元。其缺点在于多边形碎化和对关系数据库的过分依赖，频繁的变化会形成很多的碎片。

时空复合模型将空间分隔成具有相同时空过程的最大的公共时空单元，每一次状态的变化都意味着一部分区域从其父体中分离出来而形成新的独立地理实体，新的实体将从其父区域中继承时变属性或获得新的变化属性。新的独立地理实体把在整个空间内的变化部分作为它的空间属性，变化部分的历史作为它的时态属性。这种设计保留了沿时间的空间拓扑关系，所有更新的特征都被加入到当前的数据集中，新的特征之间的交互和新的拓扑关系也随之生成。由于每一变化都会引起地理实体的碎分，过碎的复合图形单元带来了地理实体历史状态检索时的大量复合图形单元搜索和低效的全局状态重构（杨平等，2006）。

3. 基态修正模型

其基本思想是基于起始时刻对象的不断修正，任何后续时刻对象的变化都以增量的形式存储，也叫“矢量修正”。该模型保证了地学对象的完整性，可以直接检索对象的变化历史，但变化信息是基于图层的，时间是以图层属性形式存在，不支持对象时态拓扑关系的运算（姜晓轶和周云轩，2006）。基态修正模型对每个对象只存储一次，每变化一次，仅有很少量的数据需要记录。基态修正模型也称为更新模型，有矢量更新模型和栅格更新模型。其缺点是较难处理给定时刻时空对象间的空间关系，且对很远的过去状态进行检索时，几乎对整个历史状况进行阅读操作，效率很低，如图 4.4 所示。

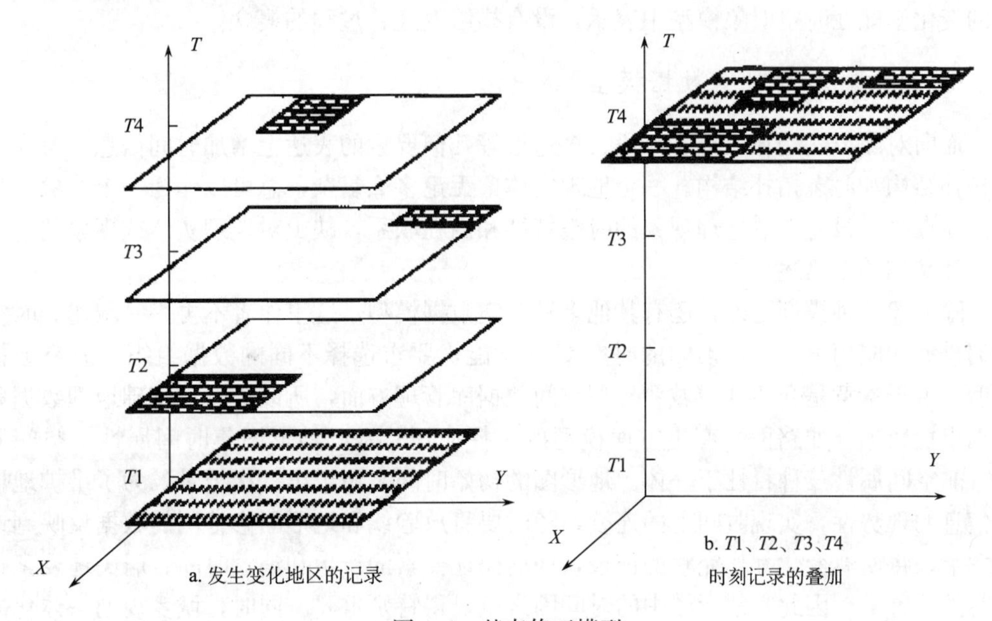

图 4.4 基态修正模型

4. 时空立方体模型

时空立方体模型用几何立体图形表示二维图形沿时间维发展变化的过程，表达了现实世界平面位置随时间的演变，将时间标记在空间坐标点上。给定一个时间位置值，就可以从三维立方体中获得相应截面的状态，也可扩展表达三维空间沿时间变化的过程。

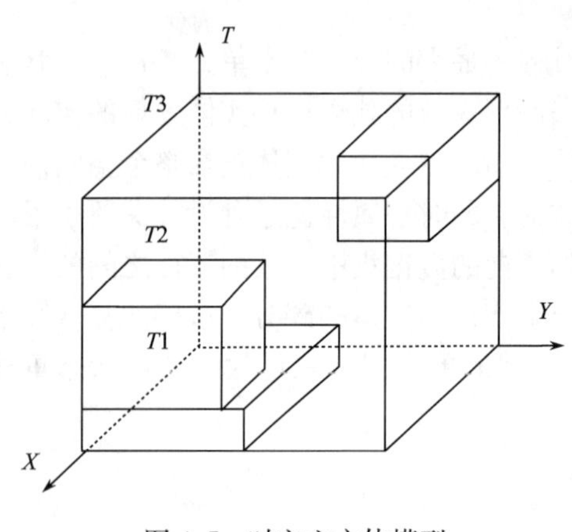

图 4.5　时空立方体模型

Hagerstrand 最早提出了时空立方体模型，这个三维立方体是由空间二维的几何位置和一个时间维组成的一个三维立方体（图 4.5），它描述了二维空间沿着第三个时间维演变的过程。任意给定一个时间点，就可从三维的立方体中获取相应的截面，即现实世界的平面几何状态，任何一个空间实体的演变历史都是空间—时间立方体中一个实体。该模型形象直观地运用了时间维的几何特性，表现了空间实体是一个时空体的概念，对地理变化的描述简单明了，易于接受。模型具体实现的困难在于三维立方体的表达以及随着数据量的增加，对立方体的操作会变得越来越复杂，以至于最终变得无法处理。

5. 时空对象模型

时空对象模型认为世界是由时空原子（spatio-temporal atom）所组成，时空原子为时间属性和空间属性均质的实体。在该模型中时间维是与空间维垂直的，它可表示实体在空间和属性上的变化，但未涉及对渐变实体的表示。缺点是随着时间发生的空间渐进的变化不能在时空对象模型中表示，没有描绘变迁、过程的概念。

6. 面向对象的时空数据模型

面向对象方法是在节点、弧段、多边形等几何要素的表达上增加时间信息，考虑空间拓扑结构和时态拓扑结构。一个地理实体，无论多么复杂，总可以作为一个对象来建模。缺点是，没有考虑地理现象的时空特性和内在联系，缺少对地理实体或现象的显式定义和基础关系描述。

除上述几种模型之外，还有其他多种时空数据模型，这里作者不再一一叙述。时空数据模型的应用很广泛，不同的时空 GIS 功能，要求选择不同的数据组织和时空数据模型。由于本章是介绍县域城乡规划空间数据库管理方面，所以重点在基础地理数据和规划审批数据（如路网）变更方面模型的选择应用。基础地形图集时间属性、空间属性、非空间属性三种特性于一体。地形图的初始时间来源于第一次记录，为了维护地形图信息的现势性，实现时间上的连续，随时要将放验线和地形图修补测的数据反映到地形图上，将所有变化都作完整的记录，如居民地要素的产生和消亡时间、居民地要素存在时的位置等。因此，地形图中的时间因素就显得特别重要。同时，城乡规划一体化的管理采用的是 1∶2000 大比例尺数据，精度高、数据量大，目前随着城市化的快速发展，地形图和路网变更比较频繁，需要选择采取合适的模型应用到规划数据管理中。根据作者在规划数据库系统中的应用开发研究中的发现，在目前的主要时空数据模型中，基态修正模型非常适用于全局变化较少而局部变化较多的情形。基态修正模型的每个对象只需储存一次，每变化一次，只有很小的数据量需要记录，同时只在有事件发生或对象发生变化时才存入系统中，时态分辨率刻度值与事件发生的时刻完全对应，提高了时态分辨率，减少了数据冗余。

对于局部的单个或少数几个对象的变化，基态修正模型仅存储发生变化的对象，基于基态修正模型的这种特性，在进行时空数据库设计时能够较好地采用关系数据库存储这种对象变更继承关系。所以在本研究中，在关系数据库 Oracle 的支持下，结合实际情况，采取修改后的基态修正模型，较好地应用在县域城乡规划管理数据库中。

4.2 空间数据库结构设计

4.2.1 多尺度空间数据管理

城乡规划中多尺度空间数据管理的核心是城乡不同比例尺规划数据的统一管理问题。我国大部分城市城区地形图的比例尺是 1∶500 或 1∶2000，精度较高，而农村地形图的比例尺一般是 1∶2000，有的甚至是 1∶10 000，比例尺较小，精度低于城镇地形图数据。在传统的纸质分幅管理方式下，无法实现多尺度数据融合，但在信息系统下，采用电子数据管理方式，使多尺度数据融合成为现实。

下面从规划空间数据库管理的角度来举例阐述城乡规划中多尺度空间数据的融合问题。

从数据管理的角度上，国内有学者研究提出通过建立空间索引图层的办法淡化比例尺的概念，即考虑到比例尺不同的数据在空间覆盖上的连续性，可以建立不同级别的空间索引图层，以此空间索引图层来实现对不同比例尺数据的管理。

这里所说空间索引图层和一般的 GIS 软件中所提及的空间索引目的不同，一般的 GIS 软件中建立空间索引目的是为了加快数据操作速度，而这里的空间索引图层是为了管理不同比例尺的数据，但可以借鉴前者，在空间索引图层建立不同级别的空间索引来加快数据的操作速度。

用户可以根据实际的数据情况选择不同的管理级别，然后利用该级别的实际图形来建立空间索引图层。在打开不同比例尺的数据时，确定所要打开的调查区域，然后依据建立的空间索引层找到对应的空间区域，打开该区域范围内的数据，以此实现对不同比例尺数据的统一管理。考虑到实际的需求，也可以建立多级的空间索引图层，在打开不同比例尺的数据时，根据数据描述对象的最高级别自动选择空间索引图层的级别（图 4.6）。

图 4.6　多级空间索引图层图

4.2.2　数据分层

在空间数据库的逻辑设计中，往往将不同类、不同级的地理要素进行分层存放，每一层存放一种专题或一类信息。按照用户一定的需求或标准把某些地理要素组合一起成为图层，它表示地理特征以及描述这些特征的属性的逻辑意义上的集合。在同一层信息中，数据一般具有相同的几何特征和相同的属性特征。

对空间数据进行分层管理，能提高数据的管理效率，便于数据的二次开发与综合利用，实现资源共享，也是满足多用户不同需要的有效手段，各用户可以根据自己需要，将不同内容的图层进行分离、组合和叠加形成自己需要的专题图。

空间数据分层可以按专题、时间序列和垂直高度等方式来划分。按专题分层就是每层对应一个专题，包含一种或几种不同的信息。专题分层就是根据一定的目的和分类指标对地理要素进行分类，按类设层，每类作为一个图层，对每一个图层赋予一个图层名。分类可以从性质、用途、形状、尺度和色彩等五个方面因素考虑。按时间序列分层则可以不同时间或时期进行划分，时间分层便于对数据的动态管理，特别对历史数据的管理。按垂直高度划分是以地面不同高层分层，这种分层从二维转化为三维，便于分析空间数据的垂向变化，从立体角度去认识事物构成。

空间数据分层要考虑如下一些问题。

(1) 数据具有同样的特性，也可以说是具有相同的属性信息。

(2) 按要素类型分层，性质相同或相近的要素应放在同一层。

（3）即使是同一类型的数据，有时其属性特征也不相同，所以应该分层存储。

（4）分层时要考虑数据与数据之间的关系，如哪些数据有公共边，哪些数据之间有隶属关系，很多数据之间都具有共同或重叠的部分，即多重属性的问题，这些因素都将影响层的设置。

（5）分层时要考虑数据与功能的关系，如哪些数据经常在一起使用，哪些功能是起主导作用的功能。考虑功能之间的关系，不同类型的数据由于其应用功能相同，在分析和应用时往往会同时用到，因此在设计时应反映这样的需求，可以将此类数据设计为同一专题层。例如，水系包括了多边形水体（湖泊和水库等）、线状水体（河流和小溪等）和点状水体（井和泉等）。由于多边形的湖泊、水库，线状的河流、小溪和点状的井、泉等在功能上有着不可分割、相互依赖的关系，在设计上可将这三种类型的数据组成同一个专题数据层。

（6）分层时应考虑更新的问题，数据中各类数据的更新可能使用各种不同的数据源，更新一般以层为单位进行处理，在分层中应考虑将变更频繁的数据分离出来，使用不同数据源更新的数据也应分层进行存储，以便于更新。

（7）比例尺一致性。

（8）同一层数据会有同样的使用目的和方式。

（9）不同部门的数据通常应该放入不同的层，这样便于维护。

（10）数据库中需要不同级别安全处理的数据也应该分别存储。

（11）分层时应顾及数据量的大小，各层数据的数据量最好比较均衡。

（12）尽量减少冗余数据。

基础地形数据作为数据库的基础数据，数据的分层及属性应与国家标准保持一致，符合通用数据分层设计；数据更新周期长，应统一更新；数据的来源亦可利用其他部门已有的基础数据，在本规划管理数据库中暂不考虑。

规划数据分层按照规划要素（对象，参照逻辑模型）分层，每一类要素类别对应一个图层；图层数据应能及时更新；地类数据分层与规划数据分层方法一样；

栅格数据主要指遥感影像和栅格地图，各作为一个图层；

注记包括字符注记和符号注记，注记层的设计应具有灵活性。字符注记按照需要可以细分图层，也可合并相关的图层；符号注记也可按不同的分类规则来设计。数据分层设计详细情况见表 4.1（参照逻辑模型图和《增城乡规划数据库管理系统建库标准》设计）。

表 4.1　分层设计

门类	大类	图层名称	图层编码	几何类型	图层格式
基础地理数据	地形图	高程点	TERPNT	Point	FeatureClass
		等高线	TERLIN	Polyline	FeatureClass
		地貌附属线	TEROTL	Polyline	FeatureClass
		地貌附属点	TEROTP	Point	FeatureClass
		地貌注记	TERANN	Point	FeatureClass
		测量控制点	CTLPNT	Point	FeatureClass

续表

门类	大类	图层名称	图层编码	几何类型	图层格式
基础地理数据	地形图	控制点辅助线	CTLLIN	Polyline	FeatureClass
		控制点注记	CTLANN	Point	FeatureClass
		农田植被	VEGRGN	Polygon	FeatureClass
		植被附属线	VEGLIN	Polyline	FeatureClass
		植被附属点	VEGPNT	Point	FeatureClass
		植被注记	VEGANN	Point	FeatureClass
		住居建筑附属线	RESLIN	Polyline	FeatureClass
		住居建筑附属点	RESPNT	Point	FeatureClass
		住居建筑	RESRGN	Polygon	FeatureClass
		单位名称标记点	RESLBL	Point	FeatureClass
		住居建筑注记	RESANN	Point	FeatureClass
		工矿设施附属线	INDLIN	Polyline	FeatureClass
		工矿设施附属点	INDPNT	Point	FeatureClass
		工矿设施建筑	INDRGN	Polygon	FeatureClass
		工矿设施注记	INDANN	Point	FeatureClass
		水体	HYDRGN	Polygon	FeatureClass
		水系附属线	HYDLIN	Polyline	FeatureClass
		水系附属点	HYDPNT	Point	FeatureClass
		水系注记	HYDANN	Point	FeatureClass
		境界面	BOURGN	Polygon	FeatureClass
		境界线	BOULIN	Polyline	FeatureClass
		地名标志点	BOULBL	Point	FeatureClass
		地名注记	BOUANN	Point	FeatureClass
		内图廓	INDEX	Polygon	FeatureClass
		非地形要素图幅整饰线	NETFRL	Polyline	FeatureClass
		非地形要素的图幅注记	NETANN	Point	FeatureClass
	影像数据	影像数据	JC_IMG	无	RasterDataset
背景规划数据	水系	面状水体	HYDRGN	Polygon	FeatureClass
		线状水体	HYDLIN	Polyline	FeatureClass
		水系附属点	HYDPNT	Point	FeatureClass
		水系注记	HYDANN	Point	FeatureClass
	政界	政界面	BOURGN	Polygon	FeatureClass
		政界线	BOULIN	Polyline	FeatureClass
	地名	地名标志点	BOULBL	Point	FeatureClass
		地名注记	BOUANN	Point	FeatureClass
规划审批数据	路网	立交桥	RD_CROSS	Polyline	FeatureClass
		道路边线	RD_BORDER	Polyline	FeatureClass
		道路中心线	RD_CENTER	Polyline	FeatureClass
	放线	放线	B_BASE_FXxxxx	Polyline	FeatureClass
	验线	验线	B_BASE_YXxxxx	Polyline	FeatureClass

续表

门类	大类	图层名称	图层编码	几何类型	图层格式
规划审批数据	用地红线	用地红线	LAND_xxxx	Polyline	FeatureClass
	高压走廊	高压线	ELEC_LIN	Polyline	FeatureClass
		变电站	ELEC_STAT	Polygon	FeatureClass
		高压塔	TOW_PNT	Point	FeatureClass
		高压线路共塔	TOW_COM_STAT	Point	FeatureClass
	规划河涌	规划河涌	RIVER_CON	Polyline	FeatureClass
规划成果数据	总规背景	总规背景	GC_ZG	无	RasterDataset
	控规总图	控规总图	GC_KG	无	RasterDataset
	修规图	修规	GC_XG	无	CAD格式
规划专题数据	文物保护	文物保护范围	WEN_2	Polygon	FeatureClass
		文物控制范围	WEN_3	Polygon	FeatureClass
	电站	电站	DZ_PNT	Point	FeatureClass
	绿化	工业绿化带	LH_IND	Polygon	FeatureClass
		公共绿化带	LH_PUB	Polygon	FeatureClass
地下管线数据	输油管线	地下管线点	GX_PNT	Point	FeatureClass
		地下管线线	GX_LIN	Polyline	FeatureClass

4.2.3 数据变更的时空拓扑关系

当今社会城市迅速发展，数据是不断发生变更的，按照时态地理信息系统(temporal GIS，TGIS）理论，在数据变更过程中的历史数据都不应该被永久删除，而应该被存储起来，而新产生的数据也应该被存储起来。规划数据库管理系统及时更新信息，以保持数据的现势性，同时要求将已经发生变更的数据作为历史数据保存起来，以便日后用于城市发展变迁的记录、动态监测以及数据回溯。在存储这些历史数据的同时必须存储这些历史数据同现势数据之间的关系，不同时刻的要素对象之间应该存在一种什么样的关系呢？众所周知，时间上无关的时空对象在空间上没有关系，所以本小节主要讨论在父子要素之间存在的时空关系。

1. 时空拓扑关系的定义

时空数据模型是在时间、空间和属性语义方面更加完整地模拟（或）抽象客观地理世界的数据模型。时空数据模型描述了地理实体具有三种基本特征及三个方面的基本联系，即属性、空间、时间特征和属性、空间、时间联系。刻画地理实体间的联系可以帮助人们从本质和宏观上抽象把握客观地理世界的规律。属性、空间和时间联系的刻画帮助人们把握客观地理世界的地理物理关联、空间分布规律和地理变化规律。

目前，空间拓扑关系定义和描述以 Max J. Egenhofer 的基于点集拓扑数学框架和 Eliseo Elementini 的基于谓词演算的空间拓扑关系谓词集为里程碑。九元组描述框架和五个空间拓扑关系谓词已经被 ISO SQL3/MM，OGC，Open GIS 等空间数据模型规范采用，逐步在商业化系统里实现。在该形式化描述的基础上更细微地区分各种复杂空间对象之间拓扑理论正被国内外学者广泛探讨。

存在两种基本时间语义：时间尺度的表层时间语义和事件序列的深层时间语义。作者认为时态关系最基本、最本质和最直接的作用对象是地理事件，时态关系为地理事件间的一种相对关系。地理事件为引起地理状态发生改变的事件。地理状态包括属性状态和空间状态。地理事件相应地被划分为属性事件和空间事件。进一步，空间改变事件可分为拓扑关系改变事件（简称空间拓扑事件）和拓扑关系不变的空间事件（简称空间几何事件）。除地理状态构成将地理事件划分为空间几何事件和空间拓扑事件外，还可根据地理实体的变化程度分为地理实体进化事件和实体存亡事件，相应地，地理事件间的时态关系区分为实体进化事件间的时态关系和两实体存亡事件间的时态关系。时空拓扑关系为空间拓扑事件间的时态拓扑关系。

2. 父子要素之间的空间拓扑相交性

不同时期的要素如果不考虑其时间因素，则其在空间上的关系主要有邻接、相交、相离、包含和重合等空间关系，由于本节讨论的是变更要素的空间关系，所以对相同时间内的要素的空间关系不作过多叙述，主要是空间地物的拓扑关系。而要素变更后父子要素则存在空间相交性，这里主要通过六种基本变更操作来分析父子要素的空间相交性。

要素创建和删除操作由于没有父要素或子要素存在，故就不存在父子要素的空间关系，这里便不再讨论；要素合并操作是多个父要素合并成一个子要素，父子要素空间关系上是内含，任意父要素均处在子要素空间范围内；要素分割操作由于可以看作要素合并操作的逆操作，故它们的空间关系也相同，变化的只是任意子要素处于父要素的空间范围内；要素归并操作是多个父要素的一部分合并生成的子要素，故它们在空间上具有相交性；要素拓扑关系调整操作虽然复杂，如果把多个父要素看作一个整体，多个子要素也看作一个整体来考虑，则父子要素在形状上可能不变化，也可能变，不变就是空间重叠关系，变化就是空间相交关系，重叠也可以看作是一种相交性；属性变更操作由于仅仅是权属信息发生变更，要素形状没有变化，故父子要素在空间上是重叠关系。通过以上 6 种基本的要素变更操作产生的父子要素空间关系的分析，可以说在要素变更的过程中，新要素对象产生，旧要素对象消灭，父子要素之间具有空间相交性。

3. 父子要素之间的时间衔接性

要素是时空对象，根据 TGIS 的观点，每个对象都有其产生和消亡的时间。在数据变更过程中，父要素参与变更，成为历史要素，同时子要素产生。理论上在现实世界中，子要素的产生的时间就是父要素消亡的时间，这里的时间指有效时间。但是，由于空间管理的复杂性，经常出现的情况是：旧要素已经注销，而新要素则可能经过一天或几天甚至更长时间才进行登记产生，此时若采用有效时间则子要素产生的时间并不等于父要素消亡的时间。而若采用事务时间，则旧要素参与变更的时间即子要素产生的时间，此时父子要素之间具有时间衔接性。本小节提出了两个时间，则也是很多规划数据库管理系统采用的办法。有效时间指在实际生活中要素变更的时间，时间精确到“日”已经可以满足要求，父子要素的有效时间由于实际的事务关系，并不衔接。例如，一块旧要素在 1982 年 4 月 13 日变更注销，理论上随之产生的新要素的有效时间也是 1982 年 4 月 3 日这一天，当时由于各种原因，这块新要素一直等到 1982 年 5 月 18 日才经过审批，这样就导致有效时间之间有间隔，这是经常发生的事情；事务时间是指系统时间，在变更操作发生时系统自动获取的时间，变更操作人员感觉不到这个时间，因为这个时间是为解决有效时间的间隔而提出来的，也是为要素的历史回溯设计的时间，这个时间保证了父子要素时间的连续性，这个事务时间的精度可以视具体情况选择，若在要素变化频繁的地区，可选择“时”或“分”，在要素变化不是很频繁的地方，选择“日”也可。从另一个方面讲，其实有效时间可以看作要素的一个属性，即变更时间，在设计具体的数据结构时可以完全不用考虑的，有一个精度合适的事务时间即可满足系统回溯的要求了。

综上所述，数据更新的核心是要素，要素之间存在着多种时空关系。不同时期的要素之间可能存在着父子关系，存在父子关系的要素之间具有空间上相交和时间上连续的特点；而同一时期的要素之间存在着空间上不相交和时间上相交的关系，这些关系在规划管理信息查询、分析及数据更新时都有着重要的作用（宋玮，2005）。

4.2.4 元数据结构

通过元数据管理，实现城乡规划数据库对不同系统透明化，实现规划数据资源的共享。对规划元数据进行管理和维护要用到数据库管理系统（DBMS），其基本思路是：将规划元数据信息进行分类和规划，确定各元数据项的类型和长度，并建立相应的规划元数据库；利用编程工具实现规划元数据管理子系统，完成对规划元数据信息的录入、浏览、查询、编辑、插入和删除等功能。

元数据库管理子系统的建设首先要解决的问题是建立结构合理、内容丰富的元数据，然后在此基础上建构系统功能框架，如图 4.7 所示。

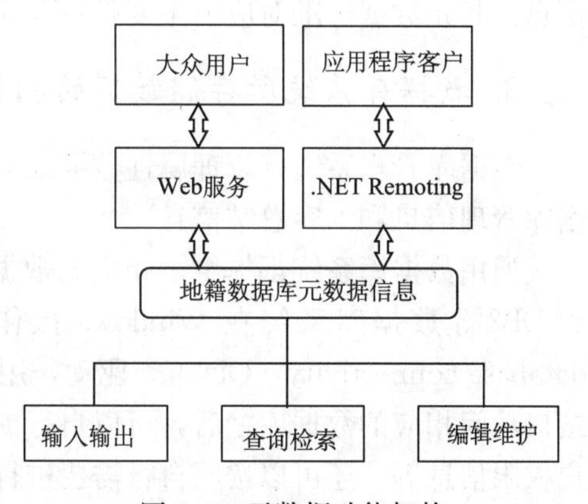

图 4.7 元数据功能架构

空间元数据管理系统的一个关键问题是存储，XML 技术所具备的一些优点，如（半）结构化的数据表达、语义明确、丰富的查询支持等，使它很自然地成为解决元数据表达与存储的第一选择（高睿等，2005），在建立空间元数据库时，一般首先根据用 XML Schema 表示的元数据标准，创建元数据库。

县域城市在信息化领域进行系统维护的人力资源较为不足，城乡规划的空间元数据管理也存在着这一问题。由于元数据的种类复杂且用途各异，各种数据的信息量越来越大，数据存储越来越多。将各种复杂的专业数据进行电子化，提取其元数据结构来进行归档，这个过程是非常复杂而耗时的工作，而且由于各种数据的专业性和复杂性，比如 GIS 空间数据，就需要受过专业训练的地图处理人员来进行编辑和分析，从而才能进行元数据的采集和登录工作，这将更加增大元数据制作的复杂程度。为此，需要有一套简单便捷的工具来进行元数据的生成操作。

以下从5个方面分析空间元数据的信息来源以及元数据标准（参考《地理信息元数据》GB/T 19710—2005）的对应项。

1. 计算机操作系统提供的信息

它主要是指Windows操作系统平台，通过用户操作系统来获取的计算机基本信息。包括用户信息（用户名、工作单位、联络地址和电子邮件等），文件信息（如文件名、大小和修改时间等）和数据履历。

访问操作系统的相关信息，在Windows操作系统下，可以通过Windows系统提供的编程接口来获取操作系统和计算机的相关信息。具体可以参照Windows编程的相关帮助文件。其元数据标准对应项主要是标识信息和联系信息。

2. 数据处理应用系统提供的信息

它主要是指数据处理应用软件系统所包含的数据文件信息。包括数据管理信息、文件头信息和内容总结信息。

对于各种数据处理应用系统，一般为了数据的通用性和兼容性，大都提供了可供第三方开发使用的接口插件。而对于图像处理软件生成的数据文件，可以通过其相应的图像接口直接获取其图像大小、像素、解析度等信息。还有其他各种商业软件，为了方便第三方开发使用数据，也在一定程度上提供其相应的开发接口用于访问专有的数据获取信息。其元数据标准对应项主要是数据质量信息和时间信息。

3. 数据库系统所存储数据的相关信息

数据库管理系统（管理属性数据或空间数据时）提供的信息包括数据库元数据、数据库管理信息和内容总结信息。

通用数据库系统都提供了相应的数据库驱动。例如，Oracle、SQL Server、Access和DB2等数据库系统在Windows操作系统下都有相应的开放数据库互连（open database connectivity，ODBC）驱动，用于连接数据库进行访问。通过ODBC或JDBC接口访问相应的数据库之后，可以自行提取其结构化数据，并获取数据的分布方式、用户权限信息等，还可以按照自行需要进行相应的数据转换。其元数据标准对应项主要是空间数据组织信息、实体和属性信息和数据质量信息。

4. GIS系统提供的信息

各种GIS软件所产生的GIS数据信息包括元数据（有些GIS本身提供某种元数据），空间数据管理信息（用户信息、保密级别和修改时间等），空间数据处理信息（数据格式、数据类型和数据量等）和空间数据应用信息（投影方式、分辨率和版本等）。

GIS的空间数据地图文件，对应相应的图像格式，如果清楚其具体的数据格式，则可以分析其数据文件结构，从中分析出相应的元数据信息。例如，对于GeoTIFF格式的卫星遥感影像文件，通过对文件的分析，可以提取得到图像的基本信息（高宽、颜色深度、解析度和图像大小等信息）以及相应的地理信息（坐标系、投影方式、顶点范围和比例尺等信息)。还有，通过 SHP 工程文件也可以获得范围、比例、形状等地理信息。其元数据标准对应项主要是空间数据组织信息、空间参考系统信息、实体和属性信息、元数据参考消息和时间信息。

5. 可经分析提取的信息

其他的可以通过文件本身经过分析提取出来的摘要信息包括关键词、内容摘要、相关专业内容和内容连接信息。

通过建立知识表，如预先定义好的地名和最大、最小经纬度对照表，从而由数据的地理范围信息直接生成描述性信息；或者通过智能模型的建立，由其他四种直接提取到的元数据单元用语义综合等方法生成高级元数据，实际上已经逐步向数据挖掘过渡。其元数据标准对应项主要是发行信息、元数据参考消息和引用文献（引证）信息。

由于元数据是针对各类数据的结构化描述，可以超越数据各自具体的存储应用格式，可以通过一种相对统一的标准来管理各种类型、各种行业应用的数据，而且具体的数据本身可以采用分布式管理，减少数据量过大带来的访问负担，集中管理的只是数据目录，通过检索数据目录来精确定位所需数据。这样就能对各类复杂的数据进行安全、方便的检索和访问，对县域城乡规划信息化管理建设将大有裨益。

4.2.5 应用实例

城乡规划管理系统的特殊性决定了其数据结构上的特殊性。增城市城乡规划管理系统涉及的数据主要包括基础地理数据（JC)、规划审批数据（SP)、规划成果数据（CG）和规划专题数据（ZT）等（图 4.8)。例如，基础地理数据包括航片、卫片等影像数据和地形图。基础地形图根据 GIS 的数据分层标准结合规划管理系统数据的逻辑关系和用户功能的需求，将系统图层进行分组，包括测量控制点、居民地建筑、水系、交通、管线、地质土貌和政界等。同时又在系统数据结构设计中，将在每一组内按照

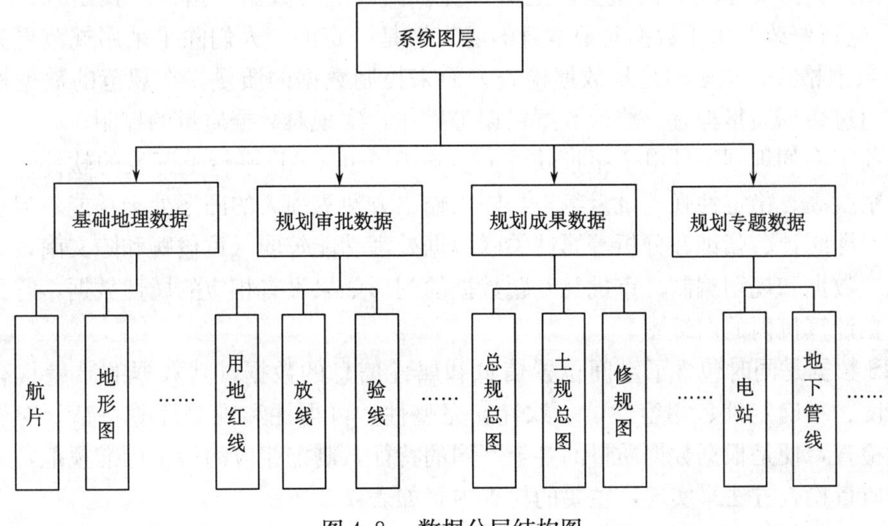

图 4.8　数据分层结构图

点、线、面、注记严格分层。对于地形图的更新，采用在每一个历史图层物理名称后面加了“_ls”进行标示。对于采用图框进行变更的模式，数据库将变更框保留在 BGTK 的数据集中；对于采用标示号进行变更的模式，数据库将变更标示保存在历史图层的“Mark”标示中，不管采用何种更新方式，都不会改变最新数据的结构，从而做到后台与前台的分离。

规划审批过程中，经常涉及“现状”、“历史”和“注销”三个业务概念。这与空间数据库更新的现状数据、变更数据和历史数据有区别。“现状”指与现实实体相对应的要素，“历史”指与现实实体不对应但仍具有法律效力的要素，“注销”是没有法律效力的要素。在规划管理系统中，“现状”比较靠近现状数据的概念，也是前台业务系统主要调用的数据，“历史”与“注销”均与现实实体不对应，放到历史图层中，用业务类型的属性进行标识区分。

在数据编码的设计上，既要满足规划设计上“先存在，再管理”的实用性要求，又要正确地区分目标要素的与业务的关系并记录时间维的信息。因此，对一个用地红线来讲应包括以下属性：用地案收文号、用地总面积、道路面积、河道面积、绿地面积、其他面积、桩点总数和日期等。

为了方便 OA 系统与数据库管理系统的整合，简化数据入库，还需要对已分层数据进行“分类类表——数据集”管理。数据集已经把某一种类型的数据管理起来，分类表是这个基础上对数据集管理的抽象，数据操作员通过分类表框架，入库时不需要进一步深入数据集，大大方便了入库工作。

4.3 数据入库质量检查研究

4.3.1 检查内容与误差来源分析

控制数据质量，一方面采用规范的数据格式，可以提高对数据对象本身的约束性；另一方面，就是要通过数据检查，把不符合数据规范的数据“错误”找出来，对数据“错误”进行修改。由于数据对象本身的逻辑性是一定的，人们除了采用规范更为严谨的 GIS 数据格式，更多的是从数据检查方面来控制数据的质量。在规范的数据格式基础上，通过数据质量检查、修改数据错误等操作，实现对数据质量的控制。

目前国内的规划设计电子报批软件大多基于 AutoCAD 平台上开发的软件，具有处理图形精度高、稳定性强、批量编辑与输入输出方便等强大的图形处理功能。但它也有其弱点，即统计、归纳和分析等属性关联数据处理功能较弱（黄俊卿和陈文南，2006）。基础地理数据和规划编制、审批及专题数据的图形如果没有相应的属性数据，它只能算是存放在计算机内的白纸图。

GIS 数据是同时包含了空间位置信息和属性信息的数据，其数据的质量具有准确度、精度、不确定性、相容性、一致性、完整性、可得性和现势性等特征。对于 GIS 数据的检查，便是根据数据质量的各个不同的特征，制定相应的检查标准规范，采用各种数据质量检查方法来实现，主要的检查内容如表 4.2 所示。

表 4.2　数据质量检查内容

检查	内容
全面性，完整性	数据与原始定义是否一致，有无缺漏
逻辑一致性	空间数据的逻辑一致性：保证符合实体间和基础图形要素之间的关系原则或约束条件（如空间拓扑关系等）
	属性数据的逻辑一致性：保证符合属性字段项和属性数据之间的关系原则或制约
精度	包括位置精度、属性精度，时间精度等

如何对同时包含了空间图形和属性数据的GIS数据进行数据质量检查，是规划数据库中急需解决的关键问题。在对现有的数据规范和数据格式以及相应的编程工具进行研究和分析的基础上，对数据入库质量检查进行了研究，从数据的统一性、通用性和可行性等方面对数据进行检查，使得数据库的建立可以真正实现数据的共享和交换。

在GIS中，数据获取是最关键的一步，数据采集方法基本上主要有两大类：第一类是指直接地从野外进行数据采集；第二类方法则是通过对已有的数据图件进行数字化。第一类数据采集中有人差、仪器误差和环境等引起的误差。第二类数据采集方法的误差除了第一类的误差外，还包括：编绘图件引起的误差、图纸变质引起的误差、数据化过程引起的误差等。可以说，一切的GIS数据所包含的空间信息均存在误差。GIS数据产品从开始生产时就带有误差，在空间数据库中进行各种操作、转换和处理也都将引入误差。

一般来说，数据处理，转换的次数越多，数据中引入的新误差和不确定因素也就越多。在整个GIS数据生产应用的过程中，数据误差来源可按数据所处的不同阶段划分如表4.3所示（聂小波等，2006）。

表 4.3　数据误差来源表

阶段	误差来源
测量	人差（对中误差、读数误差、平差误差），仪器差（不完善、缺乏检校、未作更正），环境影响（气候、气压、温度、磁场、信号干扰、风、光源），GPS数据误差（信号精度、接收机精度、定位方法、处理算法、坐标转换、规定信号等）等
遥感	仪器差（摄影平台、传感器的结构及稳定性、信号数字化、光电转换、分辨率），解译误差
制图	展绘控制点，编绘，综合，复制，套色等
输入	原稿质量，操作员人为误差（经验技能、生理要素、工作态度），纸张变形，数字化仪精度、数字化方式等
处理	几何纠正，坐标转换，投影转换，数据编辑，数据格式转换，拓扑匹配，地图叠置等
输出	比例尺误差，输出设备误差，媒质不稳定等
使用	用户误差理解信息造成的误差，不正确使用信息造成的误差等

4.3.2 入库质量检查标准

对数据质量的控制，应该提升到一个系统的高度来对待，对数据质量的控制，不仅仅是对数据入库前的一个处理步骤，更是数据入库后应用系统能够正常运行的数据保证。必须依照制定的标准、规范对数据进行检查，结合数据质量的几个基本特征，对数据进行标准化和规范化处理，是数据质量控制的前提和保证。

入库前的数据库格式以个人地理数据库 Personal Geodatabase 为例，对数据库的数据组织方式和规划数据库建库标准进行了研究；从 GIS 数据质量控制的几个主要方面，对规划数据质量检查标准的制定进行了探讨。

1. 元数据

元数据是关于数据的数据，是对数据的质量、特征、状况及其他特征的描述。GIS 空间元数据，涵盖面广，包含内容多，然而在实际的应用需求中并不要求数据包含全部的元数据信息，更多的是从元数据项提取应用中可能用到的，对于数据的表达和描述比较重要的元数据作为 GIS 空间数据的核心元数据。这些元数据能够明确的表达数据所包含的信息，并且在实际的应用中起到一定重要的作用。

这里对核心元数据的设计主要包含如下内容（表 4.4）。

表 4.4 核心元数据

序号	名称	定义
1	标识信息	唯一标识数据集的基本信息
2	数据质量信息	数据集数据质量的总体评价信息
3	空间参照系统信息	数据集使用的空间参照系统的说明
4	内容信息	数据集的内容描述
5	分发信息	数据集的分发者及数据获取方式的信息
6	联系信息	数据发布负责单位的联系信息

2. 数据组织

数据的完整性和正确性是数据组织的基本特征。数据完整性，指地理数据在范围、内容及结构等方面满足所有要求的完整程度，是对数据组织完整缺漏的纵向描述。而数据的正确性，则从数据的本身的特点和各种约束条件，横向描述数据表达的正确与否。这里对数据组织定义的探索，主要包含三个方面：数据分块接边、图层组织和属性结构的定义。

1）数据分块接边

空间数据库要求连续并且无缝的连接，这是对采用的数据组织模式提出的最基本的要求。在一般的数据库建设和实际应用中，有两种数据分块接边模式应用得比较多。

（1）基于地图分幅范围的数据存储方式，也叫分幅存放；

(2) 基于行政区划的数据组织模式，实现对数据按行政区划（镇村）的连续无缝拼接存储。

这两种分块数据接边模式，都是根据特定的空间范围，对数据进行分块组织管理。这样有利于数据的快速索引，便于对数据从空间上进行管理。按图幅存储是一种自然分块存储方式，是人们在为了便于对数据的调查和测量，按照地理空间范围划分，对数据进行存放，如地形图测量。而按行政区存储则是基于行政区划，人们为了便于行政管理而对数据进行切分，是一种行政分块方式。

2) 图层组织

图层组织（图 4.9）是空间数据库最基本的表达方式，同时，图层组织也是存储空间地理要素的直接载体，完整和正确的图层组织是进行地理空间要素检查的前提。

图 4.9 定义了规划数据库的图层组织方式。入库之前的数据组织存储在 Personal Geodatabase 中，建立对应行政单位数据集，存储各要素类图层，各扩展属性表及其他属性表以离散表的实行存储在 Personal Geodatabase 数据库根目录下。

入库数据的数据组织需满足规定的数据组织方式，并且各数据图层及属性表表达正确方能入库。

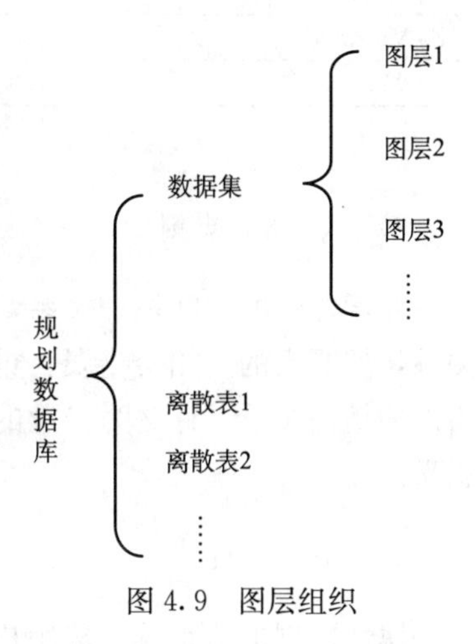

图 4.9 图层组织

3) 属性结构

对属性字段的检查，是数据完整性的另外一个重要的属性描述。保证规划数据图层的属性字段完整性和正确性，才能从内容上正确表达完整的信息。对属性结构的检查，需根据规划数据库图层组织，对所有的图层、扩展表建立相应的要素类属性表字段结构。

3. 几何特征

空间数据的几何特征是指空间地物的位置、形状和大小以及与相邻地物的空间关系，还包括了空间对象所对应的几何表达方式。要素的表达类型，要素的表达条件，要素之间的空间拓扑关系等，都是空间数据的几何特征所涵盖的内容。在规划数据库管理系统数据检查标准中，空间数据的几何特征约束主要包括以下几个方面。

1) 几何类型

要素图层的几何类型，即规定各个要素图层的几何表达，分别从点、线和面等几何实体类型对数据进行空间特征描述，对数据图层的类型进行了限制：Point 为点类型图层，Line 为线类型图层，Polygon 为面类型图层，这样可以保证要素几何类型表达的正确性。

2）图形表达条件

要素的表达条件，即要素的采集及入库的限制条件，如对最小上图图斑的面积限制，要素图形的节点拐角的角度限制等（表 4.5）。只有满足上述条件的地物才能表达在图层中，对最小图斑面积的限制，可以消除数据库中的碎片信息；而对图形角度的限制，则是防止数据中存在飞点、回头点等图形错误的存在。

表 4.5　参数设置

参数名称	参数取值	说明
theMinAngle	2.0	最小角度检查规定的最小角度，以度数为单位（°）
theMinArea	1.0	碎片检查的最小面积的取值，以平方米为单位（m^2）

3）图形拓扑规则

要素之间的空间拓扑关系，包括常规拓扑关系，即一般的空间数据所要限制的拓扑关系，如要素的自相交错误、重叠错误等；也包括一些对于数据本身来说并不属于拓扑错误的拓扑关系，称之为专业的拓扑关系，这些拓扑关系只有在特定的应用条件下才有意义。

4. 属性精度

属性数据的检查就是按用户的要求来对数据集、要素类和单个要素对象的属性信息进行检测和控制，以查找和改正 GIS 数据属性上的错误。主要是对要素属性的取值正确性的检查，这里从属性的长度和取值进行限制。

(1) 属性长度。

这里的属性长度并不等同于属性域中定义的字段长度。字段长度表示在属性域的建立时就定义好的属性所能容纳的最多字节数；而属性长度则是在当前属性的取值的字节数，它小于或者等于字段长度。对于取值长度要求固定的属性，如行政区代码，便需要对数据属性的取值长度进行检查。

(2) 属性取值。

对要素的属性取值检查并不是对全部的属性取值进行检查，而是根据需要，对特定的和具有重要意义的属性，参照一定的标准进行检查。

4.3.3 检查流程

对数据的检查，根据数据检查日志，对于通过检查，已经满足数据标准的数据，可以将其导入到系统数据库中，而对于未通过检查，数据质量仍不能满足要求的数据，则需返回给数据管理员，根据数据检查日志，对数据进行或图形或属性等的修改编辑，完成之后再对数据进行检查，直到最后数据通过全部的检查步骤，不存在质量问题，才能入库。设计数据检查流程如图 4.10 所示。

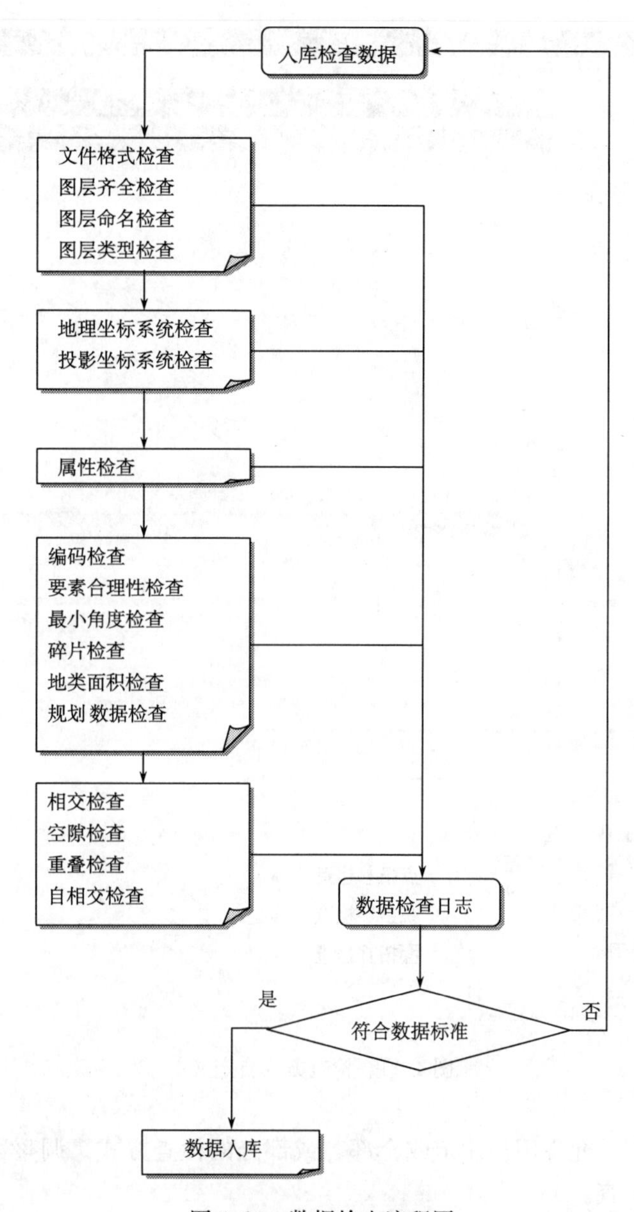

图 4.10 数据检查流程图

对数据的检查依照一定的流程进行，避免出现漏查、错查和重复查等人工操作上的错误，这需要对数据的检查流程进行控制（图 4.11）。一方面，数据检查过程中，在不影响后续数据检查流程的情况下（如缺失检查所规定需要的图层），出现数据错误时，并不终止检查流程，而是把错误信息记录到错误日志当中，这样可以一次性全面得出数据的质量信息；另一方面，当数据已经通过了某些检查，这时便只需有选择地对某些功能进行检查。用户检查方式的自定义功能，可以满足以上两个方面的检查需求。

在规划数据库管理系统数据质量检查模块的设计当中，也应该考虑用户自定义设计：一是检查方式的自定义；一是检查参数据的自定义。

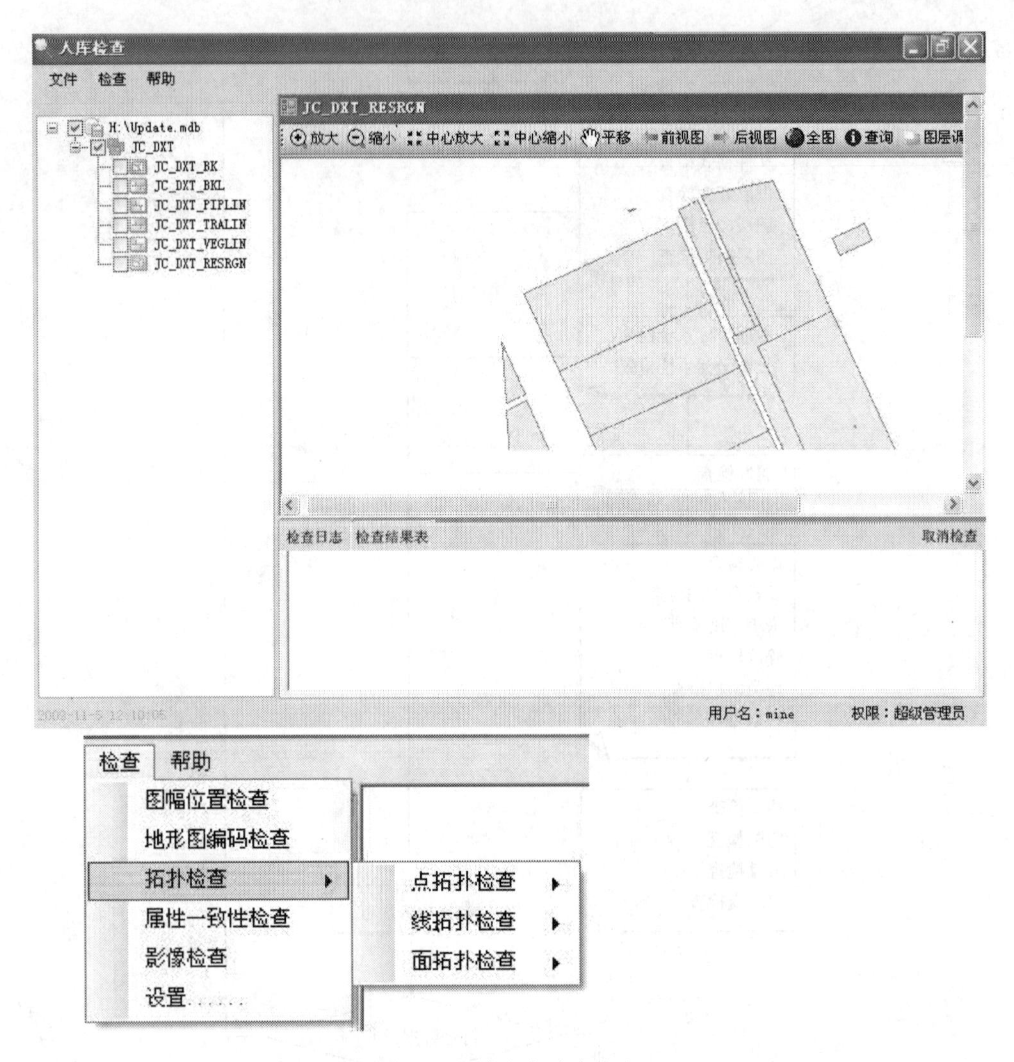

图 4.11 检查方式自定义

检查方式自定义允许用户制定或全部、或部分的检查方式，调整数据检查的步骤，灵活对数据进行检查。

对检查参数据的自定义设计是实现检查系统化的关键。数据质量检查的依据是检查标准，数据检查标准则是按照一定的规范，为满足一定的需求而制定的。当系统的应用拓宽，或者修改时，如果采用参数的固化设计，便无法满足新的需求，只能对模块进行重新设计，耗费人力物力。设计参数的自定义，则允许用户对数据检查标准进行修改，可以在一定程度上满足系统应用的拓展需求，对检查模块的可重用性和通过性提供较好的支持。

规划数据库管理系统数据质量检查模块通过采用 MDB 数据库表建立数据检查标准，用户可自定义参数都以数据库表的形式存储在数据库中。当数据检查表标准发生变化，或者应用于其他标准的数据质量检查时，便可以通过修改数据库检查参照表来修改检查标准，从而实现参数的自定义。

4.3.4 检查常用方法与精度分析

一般来说，数据质量的基本特征如表 4.6 所示。

表 4.6 数据质量基本特征

特征	内容
准确度	用来标识测量值与真值之间的接近程度，可用误差来衡量
精度	对现象的描述程度
不确定性	指某一现象不能精确测得，当真值不可测或无法知道时，就无法确定误差，因而用不确定性取代误差。例如，海岸线是某一瞬间海水与陆地的交界，称测量得到的海岸线长度为不确定的
相容性	指两个来源的数据在同一个应用中使用的难易程度。如两个相邻地区的土地利用图，当将拼接到一起时，两图边缘处不仅边界线可良好地衔接，而且类型也一致
一致性	指对同一现象或同类现象表达的一致程度。如同一条河流在地形图上和土壤图形上表达应相同；同一行政边界在人口图和土地利用图应能够重合：同类地形起伏和地貌状况，等高线的疏密和光滑程度应相同
完整性	指具有同一准确度和精度的数据在类型上和特定空间范围内完整的程度。各类信息是否遗漏或重复、分类是否重复或缺项等。一般说，空间范围越大，数据的完整性可能越差，如只有经度没有纬度。又如规划审批数据需要包含用地红线，路网等以及其相关的图层信息，缺少任何一部分都是不完整的
可得性	指获取和使用数据的难易程度，如数据保密、价格等限制使用
现势性	指数据反映客观现象目前状况的程度，数据收集是一个过程，而外部世界是无时无刻地不在变化，某些地点的数据是某一历史时期，而另一地点的是另一历史时期的。另外，不同现象的变化程度是不同的，应注意记录采集时间

数据的质量与上述种种特征有关，这些特征代表着数据的不同方面，同时，它们之间还有联系，如数据现势性差，那么用于反映现在的客观现象就可能不准确，可得性差就可能影响数据的完整性，数据精度差则数据的不确定性就大。

实际系统应用中，数据质量的好坏表现为数据的误差和不确定性。数据从采集、处理和使用，每一步都可能引入误差，归结起来主要有几何误差、属性误差、时间误差和逻辑误差等四大类型。

几何误差：主要是指空间数据在空间图形的表达上的误差，包括空间数据在图形上的错位，图形表达类型的错误，如用点状地物来表示线状地物。对于地理数据的几何误差，通过人工的方法去检查，如图上的地物形状错位比较明显，或者是地物类型的表达方式出现错误，人工一般可以比较容易地判别出来，这样的检查效果可以基本满足对图形精度要求不是特别高的地图，如旅游专题地图等。但是，对于比较微小的图形误差，尤其是那些在正常比例尺下肉眼并不容易或者分辨不出来的误差，只有通过一定的软件处理方式去检查，如图形之间的拓扑关系的检查等，使用提供相应功能的软件对数据进行检查，可以在一定程度上保证数据的几何精度。

属性误差：是对空间图形所包含内容的文字描述，作为空间数据的另外一个重要组成部分，属性数据的正确性也要得到保证。而对属性数据的检查，目前研究比较多，其检查的方法也相对比较成熟。采用自动或半自动的软件检查方式来对空间数据的属性信息进行检查，对属性误差通过人工判读修改，或是软件自动修改，在实际应用中，被越来越多地采用。相比较以往的手工检查，软件检查更具全面性、准确性、高效性。

时间误差：是相对数据的现势性而言，是指数据本身所代表的时间信息的正确性。数据的现势性用旧数据的更新或者新数据的获取的时间和频度来衡量。由于数据的时间精度一般表现在元数据上，对于数据的时间误差检查，一般是通过检查数据的元数据信息，通过人工检查或软件检查的方式实现，都可以满足检查的需求。

逻辑误差：逻辑一致性主要是指地理数据关系上的可靠性、合理性，包括数据结构、数据特征（空间特征、属性特征和时间特征等）以及拓扑性质上的一致性。逻辑误差具有多样性、不确定性等特点，如地理数据自身的拓扑错误，地理数据之间的拓扑错误，数据的结构错误等。同时，对于特定的某种地理数据关系，在某些数据环境中，其逻辑表达是正确的，而可能在另外的某些数据环境中，其逻辑表达就变成是错误的了。所以对于数据逻辑误差的检查，需要更多人工参与，自动化的检查可以解决一部分的逻辑误差，而另外的一部分自动化无法检查的误差，则需要通过人工的经验判读来检查。如对于相邻很近的注记点与去注记的配对，尤其是注记之间因压盖而产生的移位的情况，就需要人工参与，凭借数据处理经验来对数据进行检查。

在早期的数据处理过程中，基本都是采用传统的人工检查方法，一方面，由于数据制作一般采用较为简单的文件存储方式；另外一方面，也受制于当时的计算机技术、软件和硬件技术，使得数据的数据采集、处理、检查等缺少自动化。而随着计算机技术，及相应的软硬件技术的发展，自动化的处理方式越来越多地被采用。然而在数据检查的过程中，人工参与的环节还是必不可少的，尤其是对于具有动态性的地理空间数据，纯粹的自动化操作仅仅是对对象进行静态的检查，同时也缺乏对整个数据处理过程进行必要的跟踪，不利于保证数据的现势性和实时性。所以目前的数据检查多采用软件的自动处理，配合必要的人工参与环节，针对积累主要的数据误差类型，对数据进行检查，以达到数据质量控制的目的。

4.3.5 检查效果评估

空间数据的质量标准按照空间数据的基本可视表现形式分为四大类：图形（点、线、面和体），属性（空间实体的特性及规定），时间（现势性和历史性），元数据（空间数据的说明描述）。提供图形和属性数据，是空间数据库最基本的功能，同时，对于具有多时态的空间数据来说，时间数据也是空间数据库的重要组成部分。而元数据作为对数据库基本信息描述的主要组成部分，涵盖了数据的推理、分析和总结等方面的内容，是对空间数据库的图形、属性以及时间特性的描述信息，空间数据的这四个特征，对数据提出了精度、逻辑一致性和数据完整性等方面的质量要求。GIS空间数据的质量标准表述为以下几个方面，如表 4.7 所示。

表 4.7 空间数据质量评价表（王帆飞，2005）

质量标准	图形	属性	时间	元数据
精度	图形的三维坐标误差（点串为线，线串闭合为面，都以点的误差衡量）	描述空间实体的属性值（字段名、类别、字段长度等）与真值相符的程度。如类别的细化程度地名的详细、准确性等	数据采集更新的时间和频度，或者离当前最近的更新时间	对图形、属性、时间及其相互关系或数据标识、质量、空间参数、地理实体及其属性信息以及数据传播、共享和元数据参考信息及其关系描述的详细程度和正确性
逻辑一致性	图形表达与真实地理世界的吻合性。图形自身的相互关系是否符合逻辑规则，如图形的空间（拓扑）关系的正确性，与现实世界的一致性	属性值与真实地理世界之间数据关系上的可靠性。包括数据结构、属性编码、线型、颜色、层次以及有关实体的数量、质量、性质、名称等的注记、说明，在数据格式以及拓扑性质上的内在一致性，与地理实体关系上的可靠性	数据生产和更新的时间与真实世界变化的时间关系的正确性	对元数据内容描述与真实地理世界数据关系上的可靠性和客观实际的一致性
数据完整性	图形数据满足规定要求的完整程度。如面不封闭、线不到位等图形的漏缺等	地理数据在空间关系分类、结构、空间实体类型、属性特征分类等方面的完整性	表达数据生产或更新全过程各阶段时间记录的完整性。	对元数据要求内容的完整性（现行元数据文件结构和内容的完整性）

目前对空间数据质量的评价有两种观点：一是从用户的观点出发，认为不同用途所需要的数据其精度要求和质量也是不同的，所以应通过各种方法分析和计算最终所提供使用的空间数据质量，在数据质量中申明，指出其达到的精度指标，为其使用提供依据；二是从生产者出发，认为应该提供一个用户质量控制标准，并以此为标准控制空间数据生产的产品合格程度。通过控制空间数据的质量标准，使空间数据的采集和生产达到相应的技术指标，以保证 GIS 应用的数据质量（刘嵘，2001）。

一般认为，对这两种情况都应该统筹兼顾。对于在数据采集和生产初期采用相应的质量控制标准对数据质量进行控制，一方面，使得生产出来的数据更具有普遍性和通用性。而另一方面，由于缺少了某些应用的限制，有的时候并不能很好地满足应用需求。反之，如果只根据应用的需要来对采集生产数据，可以很好地满足应用的需求。然而，数据会表现出较差的可重用性，并且由于缺少了生产时的控制质量标准，加大了数据的质量控制的难度，同时也降低了数据质量评价的准确性。故兼顾两种情况，从数据生产者和使用者两方面的角度出发，对数据采集、整理和生产过程的各种数据问题进行质量控制，可以较好地满足 GIS 应用的需求。

数据质量评价的方法目前也讨论得比较多，如自动回归移植法、线的位置不确定模型——Epsilon 带、对比的方法等。这些多是对 GIS 空间数据的单项评价。基于加权平均的缺陷扣分评价方法是一种对空间数据综合评价方法模型，它既考虑一种地物要素中不同缺陷级别的错误对数据质量所产生的影响程度，也考虑由于不同地物要素本身在整个数据集中的重要程度，由这两种情况综合考虑这些地物要素中的错误对整个数据质量的影响程度。在给出基于数据质量得分的数据质量分级方案的情况下，对空间数据的质量等级进行评价。空间数据要素的缺陷个数、级别、数据质量结果值和数据质量等级共同构成了数据质量评价报告。图 4.12 是空间数据质量评价模型计算流程。

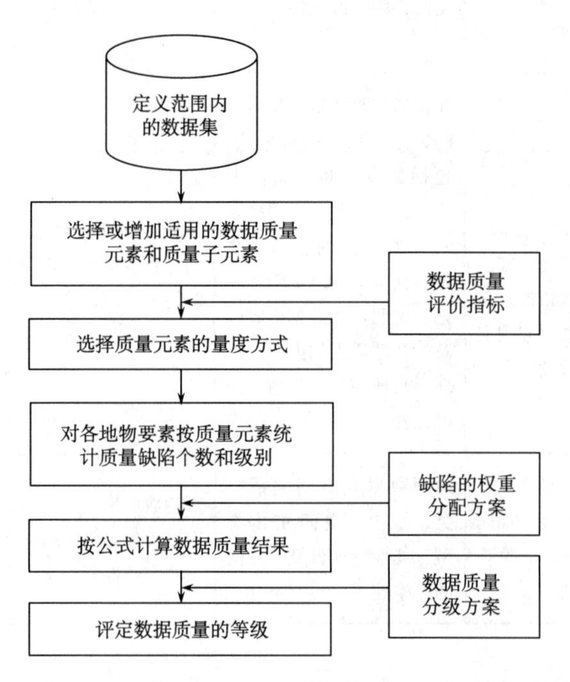

图 4.12　空间数据质量评价模型计算流程图（王帆飞，2005）

数据质量结果值的计算公式为

$$Q_i = 100 - \sum_{j=1}^{f} \left\{ W_j \cdot \sum_{i=1}^{k} \left[W_i \cdot (e_0 n_0 + e_1 n_1 + e_2 n_2) \right] \right\} \tag{4.1}$$

式中，Q_i 为第 i 个地物要素的数据质量得分；数据集预置得分为 100；W_j 为第 j 种质量元素对应的权重；f 为质量元素总和；n_0 为轻缺陷的个数；n_1 为重缺陷的个数；n_2 为严重缺陷的个数；e_0 为轻缺陷的扣分；e_1 为重缺陷的扣分；e_2 为严重缺陷的扣分；W_i 为第 i 种质量子元素的权重；k 为质量子元素的个数。

对所有的地区要素求平均，得到质量评价总分 Q，如式（4.2）：

$$Q = \left(\sum_{i=1}^{m} Q_i \right) / m \tag{4.2}$$

式中，m 为质量元素个数。

在对空间数据质量进行综合评价，得出数据质量报告的基础上，采用对比法来评估数据质量检查的效果。

$$Q_e = \left[1 - \left(\frac{100 - Q_2}{100 - Q_1}\right)\right] \cdot 100 \tag{4.3}$$

式中，Q_e为检查效果评估值，满分为 100 分；Q_1 为数据质量检查前的数据质量综合评价总分，Q_2 为数据进行质量检查后，根据检查报告，对数据进行全部修改后（这里假设对数据进行的修改操作，剔除了所有检查报告中的数据错误，同时并不引入新的数据错误）的数据质量的综合评价总分。

数据错误存在随机性，采用多次试验求平均值得出当前所采用检查方法的综合效果评估分 Q，如式（4.4）：

$$Q = \left(\sum_{i=1}^{k} Q_e\right)/k \tag{4.4}$$

式中，k 为测试次数。

4.4　数据更新研究

4.4.1　更新流程

我国目前正处于快速的城市化进程中，新区建设、旧区改建速度很快，成片测量周期长、出图慢，获得成果后，往往很快过时。为了及时更新必须不断投入巨资，“滚地毯”式地反复测绘，但实际效果仍不理想。实践证明，在城市建设速度快、规模大的形势下，对大比例地形图、地下管线图实施成片测量，花费资金再多也难以及时更新，尤其在旧城区及建设频繁的地区，地图更新落后于现实的矛盾相当突出。相比之下，针对建设项目，实施竣工测量，可以及时更新基础地形图、地下管线图，而所需的测绘经费却比成片测量大幅下降。因为成片测量时，测绘人员事先分不清什么东西该测、什么不该测，到现场后，往往对没有变化的地物也进行测量，重复性的、不必要的工作可能占了大部分。竣工测量时间及时，该测什么地物、不该测什么地物事先基本掌握，被测量的地物是有针对性和选择性的，可以避免成片测量中大量的重复劳动。另外，地下管线是覆土之前还是覆土以后测量，在技术的复杂程度、对象分类的准确性、对象定位的精确性上更无法相互比较。从严格意义上说，所谓竣工测量，是对建筑物、构筑物实行竣工后测量，对地下管线则实行竣工前测量。在解析测量、数字制图技术得到推广的条件下，靠竣工测量来更新地图，技术上是合理的，可操作性也是很强的。利用规划管理成果更新基础地形图数据就是在建设项目完工后，及时进行项目竣工测量，用竣工测量的成果来最终更新基础地形图。工程建设项目流程与基本地形图更新过程如图 4.13 所示。这样就保证了基本地形图的现势性，达到了实时更新的目的（熊湘琛等，2009）。

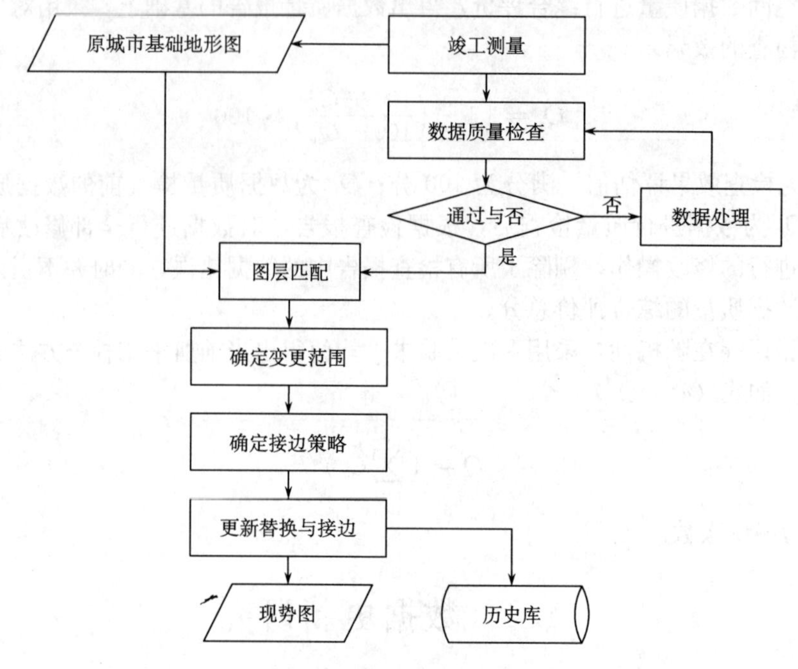

图 4.13　工程建设项目流程与基本地形图更新过程图

4.4.2　接边方法

基于规划管理成果的城市基础地形数据增量更新是一个复杂的过程。更新前首先要对更新数据检查，更新数据符合要求才能进行更新操作。图 4.14 为数据更新操作示意图。用右边的更新数据（竣工成果图或地形图修补测）去替换左边数据库中的地形数据就必须在数据库中确定变更范围，在替换中还要处理要素接边等问题。为了保证更新后数据的现势性与准确性，需要按照一定的步骤和方法实施数据更新。

数据更新前，需要通过人机交互的方式来匹配更新数据中的图层与数据库中的地形数据图层。比如用更新数据中的居住建筑层去更新数据库中的居住建筑层。

在数据更新之前，需要确定数据更新的范围（图 4.15 中的矩形粗边框）。本节采取开窗方式对基础地形数据进行更新，在更新开始之前数据库管理员要确定更新的范围。范围可以是规则的也可以是不规则的。

更新过程中线状要素接边方法：

在变更过程中会遇到变更要素与原要素接边的问题。如图 4.16 所示，原要素在变更范围的部分被变更要素替换后，原要素的变更范围外的部分（A 部分）要与替换的变更要素（B 部分）接边形成一个完整的地理要素。

线状要素接边算法流程如图 4.17 所示。

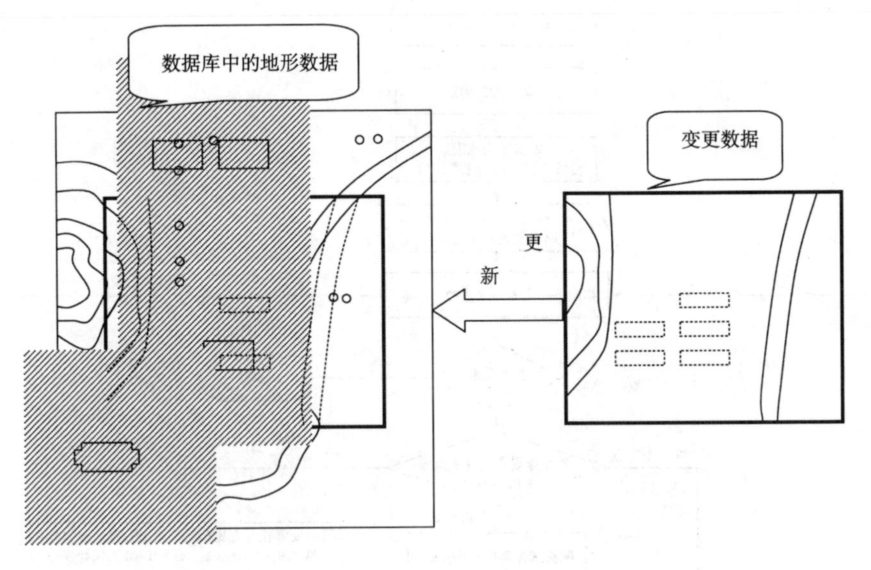

图 4.14　数据更新示意图

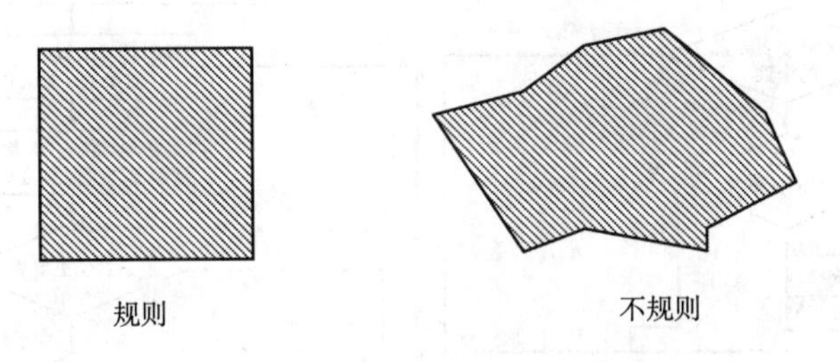

图 4.15　数据更新范围示意图

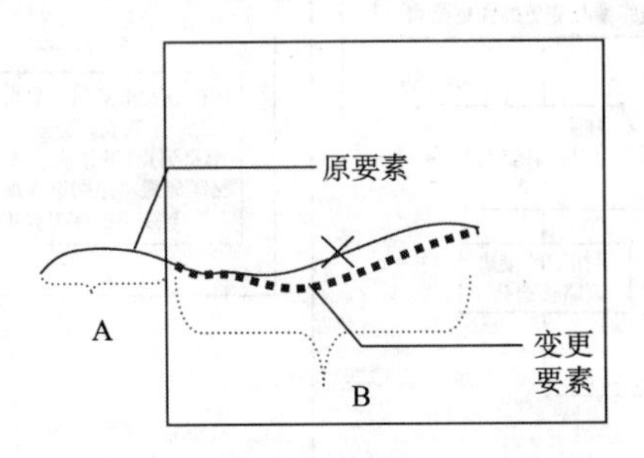

图 4.16　数据更新过程中接边示意图

1）搜索参与接边的原要素

让原要素层的所有要素参与接边是不合适的，本节用变更范围的几何形状空间过滤原要素层的要素。只有与变更范围相交或者在变更之内的原要素才参与下一接边步骤。

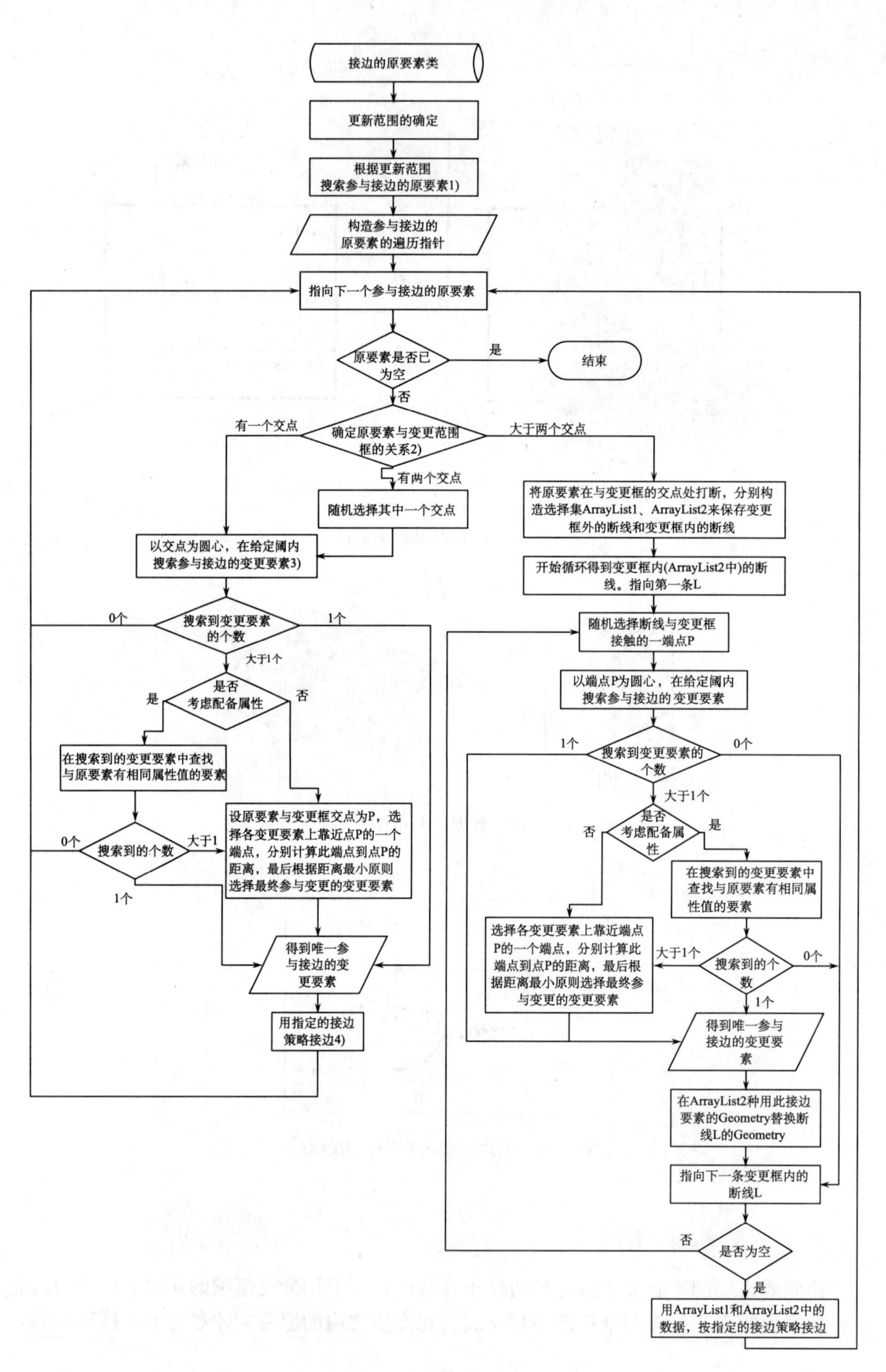

图 4.17　线状要素接边算法流程

2）确定原要素与变更范围框的关系

原要素与变更范围框的关系有如图 4.18 所示的 4 种。

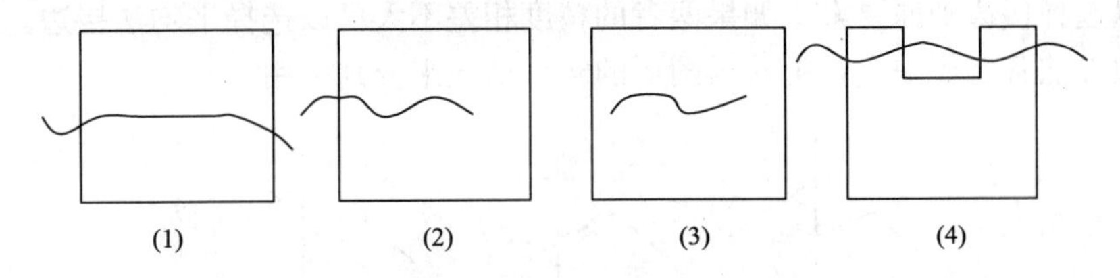

图 4.18　原要素与变更范围框的关系

对于第一种关系：原要素与变更范围框有两个交点，原要素在变更范围框的中间部分打断被相应的变更要素替换；

对于第二种关系：原要素与变更范围框有 1 个交点，原要素在变更范围框的里面部分被相应的变更要素替换；

对于第三种关系：原要素在变更框中，原要素整体被变更范围框里相应变更要素替换；

对于第四种关系：原要素与变更范围框的交点个数大于 2，原要素在变更范围框的里面部分被相应的变更要素替换。

3）搜索参与接边的变更要素

让图幅内所有的变更要素参与接边是不必要的，这将严重增加算法的复杂度。为提高效率，算法首先搜索变更范围左右边参与接边的变更地理要素。搜索的方法如下：给定一个阈值 d_1（图 4.19），以这个阈值大小为半径，以原要素与接边线的交点为圆心形成缓冲区，凡是与这个缓冲区相交的变更线状要素参与下一步的接边，未与这个缓冲区相交的变更线状要素不参与下一步的接边。

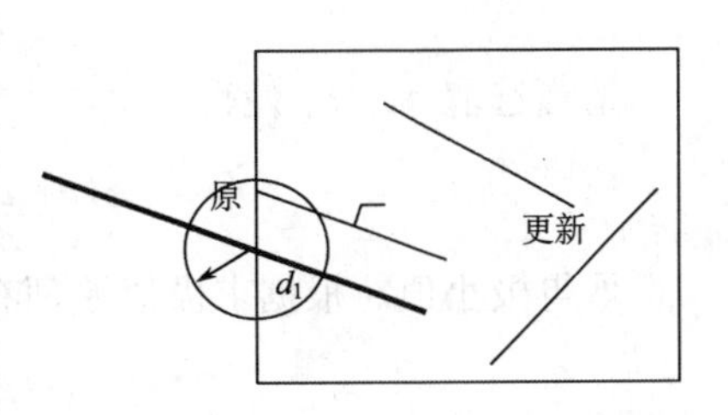

图 4.19　搜索参与接边的线要素

如果搜索到的变更线状要素的数量大于 1，那么算法继续在选择集优选，确保仅有一变更要素与原要素接边。优选解决方案如下：

如果在优选中不考虑配备属性，在遍历选择集中的要素时，分别计算它们到指定的原要素与变更框的交点的距离。选择离交点最近的变更要素作为最终参与接边的对象。

如果在优选中考虑匹配属性，那么在遍历选择集中的要素时，分别判断它们与原要素特定属性的匹配情况，匹配好的被选中。如果被选中的要素个数大于 1 时，被选中的要素作为新的选择要素集被继续优选，优选法则与不考虑属性匹配相同。

4）接边策略设置

接边策略有三种，如图 4.20 所示。对于更新的城乡基础地理数据应该保证其精度要求，更新数据与数据库中的数据可能精度不一样。在更新前要就需要对接边过程进行接边优先设置。如果变更数据的精度比数据库中的精度高，那么可以选择接边到更新要素，而且该方式简单易行，适用于接边误差在精度允许范围内的各种直线、多义线类的接边处理，容易实现接边的全自动批量处理。如果数据库中的数据精度比变更数据的精度高可以选择接边到原要素。如果两者的精度相差不大可以选择平均法接边。以上三种常用接边方法各有优缺点，可根据图形的实际情况来分别采用。

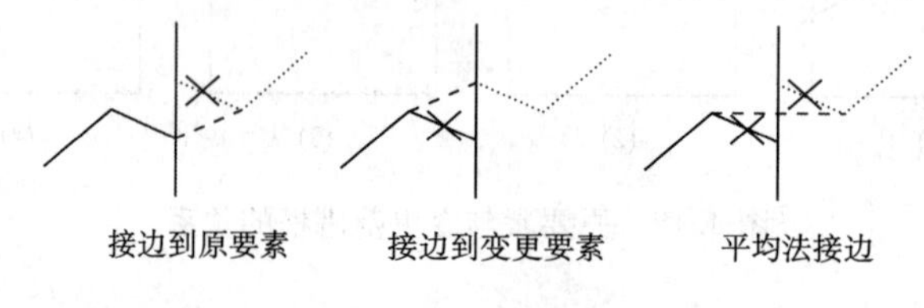

图 4.20　接边策略

但是在使用以上接边方法时，在变更框接边处，本应是直线的地物，其线内出现了折点。此问题是因为采用的不精密接边算法所致。为解决以上问题可考虑以下接边算法：

找出一条直线，使其能最合理表示接边地物。图 4.21 中 A、B、C、D 四点的点位精度相同，要对之进行接边处理，可用数学方法找出一条直线，使得四点“最靠近”该直线，再把相应点投影到该直线上，即可得出接边点数据。这里，我们可以使用最小二乘法原理，求出此条直线，使得四点偏离直线的平方和最小。图 4.21 中，设直线方程为

$$P(x) = a_0 + a_1 x \tag{4.5}$$

适当选取 a_0、a_1 使得

$$\varphi(a_0, a_1) = \sum_{i-1} [P(x_i) - y_i]$$

取得极小值。根据求极值原理有

$$T_0 = \begin{cases} \dfrac{\delta\varphi}{\delta a_0} = 0 \\ \dfrac{\delta\varphi}{\delta a_1} = 0 \end{cases} \Rightarrow \begin{pmatrix} S_0 \\ S_1 \end{pmatrix} \begin{pmatrix} S_1 \\ S_2 \end{pmatrix} = \begin{pmatrix} a_0 \\ a_1 \end{pmatrix} \tag{4.6}$$

式中

$$S_0 = \sum_{i-1}^{4} i \quad S_1 = \sum_{i-1}^{4} x_i \quad T_0 = \sum_{i-1}^{4} y_i \quad T_1 = \sum_{i-1}^{4} x_i y_i$$

解二元一次方程组得直线方程 $P(x)$，得 G、H，移 A 至 G，D 至 H，B、C 至 F。

5）属性匹配

更新过程中面状要素接边方法：

在更新过程中会遇到面状要素的接边问题，如图 4.22 所示。面状要素接边着重注意的是接边后的图形角度不会严重变形。

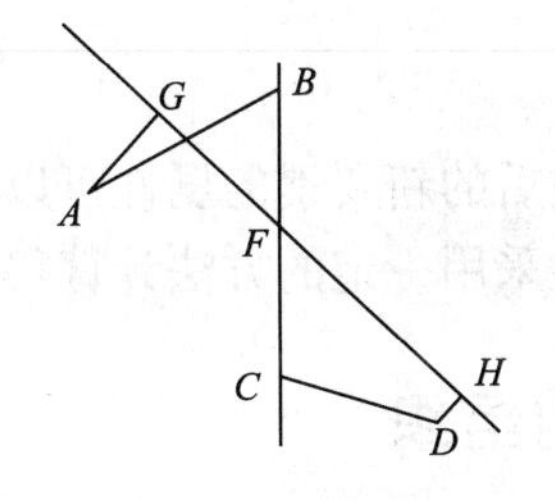

图 4.21　精密接边示意图

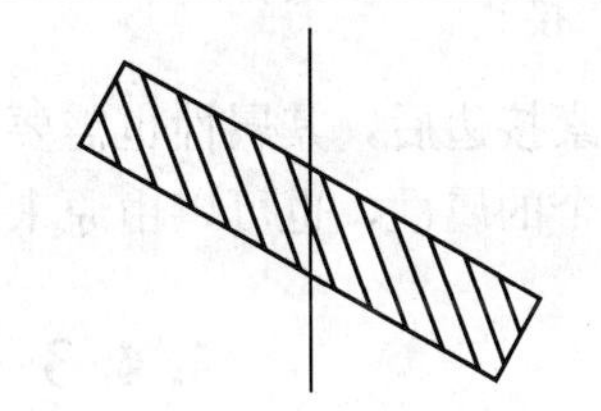

图 4.22　面状要素接边问题

6）搜索参与接边的对象

给定一个阈值 $d1$，以这个阈值为大小，求取接边线的双侧缓冲区（图 4.23），凡是与这个缓冲区相交的面状要素，分别记录在两个集合里（原要素与变更要素各一个），参与下一步的接边；未与这个缓冲区相交的线状要素，排除在集合之外，不参与下一步的接边。然后遍历变更要素集合里面的面要素，给定一个阈值 $d2$，求取变更要素缓冲区，凡是与这个缓冲区相交的原要素集里面的要素，参与下一步的接边；未与这个缓冲区相交的线状要素，不参与下一步的接边。

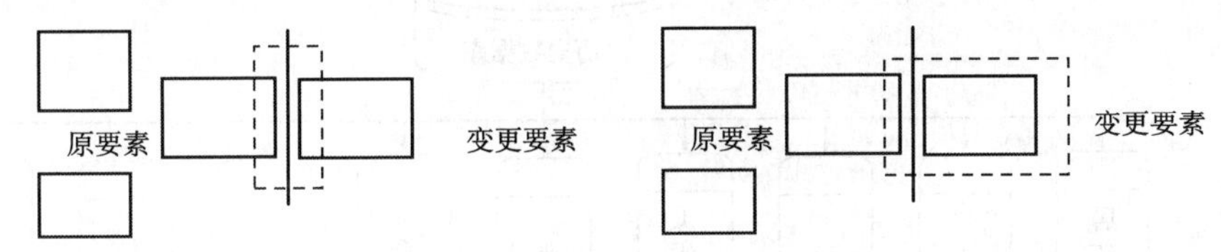

图 4.23　搜索参与接边的面要素

7）接边策略设置

假设整体的房屋有 4 个节点，而被分开的房屋有 8 个节点。比较在接边线上的节点 P_1、P_3 或 P_2、P_4 的坐标，计算出坐标偏移量。因为四点房屋是比较规则的矩形，它产生错位后偏移量应该是一样的（不计数字化错误），所以计算坐标偏移量时用相邻的一对坐标计算便可。然后将 P_1、P_2和 P_3、P_4 这两条房线的节点分别向下和向上平移坐标偏移量的一半。最后利用 P_1'、P_2'、P_3'、P_4'四个节点来重画一个矩形，如图 4.24 所示。

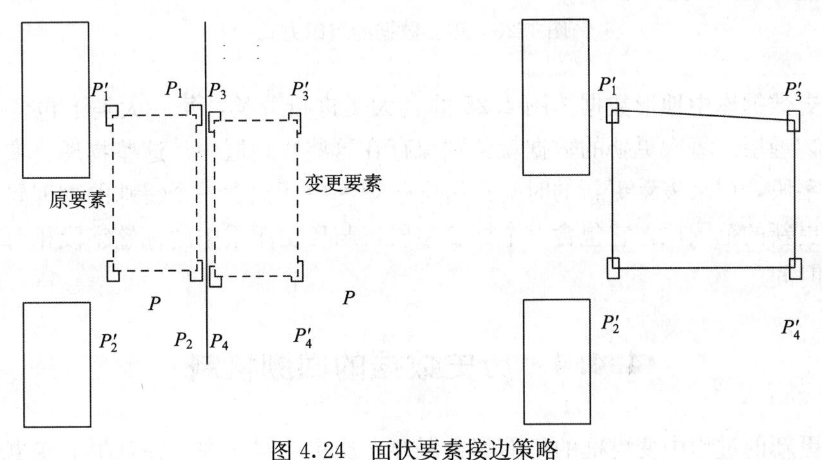

图 4.24　面状要素接边策略

8）属性接边

面状要素接边后，其属性也需要重新配置。接边后的新要素的属性可以是原来两个要素其中一个的属性，也可以由原来两个要素的属性采用一定的方法计算得到。

4.4.3 历史数据的组织

历史数据的组织关系到历史数据回溯的实现，好的组织机制一方面可以方便数据库管理员对历史数据进行管理，另一方面可以使数据用户快捷地进行历史数据的回溯。本节结合实际需要，提出了一种历史数据的组织方式，如图 4.25 所示。

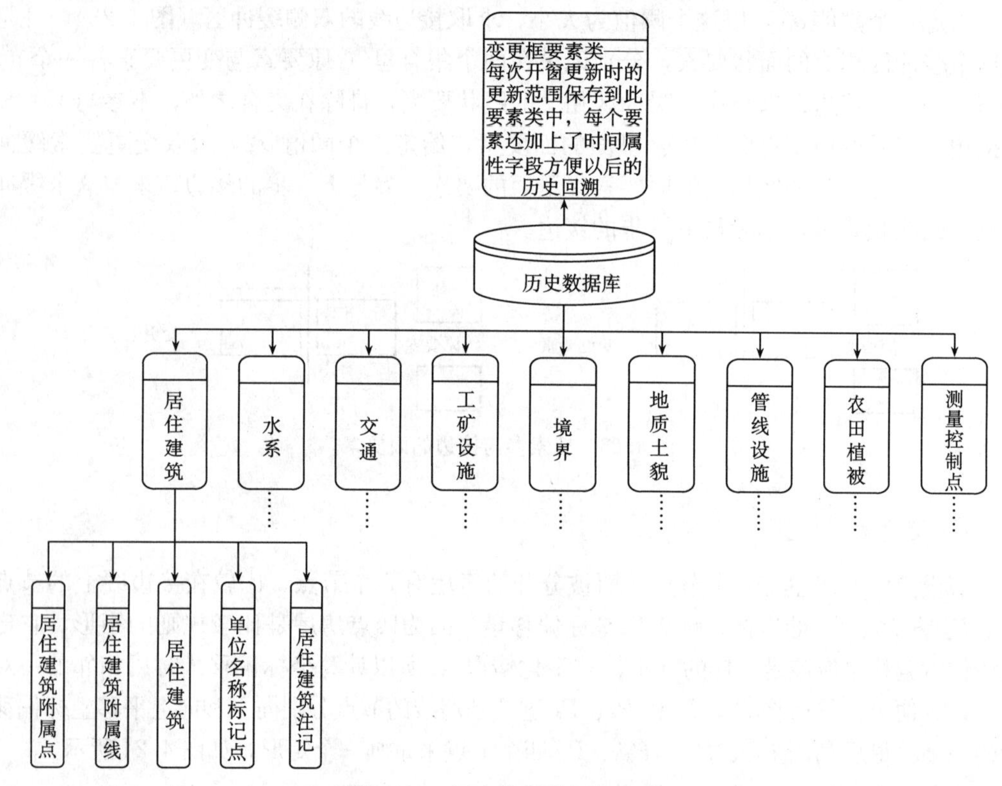

图 4.25　历史数据的组织方式

在历史数据库中地形数据按图 4.25 的九大类进行分类，每一大类下包含一些实际的数据库物理层。每次更新的数据就分别保存在这些物理层中。这些物理要素层都包含一个标签字段，用来表示更新的时间。历史数据库中还包含一个特殊的物理要素类用来保存每次更新的范围框，它包含一个标签字段，与历史图层中的标签字段相对应用来标示更新的时间。

4.4.4 历史数据的回溯机制

每次更新的过程中变更框的范围都会保存在历史数据库中，并且附上变更开始时设置的时间属性标示。与变更框相交、在变更框内和与变更框相接触的各现状要素类中的要素都被保存到历史数据中相对应的物理图层中，在此过程中各被保存的要素会附上变更开始时设置的时间属性标示。

历史数据回溯思路如图 4.26 所示。

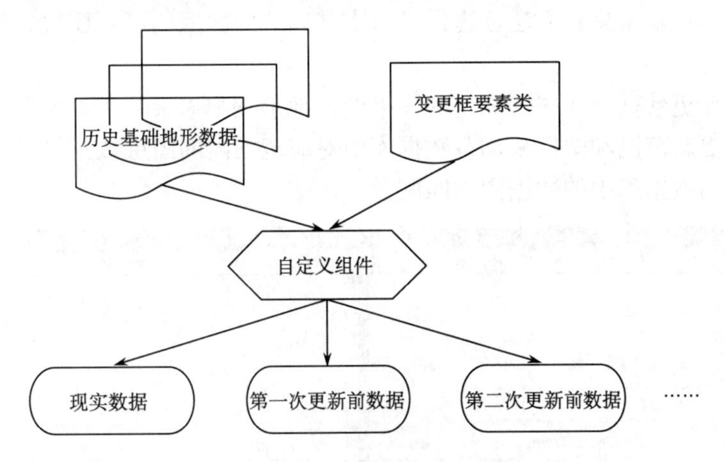

图 4.26　历史数据回溯示意图

历史数据回溯的流程如图 4.27 所示。

历史数据回溯是一个人机交互的过程。当开始进行历史回溯时，系统会从历史数据库中读取变更框要素类中的所有要素，并显示这些要素。一个区域范围内的数据有的部分经过了多次更新，有的部分从未被更新。这些变更框要素代表的区域就是以被更新过了的区域，用户可以通过点击选择这些变更框区域来进行历史数据的回溯，如图 4.27 所示。系统下一步会开始遍历所选中的这些变更框区域，以当前的变更框作为空间过滤器，来选择那些与它相交、相接触、或在它里面的历史数据库中相应地形要素层中的要素，接着再以当前变更框的时间属性字段值作为属性过滤器来进一步选取前面被选的历史要素，最后这些被选取的要素构成一个新的显示图层。

历史回溯问题在时态 GIS 中具有重要的意义，它不但可以再现一个阶段内的变更状况，供管理部门评估，而且可以根据分析纵向的历史数据和横向的现势数据，为检测、管理和决策部门提供支持。

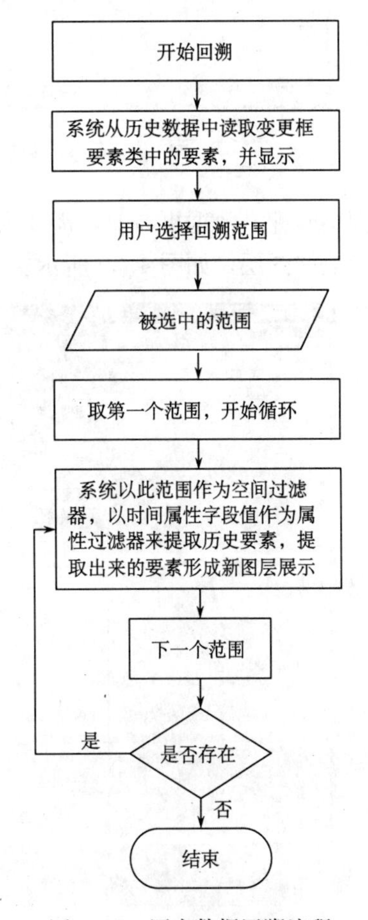

图 4.27　历史数据回溯流程

4.4.5 应用实例

增城市规划数据库管理系统基于规划管理成果更新基本地形图的主要思路和工作流程和上述提出的更新策略和方法，提供了城市基础地形数据的更新模块。具体的更新过程如下：

首先打开变更数据（如竣工测量的成果图、地形图修补测）（图 4.28 左），然后根据变更数据的更新范围和图层来加载数据库中对应范围内的图层数据（图 4.28 右），更新数据图层需与数据库中的数据图层匹配。

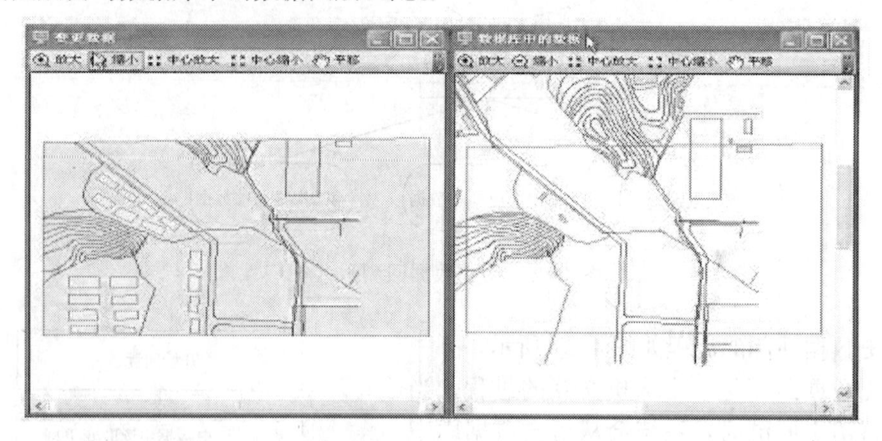

图 4.28 竣工测量图（左）和数据库中的地形图（右）

图层匹配，数据更新前，需要人机交互的方式来匹配更新数据中的图层与数据库中的地形数据图层，如图 4.29 所示。

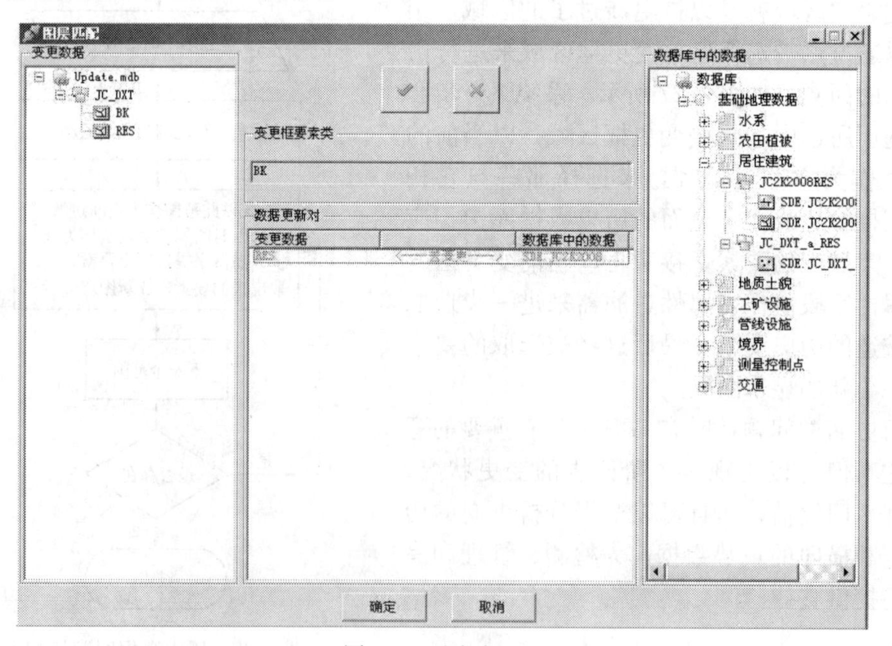

图 4.29 图层匹配

在变更前要确定一些变更策略，如上面所说的搜索参接边对象的半径的设置（图 4.30），接边优先级的确定，本次变更的标签的设置（便于历史回溯）。

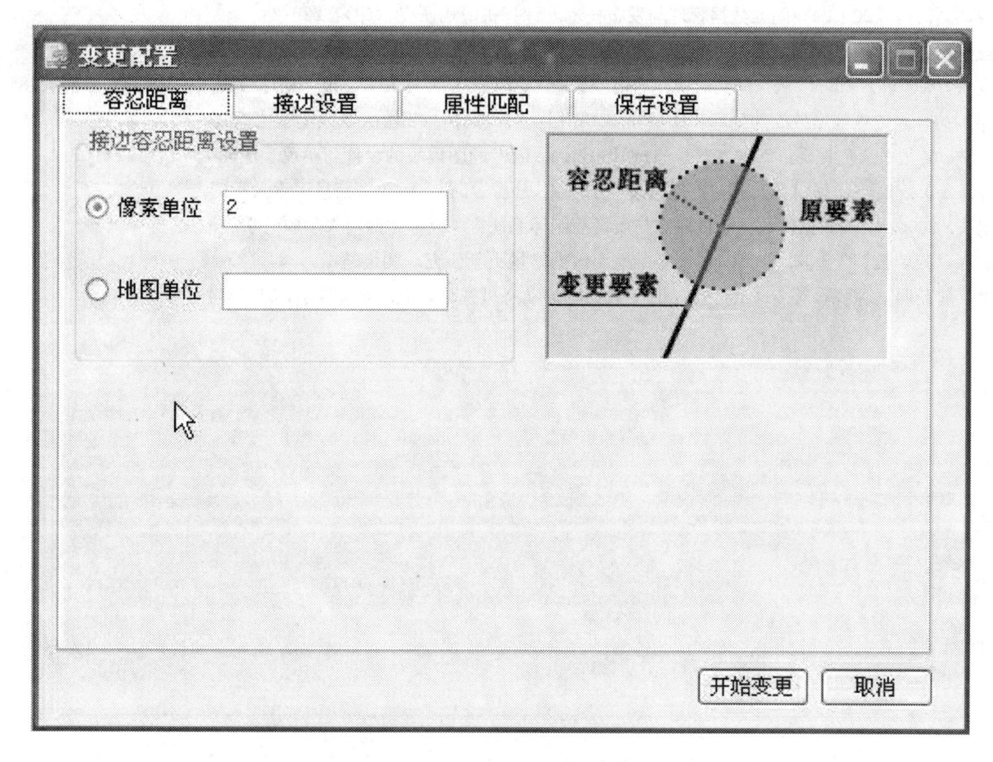

图 4.30　接边策略设置

数据变更后，可对变更数据进行历史回溯（图 4.31）。图左为变更前数据库中的数据，图右为变更后数据库中的数据，可以看到变更后的数据已经进行了接边处理。

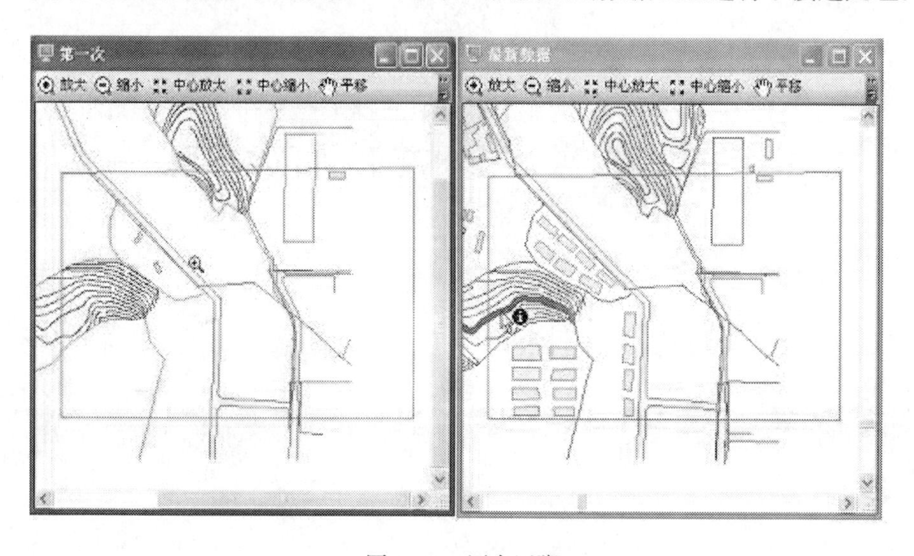

图 4.31　历史回溯

主要参考文献

高睿，刘修国．2005．空间元数据管理与发布技术．计算机应用研究，(9)：22～24

黄俊卿，陈文南．2006．基于 Auto CAD 平台上地籍测量数据的入库．地理空间信息，(4)：59～61

姜晓轶，周云轩．2006．从空间到时间——时空数据模型研究．吉林大学学报：地球科学版，36 (3)：480～485

刘嵘．2001．矢量地形数据的处理和质量控制．郑州：解放军信息工程大学硕士学位论文

聂小波，吴北平．何保国．2006．基于 ArcGIS Engine 的专题图模块的设计与实现．地理空间信息，4 (1)：12～14

宋玮．2005．时空数据模型及其在土地管理中的应用研究．郑州：解放军信息工程大学博士学位论文

王帆飞．2005．空间数据库数据质量评测与质量控制体系研究．成都：四川大学硕士学位论文

熊湘琛，张新长，曹凯滨．2009．城市基础地形数据增量更新研究．测绘通报，384 (3)：24～26

杨平，唐新明，翟亮，等．2006．基于时空数据库的动态可视化研究．测绘科学，31 (3)：111～113

第5章 规划信息化管理体系研究

5.1 概 述

5.1.1 规划信息化管理体系研究背景

近20年来，我国各地不少城市都建设了与城乡规划相关的信息系统，这些信息系统的建设促进了城乡规划管理工作的图文一体化和办公自动化，大大提高了城乡规划行业的信息化和现代化水平。然而，随着“数字城市”和“电子政务”建设的不断推进，城乡规划信息化与其他行业信息化面临着同样的挑战（李宗华等，2003），即如何集成整合本行业的各类信息资源和信息系统，分别为决策者、业务管理人员、社会公众等各类用户提供不同层次的信息服务（张新长等，2001）。对于规划信息化建设开展缓慢的县域城市而言，面临着既要完成规划材料从纸质向电子数据转换的任务，又要跟上信息整合、服务整合的趋势的任务（樊惠萍和王刁祥，2004）。

从计算机辅助决策的智能水平来理解县域城乡规划信息化管理体系，可以把它理解为以下三个层次：第一个层次是空间数据库，以进行空间检索为最基本的要求；第二个层次是在空间数据库基础上的应用系统，以进行空间分析为基础，如基于GIS的辅助城乡规划设计（CAD）和城乡规划办公自动化（OA）等；第三个层次是在前两个层次基础之上的各类专家系统（ES）、决策支持系统等，如城乡规划管理专家系统等。

第一个层次以存贮与检索为基础。目前规划管理信息化的大范围应用除少数大城市的规划部门外，还很不普及；大部分县域城市可利用的数字产品太少，建设费用昂贵。本着“急用先行”的原则，建立城乡规划信息系统一开始的重点应放在基础建设上，即原有大比例尺（1∶500、1∶2000）地籍图、地形图数字化建库，放验线、建设用地的存档建库上。这是规划信息化管理体系建设的起步阶段。具体有以下四个方面。

（1）开展城市勘测信息系统建设，实现野外测量、内业成图、建立基础地形数据库的一体化，探讨通过竣工测量实现地形图的动态更新，从勘测、测绘这一工序上根本解决基础地图建库问题。

（2）开展航空遥感或摄影，及时获取丰富的城市地形、地物波谱信息。例如，在增城市的遥感影像数据库目前由0.4m分辨率航片（2003年）、2.5m分辨率卫片（2005年）组成和0.16m分辨率航片（2008年）组成，内容丰富、及时与直观，对广大规划设计、规划管理人员与各级政府各部门的实际应用都起到了积极的作用。

（3）压缩基础地形构造的复杂程度，改善数据采集技术，探讨大规模、大比例尺地形图扫描建库的技术方法，以弥补上述两个方案没有建成之前的急需。以增城市为例，目前，增城市采用CAD地形图集中管理、通过Oracle的Blob存储，在OA系统中直接调用查看的方法。

（4）优先建立规划道路、建设用地管理等城乡规划控制图形库，解决我国目前城市建设与管理日常工作中急需提高效率的道路会办、征地会办问题。实际上，道路与土地利用正是城乡规划中的核心内容与基础。

第二个层次主要包括辅助规划设计、办公自动化与动态管理。地理信息系统技术的系统集成能力得到充分体现，规划业务化运作的地理信息系统得以实施，“讲求实效、有限目标”；以“滚雪球”的方式，从最简单、最实用的规划管理业务做起等原则与方法是大城乡规划管理信息化建设的重要经验。

在这一层次中，基础图形建库、软件二次开发与汉化已不再是主要内容，而辅助设计办公自动化的流程规范化、科学化成为重点；数据的动态更新成为新的障碍。第二个层次的特点可归纳为以下四个方面。

（1）GIS、CAD、OA技术的集成。实现以GIS为核心，将城乡规划业务中辅助设计与规划用地、建筑管理有机地结合，并提供辅助分析、评估与多媒体的表达。

（2）在系统集成的同时，必须考虑数据的动态更新。例如，在建立控制性规划数据库时，必须考虑规划方案的磁盘报批，以解决数据源的动态问题。

（3）流程规范化、科学化。例如，规划办公自动化系统必须同机构改革结合考虑。流程可以根据实际需要进行定制。

（4）开发的重点是城乡规划的综合分析与评估功能。CAD技术可解决规划辅助设计的问题；OA可解决文档的跟踪、流程自动化的问题；GIS可提供常规的空间分析功能，而这一层次的重点就是利用系统集成，提高规划设计与管理中的综合分析与评估能力。

第三个层次是辅助决策支持系统。目前，计算机在城乡规划中应用研究的一个热点就是开发为城乡规划服务的所谓规划支持系统（planning support systems，PSSs）。PSSs的提法首先由美国著名学者哈里斯（Harris，1989）提出，后来巴蒂（Batty，1995）和克洛斯特曼等纷纷响应并大力提倡。PSSs的提出就是要为规划过程的每一个阶段提供决策支持，即支持规划问题的发现与分析；支持规划方案的设计；支持规划方案的影响评价以及支持规划方案的比较与选择。为达到上述要求，规划支持系统必须把现代信息技术与城乡规划方法和步骤结合起来，真正做到不仅提供信息支持，而且提供决策支持。由于人工智能、专家系统、决策支持系统、空间决策支持系统等方面的理论与方法都处于不断地探索之中，而且深入展开讨论也不是本文宗旨。目前中国如上海市、广州市在这方面已经进行了初步研究或雏形开发。这是未来县域城乡规划信息化管理体系的发展方向。

城乡规划信息系统的建设是一项需要长期运作的系统工程，既是一个技术过程，也是一个管理过程。城乡规划作为政府干预市场经济的一种手段，要想实现同IT的高层次整合，就必须强化城乡规划本身的体系建设，强化法制地位与科学管理。建立城乡规划信息系统要分阶段、有限目标推进，规划办公自动化系统必须同机构改革相结合，讲求实效，以“滚雪球”方式发展。

建立统一的县域城乡规划信息化管理体系，首先必须解决两个问题，第一是体系归谁管，第二是采用什么方式进行集成。建立城乡规划信息服务体系，首先要考虑的是信息服务门户建设的依托单位。由于各成员信息系统分布在测绘院（基础地理信息中心）、勘察院、规划设计院、档案馆、规划局等各相关部门，其中规划局是城乡规划的行政主管部门，也是城乡规划信息化的主体部门，因此一站式信息服务门户宜依托在规划局信息中心进行建设，在本章内所提及的职能与其相近机构简称“信息中心”。信息系统的建设不是购买一套或几套软件那么简单，事实上，信息化的过程也是规划管理向“规范化”、“制度化”、“程序化”转变的过程（黄金锋等，2004）。从这个意义上说，规划信息化的同时也要求从事具体规划管理工作的人员转变传统理念。城乡规划信息系统集成与一体化的实现，必须在保证整合效益的前提下，最大程度地降低改造成本，并减少对城乡规划相关业务工作正常开展的影响（唐浩宇和陈上春，2004）。

在系统设计和建设方面，由于组成信息服务门户的决策支持、业务信息共享、公众信息服务三个子系统分别面向不同层次的用户，用户权限和安全等级具有显著差异性，因此，三者最好在共享同一中心数据库的情况下，分别部署在不同的网络节点上，通过不同层次的软件功能配置、用户权限设置和安全等级管理，提供顺畅而又安全的信息服务。成员信息系统的集成方式有两种，即传统系统集成方式和面向服务的体系结构（service-oriented architecture，SOA）方式。当前我国各城市的规划相关部门所建立的城乡规划信息系统，由于建设之初缺乏细致的规划，实际情况又复杂多样，因此，在技术体系和实现方式上差别很大。早期大都是单机系统，随后以C/S结构居多，如今则是B/S结构大行其道，Web Services又日趋盛行。这些信息系统很多没有完全组件化，没有提供开放的接口，难以扩展和集成。而且不同部门的信息系统大都部署在自己的局域网内，也给集成整合带来了很大难度。在这种情况下，采用系统集成方式，立足现实，面向实际需要，采取适当的集成技术和整合手段，分层次、有选择地进行整合是十分现实的做法。基于SOA的方式需要根据Web Services技术标准对已有B/S、C/S甚至单机版系统进行组件化，改造成本较高，短期内还难以得到广泛应用。然而，随着Web Services应用的不断深化，越来越多的信息系统采用该技术，这为基于SOA的系统集成奠定了良好的基础。因此，根据我国城乡规划信息化建设的实际情况和发展趋势，城乡规划信息系统集成可分阶段采用以上两种方式实现，当前宜采用系统集成方式，未来Web Services得到广泛应用的情况下可过渡到SOA方式。

5.1.2 县域城乡规划管理体系特殊性

在详细研究县域城乡规划信息化管理体系之前，有必要先对县域城乡规划管理体系特殊性进行分析。目前全国县域经济强县的总量规模是：数量占全国县级行政单位的10.84%；县域总面积约108.61万km^2，占全国陆地面积的11.31%；人口约为22 047万，占全国总人口的16.60%；地区生产总值约为67 638亿元，占全国国内生产总值的22.50%；地方财政一般预算收入约为3500亿元，占全国地方财政一般预算收入的12.22%。这些数字表明，县域城市尤其是县域经济强县在我国城市体系和现代化建设中具有重要战略地位。

由于我国工业化起步比较晚，相当数量的县域城市还很年轻，县域城市总体上仍处

于发展的初级阶段，主要表现为

（1）县域城市数量有了较快增加，但其城市化水平仍然很低。许多县域城市经济发展的总体水平不高，综合经济效益差；不少县域城市基础设施水平低，管理滞后，缺乏科学的城市发展的总体规划；不少县域城市的第三产业发展滞后，特别是与现代化相联系的主要行业还不发达。

（2）县域城市总体质量不高，城市功能不完善，基础设施落后，产业结构雷同，经济效益、社会效益和生态效益缺乏协调发展，投资环境不够理想。

（3）城市规模很小，市域面积范围偏大。“小城市，大农村”的格局仍未根本改变。一部分县域城市缺乏活力，出现“小马拉大车”的现象，不利于城乡经济的进一步发展。

（4）城乡规划和管理跟不上城市发展的需要。现代城市管理意识薄弱，管理水平低。城乡规划存在一定的盲目性和随意性。

大部分县域城市也建立或初步建立了各自的城市GIS，诸如规划管理、土地管理、地下管网和交通管理等，产生了非常明显的社会效益和经济效益。但是在城市GIS的建设和使用过程中，由于种种原因（如设计上、数据标准上、系统实用性和管理上的问题），使城市GIS不能充分发挥作用，浪费了大量有效资源。

21世纪县域城市需要实现现代化，然而现代化的县域城市离不开现代化的科学管理。随着城市化的不断发展，一些阻碍该地区持续、稳定发展的问题也在不断地暴露出来，特别是建设发展缺乏有效的协调与管理、环境污染、土地过度开发、重复投资和基础设施配套的不合理等问题迫切要求实行科学的管理模式，这将给县域城乡规划管理提出了越来越高的要求。为了加速县域城市的发展，提高其城市化水平，需要借助于现代化的科学手段进行城镇体系规划与管理。据调查，除少数发达地区的县域城市已建立了规划信息化管理体系外，绝大部分县域城市的管理手段仍然是使用比较落后的手工操作方式，其分散的、相对独立的和非标准的管理模式无法实现空间数据的动态录入、存储和共享，很难进行规划管理综合分析和研究，使各级领导部门不能及时地得到决策支持信息。从而在城乡规划管理中造成工作重复、周期过长、顾此失彼等严重现象。因此，必须寻求更科学的城镇管理模式，使城镇管理水平达到定量化、定位化、动态化和网络化（张新长等，2007）。规划信息化管理体系是一个多学科专业交汇的信息系统，它能采集、存储、处理、分析和不断更新城镇环境、城镇管理和城镇各个活动领域及发展过程中的有关空间信息，从而为高速发展地区的城镇资源、环境结构与可持续发展营造一种生态发展的模式，对未来的县域城市管理具有广泛的应用前景。

总体上来看，当前我国县域城市的城乡规划管理信息化水平与经济发达的大城市相比尚存在不小的差距，信息化建设的滞后性已成为制约县域城市的城乡规划管理部门跨越式发展的瓶颈之一，县域城市信息化建设还面临很多不利因素。然而正如一张白纸好作画一样，从目前发展状况看，通过创新城乡规划管理理念，把握机遇，找准定位，扬长避短，县域城市完全可以利用政策支持优势、技术引进优势和经验借鉴优势实现跨越式建设。

1. 政策支持优势

从国内情况看，数字城市建设已被列入信息产业和城市基础设施建设“十一五”期间发展战略重点。中共十六大报告中指出“坚持以信息化带动工业化，以工业化促进信息化，走出一条科技含量高、经济效益好、资源消耗低、污染环境少、人力资源优势得到充分发挥的新型工业化路子。推进产业结构优化升级，形成以高新技术产业为先导、基础产业和制造业为支撑、服务业全面发展的产业格局。优先发展信息产业，在经济和社会领域广泛应用信息技术……”。报告特别强调了信息化的作用与价值，这是城乡规划管理信息化建设发展的机遇。

2. 技术引进优势

县域城市原有应用系统较少，很多方面是空白，因而在引用新技术和新系统时包袱较少，可以大刀阔斧、从零开始，在较短的时间内进行开发，实现跨越式发展。例如，增城市城乡规划局信息平台当前基础数据层采用 Oracle＋ArcGIS，用户应用层则基于 AutoCAD 的 Object ARX 进行二次开发，在 CAD 中引入了 GIS 的概念，实现了从 CAD 向 GIS 的跨越。这样既符合当前最新信息技术的应用，同时又保证普通业务科室工作人员能够快速上手，实现了软件应用环境的平稳过渡，大大减轻了系统推广中的阻力。

3. 经验借鉴优势

县域城市可以借鉴已有的城市地理信息系统案例的成功经验，汲取他们的失败教训，通过比较各地区的发展模式和具体做法，选择更合乎客观规律和本地区实际的发展道路。可采用成熟的标准、可复制的成功模式，避免走很多弯路，以较少的代价，取得更大的成就。

然而，“后发优势”只是一种潜在的可能性，要把它变为现实，还有大量艰苦、创造性的事情要做。面对“后发优势”，不能亦步亦趋，而应以长远的眼光、超前的主动性，在巩固、扩大、创造和发展优势上下工夫，使“优势”真正转变为城乡规划管理信息化建设的成果。

因此在系统开发前，调查分析需求导向是非常重要的工作。系统建设是为全局业务工作的开展来服务的，如果系统开发不能很好地结合需求，系统各项功能的针对性和实用性不强，那么哪怕系统开发的技术水平再高，那也只能是曲高和寡，在实施过程中将是举步维艰，推广的难度很大。要解决这个问题，一方面是要高度重视系统建设初期的需求调研，最好能配备一名精通全局业务并有一定计算机基础的人员，全程陪同软件公司进行需求调研，并适当参与程序开发，最大程度上保证规划局各项需求和系统开发、实际应用准确对接；另一方面要注重系统规模的把握，尤其是作为县域城市，系统的建设不能贪大求全、好高骛远，而是应充分立足本局实际，把握住重点，分步实施，稳步推进。建议目前正在筹建规划管理信息系统的县域城市，可在系统设计时作整体规划，具体实施时区分轻重缓急，根据先易后难的原则分块实施建设。

从发展县域城市的角度出发，建设社会主义新农村，达到人、环境和经济协调发展的道路是促进城乡统筹发展的必然趋势。因此必须改变以往村镇建设中重经济轻生态环境的错误态度，必须贯彻科学发展观的精神，落实可持续发展的战略，结合县域城市的特点，以信息化促进城乡规划管理。信息化技术更新换代的速度很快。如果没有忧患意识，也许过不了两三年，今天看来比较先进的技术就会遭到淘汰。在当前信息化技术更新速度明显加快、规划信息化之路尚无定论和各地规划管理部门都在积极探索的大背景下，不仅要紧密追踪信息化技术的最新动态，同时要多走出去，请进来，向规划信息化建设先进城市虚心学习，并加以消化吸收，最终形成自身特色。

5.2 电子报批体系

5.2.1 实施意义

大多县域城市信息化建设开展较大城市缓慢，而中西部县域城市又较之东部地区落后，因此传统的审批工作一般是对规划建筑设计单位送来的纸质规划图进行审批，然后借助计算器、直尺、分规和铅笔等工具对规划图纸核算主要经济指标、评估分析规划方案，再经领导审定。所以，随着城市经济的快速发展，有关审批部门的手工工作方式日益显现出缺陷，越来越不适应时代发展的需要。尚存在以下缺陷（章意锋，2007)。

(1) 计算精度差。

在传统的审批工作中，采用简单、原始的计算工具，对面积量算、容积率、绿地率等经济指标的核算。工作人员用直尺或分规测量每个实体的长、宽值，在利用几何图形的面积公式来求得面积，再根据面积来求其他参数值。纸张图经常使用被磨损，或者是因受潮图纸变形等原因使得测量数据有偏差；另一方面工作人员的工作态度认真与否也是数据有偏差的重要原因，从而使得审批数据精度差。有偏差的数据就会影响规划方案的评价与评估，就会影响领导的决策支持，从而影响送审单位的经济利益。

(2) 审批周期长、劳动强度大、工作效率低。

由于传统的审批方式采用手工的方法对规划图纸的所有相关数据一一核对，一张规划图空间或非空间数据的信息量很大，核算工作量也极大，不符设计要求者退回原送审单位，经修正后再审核。如此反复，最后经领导签字认可。在完成审批的过程中，审批周期长、劳动强度大、工作效率低。

(3) 规划图纸不易保存，现势性差。

传统规划中采用的是纸制图，纸制图有易磨损、易受潮、易变形等特点，给审批工作带来极大不便，加大工作量和审核难度，而且给规划图纸的保存，数据的更新带来难度。由于城市处于不断发展和建设之中，原有的城市规模与布局有可能不适应现有的经济发展体制，不适应城市发展的需要。为了建立一个适应时代发展的现代化城市，必须对现有城市的规模与格局进行改造，如老城的扩建、新城的开发；老路的改造、新路的铺设、管道的改扩，等等。这些变化不能及时反映到规划图纸中，这样就会影响领导的决策支持。

(4) 数据规范性差。

目前规划行业尚缺乏明确规范的行业标准，虽然国家制定了相关规范，但在各地具体的操作过程中往往没有按照国家规范标准执行。在地方保护下，各自采用地方规范标准。而且在操作过程中采用的工作方式是手工登图、展绘综合管线图和填写文档，所以常常因为经办人员的管理习惯和做法不同，造成数据格式不规范统一，影响查阅和使用。近几年，虽然许多建设设计单位送审的是电子版设计方案。即使这样，没有统一的制图标准，不同设计人员的工作习惯不同，使得设计方案的制图标准不统一、统计的经济指标不统一、专业术语不统一等。这样给审批工作人员带来很大的难度。

此外，在传统审批方式中，虚报经济指标时有发生。在市场经济环境下，开发商为了追求最大经济利益，利用缺乏明确规范的行业标准而造成的术语名称的混乱及指标计算的模糊之虚挡，乘机虚报经济指标，这给规划审批核实带来很大难度，也难以保证审核工作的透明度。

因此，建立良好高效的电子报批体系不仅是县域城乡规划信息化管理体系的核心内容，也是势在必行的重中之重的建设项目。开展规划电子报批，要求审批依据标准规范，审批过程高效准确，以使城乡规划管理的公平、公正和公开原则得到很好的体现。随着以计算机技术为核心的综合技术的发展，以城乡规划信息技术为基础的城乡规划电子报批系统将向集成化、网络化、多媒体化、智能化和直接面向决策方面发展（李时锦，2007）。所以说，在县域城市实现城乡规划电子报批系统的意义是深远的，相比大城市而言具有更大的战略意义。

(1) 电子报批可以提高工作效率。

规划审批是规划局业务科室中日常工作量较大的工作，经济指标的核算是规划审批工作的一项主要任务，使用电子报批后直接利用计算机对图形文件中的图形要素进行计算处理，将极大提高审批工作效率、减轻工作压力、缩短工作周期，可使业务人员将精力用于更具价值的定性因素审查上。这有利于塑造规划部门良好的社会形象，获得巨大的社会效益。

(2) 电子报批有利于低成本地建立规划图形库。

规划成果建库对于规划管理至关重要，而经过电子报批处理过的文件标准规范较易实现自动化的图形要素入库。规划图形库的数据源是设计单位，而现阶段设计的电子版规划图，由于制图习惯和表达方式不一致，图形文件不规范，不能直接作为规划图形库的数据源。电子报批要求设计单位应提交符合规定的技术规范标准的电子版文件，审批时再次进行验证保证数据的可靠性，审批通过的图形文件就达到了规划图形库的规范要求，就可以直接进入数据库。这实质上是将规划成果建库的工作从规划信息部门前移至规划设计部门。电子报批使图形建库的前期工作在设计单位完成，从而大大降低了建库成本，促进规划图形库的完善，使之最终成为动态的规划图形库。

(3) 电子报批保证了数据源的可靠性。

电子报批要求提交的图形文件必须符合规定的精度、比例、制图规范和相应属性，并通过一套严密的指标计算体系保证了规划指标的准确度，由此，有效保证了规划图形信息数据源的可靠性。

(4) 电子报批有利于规范设计单位的工作方式，提高设计成果的科学性和实用性。

电子报批要求设计单位按照规范设计并进行图形归整，并且使用规定的技术术语、符号库、图形设计模板和指标核算体系，这种规范化要求促进了设计单位形成规范化设计的工作方式。设计部门、建设单位、规划内部各业务处室、测绘部门之间对规范理解的差异变得一目了然，统一认识有了基础。规划标准的统一不仅降低了设计工作的劳动强度，而且有助于提升规划成果交流性能及实用价值，有效提高了成果的科学性和实用性。

(5) 有效地体现出全过程数字规划支持的理念（戴逢和陈顺清，1998）。

规划电子报批技术，不仅仅是规划管理方法上的一次创新，同时也是将城乡规划设计、城乡规划管理审批及城乡规划信息建库三个环节衔接起来，实现规划管理全过程的数字规划支持理念初显雏形。

电子报批作为一项新生事物，是对传统审批方式的改革，没有现成的模式可以套用。到目前为止，国家也没有在城乡规划管理中实施电子报批的强制性要求及相应的技术标准。因此，要在城乡规划管理中特别是县域城乡规划管理中实施，必须对困难有充分的估计，这种困难主要体现在以下三个方面。

(1) 技术标准的难度。

如前面所述，要将规划设计电子成果的图形及文件的深度标准、格式标准及指标计算方法等统一起来是一件很困难的事情。因为这涉及广大规划设计单位的工作方法及运用软件的变更，会导致工作量的增加和设计过程的复杂化。

(2) 技术开发的难度。

在开发城乡规划管理电子报批系统的过程中，一般会遇到操作简便与信息全面、灵活处理与审批漏洞、计算正确与运行可靠这两对矛盾，而要两全其美地解决上述矛盾，显然是比较困难的。

(3) 行政推广的难度。

由于在城乡规划管理中实施电子报批会影响开发商的经济利益，他们可能会采取抵制的态度；由于电子报批对规划设计电子成果的高标准要求会给规划设计单位增加工作难度，他们可能会采取消极的态度；由于要改变习惯的工作方式，在使用的初期，电子报批的使用者规划管理人员也可能会有抵触情绪。

尽管如此，对于大多数县域城市而言，目前电子报批是一种比较先进的规划管理审批模式，根据推进电子政务的客观要求，电子报批将传统报批使用的纸介质转变为电子介质，依据一套规划指标计算技术标准以及规划管理流程，实现计算机核查经济指标等辅助审批功能。采取电子（磁盘）报批审批制度后，管理人员可借助先进的计算机技术，掌握更全面的信息资料，提高方案审核的深度，进一步提高规划管理的审查质量，规划审批的公开透明性，为城市建设把好规划管理关。同时，“电子报批”还是城乡规划管理信息系统的图形数据采集和更新途径，通过严谨的质量检测和数据转换实现图形数据从CAD格式向GIS格式的自动转换，从而建立了设计—审批—建库一体化的规划成果信息库动态更新机制。所以，电子报批是解决这一烦琐工作和保证精度、提高规划管理的公正性、严密性和科学性的很好办法，同时是城乡规划信息系统实现自动储存、归档和信息动态更新的重要途径。

5.2.2　电子报批流程

本小节通过列举增城市城乡规划局的三个业务案例，分析电子报批体系的基本流程。

案例一：

在报建方面，建筑工程电子报批审查工作流程可以分为收案、面积核算和结案三个方面。

1. 收案

1）操作软件

电子报批管理系统。

2）受理方式

通过信息中心前台直接受理。

3）收审资料

经过电子报批管理系统规整后的电子报批文件、报建蓝图一套。

4）工作流程

工作流程如图 5.1 所示。

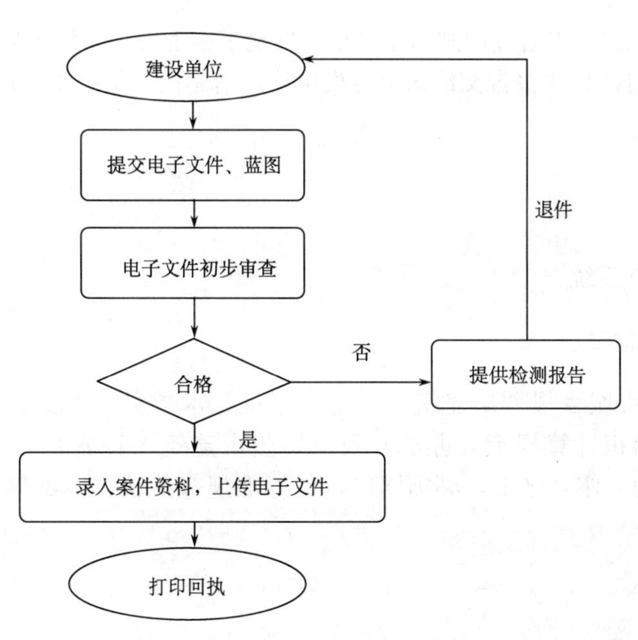

图 5.1　收案工作流程图

5）操作细则

A. 电子文件检测（通过人机交互方式）

（1）检查电子文件的数学基础的正确性。

第一步：检查图形绘图计量单位的正确性（以毫米为单位）。

第二步：检查图形坐标的正确性，有两个以下方面。①判断是否采用8位数西安坐标（增城市城乡规划局采用1980年西安坐标系）。②检查用地边线和规划道路中心线关键点绘制位置与该点标注坐标值的一致性。最少检测3个坐标点。如果不一致，可尝试找三个有标注坐标值的点按所标注的坐标值移动整个电子文件的所有要素，然后再检测其他坐标点的位置是否准确。凡是不以毫米为单位的、非采用规定坐标系的、所标注的坐标值少于3点的、移动后仍检测不正确的，则本项为不合格。

（2）图形检测。目的是检查报批的电子文件是否符合技术指引规范要求，检测项目分为：图形检测、重合检测、关联检测和标注检测四个部分。

采用程序自动检测全图，如无错误，图形检测对话框表中显示为没有检测到错误；如有错误，列表中显示，则本项为不合格。

（3）指标检测。检测总平面是否赋有当期建设用地、建筑基底和绿地等属性，如无赋值，则本项为不合格。

B. 检查结果处理

（1）以上各项检查全通过为合格。请建设单位填写“面积核算申请表”立案。前台在“报批管理系统”录入表单上的案件相关信息，并上传在电子报批管理系统提交合格的电子文件，文件命名格式为：日期＋流水号 .dwg。最后，打印回执盖章交给送审建设单位。

（2）以上检查如有未通过的则为不合格。按电子报批管理系统规定的统一格式，将错误逐一列出，打印检测报告交给送审建设单位，请建设单位按要求修改错误。

2. 面积核算

1）操作软件

电子报批管理系统。

2）检查技术标准

按照《广州市城乡规划局建筑工程电子报批技术指引》（报建）、《广州市实施〈建筑工程建筑面积计算规范〉办法》及《广州市建筑工程容积率计算办法》执行（增城市是广州的一座县级市，必须同广州的标准规范接轨，本案例以下简称“广州标准”）。

3）工作流程

如图5.2所示。

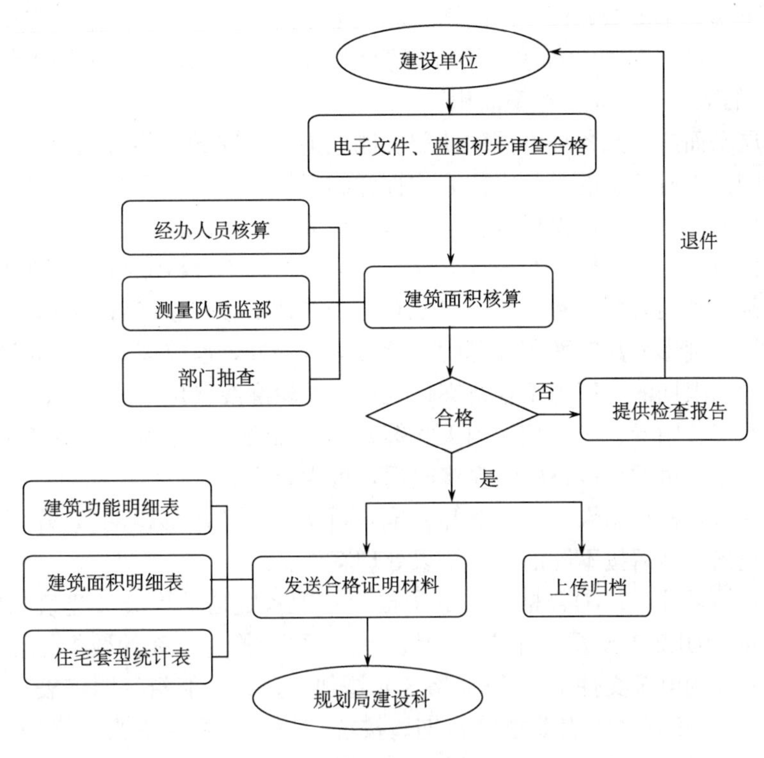

图 5.2　面积核算工作流程图

4）操作细则

（1）运行电子报批管理系统，打开待核算案的电子文件。

（2）图形检测。通过电子报批管理系统的图形检测功能自动检查出图形和属性上的逻辑错误。

（3）报建图与电子文件一致性审查。对照报建图和电子文件，核查各分层平面图和总平面图建筑轮廓、使用功能的一致性、建筑轮廓线尺寸标注的正确性和一致性与总平面图用地红线的坐标准确和一致性。如果电子文件与报建图不一致（如尺寸标注、分层平面外轮廓和功能），影响到面积计算，应通知送审单位在限定的日期内作出修正（该时间不记入工作限期），如送审单位无法在限期内完成，应按统一格式出具结论为不合格的检测报告一份，在测量管理系统上增加复文文档，填写办案情况，出具初步结论，将所有资料用卷宗装好交给复核人员。

（4）详细核查电子文件中经济技术指标。通过电子报批管理系统的属性统计功能，系统自动统计生成各项指标数据，分别为：建筑功能明细表、建筑面积明细表及住宅套型统计表（如果案件中有住宅面积，需计算住宅套型统计表）。检查系统统计的指标数据与报建材料中的指标数据是否一致；检查面积汇总中各项面积与总面积是否平衡；检查案件信息表中数据是否完整，是否符合逻辑。

按照“广州标准”对照报建图的平面、立面和剖面将建筑物由下而上逐项检查。对各分层平面图的各项属性赋值一一核查。每项数据，包括备注都必须仔细检查。

对于地下层，主要核算停车库的面积和机动车车位数，机械停车库应在图纸上标明具体车位数。除停车库和设备用房不计算容积率面积外，有使用功能的范围应有相关“功能分区”的赋值，计算容积率面积。

地上各层平面应注意各种不同的使用功能应纳入不同的功能分区计算面积。“公建配套”应查阅是否有相关的批文（如修建性详细规划复函、建筑设计方案复函）。

电子文件的属性赋值错误比较多，应退案，为不合格。

电子文件符合“广州标准”的计算标准，为合格。不合格原则：①图纸与电子文件的核对，原则要求两者要一致。如果出现有小于三处不影响建筑面积的不一致，可以忽略不计。如果出现影响建筑面积计算的，就算只有一处，也应该通知送审单位，并在限期内改正，超出限期的，视为不合格案件处理。②轮廓线（包括分层平面、停车库、功能分区、架空层、阳台、半面积、内天井等）不正确的，应作为不合格案件退回送审单位。经办人对于少量的可修正的错误修改后，可为合格。

（5）自我检查核算结果。全部核算完毕，再次进行“图形检测”，确保电子文件的技术性指标正确。然后按不同的核算结果处理案件。

（6）检查结果处理。①合格：由电子报批管理系统自动生成《建筑功能指标明细表》、《建筑面积明细表》及《住宅套型统计表》再次检查三表的数据是否正确符合逻辑。并在已核算的电子文件上（CAD 格式）增加《建筑功能指标明细表》、《建筑面积明细表》，并注明核算结果表及核算日期。按统一格式出具结论为合格的《检测报告》一份。《建筑功能指标明细表》及《建筑面积明细表》、《住宅套型统计表》打印一式两份。填写经办过程记录。在“案件流转情况登记表”详细记录核算工作情况，经办人对电子文件存在的一些错误和修正情况、出现的问题和解决方法、最后的结论等。在报批管理系统上增加《建筑功能指标明细表》、《住宅套型统计表》和《检测报告》的复文文档，填写核算总面积和核算容积率面积。② 不合格：应按统一格式出具结论为不合格的检测报告一份。填写办案情况，作出初步结论，将所有资料用卷宗装好，交给复核人员。

（7）结果复核

采用质监部复核和部门抽查两种方式。质监部复核由部门指定人员全面检查经办人核算的结果。复核率要求为 100%。部门抽查（部分案件根据需要进行部门抽查）是案件复核后部门抽查人根据需要对部分抽查要求，小组复核把指定的案件转交抽查人，部门抽查人的复核过程和小组复核人基本相似。复查发现错误，退回经办人处理；如无错误则继续完成以后的工作部门抽查率要求达 30%。

3. 结案

经办人将核算合格案件的所有核算资料装订完成后提交部门负责人，部门负责人检查核算资料的完整性等，并签字同意发案（图 5.3）。结案后，案件的资料和放线册统一由信息中心直接送规划局建设科。

从案例一分析可知：电子报批体系的建设不是做几个系统，把点、线和面进行简单地处理就完成了，而是渗透到规划管理业务方方面面，与业务人员、报批人员的使用紧密结合的复杂工程。

验线成果文档

封面 | 表一 | 附表一 | 附表二 | 附表三 | 附表四 | 附表五

附表二：灰线放线测量成果表

验测点号	距离（cm）	横坐标X	纵坐标Y	备注
25/V		997865.559	399275.016	
	13.005			
24/P		997853.941	399280.861	
	6.685			
23/K		997848.635	399284.928	
	25.146			
24/F		997828.242	399299.640	
	9.679			
25/C		997820.890	399305.936	
	14.549			
25/0A		997810.924	399316.535	
	14.550			
10/0A		997799.356	399325.361	
	15.898			
1/F		997790.390	399312.233	
	30.109			
2/K		997806.221	399286.622	
	9.681			
3/N		997814.283	399281.262	
	25.284			
3/V		997835.859	399268.081	
	19.421			

测量员 潘洁高

检查员

审核员

增城市金站城市建设测量队 签章

年 月 日

确定 取消 应用(A) 帮助

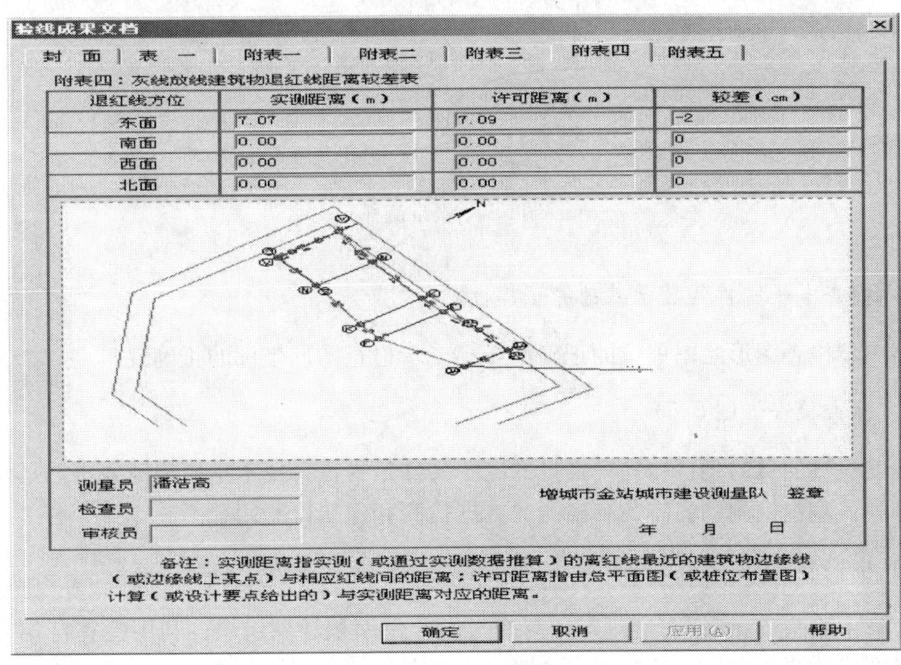

验线成果文档

封面 | 表一 | 附表一 | 附表二 | 附表三 | 附表四 | 附表五

附表四：灰线放线建筑物退红线距离较差表

退红线方位	实测距离（m）	许可距离（m）	较差（cm）
东面	7.07	7.09	-2
南面	0.00	0.00	0
西面	0.00	0.00	0
北面	0.00	0.00	0

测量员 潘洁高

检查员

审核员

增城市金站城市建设测量队 签章

年 月 日

备注：实测距离指实测（或通过实测数据推算）的离红线最近的建筑物边缘线（或边缘线上某点）与相应红线间的距离；许可距离指由总平面图（或桩位布置图）计算（或设计要点给出的）与实测距离对应的距离。

确定 取消 应用(A) 帮助

图 5.3　结果复核

案例二：

修建性详细规划电子报批管理要求建设单位在电子图上标出各类用地范围，并设定相关属性、生成《用地平衡表》、《建筑明细表》和《综合技术经济指标表》等表格，为业务人员的审批工作提供准确量化的数据。通过电子报批管理系统，对建设单位提供的修建性详细规划设计方案进行检查，检查设计方案图形是否符合电子报批制图规范。

该业务能够进行方案初始化、属性输入、配套设施符号库、标注及图层管理等处理。

（1）主要功能：方案初始化、属性输入、配套设施符号库、标注及图层管理。

（2）测量队初审工作流程如图 5.4 所示。

（3）电子文件检测（通过人机交互方式）

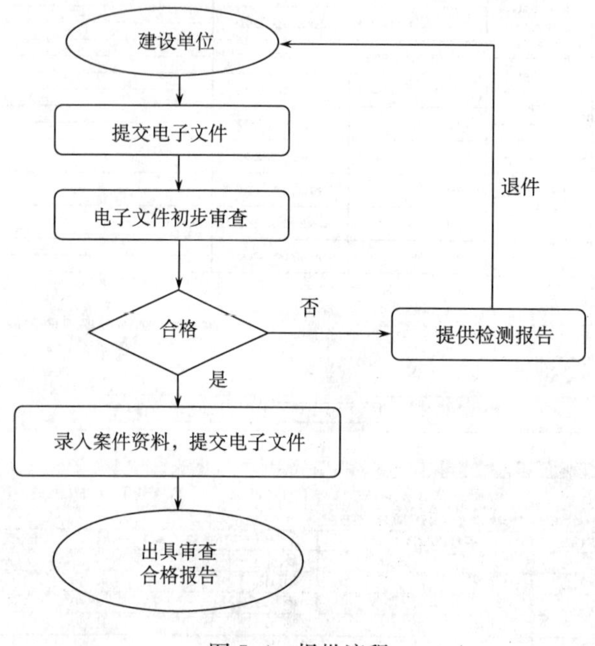

图 5.4　报批流程

1）检查电子文件的数学基础的正确性

第一步检查图形绘图单位的正确性，第二步检查图形坐标的正确性。

2）标准检查（图 5.5）

标准检测的目的是自动检查报批的电子文件是否符合技术指引规范要求，具体检测项目分为：基本检测、实体关系检测、数据检测和建筑检测四项。

3）检查自相交

为防止绘制 Pline 线时出现对象自交叉而导致面积计算错误，利用检查自相交功能对图形进行检测并定位交叉存在的位置。显示有自相交的情况少于三个的，修正；多于三个的即本项不合格。

4）技术经济指标检查

技术经济指标包括综合技术经济指标、用地平衡表、建筑面积汇总表、绿地指标表、配套设施统计表、停车场统计表、建筑明细表、停车场库明细表等指标。如果电子文件中各指标表没有数据，为不合格案件。如果设计要点里的指标（如公建配套和绿地率等）在电子文件中没有数据，本项为不合格案件。

5）检查结果处理

（1）以上检查各项通过为合格，出具报告。

（2）以上检查如有未通过项的为不合格，生成检测结果表，请建设单位按要求修改错误。

6）收录电子文件

经办人员将审查合格的电子文件上传到规划管理应用平台（详见第 6 章），局里科室可在系统中调用文件。

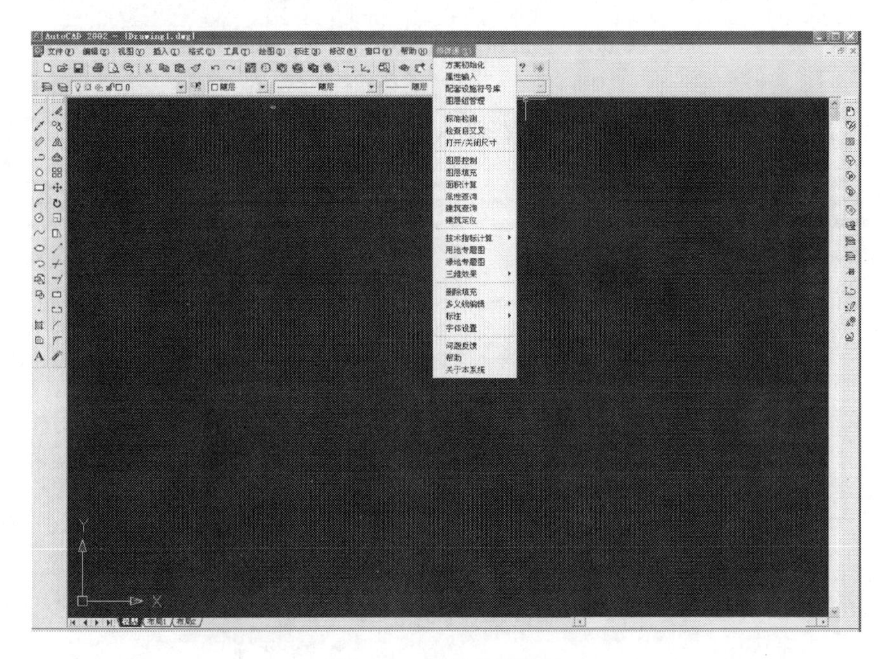

图 5.5　电子文件检查

案例三：

案例三从规划建设业务报批流程来分析。根据受理的各项业务，按不同的用地性质分三大类，主要流程如下。

1. 一般建设工程申报环节

建筑项目的建设需要经过一系列的报批才能最终完成，一般的建设项目都需要取得规划管理部门的“一书三证”，这个过程中涉及用地管理环节、规划管理环节、建设工程管理环节和批后管理环节四个不同阶段（图 5.6）。可以根据“急用先行”的原则，在某一阶段中实现报批信息化，更进一步也可以从报建开始到竣工验收阶段引入电子报批系统，从而实现全过程的县域城市电子报批体系。

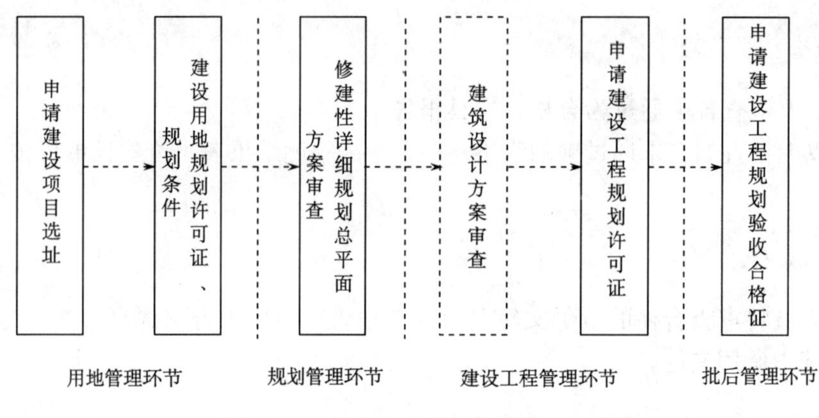

图 5.6　一般建设工程申报环节流程图

2. 道路交通工程申报环节及流程（图 5.7）

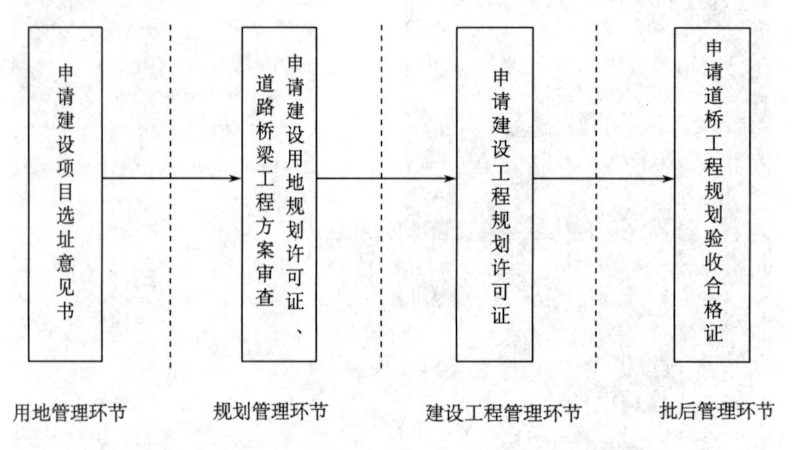

图 5.7　道路交通工程申报环节流程图

3. 市政管线工程申报环节及流程（图 5.8）

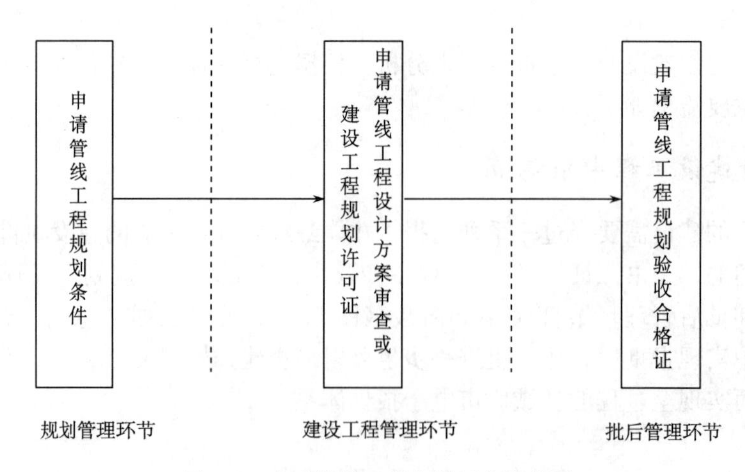

图 5.8　市政管线工程申报环节流程图

通过对业务流程进行分类，实现有序化、标准化，是实现真正意义的县域城市电子报批体系的必要条件。脱离流程进行电子报批体系建设，其最终结果是形成几个孤立的、空洞的子系统。紧紧围绕规划业务进行规划信息化管理体系建设，才能使各个模块有机结合，打成一片，实现为规划管理服务的目的。

5.2.3 方案设计审批内容

实现电子报批必须首先进行规划设计与管理的规范化，了解有关城乡规划设计成果内容、深度技术指导或指南。为此，规划部门应制定一套技术要求、主要经济指标和用地平衡表，为规划内容的深度、层、属性、符号表达和公共服务设施一览表，各类电子成果图的表现提供了依据。深度及技术要求等都做出详细规定，从而为电子报批的技术实现提供依据（唐浩宇，2005）。下面将针对电子报批系统来阐述几点标准内容（表 5.1）。

表 5.1 业务类别与图纸种类

<table>
<tr><th>业务类别</th><th colspan="3">图纸种类</th><th>备注</th></tr>
<tr><td>用地类</td><td>实测现状地形图</td><td colspan="2"></td><td></td></tr>
<tr><td rowspan="22">规划类</td><td>1. 现状地形图</td><td colspan="2"></td><td>适用于除镇总体规划外的所有规划类业务</td></tr>
<tr><td rowspan="17">2. 镇总体规划图</td><td colspan="2">镇域现状地形图</td><td>适用于申请镇总体规划条件业务</td></tr>
<tr><td rowspan="8">镇域规划图</td><td>规划位置图</td><td rowspan="16">适用于镇总体规划审查、审批业务</td></tr>
<tr><td>镇域土地利用现状图</td></tr>
<tr><td>镇域村镇体系规划图</td></tr>
<tr><td>镇域土地利用规划图</td></tr>
<tr><td>镇域各工程管线规划图</td></tr>
<tr><td>镇域道路系统规划图</td></tr>
<tr><td>镇域绿化系统规划图</td></tr>
<tr><td>镇域农田水系规划图</td></tr>
<tr><td rowspan="8">镇区规划图</td><td>规划位置图</td></tr>
<tr><td>镇区土地利用现状图</td></tr>
<tr><td>镇区土地利用规划图</td></tr>
<tr><td>镇区道路系统规划图</td></tr>
<tr><td>镇区各工程管线规划图</td></tr>
<tr><td>镇区绿化系统规划图</td></tr>
<tr><td>镇区建设用地地块划分编码图</td></tr>
<tr><td>竖向规划图</td></tr>
<tr><td rowspan="4">3. 控制性详细规划</td><td colspan="2">规划位置图</td><td rowspan="4"></td></tr>
<tr><td colspan="2">土地现状图</td></tr>
<tr><td colspan="2">土地使用规划图</td></tr>
<tr><td colspan="2">地块划分编号图</td></tr>
</table>

续表

业务类别	图纸种类		备注
规划类	3. 控制性详细规划	各地块控制性详细规划图	
		各项工程管线规划图	
		道路交通规划图	
	4. 修建性详细规划图（规划设计蓝图“两图”及总平面规划彩图）	规划位置图	修建性详细规划，房地产项目需提供停车配置图
		总平面规划图（绘制在现状地形图上）	
		道路交通规划图（绘制在现状地形图上）	
		竖向规划图（绘制在现状地形图上）	
	5. 绘制在现状地形图上的总平面图		
	6. 绘制在现状地形图上的规划道路图		管线工程
	7. 管线综合规划图	规划位置图	
		工程管线综合规划图	
		电力电信工程规划图	
		给水燃气系统规划图	
		雨水污水系统规划图	
		规划说明书	
建设类	1. 现状地形图		
	2. 绘制在现状地形图上的总平面图		建设工程
	3. 建筑方案设计图	平面图	
		立体图	
		剖面图	
	4. 建筑施工设计图	平面图	
		立体图	
		剖面图	
	5. 管线工程设计方案图	平面图	管线工程
		横断面图	
	6. 管线工程施工设计图	平面图	
		横断面图	
		纵断面图	
		关键节点大样图	
	7. 道路交通工程方案设计图	设计说明	道路交通工程
		总平面图	
		平面设计图	
		纵断面设计图	
		横断面设计图	
	8. 道路交通工程施工设计图	设计说明	
		总平面图	
		平面设计图	

续表

<table>
<tr><th>业务类别</th><th colspan="2">图纸种类</th><th>备注</th></tr>
<tr><td rowspan="5">建设类</td><td rowspan="2">8. 道路交通工程施工设计图</td><td>纵断面设计图</td><td rowspan="2">道路交通工程</td></tr>
<tr><td>横断面设计图</td></tr>
<tr><td>9. 绘制在现状地形图上的总平面图</td><td></td><td rowspan="3">城市雕塑与纪念碑工程</td></tr>
<tr><td rowspan="2">10. 城市雕塑与纪念碑方案设计图</td><td>平面图</td></tr>
<tr><td>立体图</td></tr>
<tr><td rowspan="2">规划验收类</td><td>1. 工程竣工图</td><td></td><td></td></tr>
<tr><td>2.《增城市建设工程放线测量记录册》、《增城市建设工程规划验收测量记录册》</td><td></td><td></td></tr>
<tr><td rowspan="3">违法建设查处类</td><td>1. 绘制在现状地形图上的违法建设总平面图</td><td></td><td></td></tr>
<tr><td>2. 现场施工图</td><td></td><td></td></tr>
<tr><td>3. 工程竣工图</td><td></td><td></td></tr>
</table>

（1）表格要求。报批要求处理的图表种类有：综合技术经济指标表、分期用地经济指标表、公建配套设施列表、建筑列表、停车场一览表和绿化指标表等表格。不同项目要求的表格数量略有不同，需要注意的是图面表格、送交材料上的图表以及报批指标计算的表格在数值上要求一致，即不能拥有两套及两套以上的数据。

（2）图形数据的分类与编码。电子报批要求设计单位提交的图形数据文件必须符合规定的精度、比例、制图规范和相应属性，并通过一套严密的指标计算体系保证规划指标的准确度，使规划图形信息数据源的可靠度得到保障。

（3）绘图标准。电子文件格式要求采用 AutoCAD R14 以上版本的 dwg 文件。各类不同性质的用地（需要成面的线）分别放在相应图层，各地块均要自封闭。各类界线必须使用 Pline 绘制，并且封闭、无交叉、重复现象。各类界线必须在一个电子文件中。

在设计建筑规划图时，总平面图与分层平面图必须位于一个电子文件中。图中要求保留建筑轮廓线、墙线、楼梯、电梯、文字说明、建筑轴线和建筑尺寸标注，其他图形可酌情删除，以减少文件量，尽量控制单个文件总量小于 8Mb。

在分层平面图中要妥善处理配套公建设置范围、停车库、内天井（计算建筑各类面积时扣除中空的部分）、阳台（露台不需绘制）和架空层（轮廓线为柱外包线，计算面积时将自动从架空面积中扣除）。

绘制的各轮廓线的图层应按统一标准设置，图层名采取轮廓线建筑类型的中文名称，线型统一采用 CONTINUOUS，图层颜色亦依照实际应用情况加以确定。

追加城乡规划属性数据时，具体要求如下。

（1）为能够自动统计经济技术指标，统一查询各项图形信息，建立统一的建筑管理信息库，绘制的各轮廓线必须附加相应的属性数据。输入的数据必须保证真实、完整，严禁随意输入、弄虚作假。

（2）对于具有完全相同属性内容的同类型轮廓线，不允许重叠和交叉。每栋建筑

（包括裙房、各塔楼等）为一个编号，当多栋相互独立的建筑需要分别统计经济技术指标时，才定义为多个编号。

各类数据库或数据子库的数据，应根据具体情况和用户需求，采用分层的办法存放。分层存放有利于数据管理和对数据的多途径快速检索与分析。数据分层的原则为：

（1）同一类数据放在同层；

（2）相互关系密切的数据尽可能放在同层；

（3）用户使用频率高的数据放在主要层，否则，放在次要层；

（4）某些为显示绘图或控制地名注记位置的辅助点、线或面的数据，应放在辅助层；

（5）基础信息数据的分层较细，各种专题信息数据则一般放在单独的一层或较少的几层中。

基于上述原则，制定出统一的数据分层方案，规定统一的层名、层号和数据内容等。根据城乡规划设计人员的工作习惯和城市用地分类，对电子版规划图的 AutoCAD 图层和颜色进行设置。

另外，以总体规划或分区规划为依据，详细规定建设用地的各项控制性指标和其他规划管理要求，强化规划的控制功能，并指导修建性详细规划的编制。控制性详细规划的内容有以下六点。

（1）确定规划范围内各类不同使用性质用地的面积与用地界线，规定各类用地内适建、不适建或者有条件地允许建设的建设类型。用地控制指标包括：用地性质、用地面积、土地与建筑使用相容性。

（2）规定各地块土地使用、建筑容量、建筑形态、交通、配套设施及其他控制要求等控制指标。建筑形态控制指标包括：建筑高度、建筑间距、建筑后退红线距离、沿路建筑高度和相邻地段的建筑规定。交通控制内容包括：交通出入口方位和停车位。配套设施体制包括：生活服务设施布置，市政公用设施，交通设施（包括道路红线、坐标、标高、断面及交通设施的分布与面积等）和管理要求。

（3）确定各级支路的红线位置、控制点坐标和标高。

（4）规划绿地的位置、范围。

（5）根据规划容量，确定工程管线的走向、管径和工程设施的用地界线。环境容量控制指标包括：容积率、建筑密度、绿地率和人口容量。

（6）制定相应的土地使用及建筑管理规定。

修建性详细规划的内容详见 5.2.4 节。

5.2.4 修建性详细规划动态更新

随着城市化进程的加速，政府对城市建设功能布局的合理性、居住环境的改善、城市的可持续发展等问题日益重视。经过机构改革，城乡规划管理部门的人员有了一定程度的精简。工作任务重了，人员却少了，如何解决繁重的工作任务与有限的办事人员之间的矛盾，唯一可行的办法就是进一步提高工作效率。但从现实情况看，传统的手工作业的审批方式显然已经成为效率的瓶颈。为突破这一瓶颈，如何对修建性详细规划进行有效的动态更新，成为电子报批工作面临的新课题。下面从修建性详细规划电子报批系统内容入手分析，并以增城市城乡规划局所取得的阶段性成果为例，抛砖引玉，以供参考。

一般来讲，实行修建性详细规划电子报批系统的方案设计审批内容有以下七个方面。

1. 建设性质

审查项目的建设性质是否与规划设计条件及上一层次规划相符，如不符，可退回修改。

2. 建设规模

核实项目的建设规模是否与建设计划相符，并根据项目的用地边界，由计算机自动计算建设项目的用地规模，根据统一图例由计算机自动计算项目的建设规模，并与建设单位所提供的数据相对照。如不符，可退回修改。住宅项目还须核实项目的人口规模。

3. 主要技术经济指标

根据标准图例，由计算机自动计算建设项目的各项主要经济技术指标：建筑密度、容积率、绿地率及人均集中绿地面积（居住）。如为高层建筑，须明确建筑高度，并与规划设计条件及建设单位提供的有关数据相对照，如有出入，可退回修改。

4. 总平面布置

（1）功能布局：根据项目自身特点，审查其功能设置是否齐全，功能布局是否合理，结构是否清晰。

（2）道路交通：审查其出入的数量、位置、大小是否符合规划设计条件，内部交通组织是否合理顺畅，道路宽度、转弯半径是否符合有关规范，机动车、自行车停车泊位是否按照有关规定配置。消防登高场地是否按有关要求设置。

（3）绿化布置：审查总图的绿地分布是否合理，绿地系统是否形成，各级别的集中绿地面积是否达到有关规范的相应要求。

（4）日照间距：主要审查住宅项目的日照间距，即高层及多层住宅的日照间距是否符合本市现行有关规定。

（5）红线后退：审查沿规划控制线（道路红线、绿带边线和用地边界等）布置的建筑，其后退距离是否符合规划设计条件。

（6）场地标高：审查项目的室外场地标高是否明确，其标高的确定是否与现状地形标高、周围规划道路标高、周围已建单位标高、周围河道常水位等相衔接，是否会造成低洼积水。

（7）其他：除上述审查内容外，还需审查项目总平面布置，是否符合消防、防疫和环保等专业部门要求。

5. 公建配套

对于住宅项目，需审查其公建配套设置情况。

（1）审查各类公建配套设施及市政公用设施的设置项目是否齐全，有否漏项。

（2）审查各类公建配套设施及市政公用设施的数量是否足够，规模是否合理，配置指标是否符合有关规定。

（3）审查各类公建配套设施及市政公用设施的位置是否落实，分布是否合理，与周围环境是否有矛盾。

6. 单体设计

（1）平面设计：审查各单体建筑的内部功能设置是否齐全，平面布置是否合理，是否符合消防、防疫、环保等有关专业部门的要求。

（2）立面设计：审查各单体建筑的立面设计是否美观，与周围建筑是否协调，屋顶设计是否符合本市有关要求。

（3）城市设计要求：根据各单体建筑所处的景观节点设置，审查建筑的风格、造型、体量、色彩等是否符合城市设计对建筑单体的空间景观要求，是否丰富、美化了城市空间景观。

7. 市政

（1）管网布置：审查各类管线的功能设置是否齐全，管线布置是否合理，管线间距是否符合有关规定，是否占压道路红线、绿化用地。

（2）给水：审查给水量的估算是否正确，供水方式是否合理，给水管径是否足够，水源是否落实，是否需设水箱，是否需加压。

（3）排水：审查排水体制是否合理，污水量、雨水量估算是否正确，管径设计是否足够，排出点的数量、位置是否明确，标高是否合理。

（4）电力：审查电源是否落实，负荷估算是否正确，布线方式、线路走向是否合理，是否符合有关专业要求。

（5）电信：审查其接线方向是否明确，容量估算是否正确，是否留有必要余地，布线方式、线路布置是否合理，是否符合有关专业要求。

过去在进行城市总体规划、控制性详细规划时，因为修建性详细规划数据的缺乏，未考虑已批现状。有时难免会造成城市总体规划或控制性详细规划与现状的矛盾。在修建性详细规划数据库的基础上，成果数据可在规划管理GIS系统中调用，辅助城市总体规划和控制性详细规划编制，提高规划的合法性和可执行性。因此修建性详细规划数据库必须不断得到更新，可以采用人工的办法，也可以采用计算机处理的办法。先通过介绍人工的办法，阐述更新的步骤，在此基础上再进行计算机处理。

处理步骤如下。

1）在签收表（图5.9）中签名核对，领取数据

到办公室根据签收表所列数据项核对、签名，将图纸和签收表等资料取走。

修规数据领取签收表

序号	批文号	建设单位	建设位置	项目名称	用地面积	建筑面积	签发人（办公室）	日期	签收人			
					m²	m²			GIS	日期	档案室	日期
1	[2008]44	广州市旺隆热力有限公司	新塘镇夏埔村南碱大道西侧	热力管道	总长度：557.7米							
2	【2008】7	广东电网公司广州增城供电局	新塘、朱村、荔城、小楼、派潭	输变电工程	总长度：44.4千米							

图5.9　签收表

2）整理图纸并查找、核对电子文件

资料拿回来之后，按签收表序号的顺序将图纸和办案资料排序。按照顺序查阅图纸资料，如果存在光盘，打开光盘文件并将相应电子文件与图纸核对，如果一致，则记录属性信息并保存相应的电子文件；如果没有附带光盘资料，则根据收案号或者是建设单位关键词到电子磁盘报批和电子磁盘报批已批案件服务器上搜索电子文件，搜索到电子文件后，打开并与图纸核对，如果一致，则记录属性信息并保存相应的电子文件。电子文件会出现以下情况和对该情况的处理方法：

存在电子文件，无论是从服务器中搜索到的数据还是从光盘中读取的数据，先打开电子文件，与图纸核对规划情况、收案号、建设单位和完成日期是否一致，一致则存到相应的工作文件夹中；只保存一份与图纸情况一致的数据则可以；如果电子文件与图纸情况不一致，则将具体情况记录下来，如电子文件中的总用地面积和签收表中的用地面积数据不一致等。

不存在电子文件，收集并整理不存在电子文件资料的批文号、建设单位等信息，向办案资料中所示的经办人员索要。

3）确定文件命名并提取属性信息

（1）文件以“收案号（如果电子文件的收案号与办案资料中的收案号不一致，以办案资料中收案号为准）＋建设单位＋完成日期”的方式命名，如不一致，则要重新命名；

（2）提取数据属性信息：包括①收案号；②建设单位；③规划设计单位；④图号；⑤总用地面积；⑥住宅用地面积；⑦商业用地面积；⑧原图坐标（西安、北京、独立）；⑨完成日期；⑩备注（需要备注说明的内容，如“该文件没有收案号”），如图5.10所示。

收案号	建设单位	规划设计单位	图号	总用地面积/管线长度	住宅用地面积	商业用地面积	原图坐标系	完成日期	备注
2008SD0056	广州市旺隆热力公司热力工程	增城市城市规划设	2007SZ023	总长度：557.700米	无	无	广州	2007-11-00	坐标值不是广
	广东电网公司广州增城供电局								

图5.10　数据属性提取表

4）坐标处理

（1）凡是坐标系明确且有坐标标注的，都要核对该点坐标标注与屏幕显示是否一致，不一致的要进行配准，如果一致，则进行下一步。

（2）如果是标注的西安坐标系或者是已经完成第一步配准的西安坐标系文件，可以直接提取图层。

如果是广州坐标系（增城市所采用的独立坐标系为广州坐标系）或者北京坐标系，要先进行坐标转换。广州坐标转换需要先确定该图范围。

如果是任意坐标系，按照文件中的坐标标注，完成了第一步的配准后，根据各种坐标情况进行处理。

处理过程中要注意CAD中XY坐标的方向与ArcGIS中不同。部分规划人员习惯平移CAD坐标原点显示XY坐标，会导致从CAD转出到Shapefile格式时发生错误。

5）提取图层

（1）用地红线（图层名为用地红线，红色，连续的实线）；

（2）建筑物边线图（层名为建筑边线，蓝色；根据原文件图层名称或文字标注情况，选择保留单一的建筑边线，不存在双线情况）；

（3）路中线（图层名为路中线，虚线灰色251）；

（4）路边线（图层名为路边线，实线，灰色251）；

（5）建筑层数和性质（图层名为建筑层数和性质，黑色，宋体）。一般住宅区的足球场、篮球场等设施归为路边线层，学校的足球场、篮球场等设施归为建筑边线层；停车场删除。如果修规图为管线工程，则除了需要保留道路和用地红线外，还要添加管线图层（实线，白色），文字标注图层（白色，宋体）。如果存在铁路，则需要保留铁路图层（图层名为铁路，双线，蓝色，实线）。

用地红线需要进行多段线判别。如果用地红线是多段线，则需要利用PE和join命令，将多段线合并为一条线段。若用地红线由一个大的线段和几个分区的线组成，则只对包含了最大范围的用地红线附属性，其他分区线段不赋属性；若用地红线由有多个线段连接构成，则所有组构规划范围的线段都附属性。同时用地红线需要进行闭合判别。查看用地红线的特性中，是否为“封闭”，如果不是，则需要将它改为“是”。

6）赋属性

7）合并DWG和SHP成果图

将处理完的CAD和shapefile文件成果图分别合并为同一个文件，因为导出shapefile文件的时候，管线数据以线的形式导出，而其他建设数据以用地红线的面导出，所以在合并文件的时候要将线的shapefile文件和面的shapefile文件分开合并。否则，在利用merge工具合并文件导出时，会出现错误信息。

在这个基础上，进一步则可采用计算机处理的办法进行更新。目前较成熟的有Oracle＋ AutoCAD Map＋ ObjectARX ＋ Microsoft Visual C＋＋的技术路线绘图模块的研发。其中 AutoDesk 的 ObjectARX 功能强大、能全面应用 Windows 资源并具有源程序代码的安全性。系统后台采用 Oracle 作为数据库平台，采用 AutoCAD MAP 作为绘图模块开发平台，应用 Visual C++ 和 ObjectARX 进行开发。对现有修建性详细规划数据库中的空间、属性信息进行动态更新。并将相应的原有图形和属性保存到历史数据中。同时实现对历史数据的查看。在系统自动生成成果报告过程中，由于各属性记录均与图形相联系，所以系统可以自动填写报告中各项内容，包括属性信息和图形信息，实现了自动、批量地生成完整的成果资料，达到了保证成果数据质量的同时，又极大地提高了工作效率。技术路线如图 5.11 所示。

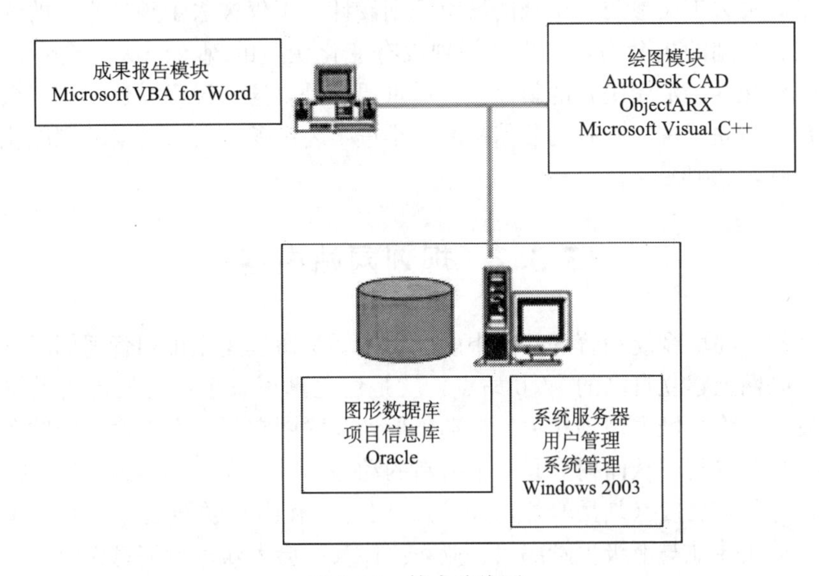

图 5.11　技术路线图

5.3　规划公示服务

5.3.1　实施意义

世界进入了网络时代，互联网（Internet）已渗透到许多领域，直至每个普通人的生活。互联网不仅仅是一种大众传播媒体，更是一种针对特定群体的媒体，一种个性化、交互式的媒体。传统的媒体如报纸、杂志、电台和电视等，其信息传播过程中均在不同程度上存在某些方面的不尽如人意的缺点，如单向地、不问需求地和按部就班地铺陈信息。不管你乐意不乐意，都只能被动地、毫无选择地接受全部的信息。与传统媒体相比，互联网具有传播范围广泛、传播时间长、表现方式灵活、信息反馈快和成本费用低等特点。互联网发展到今天，就世界范围而言，其影响已超过了任何媒体。

互联网也给我国城乡规划行业带来一个难得的发展机会。随着我国电信通信基础设施条件的基本改善和电脑技术的普及，全国许多大城市的规划部门都纷纷建立信息发布网站，如北京首都规划委员会、上海市城市规划管理局和深圳市规划和国土资源委员会等单位都建立了自己的信息发布网站，这些网站的建立标志着我国城市规划专业进入了一个新的历史发展阶段。从目前的发展状况看，互联网很快就会在我国的城市规划中扮演极其重要的角色。上网，已成为势不可挡的潮流，因此对县域城市来说，城乡规划公示服务的实施意义是非常重大的。

规划公示关系到城市建设规划的主体问题。市民才是一座城市建设规划的主体。城市建设规划的目标当然是服务于城市主人对城市未来发展的期望。但是这个显而易见的道理，在长期以来却被忽视，或者被有意歪曲，以致一座城市的建设规划沦落为一些所谓专家大师闭门造车的实验室，一人有一人的想法。作为城市主人的市民完全被撇在了一边。结果，失去市民参与、监督的城市规划设计，不仅失去了规划应有的约束力、严肃性，也失去规划的生命力，出现“规划没有变化快”的现象。从信息公开到虚心问计，规划公示探索了汇聚民智的新途径，更重要的是，这一过程搭建了与群众流畅沟通的公共平台，树立了民主施政的公信机制，推进了公民参与公共决策的制度化建设（丁建伟和钟家晖，2001）。

5.3.2 规划网站内容

互联网技术在城乡规划管理部门中的应用主要是通过建立规划管理部门的网站来实现的。在互联网上建立自己的 Web 站点，就是建立真正属于自己的传播媒体，通过网站的信息发布，将与城乡规划相关的活动延伸到互联网空间，有力地宣传城乡规划，接受市民的意见和参与，从而树立起一个崭新的动态的城乡规划部门的形象，提高城乡规划部门在社会的知名度（刘岳峰等，2001）。同时，利用互联网这一新型媒体，规划部门也可以方便快捷地与上级主管部门、业务伙伴及社会大众进行信息交流。

1. 公示内容

网站只是用来对外发布信息和提供信息服务的工具，至于发布什么信息、提供什么样的服务应根据本单位的具体情况、具体需要、网站的定位及网站所面向的目标群体的需求而定，而网站所提供的信息服务的内容和形式决定了网站的功能。按目前的说法，网站可分为两大类：一类是综合门户网站，又叫水平网站，这类网站提供类似于百科全书式的各类信息，面向社会各阶层、各行业的人士。另一类是专业网站，又叫垂直网站，这类网站针对某一领域、某一特定人群或某一特定需要而设计，内容集中而深入。追求专业性与服务深度是垂直网站的特点。显然，城乡规划专业网站属于垂直网站，主要围绕城乡规划这一专业领域来组织和提供信息服务。就城乡规划管理部门中的网站来说，需要具有下列一些基本的内容和功能。

1）部门职能介绍

如介绍规划管理部门的政府职能，机构组成、办公地址、办公电话、办事流程、办事要求和服务承诺等，这是推进规划政务公开必不可少的内容。

2）法律法规查询

法律法规查询包括各级政府部门颁布的与城乡规划、城市建设相关的各类法律、法规和规定的网上检索查询。

3）规划政策发布

发布城乡规划相关的政策、法令、政府公告、通告和文件等。

4）规划管理业务动态信息发布

规划管理业务动态信息发布包括规划管理部门受理的各项对外业务的办案结果的最新公告、情况通报和统计资料等。

5）规划成果展示

规划成果展示包括将规划的历史成果、现阶段的规划成果和正在编制的阶段性成果在网上展示，形成网上展览馆。将规划阶段性成果或规划意向在网上展示，主要是听取市民意见，以便更好地完善方案。同时，将已批准的规划方案在网上展示，可以让市民监督规划的实施。

6）招标信息

由规划部门主持的城乡规划、建筑设计等的招标信息可通过网站向全球发布。

7）行业动态信息发布

行业动态信息发布包括本地区及国内外城乡规划、建设、用地、勘测、市政、清理违章和环境整治等最新动态信息。

8）电子政务

提供网上规划报建、建筑报建、网上规划业务指导（意见反馈）、网上规划业务会议和表格下载等。电子政务是政府部门上网的高级应用，虽然这方面涉及的技术及立法等环节较多，应用还不是很成熟，但目前已有一些局部的应用，如“表格下载”可以有以下 4 种类型。

（1）用地类。

申请选址：办理《建设项目选址意见书》；

申请建设用地：新征建设用地办理《建设用地规划许可证》、历史用地补办《建设用地规划许可证》；

规划设计条件：申请或调整建设用地规划设计条件；

变更《建设用地规划许可证》：变更《建设用地规划许可证》建设用地单位名称、调整建设用地性质、调整建设用地红线、办理《建设用地规划许可证》延期和《建设用地规划许可证》遗失补办。

（2）规划类。

镇总体规划：申请镇总体规划设计条件、镇总体规划方案审查与审批；

控制性详细规划：申请控制性详细规划、专项规划、城市设计、保护规划和规划研究等设计条件，申请控制性详细规划、专项规划、城市设计、保护规划和规划研究等方案审查与审批；

修建性详细规划审批和调整：申请修建性详细规划方案审批，申请修建性详细规划方案调整、延期。

（3）建设类。

建筑工程：建筑设计方案审查、申请单位建筑工程《建设工程规划许可证》、申请村民住宅及居民自住建筑《建设工程规划许可证》、调整《建设工程规划许可证》的单位名称、调整《建设工程规划许可证》及附图；

道路交通工程：申请道路交通工程规划设计条件，申请道路交通工程设计方案审查，申请道路交通工程《建设工程规划许可证》，调整道路交通工程《建设工程规划许可证》及附图、附件，调整规划道路，申请道路交通工程规划设计条件；

管线工程：申请管线工程规划设计条件、管线工程设计方案审查、申请管线工程《建设工程规划许可证》、调整管线工程《建设工程规划许可证》及附图附件；

城市雕塑与纪念碑：城市雕塑与纪念碑设计方案审查、申请城市雕塑与纪念碑《建设工程规划许可证》、调整城市雕塑与纪念碑设计方案和调整城市雕塑与纪念碑及附图附件；

延期与补办：办理《建设工程规划许可证》延期、《建设工程规划许可证》遗失补办和违法建设查处后补办《建设工程规划许可证》。

（4）其他。

建设工程和规划验收：建筑工程规划验收、道路交通工程规划验收、管线工程规划验收和城市雕塑与纪念碑规划验收；

违法建设查处类：建筑工程违法建设查处、道路交通工程建设查处、管线工程建设查处、城市雕塑与纪念碑建设查处、申请违法建设处罚听证；

依申请公开类：依申请公开。

9）网上专业信息服务

通过会员制等形式，提供权威的规划专业数据服务，包括电子地图，人口分布信息，城市基础设施（商业、教育设施、旅游和公共交通法规）分布信息等专业信息服务。

10）业务介绍

对于规划设计单位来说，可以将企业介绍、设计业务、产品信息和服务信息等宣传资料放到网站上，随时供全球客户索取。

11）城市论坛

在网上开展与城乡规划建设相关的各种问题的讨论，收集意见，供规划决策服务。论坛可分为城乡规划、城市形象工程建设、信息技术发展对城乡规划的影响等专项论坛。为活跃论坛，可根据需要和可能设主持人。

12）网上调查

网站很重要的一个优势就是交互性，利用在网站上设置用户调查表、留言簿、讨论公告板等方式可以迅速准确地得到大量用户反馈和建议，这些应用非常有利于城乡规划部门与公众进行交流，获取市民对城乡规划的意见，让市民充分参与城乡规划。

13）网上信箱

接受市民和社会公众对规划管理部门服务工作的意见与建议和对违法建筑的投诉。

14）网上图书室

可以在网上订阅与城乡规划相关的书刊、杂志、新闻及信息，并重新整理，构成一个网上的城乡规划图书室。

15）网上档案馆

可以有选择地开放部分城乡规划文献和城市建设档案，供社会公众查询。

2. 建设方法

1）申请 IP 地址和域名

连接到互联网上的每部计算机或设备都有一个标定它位置的唯一号码，这个号码就称作 IP 地址。IP 地址是由 ISP（互联网服务提供商）提供的。每个 IP 地址由四个十进制数组成。

由于 IP 地址难以记忆，人们便为互联网建立了域名系统，域名系统采用层次性的命名方式，每个域名均包含有地理位置、机构种类、名字等信息，方便查询和记忆。域名是与 IP 地址一一对应的。例如，增城市城乡规划局对应的域名是 www. zcupb. gov. cn。域名和 IP 地址都是对互联网上的计算机或其他设备的标识。

域名分为国际域名和国内域名，国际域名由国际互联网信息中心（IRS）负责受理注册申请，而国内域名由中国互联网信息中心（CNNIC）审批和维护，用户可以自己在网上申请注册，也可以通过代理公司进行注册。

拥有域名后，就可以在网上利用一台服务器和相关软件，将需要对外发布的一些城乡规划信息存入，全球因特网用户即可以通过该域名访问这些信息。

2）建立网站运行平台

建立自己部门的独立站点，需要较大的投资，运营费用也较高。对于县域城乡规划单位或部门，如果受经济条件所限，可以选择托管在地级市服务器上。

网站要运作，还要在服务器上安装相应的操作系统（如 Windows NT），开发应用服务程序（如规划信息发布、WebGIS 应用程序等），设定各项互联网服务功能，包括 DNS 服务器及 WWW、FTP 服务设置，远程访问测试和远程 HTML 方式管理，建立数据库查询服务系统等。

3）网站框架策划与网页制作

在网站总体框架策划及内容建设方面，包括确定网站的定位、网站的类型（门户网站还是专业网站）、确定网站的目标群体（即用户对象）、栏目策划、网站的整体形象风格策划、主页及各类页面的设计与制作等。而所有这些策划与设计最终都反映在用户所看到的网页上，尤其是主页上，主页的设计与制作将直接影响到浏览访问者的兴趣，一个好的主页设计制作会吸引很多的回头客。

网页设计一般要遵循结构清楚、简洁、内容丰富、体现网站风格和美观实用等准则。

4）信息发布与维护

信息发布就是将制作完成的信息发布到互联网上，让全世界的人都可以通过网络访问到。要将制作好的网页上传到Web服务器上，可以使用专门的上传服务软件，将相应的内容上传到指定位置。需要注意的是，网站建设不是一劳永逸的事情，城市在不断地规划发展，城乡规划专业网站的内容也要不断地更新，让访问者能不断获得有关城乡规划的最新信息。最好建立起信息的更新制度，定期对网站各栏目的信息进行更新。同时，网站信息管理人员必须非常了解其所在城市的规划进展及整个城乡规划行业的前沿动态，只有这样才知道需要变化的内容是什么。只有不断更新的信息才具有时效性，网站建设才有意义。

信息发布流程（图5.12）的各个栏目信息采集均可采用如下流程，实现统一化，流水线更有利于信息的采集发布。

信息录入：提供友好界面、分类目录并支持在浏览器端录入信息。

信息审查：在信息入库前，对录入所依据纸质文件进行审查。

信息统计：可以按录入人员、部门、类别以及其他的分类方式进行周期和字节数的统计和分析。

权限控制：系统管理员对不同人员按照录入、编辑和审查等不同权限进行控制，使之只能在本职责范围内进行操作，并生成相应的操作日志。

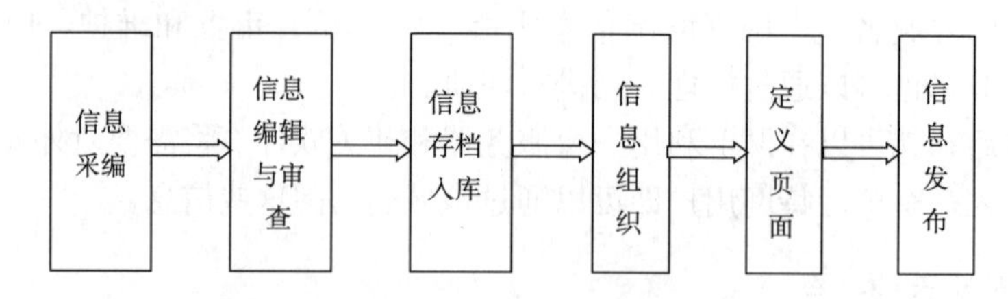

图5.12 信息发布流程

5）网站的安全考虑

互联网的发展伴随着安全问题，为了防止“黑客”的袭击，保护网络设备及网站数据信息不受侵害，网络的安全设计是至关重要的，通常的措施是在服务器上设置防火墙，对于要访问重要数据库的用户进行身份认证等。

6）网站推广

网站建设完毕，便要开始网站的推广宣传工作。如果不进行网站宣传，一般是不会有人知道也不会有人来访问的，至多偶尔有一两个路过者，这样的话网站建设也就毫无意义了。因而必须利用各种方式及时宣传自己部门的网站，网站宣传一般有以下方式。

（1）在各大搜索引擎上注册，让用户可以通过搜索引擎找到网站；

（2）在传统的广告媒体中进行自己网站网址内容的宣传；

（3）在访客多的电子公告板（BBS）上发布广告信息或开展与城乡规划相关问题的讨论；

（4）以电子杂志的形式，通过电子邮件（E-mail）发送信息给用户；

（5）通过旗帜交换（一种网络行销宣传方式，实际上就是一种广告链接，可以以一个网站链接到另一个网站）与其他类似的网站合作，获得双赢。

3. 关键技术

城乡规划专业网站的快速构建还需要以下关键技术（马林兵等，2006）。

1）动态网页发布技术

传统的动态网页发布方法是编写 CGI 脚本或者 CGI 程序。但是，CGI 的可编写性、运行效率和程序的可维护性都不太理想。在城乡规划专业网站的设计中有关动态新闻发布、公告发布等功能的实现可根据具体情况采用微软的 ASP（active server page）和 ISAPI（Internet Server Application Programming Interface，Internet 服务器应用编程接口）技术。

ASP 技术是针对计算量不大，以页面效果为主的动态页面发布技术。ASP 中用服务器端脚本对 DHTML 标签对象编程，并且实现效果在脚本中可以得到直接反映，有利于加快开发进度。尤其是微软为它开发了功能强大、高效的数据库 COM 对象，使得在 ASP 页面中，执行简单的数据库操作变得简捷高效。

ISAPI 技术是微软在 NT（new technology）和 IIS（Internet information services，Internet 信息服务）体系结构下，对经典 CGI 应用程序作的重大改进。ISAPI 程序被编译成动态链接库（DLL），装入 WWW 服务器的地址空间，从而使代码始终在内存中，被调用时不需要进程装入和进程撤销的开销，保证系统的高效率。ISAPI 比 CGI 的速度有很大提高。ISAPI 充分利用了 NT 的多线程优势，IIS 服务器接到 HTTP 请求时，创建线程处理响应请求。线程的开销要远远小于进程，因此更适合大负载的情况。ISAPI 可以由 C 或者 C＋＋等编译语言编写，本身的执行效率能够得到保证，因此 ISAPI 技术比 ASP 技术更适合后台计算量巨大的 Web 应用。但是，ISAPI 采用的是动态链接库（DLL），开发和调试具有比较大的难度。

ASP 技术和 ISAPI 互有优缺点，分别适合不同的应用环境。城乡规划专业网站的设计中可综合运用两种技术。例如，会员系统的登录、文档目录信息显示等模块采用 ASP 技术实现，文档上传、下载和查询模块可采用 ISAPI 技术实现。

2）ActiveX 技术

ActiveX 与 Internet 相结合可开发出许多非常有用的功能。它的优点是可以一次下载，多次使用，自动版本更新。ActiveX 可以实现单纯的客户端脚本难以实现的复杂功能。表格和文档的下载和存储模块可使用 ActiveX 技术实现。

3）Web 数据库解决方案

Web 数据库的实现可以有多种技术方法，如 CGI、IDC、ISAPI、NSAPI、ASP/ADO、Script 语言等，其中以 Microsoft 公司开发的 ASP/ADO 技术较为先进，是完整的数据库解决方案，它具有编程简单、管理方便、与浏览器无关等优点，几乎所有流行的浏览器都支持 ASP。

ADO 是以 ActiveX 技术为基础的数据存取方法，其主要特点是使用方便、访问速度快。此外，可以通过具有远程数据服务功能的 RDS，在一次往返中就将服务器端的数据传送到客户端的应用程序或 Web 页面中，在客户端对数据进行处理后，立即更新服务器端的数据。

ASP 是一种服务器端的开发动态网页的技术，利用它可以建立和运行动态的、交互的、高效的 Web 服务应用程序。Web 服务器能自动将 ASP 程序解释成标准的 HTML 格式的网页内容，送到用户浏览器显示。于是，用户只要使用一般的支持 HTML 代码的浏览器，就可以浏览用 ASP 所设计的网页。

规划专业网站的功能实现中所有涉及数据库操作的 ASP 动态页面均可使用 ADO 对象。而且，在 ADO 的数据源中，指定使用 SQL OLEDB Engine For SQL Server。因为实际的测试表明，这样实现虽然在与数据库建立连接时需要稍多的开销，但进行数据查询和数据修改操作的效率令人十分满意。

4）WebGIS 解决方案

从技术角度而言，基于 WebGIS 的城乡规划专业信息服务系统的构建可以采用通用网关界面 CGI、插入法（Plug-in）、Java、服务器端应用程序编程接口（ISAPI、NSAPI（Netscape Server Application Programinginferface，网景公司服务器应用编程接口））以及组件对象等方法。这几种方法中，组件技术最具有先进性，代表着当今软件的发展趋势。目前，基于组件式技术的规范主要有 Microsoft 的 COM/ActiveX 和 Sun 的 Java/Java Beans。由于 Microsoft 的 Windows 操作系统应用广泛，已经成为桌面 PC 操作系统的事实上的标准，所以 COM/ActiveX 得到了许多第三方厂商的支持，成为市场的主流。利用 COM/ActiveX 技术，可创建各式各样的桌面和 Internet 应用程序。

利用组件技术构建基于 WebGIS 的城乡规划专业信息服务系统的核心是 GIS 组件，当今市场上最主要的关于 GIS 的组件有 Esri 公司的 ArcObjects IMS、ArcIMS 和 MapInfo 公司的 MapXtreme，此外还有 Intergraph 公司的 GeoMedia Web Map、Autodesk 公司的 Mapguide、Bentley 公司的 Model Server、武汉测绘科技大学研制的 GeoSurf 等 WebGIS 支持软件。Esri 公司一直占据着 GIS 技术的领先地位，其推出的组件产品 ArcObjects 具有强大的地理数据转换功能，可以嵌入到任何应用程序中。

ArcObjects 的主要功能有：

（1）支持 Arc/Info Coverage、ArcView Shape、ArcSDE 以及大量栅格图像格式，如 bmp、tiff 等；

（2）可通过 ODBE 访问外部数据库；

（3）可将多个图层叠加显示；

（4）可用标准 SQL 表达式进行空间特征选择和查询；

（5）可以不同的形式显示各类专题图。

基于 WebGIS 的“规划在线”的解决方案是：以 IIS6.0 作为 Web 服务器，MS SQL Server7.0 管理城乡规划专业数据和电子地图数据，空间应用服务器通过空间数据引擎（spatial data engine，SDE）访问电子地图数据库。

用户端的界面采用了标准的 HTML 表元素来提交用户的请求，可使用 Java Script 作为用户端脚本语言，编制如表单检验等用户端脚本，实现与用户的交互功能。

服务器端采用了 ASP 技术，可以根据用户的不同请求，返回对应的结果。服务器端以 VB Script 为脚本语言，在脚本内嵌入 ArcObjects 组件，调用 ArcObjects 的方法与属性（如绑定数据源、选择数据层、放大与缩小、空间数据查询和定制专题图等方法），实现 GIS 功能。服务器通过解释执行脚本语言、查询城乡规划专业数据库和电子地图数据库，产生 HTML 页面，通过 HTTP 协议传至用户浏览器。

5）网络安全技术

网络的安全性是 Internet 应用系统面临的一个重大问题。为了防止“黑客”破坏服务器内的城乡规划专业数据库。基于 WebGIS 的城乡规划专业信息服务系统在安全防范策略上可采用防火墙技术和选择性访问控制。防火墙选用包过滤路由器，限制非法访问的侵入；选择性访问控制策略通过用户的帐号和口令来鉴别用户，并且严格规定不同类别用户对应不同的操作权限。

目前，城乡规划专业网站建设已得到规划主管部门、各城乡规划局、高等院校和研究机构的高度重视。政府上网工程也带动了一批城乡规划局网站的建设，但就应用现状看，其数量、质量都偏低，内容基本上以静态信息为主，信息量少，更新周期长。“政府网站”几乎千人一面，缺少新意和吸引力。同时，规划专业网站大多规模较小，专业技术人员缺乏，对网络安全等诸多技术问题没有太深入研究和解决。本节所介绍的“规划在线”网站的设计思想和技术内容，试图从高信息量、动态性、权威性、科学性和艺术性等方面为设计一个全新的规划专业网站提供一条可参考的技术路线。

虽然，规划专业网站还有许多如机制、技术和管理等方面的问题，但网站的建设及其应用将会在实现电子政务中发挥越来越重要的作用，其社会与经济价值将是无量的。

5.3.3 “规划在线”

“规划在线”网站所提供的信息服务内容包括城乡规划政务信息、城乡规划成果展示、城乡规划行业动态、法律法规查询和城市论坛等，此外还设有规划动态信息发布、规划论坛等功能。

“规划在线”网站自开通以来，先后尝试了在网站上发布规划局文件通告、清理违章建筑公告和招标广告，展示规划方案，提供专业信息服务等，对于推进增城市城乡规划局的政务公开、加强与社会大众的联系与交流起到了良好的作用。目前增城市城乡规划局已建立起网站信息维护管理制度，基本做到动态信息每天更新，并定期对网站版式及页面风格进行改版，将逐步开发出各种应用服务功能，特别是基于 WebGIS 的规划专业信息服务功能，以期为用户和社会公众提供更多更好的服务。

网站主页如图 5.13 所示。

图 5.13　增城规划在线网站主页

1. 新闻公告

本局新闻：发布局里相关信息，如会议信息，局里新举措等；

规划动态：发布规划行业的信息，包括增城及国内外城市规划、建设、用地、勘测、市政、清理违章和环境整治等最新动态信息；

增城动态：发布增城的最新信息；

通知公告：发布网站上的重要信息，如本局新闻中的重要信息，新发布的政策法令，招投标信息（用于发布由规划部门主持的规划、建筑设计等招标信息）等。

2. 增城概况

通过文字、图表、视频等方式介绍增城的各个方面，为公众提供增城规划的大背景。

3. 组织机构

介绍规划局行政管理方面的信息，如职位配置、职能责任、职业行为规范、人事、工作机制、管理制度、党务和精神文明建设等，使群众对规划局有全面认识。

领导致辞：表达领导对局里员工的寄望、对工作的展望、对群众的祝福；

机构设置：通过组织结构图，介绍规划局内部机构以及下属事业单位的整体构架；

下属事业单位：下属事业单位的介绍；

职能分工：介绍规划局局领导分工、各部门的分工情况；

联系方式：介绍各部门的联系方式；

工作制度：轮值时间、奖惩办法等管理规定；

人事任免：规划局重要人士任免信息；

部门工作报告：各部门的年度总结报告等。

4. 网上办事

提供需要办事的群众与规划局的一个平台。

办事指南：对需要到规划局办理或网上办理的事项的说明。立案标准：受理业务的标准要求；审批流程：审批程序流程图、步骤以及审批过程所需文件汇总；审批周期：审批各环节所需时间；表格下载：审批所需各种表格汇总；常见问题：解答办事过程中常见的问题。

网上预约咨询：通过网络，预约规划局领导、各科室，从而进行业务咨询。

“一书三证”。在办案：显示正在办理的“一书三证”；行政审批结果：显示已审批的“一书三证”情况；“一书三证”查询：在办案查询提供正在办理的“一书三证”查询情况；发证查询提供近段时间已审批的“一书三证”；历史档案查询提供规划局档案室保存的历史行政审批证件；

电子报批。用地划拨：用地红线划拨系统；修详通：修建性详细规划；报建通：建筑单体报建；验收通：建筑单体验收。

5. 规划公示

集中公示规划局的规划、行政审批结果等。与网上办事的不同是多为单向交流。每个界面都支持查询功能。两种分类方式，先按公示类型（受理、批前、批后）分类，再按内容分类。

受理公示：正受理的各项公示；

批前公示：例如，规划类批前公示是将规划阶段性成果或规划意向（包括总规、分规、专规、控规、详规）在网上展示，主要是听取市民意见，以便更好地完善方案；

批后公示：将已批准的规划方案、审批结果等在网上展示，可让市民监督其实施。

6. 规划展厅

规划成果的集中展示。与规划公示中规划类公示的区别是，规划展厅展示的是规划的历史成果、现阶段的规划成果，而规划公示多为正在编制的阶段性成果。两者可以形成完整的规划成果网上展览馆。

总体规划：整个增城范围内的规划成果展示；

分区规划：增城某区域规划成果展示；

专项规划：各项专项的规划成果，包括风景名胜规划；

详细规划：增城的控制性详细规划和修建性详细规划成果的展示。

7. 政策法规

对规划相关政策法规进行介绍，把政策宣传有效快速的传递到群众、相关单位。两种分类方式，先按内容分，按内容分类后按性质（法律、法规、规章、技术标准与准则、其他）做成表，直接点表格中的文件名，即可链接查看全文。其中“综合”类是指不包含在以下小类中的政策法规。

8. 公众参与

局长信箱：提供民众与局长的一个交流平台；

博客在线：通过网络日记的形式，发表个人意见，宣传讨论规划相关问题；

规划咨询：群众对规划局各项业务或规划存在相关疑问；

规划建议：为城市建设提供建议；

违法投诉：对规划局管辖范围内的违法事件进行投诉，进行监督；

网站建议：网站建设提供意见；

网上调查：了解大众对规划局各项工作的满意程度以及调查了解工程情况的窗口。

9. 规划论坛

提供一个良好的信息交流平台，方便外界对规划方面信息进行交流互动。

5.4 电子管理放验线业务

5.4.1 实施意义

基于我国目前城乡规划一体化的要求和城市化进程由大城市向农村深入的现状，监督检查是保证城市建设按照批准的规划许可证进行的必要手段。城乡规划行政主管部门有权对城乡规划区内的建设工程是否符合规划要求进行检查，参加城乡规划区内重要建设工程的竣工验收。因此，需要规划部门对城市建设是否符合城乡规划进行监督检查。城市建设工程放验线任务通常是测量队受规划局委托的测量工作，为建设单位出具《建设工程放线测量记录册》和《建设工程规划验收测量记录册》，这是确保规划正确顺利实施的保障。

除了数据采集信息化之外，放验线电子管理也在城乡规划信息化建设中扮演重要角色。据统计，经济发展较快的县域城市每年验收用地数平均上千宗，办公手续不仅繁琐也同时增大了行政上的压力。雪上加霜的是，大部分县域城市对电子图的管理没有采用统一命名的方法，分散储存于各自电脑中，这样不便于查找和进度跟踪管理。要解决这样的棘手的问题，需要建立放验线业务电子管理体系，它能帮助部门建立局域网应用体系，充分利用网络的特性，使得部门充分共享办公资源和信息，又不互相干涉业务，从而完善县域城市建设工程放验线管理，保证城市建设严格按照城乡规划实施。

另外，城乡规划对能够及时反映现状的地形图有较大需求。建设项目报建需要现势性的大比例尺地形图，以此作为工作底图可以了解项目建设地点的现状，以及后续进行用地红线和建筑红线的绘制等；项目正式开工前，规划部门要求测绘单位进行项目建筑红线的放线工作，作为核发建筑工程规划许可证的必要条件；项目竣工后还要进行竣工测量，竣工测量的成果是工程验收和颁发规划验收合格证的必要条件。因此城乡规划管理工作与测绘工作有紧密的联系，城乡规划各阶段对测绘提出了要求，测绘为城乡规划管理提供了支撑。

《城乡规划法》第四十五条中规定：“县级以上地方人民政府城乡规划主管部门按照国务院规定对建设工程是否符合规划条件予以核实。未经核实或者经核实不符合规划条件的，建设单位不得组织竣工验收。”因此建设项目在从图纸落到实地的过程中，需要进行放线，项目施工到一定时期时还需要核验正负零，这些测绘行为表面上是为了保证项目按图纸在施工，从测绘角度上讲是反映了项目建设过程中的地形现状，利用放、验线的测绘成果可以更新建设项目在建设过程中一个阶段的地形。

任何建设项目开工前必须到规划部门报建，施工前必须放线，施工中必须验线，竣工后必须验收。如果报建时采用数字化的地形图，放、验线时记下实测坐标，竣工后利用数字化的设计图，配合验线坐标进行修测，就可以把更新地形图的人力消耗降至最低，而使数据的及时性、精确性达到最高，这就是电子管理放验线业务的现实意义。

5.4.2 工作流程与实例

放验线业务电子管理系统相关规划管理的各个方面，是复杂的规划管理信息平台中的一个与其他模块相关联而又相对独立的子系统。一个较完整的电子管理放验线业务体系应既可以辅助该部门日常的办公，又可以对不同的放验线数据进行统一管理。以增城市“建设工程测量管理系统”为例，该系统可以实现：

(1) 测量队各人员根据不同的部门角色登陆，开展相应的日常办公功能；

(2) 实现案件的收件登记、收费登记、派案到办案员、办案过程记录、结案登记和发案登记；

(3) 案件的提醒、催办；

(4) 案件的查询、统计，即结果的输出；

(5) 系统数据的备份。

构建建设工程测量管理系统时，系统将分为数据层、数据管理层、功能层、业务逻辑层和应用层等多个层次，各个层次功能由B/S的方式实现。

图文一体化关键技术主要包括图文一体化技术和事务处理技术。

1. 业务管理信息和空间信息一体化管理

建设工程测量管理审批过程中，涉及大量的业务信息和空间信息。因此在建设信息系统时，需要将业务管理信息与空间信息集成，进行一体化的处理。业务管理信息与空间信息的一体化主要表现在两个方面，首先是在业务管理信息过程中查询和利用空间信息，其次是在一定程度上通过业务管理信息系统维护和更新部分的基础地理数据（黎栋梁，2004）。

数据库管理中，通过图文一体的数据模型和数据访问引擎，使用户可以透明地使用空间数据，数据之间的关系完全由地理信息平台、数据库以及空间数据库引擎维护，系统可以通过重新组织空间数据逻辑而使图文数据组织逻辑相同或相似，这样就保证了在数据组织上的图文一体（张云龙等，2006）。

2. 事务处理

在办公自动化系统中，业务应用需要可靠的进行处理，事务处理功能是实现这一要求的必须功能，也是在建造、部署和维护分布式的建设工程测量管理系统中最复杂以及最关键的部分之一。

事务处理主要由应用程序、事务管理器、资源管理器和通信资源管理器四部分组成。其中，应用系统程序描述了用户的操作功能，定义了整个时间的边界；事务管理器管理事务的操作、协调事务的开始、提交和回滚等动作，并处理事务意外，以保证事务的完整性；资源管理器管理事务系统中可以被共享的资源；通信资源管理器处理一个事务设计多个应用并在不同计算机节点上的信息交互。

3. 工作流管理

工作流管理是办公自动化系统核心控制的重要组成部分，通过工作流管理可以整合系统形成跨部门的协同，提高资源利用率、运作水平和办公效率。

工作流执行服务是工作流的核心，包括一个或多个工作流引擎，激活并解释流程定义，完成工作流过程实例的创建执行与管理，并生成有关的工作项通知用户进行处理。工作流客户方程序通过 XML 信息对工作流执行服务模块的功能进行调用。

流程定义功能模块给用户提供一种对实际业务过程进行分析、建模和编辑修改的工具。流程定义模块以 XML 格式的流程定义语言与工作流执行服务模块进行交互。

管理和监控功能模块的功能是对工作流管理系统中流程实例的状态进行监控与管理，如角色管理、监控流程和活动状态、查询工作负载和流程相关信息统计等。

建设工程测量管理信息系统登陆主页面——首页如图 5.14 所示。

图 5.14 登录主页面

该系统每次查询如收件、收费等详细信息时，均需输入密码，即每次输入密码后，按其中一项功能，当对此项功能操作完毕以后，就自动注销。如需要再次查询其他功能，则需要再一次输入密码。

收件查询如图 5.15、图 5.16 所示。

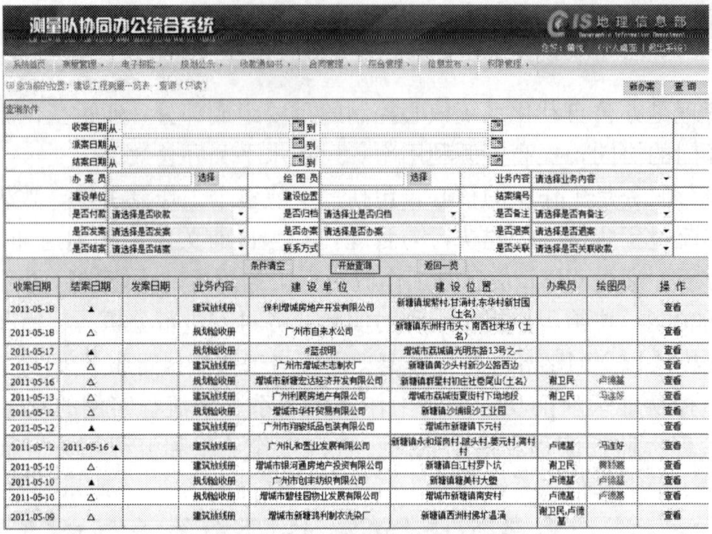

图 5.15　查询

图 5.16　收件查询

派案、办案、结案和发案查询如图 5.17 所示。

统计查询如图 5.18 所示。

督办查询如图 5.19 所示。

该系统将现有办公信息进行有效管理和利用，提高信息利用率和查询效率。电子图统一按部门编号命名，绘图人员将作业成果上传于服务器，可以在系统中查询和下载。这样增强信息时效性，使公文处理实现电脑化，加快流转过程，且实现收阅的一致性。目前，该系统已经用于部门日常办公，成为部门办公管理的辅助工具，实现收发文管理、督查管理、档案管理和签报管理等公文管理。该系统对放验线问题的解决让规划局测量队在技术上提高了一个档次，实现了绘图和结案的一体化，并获得了 ISO9000 国际认证。

然而解决了旧的矛盾后，又出现新的矛盾。城市建设工程放验线测量作业主要是基于 CASS 南方测绘成图软件全野外数字化成地形图，借助 CAD 功能进行距离标注、坐

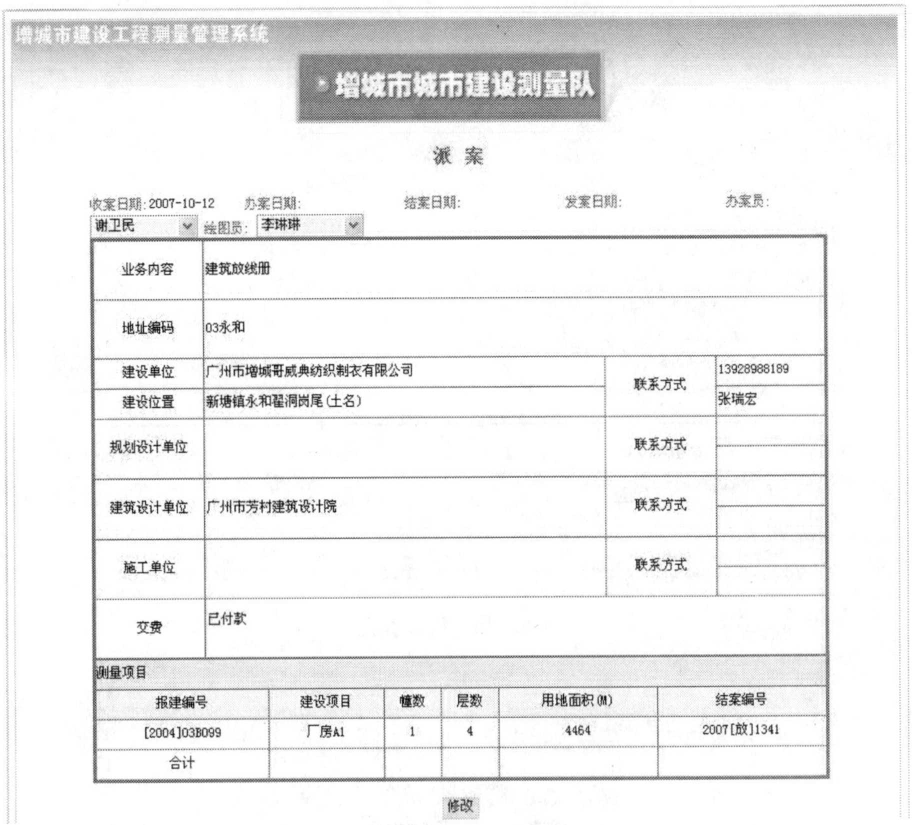

增城市建设工程测量管理系统

增城市城市建设测量队

派 案

收案日期:2007-10-12 办案日期: 结案日期: 发案日期: 办案员: 谢卫民 绘图员: 李琳琳

业务内容	建筑放线册		
地址编码	03永和		
建设单位	广州市增城哥威典纺织制衣有限公司	联系方式	13928988189
建设位置	新塘镇永和翟洞岗尾(土名)		张瑞宏
规划设计单位		联系方式	
建筑设计单位	广州市芳村建筑设计院	联系方式	
施工单位		联系方式	
交费	已付款		

测量项目

报建编号	建设项目	幢数	层数	用地面积(M)	结案编号
[2004]03B099	厂房A1	1	4	4464	2007[放]1341
合计					

修改

图 5.17 派案、办案、结案和发案查询

标标注、规划路现状路或围墙线的注明等，人工编绘记录册中的平面位置关系图。册中其余有关项目信息、规划指标信息等需人工从“测量队建设工程测量管理系统”的登记中获取，再逐个填写。随着应用的深入，城市建设工程放验线测量作业与基于B/S的“测量队建设工程测量管理系统”之间没有建立有效的关联，造成信息无法共享，也导致这种作业模式重复劳动、成果报告以Dwg文件和Word文档等多种形式并存，Dwg文件存储平面位置关系图、立面图、1∶500地形图和面积计算略图等；Word文档则是册子封面和面积计算说明等一些表格、文字说明类的内容。两者之间完全没有关联，对于成果质检和错误修改都造成不便。

为此第二步的工作必须做到以下四点：①与原有建设工程测量管理系统进行链接，共享由规划电子图和收件人登记的项目属性信息；②基于项目管理的日常测绘工作库与基于全市数据管理的空间地理数据库两者协同，日常测绘作业以第4章所述的基础空间地理数据库为基础，同时以日常测绘的成果对全市基础空间地理数据库进行动态更新；③按照绘图标准，基于实测的基础地形图智能编绘《建设工程放验线册》的“平面位置关系图”；④自动生成各种规划测绘成果报告图表以及其批量的打印输出。

规划测绘通系统将实现放验线信息规范化、自动生成计算数据和验线报告书（册）、提供高效的绘图子模块、提供良好的成果管理模式。全面采用数据库对相关信息进行管

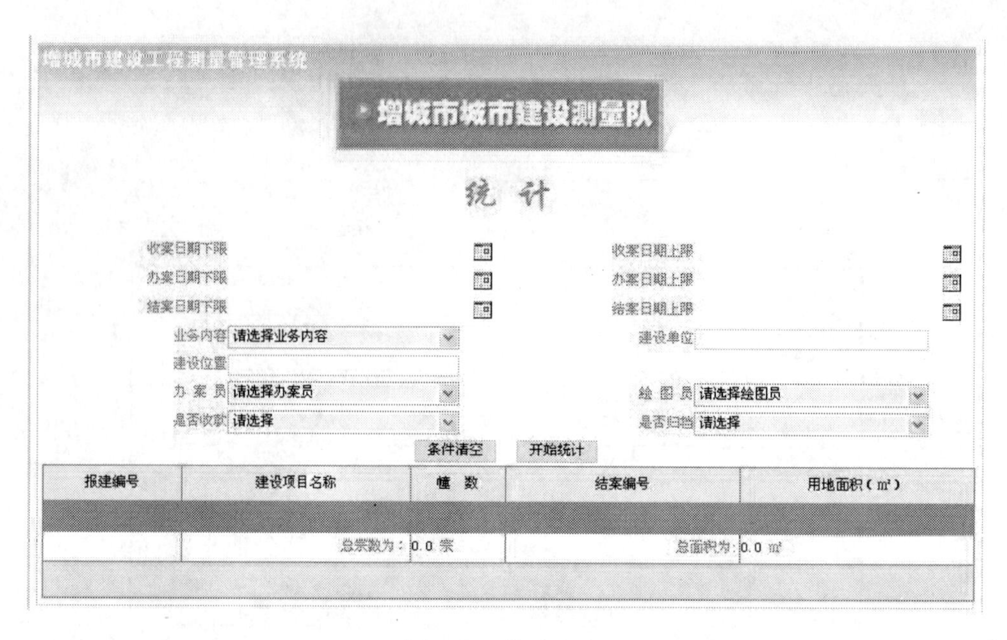

图 5.18 统计查询

增城市建设工程测量管理系统

增城市城市建设测量队

收案 天未结案 督办

收案日期	结案日期	发案日期	业务内容	建设单位	建设位置	办案员	绘图员	操作
2007-10-17			建筑放线册	广州市骏展纺织制衣有限公司	新塘镇荔新路塘美路段			查看 修改
2007-10-17			建筑放线册	增城市豪进贸易有限公司	新塘镇汇美新村A3区汇太古路3号			查看 修改
2007-10-16			规划验收册	广州市新塘水电加油站有限公司	新塘镇南安村新路元（土名）			查看 修改
2007-10-16			建筑放线册	广东南方制碱有限公司	新塘镇西洲深滘地段			查看 修改
2007-10-15			建筑放线册	广州华新置业有限公司	新塘镇新塘工业加工区东华工业村			查看 修改
2007-10-12			建筑放线册	广州市增城哥威典纺织制衣有限公司	新塘镇永和翟洞岗尾（土名）	谢卫民	李琳琳	查看 修改
2007-10-12			规划验收册	增城市银河通房地产投资有限公司	新塘镇白江村罗卜坑			查看 修改
2007-10-12			建筑放线册	广州市利涛科技有限公司	广州东部（增城）汽车产业基地南区大道旁	卢德基	骆祖萌	查看 修改
2007-10-12			建筑放线册	广州江河幕墙系统工程有限公司	广州东部（增城）汽车产业基地南区大道旁	卢德基	骆祖萌	查看 修改
2007-10-12			建筑放线册	增城市新塘镇仙村小学	新塘镇仙村墟一马路19号			查看 修改
2007-10-11			规划验收册	广州市钜溢钢管制造有限公司	增城市荔城三联村蛇姆岭	史经	卢德基	查看 修改

图 5.19 督办查询

理，实现信息全面共享，按照GIS数据标准进行测绘数据生产，规范作业习惯，提高数据质量。采用此系统后，可减少手工处理的工作量，极大地降低出错概率，提高整体效率，可以将其推广到其他具有类似日常测绘业务的测绘企事业单位，将会产生良好的社会效益（李琳琳和曹凯滨，2009）。

主要参考文献

戴逢，陈顺清．1998．城乡规划与信息技术—中国广州市的发展与实践．城乡规划汇刊，(3)：6～13

丁建伟，钟家晖．2001．城乡规划专业网站的设计及应用探讨——以“规划在线”网站建设为例．城乡规划汇刊，134 (4)：60～64

樊惠萍，王习祥．2004．城乡规划信息资源的整合管理与服务．地理空间信息，2 (5)：15～17

黄金锋，黄海涛，李时锦．2004．城市规划管理统一信息交换平台系统．地理空间信息，(1)：39～44

黎栋梁．2004．城乡规划图文一体化办公系统的建立．测绘科学，(3)：33～35

李琳琳，曹凯滨．2009．测绘通规划系统的研究与开发．山西建筑，35 (7)：367，368

李时锦．2007．广州市城乡规划管理的数字化应用实践．中国建设信息，(10)：17～20

李宗华，王琳，彭明军，等．2003．“数字汉江”建设及其在城乡规划中的应用．武汉大学学报（工学版），36 (3)：41～45

刘岳峰，邬伦，王铁．2001．GIS的社会化及公众GIS．地学前缘，(7)：279～287

马林兵，张新长，伍少坤．2006．Web GIS原理与方法教程．北京：科学出版社．9

唐浩宇．2005．城乡规划电子报批实施方案．规划师，21 (8)：55～58

唐浩宇，陈上春．2004．广州市城乡规划信息系统一体化建设．城乡规划，28 (8)：72～74

张新长，马林兵，王家耀，等．2007．城市规划与建设地理信息系统．武汉：武汉大学出版社．11

张新长，曾广鸿，张青年．2001．城市地理信息系统．北京：科学出版社．9～11

章意锋．2007．城乡规划与管理地理信息系统开发研究．上海：华东师范大学硕士学位论文

张云龙，孙毅中，李霞，等．2006．城乡规划管理信息系统中的图文一体化设计．测绘科学，31 (5)：101，153，154

中郡县域经济研究所．2009．第九届全国县域经济基本竞争力与科学发展评价报告．expo．people．com．cn/GB/9723151．html

Batty M．1995．Planning support systems and the new logic of computation，Regional Development Dialogue，16：1～17

Harris B．1989．Beyond geographic information systems：Computers and the planning professional．Journal of the American planning Association，55：85～90

第 6 章　规划管理应用平台

6.1　理 论 概 述

6.1.1　城乡规划管理平台概念

我国城乡规划管理信息系统的发展起步于 20 世纪 80 年代中后期，并在进入 90 年代后，随着 GIS、MIS 和 OA 技术的推广和应用，出现了将计算机技术与城乡规划管理与规划设计相结合的应用。但此时的信息系统仍侧重于规划文档的管理，空间信息和图形处理还只是处于较低的应用水平，更没有考虑到规划文档与规划空间信息的一体化管理模式。90 年代中期以后，计算机硬件的性能价格比大大提高，GIS 软件的功能不断加强，面向对象技术、COM/DCOM 技术、Internet/Intranet 技术和网络技术日趋成熟。与此同时，沿海开放地区城市建设的规模越来越大，规划部门的工作负荷日益繁重。在这样的情况下，地方政府开始加大投入力度以支持新技术在规划部门的应用，许多城市开始逐步建立城市基础空间数据库，通过不同的技术路线和模式建立自己的城乡规划信息系统。鉴于这样的历史原因，不少城市一开始以专题构建信息系统，但随着信息化建设的深入，出现了“信息孤岛”和重复建设的问题（乔继明，1995）。各个平台、各个部门之间的信息缺乏沟通，数据标准不统一（宋小冬，2001），文档管理与空间数据管理脱节等问题逐渐暴露，系统难以升级更新，对城市规划管理平台进一步的建设形成巨大阻力。

县域城市的城乡规划管理信息化建设在借鉴先进经验的同时必须汲取前人的经验教训（范剑锋和袁海庆，2003）。目前在不少城市尤其是县域城市仍存在着许多应用层次比较低、缺乏集成的系统，城乡规划管理信息系统还远未成熟（熊学斌，2004）。有的小城市至今甚至没有投入应用的城乡规划管理信息系统（黄道明，2004），因此对标准化程度高、实用性好、集成度高和投入成本低的城乡规划管理信息系统的研究和应用仍在进行中（刘菊，2002）。规划管理应用平台的成功必须是技术与管理的有机结合。

城乡规划管理平台具有如下特征。

（1）从系统本身设计和应用的角度来看，信息系统与办公一体化大幅缩短了系统建设工期，在较短的时间内，完成城乡规划管理平台的预搭建、用户流程表格交流反馈、项目实施、系统测试、用户培训和基础数据入库等各项工作，从而以最短的时间，实现系统正常运行，达到项目的预期建设目标。

（2）从业务办公自动化的实现效果来看，通过一体化的应用系统，基本实现了各级领导、各类业务人员的需求。不同用户根据权限可以调阅有关案卷的表格、案卷的办理过程以及案卷相关的地形图、道路红线、规划图和建筑红线等地图信息，同时可以查看与该案卷相关的会议纪要、监控催办信息、报件材料和案卷交接等，完成案卷各个级别的审批、填表、绘图、输出表和输出图等方面的日常操作。同时，系统为这些日常操作，提供了简单有效的调度方法，用户可以随时任意切换图形、表格、文档和管理等工作，并实现图、文、表和管理等方面的方便快速互查。

（3）从系统的管理维护的角度来看，一体化的应用系统提高了用户自维护能力，可以使用户级系统管理员在不编码、不了解系统软件结构、数据结构的情况下，完成系统的日常维护工作，从而摆脱对开发单位的高度依赖（宋小冬，2005）。同时增强了用户的系统更新能力，可以使用户级系统管理员随时添加业务流程、业务职能、岗位权限、地图图层和业务表格等。形象地讲，物理意义上的任何变动，均可以由用户级系统管理员迅速地更新为电子意义上的变动。

（4）面向对象技术、构件开发技术、B/S 体系结构、J2EE 和 .NET 技术架构等各种先进的软件开发技术和软件辅助开发工具对于提高城乡规划管理平台的开发速度和质量具有很大的帮助（Bos and Sells，2002）。但是，由于这些工具之间的独立性，使得系统的开发过程中各个环节之间是不连续的，下一阶段不能充分利用前一阶段的工作成果，如何使后续的开发过程充分利用前面已经获得的信息，更加合理地进行信息化建设，有待进一步的研究（岳建伟等，2007）。

（5）GIS 与办公自动化相结合成一个整体。规划管理与办公一体化的信息系统以计算机辅助管理逐步取代部分办公流程中的手工操作业务，实现对城乡规划管理的图形及文档信息的科学化、标准化管理，并以此为基础实现数据的动态更新、办公管理、查询、统计以及辅助决策等功能的集成，提高办事效率、强化管理职能，提高规划管理的科学性、准确性和透明度。长远来看，这将实现政务信息资源数字化，内部办公过程无纸化，对外审批服务网络化，形成网络环境下的“一体化政府”，为社会提供“一站式服务”，能够帮助政府从审批管理型向服务型转变，为市民、投资者和企业提供更好的服务。

6.1.2 城乡规划管理平台构建途径

县域城市在城乡规划领域的信息化技术与管理相结合的过程中，始终要以规划管理为核心，根据自身的实际情况，针对规划工作中出现的问题进行信息化建设。在这个基础上，通过一体化建设让县域城市城乡规划管理部门在业务水平和技术上提高了一个档次，进而将信息化的成果向全市推广，为最终实现“数字城市”的目标打下良好的基础。基本思路主要分为以下两点。

1. *明确规划业务，以有效进行管理为目标*

城乡规划管理的主要职责是城市用地的规划和建设工程的管理，其主要业务可以用“一书三证”加以概括，即对建设项目选址规划、建设用地规划和建设工程规划的管理，并通过向符合条件的建设项目下发《建设项目选址意见书》、《建设用地规划许可证》和《建设工程规划许可证》来进行城乡规划建设项目的管理。“一书三证”的审批业务所涉及的数据包括各类表格样式的文档数据和各种图件形式的空间数据，同时需要实现基于图文数据的业务审批流转与管理。要求城乡规划管理平台一方面应根据城乡规划管理部门的工作内容和业务流程，提供辅助日常办公与文档处理的功能；另一方面还要具有集成图文数据管理的功能。

有效进行管理的目标简言之就是“一张图，一个平台”，这样才能有效地整合规划部门从文档到图形的规划信息，提高规划的工作质量和办公效率，也符合县域城市的城乡规划管理信息化建设切合实际，注重实效原则的要求（Batty and Xie，1999）。

2. 利用后发技术引进优势进行一体化建设

大城市建立的系统通常规模大、功能多而强、信息化程度高，因此资金投入非常庞大，还要设立专门的技术中心负责维护。传统 GIS 软件是一个独立的系统——自我包含、自成体系，是与统计、办公等主流管理信息系统相分离的系统，无论使用哪种方案，传统 GIS 都很难与 OA 在界面、功能和数据之间实现无缝集成以及图文一体化。随着信息技术的不断发展，大城市在对已建立的系统进行升级优化，对旧有的系统进行整合上需要花费大量的人力物力。

目前城乡规划管理平台开发的方式主要有三种。

（1）在数据库平台上开发的办公自动化管理信息系统。这类系统只能对文档数据进行查询、存储等操作，缺乏图形浏览、设计、查询等功能，无法满足规划管理部门的日常办公需要。

（2）多平台开发系统。这类系统 MIS（管理信息系统）功能在数据库管理软件平台上开发，GIS 功能在 GIS 平台上开发。由于系统是在多个平台上开发的，尤其是一些城市先开发了 MIS 系统，又另起炉灶开发了 GIS 系统，这样就容易造成系统维护较困难，开销较大，成本较高，可扩展性也不强的问题。

（3）纯粹在 GIS 平台上开发的城乡规划管理平台。这类系统开发前期工作量大。但这类系统可以实现图形与 GIS 的无缝集成，符合规划管理部门需要同时处理图形和文档数据的特点。

县域城市原有应用系统较少，很多方面是空白，因而在对现有的子系统进行集成时的包袱较少，甚至可以大刀阔斧、从零开始进行一体化的信息平台打造。在城市信息基础设施上，县域城市通过城市空间信息基础设施的建设打造城乡规划信息系统与办公一体化平台，不但可以在短时间内完成跨越式发展，还可以利用信息化建设的机会，推进整体规划业务工作，提高规划设计和规划管理的水平。

需要指出的是，城乡规划管理平台建设不是采用一步到位，构筑“大而全”系统的方式，而是通过“发现问题—解决问题—解决反馈—不断提升”的途径，解决规划工作中出现的实际问题，从而使县域城市的城乡规划管理由传统模式逐渐向信息化模式过渡。对于缺乏一体化建设的基础和条件的城市，当务之急是进行基础数据的建设，促使城乡规划工作从传统的以纸质文件媒介为基础向数字化、信息化转变。

按照信息化建设从无纸化到一体化的思路，需要有的放矢地将规划管理与 GIS 软件工程技术相结合。

1）办公档案管理

当今世界，信息数字化已成为国际潮流。计算机技术的发展，产生了有别于传统纸质文档的电子文档方式。20年来，电子文档得以迅猛发展，其表现形式、传播与阅读方式日趋尽善尽美的程度。利用高科技手段把几十年的"纸介质"形式的文档转化为可供计算机阅读、检索的电子文档，就可根据任何一个词查找相关想要的资料，效率上不可同日而语。这需要使公文处理实现电脑化，加快流转过程，并且实现收阅的一致性。大多数县域城市建立城市地理信息系统的最初要求主要是用计算机管理数据资料，为用户提供所需的服务，逐步实现办公自动化和无纸化。

单纯地将传统的规划资料电子化，反而使办公手续繁琐，原本有序的资料分散储存于各自电脑中，造成事倍功半的反作用。城乡规划的档案管理不仅仅是一个静态的过程，而是向前延伸至业务管理、公文管理及归档立卷，向后延伸至档案数字化加工、档案内容光盘存储、档案移交和接收及销毁等各档案管理环节。它既包括行政管理类、规划业务管理类和规划审批类等以文档形式为主的档案，又包括测绘类、设备类和建筑工程类以图表形式为主的档案。

通过城乡规划信息系统与办公一体化建设，县域城市的城乡规划办公档案管理能够做到：现档案信息共享，满足办公与对外档案信息的查询需要；拥有完善的查询权限管理机制和其他安全保障机制；具有方便的自定义表单设计，用户可以半自主或者自主定制报表；提供开放性的数据接口，良好的扩充能力，满足信息系统图文一体化的要求。

"工欲善其事，必先利其器"，针对在实现办公自动化，无纸化的过程中容易出现的重复建设和标准不统一的问题，县域城市的规划管理部门可以根据现有档案分类代码及有关数据情况，一方面，建立一套适合当地部门、符合国家档案管理要求的标准化管理体系，包括相关管理制度和标准，并提供维护模块，包括了查询、添加和修改等。做到标准变化，数据组织即相应进行变化；另一方面，办公档案管理也需要做好数据接口，保持可扩充性，避免数据重新录入，与其他来源应用软件接口设计相协调。良好的办公档案管理将极大地服务于规划管理工作，可改变目前日常工作与GIS严重脱节的现状。

2）软件工程方法

系统分析与设计采用面向对象的系统分析与设计（OOA&OOD）方法，采用新的可视化建模标准，确保系统设计与开发符合软件工程的规范，开发出规范化、具有较高可移植性和可靠性的系统，提高系统开发的效率（毕硕本等，2007）。

规划管理系统涉及规划管理、计算机、地理信息系统以及数据库等多项技术，规划管理系统开发必须按照相应规范标准，遵循系统工程的理念，在项目实施的过程中应以"实用、先进、高效和可靠"为基本准则。城乡规划管理平台的开发研制一般遵循软件系统工程项目的瀑布模型来设计与实施。城乡规划管理平台瀑布模型如图6.1所示。

规划管理系统的软件代码运用面向对象（object oriented programming，OOP）的方法编写，这样可以进行代码重用，在很短的时间构建出比较健壮的系统，实现系统设计的内容。这样做有利于将来需要的时候可以将已有函数接口声明进行修改，能够在已有系统上进行拓展，进一步与地理信息系统集成。系统代码编写时应该遵守必要的原则，而规划管理系统的软件代码编写过程就是用具体的数据结构来定义对象的属性，用具体的语言来实现服务流程图所表示的算法。在对象设计阶段形成的对象类和关系最后被转换成特殊的程序设计语言、数据库或者硬件的实现。

高标准和严要求的软件质量管理工作，是系统建设成功的关键，系统开发组人员必须从系统调研工作开始，就将质量管理贯穿于整个系统建设之中。这样做需要投入一定的人力和时间，以提高系统整体的质量。

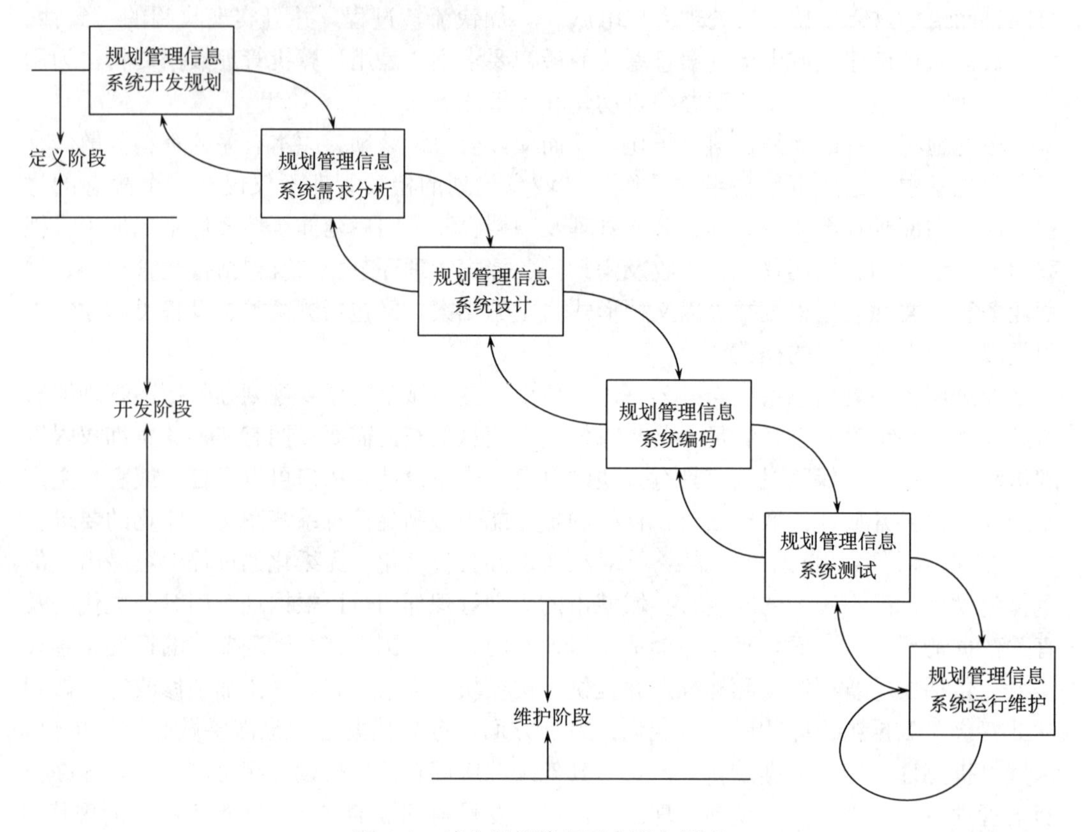

图 6.1　城乡规划管理平台瀑布模型

县域城市的城乡规划管理平台建设是一项复杂的工程，必须按工程学的方法组织软件的生产与管理，必须经过分析、设计、实现、测试和维护等一系列的软件生命周期阶段，必须将面向对象的软件工程方法贯穿于系统需求分析、系统设计研究、系统实例实现与测试的全过程。只有以规划业务需求为导向，在分析和设计阶段建立良好的系统模型，才有可能保证工程的正确实施。

6.2　平 台 作 用

6.2.1　规范控制性详细规划编制

随着城市建设规模不断扩大与建设步伐的加速，城乡规划管理工作日益繁重，涉及的数据量越来越大，加上政府对城乡规划现代化、规划政务公开的要求越来越高，现有的管理方法已经不能适应新形势的发展和变化的要求。因此客观要求建设集效能、质量和服务保障为一体的数字化、网络化和集成化的统一规划数据服务与共享体系

(Manolopoulos et al.，2002)。

为保障规划编制成果资源充分和合理地应用于规划管理工作中，规划编制“一张图”工程建设的工作成为当务之急。所谓“一张图”工程，是指利用现代数字信息技术，以控制性详细规划编制成果为基础，将各类规划控制要素整合叠加，形成能够服务城市发展、引导各项建设和便于统一管理的电子规划编制成果信息系统。“一张蓝图”全面整合控制性详细规划（本小节以下简称控规）编制成果资源，是控规成果的集中体现和主要应用目标，也是保障控规编制成果高起点、高标准和高效能的关键性技术工作。

目前，部分县域城市已利用GIS技术建立了全市基础地理信息平台及市区一体化的图文办公自动化系统，实现了规划设计成果制图电子化。但由于CAD设计平台与GIS管理平台的技术体系差异，在信息的共享、标准的执行方面，产生了双向的障碍与瓶颈。首先，规划设计部门在AutoCAD平台上进行规划设计时，由于不能直接获取GIS格式的城市基础地理信息数据，因此需要花费大量的时间在基础资料收集与调查上，既影响项目设计周期又影响规划设计方案正确性与合理性。其次，由于规划编制标准执行技术手段的缺失，规划设计部门提交的规划编制成果也不能直接进行空间数据建库。仅能利用单一的原始的纸质资料或CAD文件进行查阅与分析，无法实现规划编制信息的“一张图”，大大地影响了规划编制成果在项目审批中的应用。因此，如何通过信息化的建设，来健全规划编制从设计到成果管理的机制，从而提高规划编制设计与审批的水平，成为规划信息化目前研讨与应用的热点。

1. 建立全市统一的规划编制标准体系

面向规划全面服务的需要，将规划编制成果与地理信息、规划管理有机结合，建设完整规划编制设计与制图标准、规划编制项目报建提交标准和规划编制空间数据库规范。通过全面标准体系的建设，既有利于提高规划设计与制图的规范性与合理性，又有利于增强规划管理的科学性和严谨性，促进服务水平和工作效率进一步提高（边馥苓，2006）。

2. 开发控规辅助设计软件

只有规划编制的标准规范，没有相应的技术手段做支撑，标准规范就难以得到切实执行。特别是在当前面临设计单位多、项目时间短和任务重的情况下，制定的标准往往只达到统一制图图式的目标，根本做不到数据层面的规范化、标准化。针对目前情况，我们开发专用的规划辅助设计软件，从而解决规划设计图形的规范性及提高规划设计的效率，加快整个控规全覆盖项目的进度。

3. 建立全市的规划编制“一张图”数据管理与应用机制

首先，需要以控规为基础，将已批各专项规划（公共汽车站场布点规划、绿地系统规划、消防规划、轨道线网控规、加油（气）站布点规划、电网规划等）反映到控规上，做到经审批的所有规划控制要素能够全部反映出来；其次，是对存在矛盾的控制要素通过软件系统进行分析、判断和研究，确定最终的控制要求后纳入规划编制“一张图”，再次，对已有规划进行更新和调整；最后，是对各控规本身之间道路和市政公用设施衔接有问题的部分进行整合和综合平衡。

4. 建立规划编制成果调整完善体系

随着城市建设与发展，控规全覆盖编制成果，将面临调整完善的问题。一方面，我们需要从制度上保证规划编制成果调整及时和有序；另一方面，需要从软件功能上保证规划编制调整与更新的机制。如规划编制数据更新与调整、调整权限管理和历史版本的管理机制等。通过控规编制管理信息系统的建设，解决了控规编制管理中的一系列问题，提高了规划设计的效率和成果的质量及标准化程度，建立了一套规划编制成果的动态维护与更新体系，为各项规划编制全覆盖工作提供了规范、现势的数据平台和高效、实用的技术手段。

由于规划编制成果资料的多样性与复杂性，增城市利用城乡规划管理平台规范控制性详细规划编制目前仅取得了初步成果。从建设内容上来说，需要关注与研究的问题包括：如何面对与适应不断增加的各项重大规划设计与建库管理需求；如何向村镇规划、修建性规划等延伸，以满足构筑全面的城乡规划编制体系的要求；从管理体制上来说，如何适应规划全覆盖工作的要求，建立覆盖全市（包括村镇）的规划编制项目管理机制和技术体系；从成果应用的角度上来说，如何充分地发掘 GIS 的优势，为规划管理与决策提供支持，促进城乡规划的政务公开和信息共享，强化对规划实施的动态评价与监督，也是今后面临的主要工作。

规范控规编制可以设计为由三部分构成：①提供设计部门使用的规划辅助设计软件；②提供数据管理部门使用的数据检测与入库系统；③提供规划管理部门使用的规划编制成果应用系统。

如图 6.2 所示，其中规划编制项目管理环节主要为辅助进行控规编制项目审批与控规调整审批、规划编制项目管理、辅助用地方案和市政方案等的审批。

6.2.2 辅助规划管理

规划部门提出规划要求就是对城市开发发出管理信息。直接影响城市开发决策的管理信息属于有效信息，建成环境的品质是反馈信息。社会的、经济的和文化的环境因素对设计管理系统产生并发出干扰信号。规划部门发出的设计控制信息，即规划要求是对预期城市空间环境状态的描述，一般是以土地使用和空间利用方式为核心的与空间利用权相关的管理内容。在我国城乡规划体系中，法定城乡规划提供的控制内容实际上就是一个控制的信息库。因此，城乡规划管理作用的过程是研究管理对象，选择管理目标，并在此基础上选择管理内容以建立管理信息库以及管理内容依托城乡规划管理体系干预城市开发的全过程。城乡规划管理实施的过程也就是管理信息传递的过程。

实施城乡规划管理的主体主要是城市政府及其规划行政主管部门。城乡规划行政主管部门是城市政府的职能部门，而在规划管理中真正的主体是这些公共部门中的人——行政人员。准确地说，实施城乡规划管理的主体具体是城市政府及其城乡规划行政主管部门的主要领导，所谓“一把手工程”。这里，城市政府还包括了相关专业行政主管部

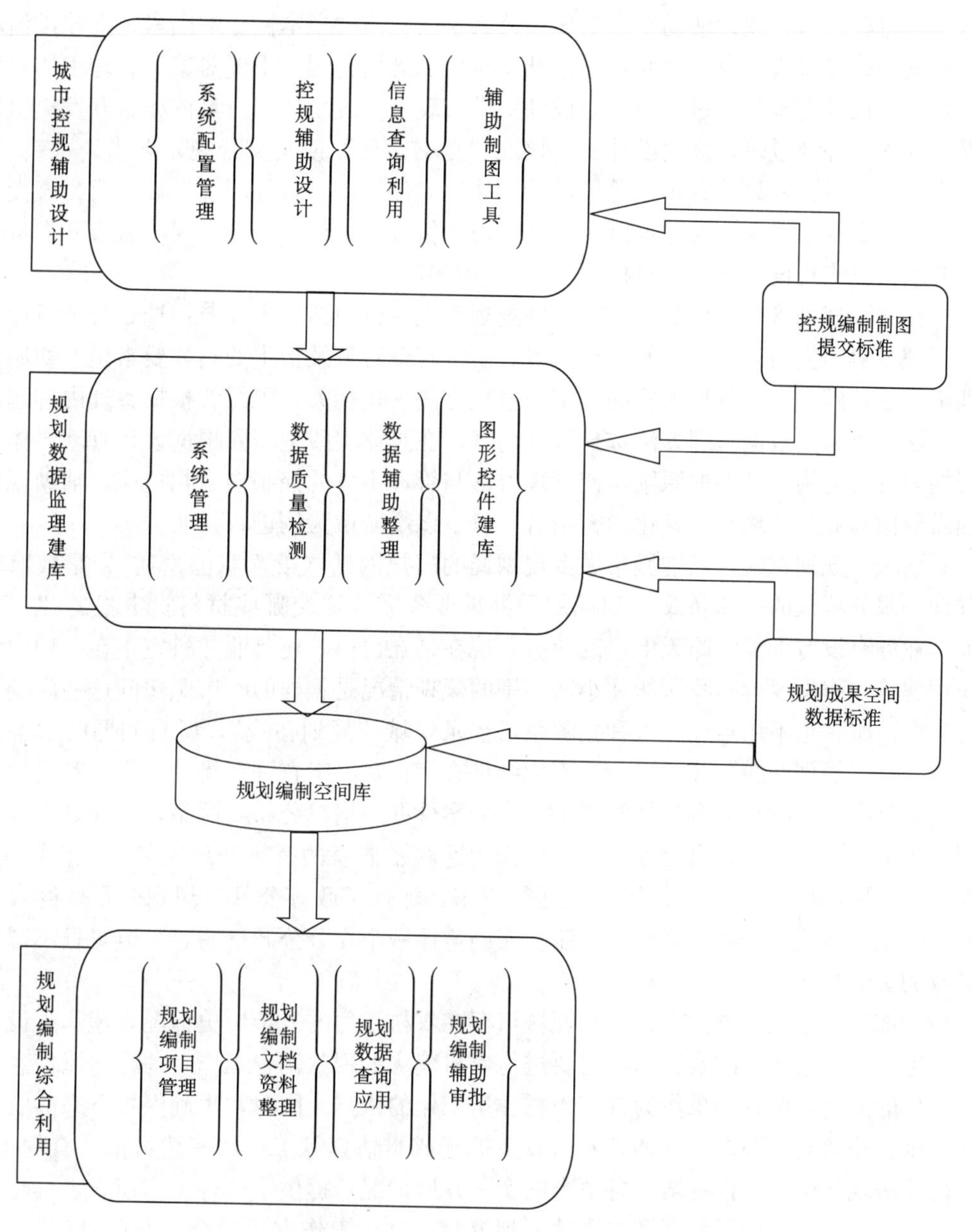

图 6.2　规范控制性详细规划编制框架图

门及其领导。在我国，作为专家的城乡规划师也是施控主体的重要成员，他们对规划管理目标和管理内容的建议成为政府官员决策的重要依据，在城乡规划管理平台中，开发商和为开发商提供技术服务的职业规划师都不属于实施管理的主体，但开发商以其拥有的城市开发决策权对管理主体选择管理目标有着重要的影响。如果肯定城市设计管理主体实施设计管理的根本目的是塑造高品质的城市空间环境，那么，城市空间系统尤其是城市公共空间系统就是设计管理的对象系统。作为设计管理的对象，城市公共空间系统是一个复杂的巨系统，其建设和形成是一个复杂的过程，并反映出明显的层次性特征。

从形成过程上看，建设活动是影响城市公共空间品质的根本性影响因素，而建设活动最直接的方式是城市开发，因此，城市开发是城乡规划管理的主要对象。管理主体对城市开发实施设计管理是通过提出规划设计要求实现的。规划部门对具体城市开发提出规划设计要求，并通过审核规划设计图，核发“一书三证”使其符合规划要求。也就是说，城市开发项目工程设计（包括总体设计、建筑单体设计、室外环境设计）成为直接的和具体的规划管理对象。通过控制开发项目设计符合规划设计要求、促使城市开发符合规划要求，以实现设计管理的目标（陈亚斌，2007）。

在城乡规划管理平台中，实施辅助规划管理主要包括三大环节：选定管理目标—确定管理要素—提出规划条件并实施监督。研究管理对象及衍生的具体要素是一切城市管理工作的基础内容，管理内容的确定与管理方法密切相关，既需要根据管理内容选择管理方法，也需要根据管理方法选择管理内容。在具体实践中需要根据设计管理主体的控制能力灵活运用，基本的原则是使管理方法与管理主体的控制能力相适应。辅助规划管理需要做到业务管理与信息化紧密结合，以下以增城市为例进行说明。

增城“规划在线”是增城市城乡规划局的门户网站（第 5 章已论述），是政府联系群众、服务群众的一座桥梁。到规划局办理业务需要递交哪些材料？申报的“一书三证”业务有没有批复？昨天申报的业务，现在是在窗口，还是业务科室正在办理中？有违章建筑到哪里投诉？我所居住小区周围的规划情况是怎样的？市民想问这些问题不用再东奔西跑，也不用再托熟人和找关系，登录增城“规划在线”，所有问题的解答一目了然。在“规划在线”开通了行政审批结果查询；在办案查询；受理、批前和批后公示等信息公布。实时将城乡规划管理平台中的案件办理情况公布到网站，让规划审批权在阳光下进行。局长信箱自设立以来，作为沟通联系群众的桥梁和反映效能建设的镜子，发挥了重要作用。“规划在线”稳定运行以来，加强了政务公开、规划公示、群众意见收集和反馈制度，使城乡规划的编制、实施遵循一个充分公开透明、可监督且不得随意更改的法治理念。

又如村镇信息化方面，许多县域城市存在农村建房的复杂历史情况，违章建设、一户多宅、土地紧缺等问题。因此需要进行农村建房的现状调查工作，并将房屋信息落实到具体的图上，调查结果作为规范农村建房工作的依据。同时，也确保接下来的农村建房审批、违章建房跟踪调查和新农村改造拆迁成本估算等工作，有法可依、有据可查。农村建房现状调查，根据增城各镇街的实际开展情况，提供了两种工作模式，一是直接在系统中，将农村房屋信息调查表输入到电脑。这种工作方式适合新开展工作的镇街；二是已经开展了调查工作的，有了《农村房屋情况表》的镇街，可以将 Word 文本表格或 Excel 电子表格，通过国土局第二次土地调查的唯一图号，将调查表信息落实到具体图形上。有了调查工作，可以在系统中，对农村在建房屋进行统计。同时，还可以将统计结果在 Excel 电子表格中显示，方便进行排版、打印和公示。通过完善上述农村宅基地及房屋已有的各项基础数据资料，能为农村村民申请建房提供清晰详细的审核、判定依据，从而为规范农村建房，促使农村建房走上科学发展的道路打下坚实的基础。

再如通过平台进行“三规合一”的协调。城乡规划、土地利用总体规划、国民经济与社会发展规划“三规分立”的规划编制体制缺乏协调，不利于城乡发展。解决三种规划不协调的思路是“三规合一”。“三规合一”并不是将三种规划合成一张图，主要是指统一规划目标、统一空间管制和统一空间数据，减少各类规划之间的矛盾，加强各类规划的相互协调和衔接。同时，强化规划的实施和管理，使规划真正成为建设和管理的依据和龙头。由于土地利用总体规划是在1∶10 000的地形图基础上进行编制，所以，在打开高压线走廊后，可以明显地看到，高压走廊穿过了很多在土地利用总体规划中是建设用地的地方。而这些宝贵的建设用地，因为高压线的穿过，而不能真正的开展建设。关闭土地利用总体规划后，打开汽车产业基地的控制性详细规划，同样可以发现，虽然控制性详细规划比总体规划精细了，但高压走廊穿过了控制性详细规划的很多建设用地的地方。同样不能指导实际的建设工作。因此需要通过在城乡规划管理平台中综合分析，根据实际情况，对控制性详细规划进行了合理化的调整建议。如图6.3所示，打开调整方案，可以看到黑色粗实线（实际为蓝色实线）的地块就是由建设用地调整为原地或林地，黑色中空粗线（实际为红色实线）地块是由园地、林地或一般性耕地调整为建设用地。通过分析结果，指导控制性详细规划编制、引导土地利用总体规划调整。在不增加用地指标的情况下，在局部区域内整合出适合建设的建设用地173hm²，即2595亩[①]，约合经济效益8亿元。这些建设用地可以引进40余家广州本田汽车一级和二级配套企业。若这些企业全部投产，每年可带来逾10亿元的税收。

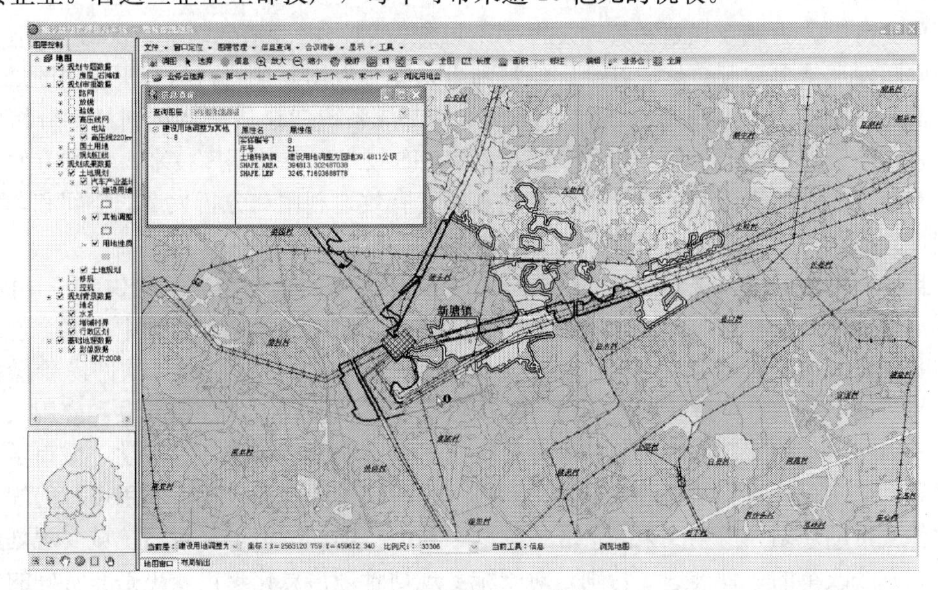

图6.3 “三规合一”实例

6.2.3 辅助规划决策

对于如城市这样的复杂巨系统，规划师所面对的规划问题和规划目标具有多样性与复杂性，使GIS技术本身及以此为基础的预测分析方法并不能很好地满足规划师的实际工作需要，因而一个完整的信息系统应用框架——规划支持系统被提了出来，它融合

① 1亩约等于666.66m²。

了一系列基于计算机技术的信息分析方法和模型，面向规划师并辅助其完成特定规划任务，这已获得了越来越多的学者的关注。

应该说，规划支持系统（PSS）与我们早已熟知的决策支持系统（DSS）和地理信息系统（GIS）有许多联系和相似之处（杜宁睿和李渊，2005）。在欧洲，就有一种观点，即将规划支持系统（PSS）称之为空间决策支持系统（SDSS），因而，在概念上常常不容易将它与决策支持系统相区别。事实上，两者既相互联系又各有侧重。Geertman 和 Stillwell 认为规划支持系统和决策支持系统最主要的共同特点就是应用强大的信息技术和已有的专业知识帮助规划者和决策者了解规划和决策环境，从而提高规划和决策的效率和准确率，这种认识反映了两者之间的紧密联系；但规划支持系统一般应用于对重大问题和未来发展战略提供多种可能性的分析，以进行比较、交互式讨论和沟通、从而最终达到辅助决策的目的，而决策支持系统则侧重于对具体问题和目标提供决策方案，这反映了两者的区别。从实际应用的角度来说，规划支持系统主要服务于规划技术人员及公众参与，而决策支持系统则面向决策者。同时，规划支持系统与 GIS 技术亦联系紧密。GIS 作为空间分析和数据处理的有力工具，在许多领域得到了广泛的应用，特别在城市分析和城市问题研究方面有了较大的发展，在逐步形成的完善的 GIS 数据库支持下，为城乡规划和管理发挥了不可忽视的作用（王劲峰等，2001）。但对于城市空间发展诸多涉及自然、社会、经济和生态等多方面复杂问题的分析和辅助规划决策方面，一般的 GIS 系统则缺乏针对性。规划支持系统就是从城乡规划技术分析的角度出发，结合城市发展模型分析和预测技术、GIS 技术以及数据库技术，提供方便并易于理解的规划支持模型和分析工具，帮助规划者有效地利用和分析大量的空间和非空间数据，并提供多方案选择的可能，从而辅助规划决策。

目前，中国的城乡规划需要系统的分析方法和科学的依据为决策提供支持，同时，城乡规划提倡公众参与，并以政策为导向来共同探讨城市的未来，成为中国城乡规划理论与实践发展的必然趋势。同时，由于 GIS 空间分析能力日益增强且软件易于操作以及空间数据可获取性的逐步增大，使规划决策支持系统及相关软件的开发和应用成为可能。我们相信规划支持系统将伴随着计算机技术、空间分析技术、管理学、城市学、地理学和系统工程技术等学科的发展将得到进一步的完善和广泛应用。利用可行的规划支持软件去帮助规划人员和决策人员分析问题，并进行辅助决策，是对传统城乡规划分析思想和方法改革的一种推进。特别是对于城乡规划管理信息化建设，更是非常好的发展机会。可以通过逐步加入空间分析功能辅助规划决策，逐步打造规划决策系统。城乡规划与管理工作涉及方方面面的内容，其中的许多工作都可以用空间分析来解决，在这里仅举几个常用的分析方法。

基本空间分析：空间叠加包括并、交和切。空间并是指两层多边形叠加相交后生成的新的多边形层中各多边形的属性项等于原始两多边形的属性项之和；空间交是指两层多边形叠加相交后生成的新的多边形层中各多边形的属性项等于原始两多边形的属性项之差；空间切是指两层多边形叠加相交后生成的新的多边形层，其属性值等于原被切多边形属性值。简单经典统计包括最大最小值、直方图、均值方差和正态分布等。这些功能虽然简单，但是覆盖了地学分析的最基本需求。

绿化率计算：区域的绿化率是判断区域环境质量的一个重要指标，系统提供的绿化率计算的模块能够让城市的管理者根据已有数据的得出各个区域的绿化覆盖情况，有准确的数据支持，使环境质量评价具有更高的可信度，绿化率计算过程需要系统提供区域内绿地分布图以及需要统计的分区图。

建筑容积率计算：系统根据一个区域内的楼层分布图、各楼房的层数以及统计的分区图，就可以计算区域内不同分区的建筑容积率的情况。为规划部门控制一个地区建筑的高度提供参考。

缓冲区分析：缓冲区分析是针对点、线、面实体，自动建立其周围一定宽度范围以内的缓冲区多边形，是GIS分析模块中最基本的功能之一。

日照分析：城乡规划管理部门在做控制性详规的过程中有时需要对建筑高度所有规定，其中一个重要的依据是建筑的日照条件，通过日照分析模块可以清楚地看到房子在不同季节不同时段的日照情况。

更专业的分析可以结合具体需要采用高级软件包辅助决策分析。在当今，更需要将新技术与传统城乡规划密切结合，并需要一种结合定性与定量、时间与空间和手工与自动相结合的辅助工具，科学地进行规划和决策。城市是一个包含多因素的复杂巨系统，对城市用地空间的规划不能仅凭经验来勾画城市发展的所谓的“未来蓝图”(谈媛媛等，2008)。

仍以增城市为例。城乡规划信息系统平台会商模块主要包括用地会和规划审批会两个会议，这两个会议又细分为规划局会议和市政府会议两个层次。增城市城乡规划局用地审批会议是规划局内部审核《建设用地规划许可证》和《选址意见书》等；局规划审批会是规划局对修建性详细规划、控制性详细规划进行审批决策的会议；市政府用地会是由市长主持，规划、国土等部门参加审批决策会议。对城市总体规划、片区控制性规划和重点地区修建性详细规划进行审批决策。其中：市政府用地会和规划审批会是增城市用地、规划最高决策会议。系统没有建立前，各部门的审批条件不能综合考虑，往往会出现规划选址通过，国土土地利用规划不通过；规划、国土通过后，环保部门的审批不通过，待规划、国土和环保都通过后，发改局又无法通过。如此反复，不仅增加重复工作，会议纪要等材料查阅不便，也影响城市发展建设速度。通过城乡规划信息系统平台会商模块可以紧密结合方案评审会议的要求和特点，重点落在设计方案的组织和评审上，并且按层次和内容对提交方案进行全面生动的展示。跟实际开会一样，先要进行会议准备工作，将会议的基本情况、要讨论的详细个案都准备好，跟以前准备不同的是，可以将该案件所在位置落到图上，并保存。在会议上双击就可以显示对应的电子图件。

6.3 城乡规划管理办公自动化系统

6.3.1 业务内容

城乡规划管理办公自动化系统是城乡规划管理平台的核心组成部分。以下从办公流程管理和图文表一体化两方面进行分析。

1. *办公流程管理*

从规划业务办公自动化的应用模型设计来看，城乡规划管理办公自动化系统是基于业务角色、业务流程和业务任务的管理模型实现的。“业务角色”代表完成政府部门不同职能的各级领导、各个科室的不同职责的工作人员，相同职责的人员赋予相同的业务角色；“业务流程”代表完成政府部门的各个职能的工作过程，在工作过程中同时赋予规定办理的时间；“业务任务”代表在流程中需要进行的各项任务，这些任务都进行了足够细分，规划局除了包含一般的文档、表格处理的任务以外，还必须完成各种的地图查阅和处理的任务，系统将这些任务进行了有效地调度和管理，形成一系列图形、表格和文档的任务，随时为各级领导和业务人员提供一体化的服务（颜涯和邵佩英，2001）。与业务角色和业务任务不同，业务流程需要不断适应处室职能和人员的变化以及系统功能的扩充所带来的改变。本小节探讨内容是规划信息系统与办公一体化中的办公流程管理。

以增城市城乡规划局的日常办公功能为例，即“收案→派案→办案→审理→发案”等一系列功能。并在此基础上，进行相关查询、统计，如图 6.4 所示。

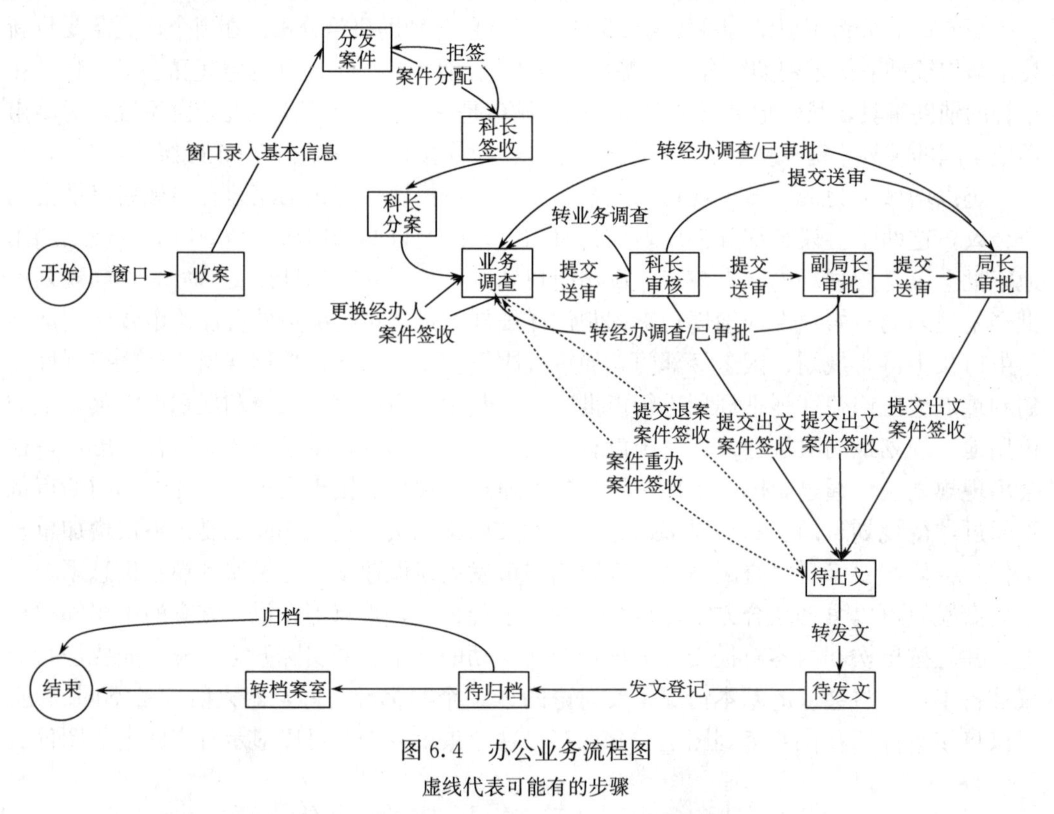

图 6.4　办公业务流程图

虚线代表可能有的步骤

从本质上来说，信息系统是按业务流程为工作人员提供信息工具。城乡规划管理各类审批发证过程包括诸多工作环节，每一业务处室均需要调用上一工作环节产生的有关工作表格、审批意见和工作图件，并要向下一个工作环节传递本工作环节产生的结果，甚至可能调用其他业务处室的有关资料。但目前这些表格和图件等资料主要靠人工传递或转发，借用和调用较为麻烦，信息变更难以做到及时或动态通报，这往往影响着审批发证的工作效率，需要通过城乡规划信息系统与办公一体化建设，实现对办公流程有效管理，使之可以做到以下方面。

1）业务变更的强适应性和系统扩展的方便性

系统具有机构业务处理的流转控制和文档流转的机制，以适应流程、处室职能和人员的变化和系统功能的扩充，便于修改、完善和增加功能。

2）审批项目的实时跟踪与监督管理

系统应具有审批办案项目的实时跟踪管理和监控。对结案、在办和停办等状态项目按各种条件进行查询与控制；能依据规划管理的服务承诺制度、设计报建项目的状态查询及进度查询功能，对审批流转的督办和监控，以实现审批案件的动态跟踪管理。

对于业务流程的定制顺序，可按定制内容逐项完成（如先定制所有业务的文档，再定制所有流程），也可以逐个业务来定制（先定制完选址业务的文档、流程、业务结构和报表，再定制规划用地业务的结构）。

如图 6.5 所示，城乡规划管理办公自动化系统通常以项目库管理为主线，把建设项目的各个不同阶段作为具有独立审批流程的业务，通过业务间的关联关系统一到项目库中集中管理，达到既简单集中的项目统一管理，同时又有灵活的分阶段管理。

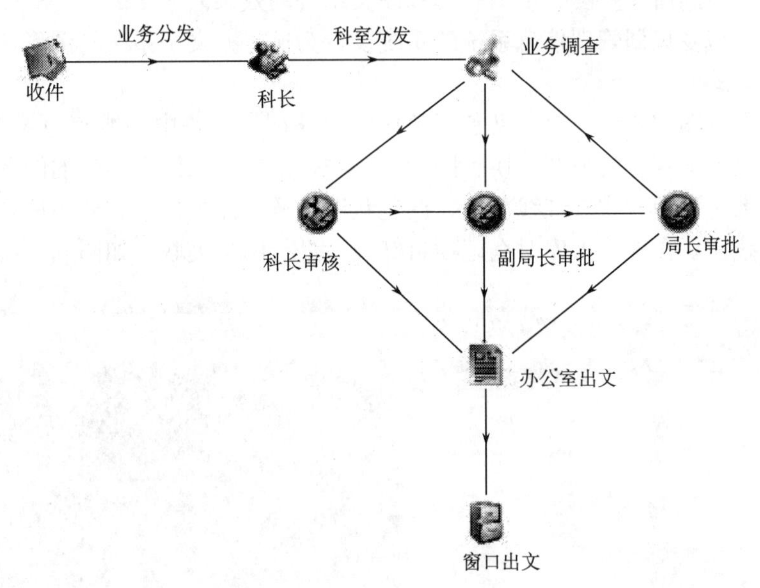

图 6.5　办公业务流程定制实例

2. 图文表一体化

涉及海量的规划图形数据的管理与应用，是城乡规划管理办公自动化系统与其他 MIS/OA 系统最本质的区别之一（黎栋梁和丁建伟，2001）。城乡规划需要处理海量的地理空间数据；另外，在系统运行过程中也会不断产生新的动态文档信息，涉及规划、用地、建管、监检、设计和法规等方面，与历史档案一起构成海量的文档信息。图文分离的方式已经与规划管理要求相去甚远，将空间信息和文档信息紧密结合，实现在线的、动态的连接和互访成为新的需求，这要求新一代城乡规划信息系统实现“图文一体化”的功能。

中心城市的城乡规划管理图文办公一体化有以下四点要求。

（1）全局只建设一个系统，办文子系统与图形子系统在后台统一建库，在前台紧密集成统一系统的运行平台。

（2）以用地为线索，图形信息高度集成，将复文和“三证一书”等文档信息全部关联到用地地块上，通过用地管理可以跟踪土地使用和建设的历史变化。

（3）不再强调固化的工作流，将流程的思维模式，从文件信息传递转变成信息共享的过程。重视信息采集与管理，案件的办理过程是信息的完善过程。

（4）统一收发文窗口，收发环节是信息流动的始点和终点，也是信息最后完善和核准的环节。经办人环节是信息产生和动态更新的重要环节，经办人是信息采集的重要力量。可以通过电子报批手段，促进设计信息的规范化，提高图纸审批的自动化程度，降低图形信息建库成本。

通过图文一体化技术可以把城乡规划管理部门日常工作中的各种图形、文字、影像和动画等资料经过整理有机结合起来，用先进的数据库技术和计算机技术管理并提供给用户有效和便利的方法、界面以及有效地提取、修改和管理数据，为日常工作提供科学有效的工具，达到由文查图、由图查文和图文结合的效果。

以增城市城乡规划管理信息系统的系统设计为例，办文子系统与图形子系统的结合主要有三种方式。

（1）图形视图方式：主要定义了行政区划、路网、道路中心线和卫星影像等视图，用户可以直接选择相应的视图切换到图形系统中，系统自动调入相应的图形数据供用户查询分析。系统调图方式有红线登记、调现状图、调总体规划图和调用地红线四种。例如调用地红线需要在地块入库时登记项目红线，进行图文关联，如图 6.6 所示。

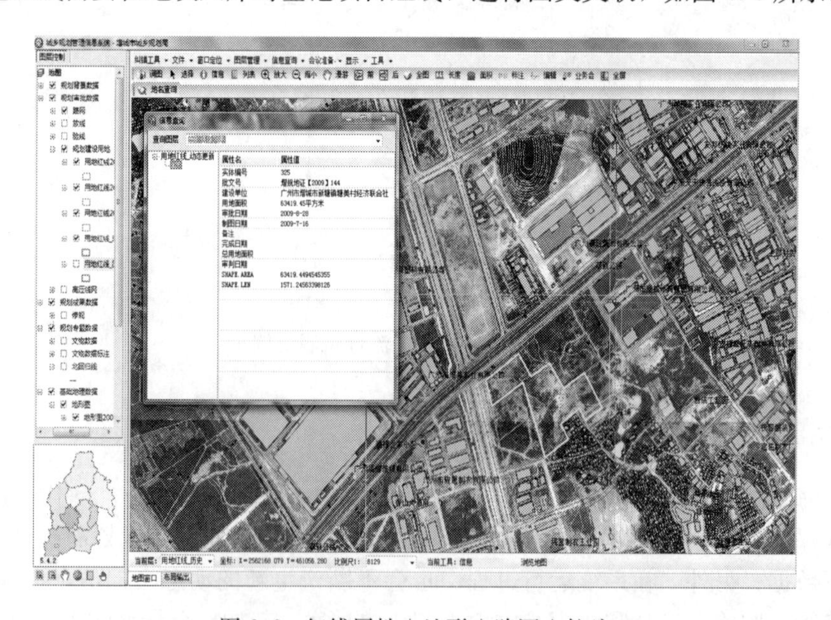

图 6.6　红线属性＋地形＋路网＋航片

（2）项目定位方式：根据选择项目关联的图形，直接显示定位到相应位置。

（3）图形文档方式：图形文档表现的是经办人员的工作方案或者结果，例如，经办人员绘制好红线图并将整饰好后的图保存为图形文档，信息中心直接根据图形文档打印出图；或者将图形分析结果保存为图形文档，领导可以直接查看结果。图文结合的显示和输出的内容包括图斑的符号化显示和标签显示等。

一般情况下，总体图形分析采用从图形视图方式进入；经办人员绘制红线采用选择项目后从项目定位方式进入，完成后保存成图形文档；经办人员项目图形审批分析也是项目定位方式进入，并将分析结果保存为图形文档；信息中心红线出图采用选定图形文档进入并打印出图；领导审批项目直接浏览图形文档进入。

6.3.2 业务流程管理

业务流程管理在实现上主要通过工作流的方式进行。工作流技术是一个被业界广泛应用并发展迅速的技术，它所关注的问题是处理过程的自动化，它根据一系列定义的规则，把文档、信息或任务在参与者之间传递，实现某种业务流程处理。根据工作流管理联盟（Workflow Management Coalition，WFMC）提供的工作流的标准定义（图 6.7）：工作流是一个业务过程部分或全部地用计算机自动执行，并给出了WFMC 工作流管理参考模型（Workflow Reference Model，WFRM）。该模型定义了一个基本的工作流管理系统所需要的六个基本模块，并制定了各模块之间的接口标准。

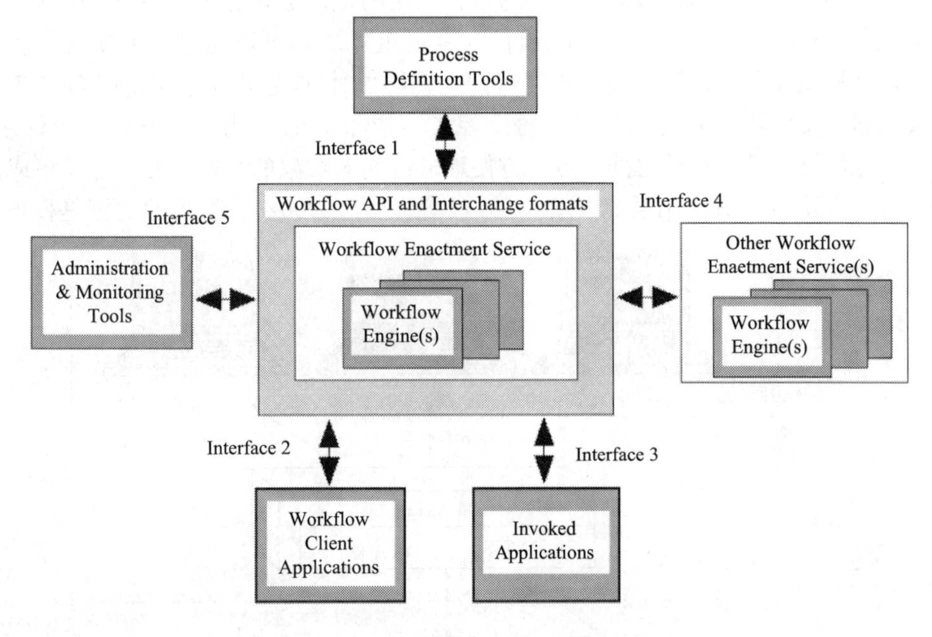

图 6.7　工作流管理参考模型（WFRM）

工作流技术主要用于实现办公自动化。其基本思想是根据既定的数据字典和规则集，辅助一个业务流程的部分或全部地自动化实现。一个工作流将流程分成一些阶段和环节，通过一组定义表格描述流程各阶段和活动的基本内容，如定义每个活动的执行者、相关应用程序和需要的文档等；通过另一组表格即条件表格描述流程各阶段和活动的相互制约关系，如定义过程或活动的启动与终止条件等。基于这组基本表格字典提供的工作流信息，工作流管理系统可以有效地控制流程的运行和工作流执行者交互，推进工作流的事件的执行，并监控工作流的运行状态。

工作流技术在一体化建设应用的基本目的是将工作分解成定义良好的任务和角色，按照一定的规则和过程来执行这些任务并对它们进行监控。它的最大优点是将应用逻辑与过程逻辑分离，可以不修改具体功能实现而只修改过程模型来改变系统功能。规划管理审批业务是非常典型的工作流，因此在城乡规划管理办公自动化系统中应用工作流技术也就顺理成章了。项目库管理工具确定规划管理各种业务流程和流程阶段，把一个抽象的业务管理流程以直观的图形化方式表现了出来，不需编程就能实现对流程的增、删和改等编辑工作。系统根据对每个流程阶段的定义自动判断流程的合理性，建立与流程对应的数据存储过程、匹配与流程对应的程序。系统管理员甚至普通的规划业务人员在短时间内就可以把复杂的规划管理的业务流程“画”入计算机，实现规划业务流程的灵活定制。

工作流技术的具体实施依赖于组件。组件是技术规范和通信标准，它最重要的实用价值在于组件具有高度的重用性和互用性。所谓组件式 GIS，是指基于组件对象平台，以一组具有某种标准通信接口的、允许跨语言应用的组件形式提供的 GIS。这种组件称为 GIS 组件，GIS 组件之间以及 GIS 组件与其他组件之间可以通过标准的通信接口实现交互，这种交互可以跨计算机实现。组件式 GIS 技术的基本思想就是把 GIS 各大功能模块根据性质的不同划分为控件，每个控件完成不同的功能。各个 GIS 控件之间，GIS 控件与其他非 GIS 控件之间，可以方便地通过面向对象的可视化开发工具集成，形成满足用户需要的 GIS 应用系统（图 6.8）（陈颖彪等，2002）。组件的关键是根据 GIS

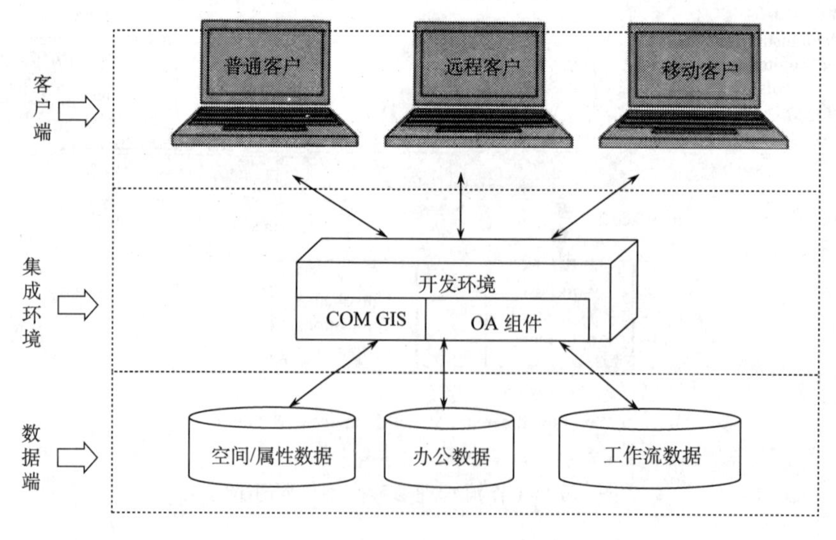

图 6.8　GIS 与 OA 的一体化模式

的功能，形成一个对用户充分透明的属性和方法接口，做到组件的即插即用和无缝集成。系统集成的本质就在于对已有的软件系统功能进行再利用，以满足当前的需要。组件式GIS的发展是当今软件技术的发展潮流。组件式GIS的应用，可以很好地解决城建档案管理信息系统中GIS、MIS、OA三者一体化集成的技术难题，并提供了优秀的可伸缩性和可扩展能力。

同传统的GIS比较，组件式GIS技术具有三大优点：可以无缝集成，通用性较强，总体拥有成本（TCO）较低。

6.4 应用实例

6.4.1 总体框架

以增城市城乡规划管理信息系统为例，如图6.9所示，该系统是以“一书三证”办理过程中的申报、跟踪督办、流转控制、周期控制和核发“证、书”为核心，覆盖城乡规划实施管理全过程的图文一体化办公自动化系统。系统紧密围绕规划“一书三证”业务，将办公自动化系统、管理信息系统与地理信息系统有机结合，实现图、文和表一体化。并能按照一定的工作流和权限设定，对报建项目的案件受理、审批和发证的全过程实现计算机信息管理，具有对申报案件受理、信息录入、存档、案件办理和各级审批以及通知书、许可证和红线图等审批结果进行绘制与打印处理等功能。

图6.9 增城市城乡规划管理信息系统主界面

1. 增城市城乡规划管理信息系统的总体结构

增城市城乡规划管理信息系统主要由数据平台和相关的软件构成，包括 4 个数据库、3 个应用子系统和 2 个管理子系统，共同构成一个完整的增城市城乡规划管理系统（图 6.10）。

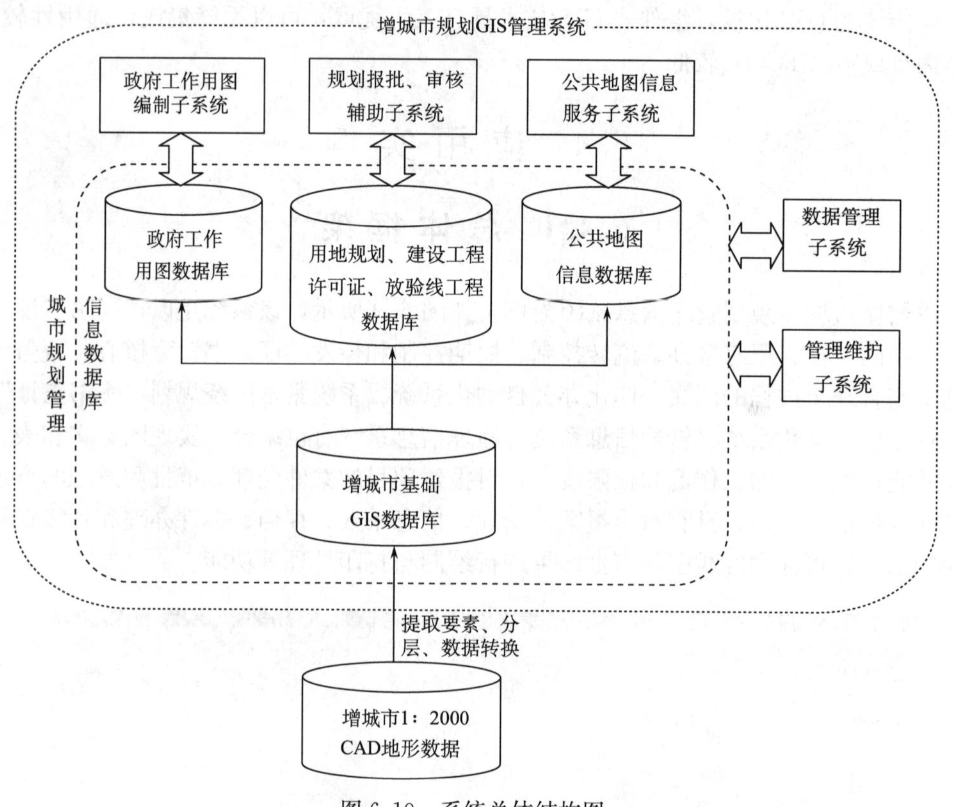

图 6.10　系统总体结构图

2. 增城市城乡规划管理信息系统的总体框架设计

该体系以空间数据为框架来组织综合数据，以地理信息系统为平台（或软件工具）来管理、分析和应用综合数据，通过 OA、MIS 在县域城市的规划管理局范围内的应用，展现城市地理信息系统在规划管理中的强大优势，充分结合空间数据的电子报批来规范规划管理部门和建设单位和设计单位之间的业务联系，最终达到集成一体化的目的（图 6.11）。

（1）数据层。采用 Oracle 关系型数据库系统和 ArcSDE 空间数据引擎实现数据的高效存储和管理。

（2）逻辑层。采用 ArcEngine 技术，通过 ArcSDE 空间数据引擎，负责城乡规划管理信息系统业务逻辑的实现，如空间数据的存取、表现和操作等。

（3）应用层。对城乡规划管理信息系统核心业务的支持，实现城乡规划管理信息系统数据库的具体应用，如数据转换、数据查询和专题图输出、统计报表输出和信息发布等。

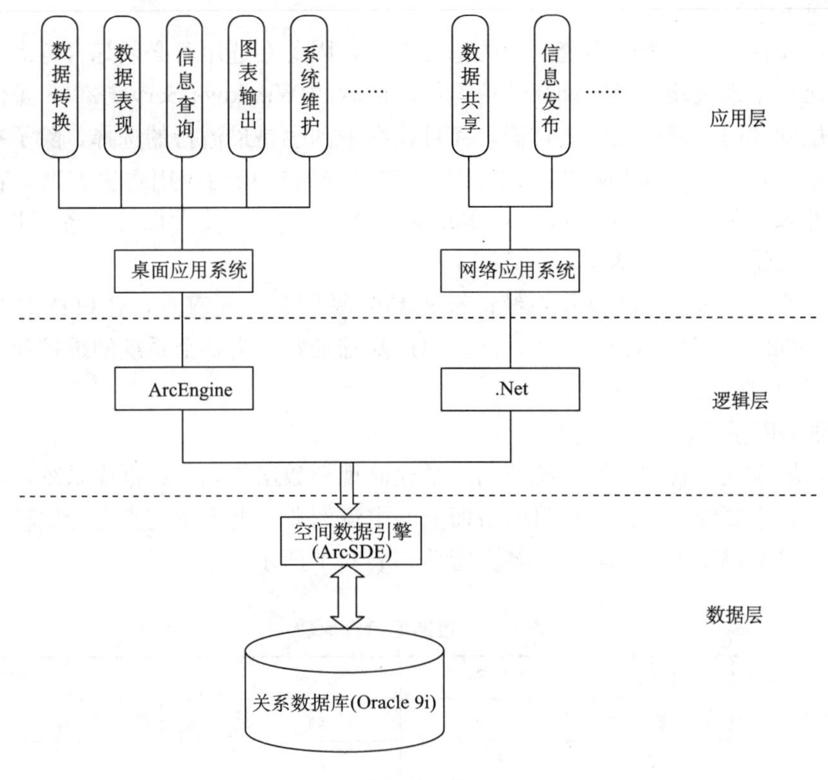

图 6.11　总体框架设计图

应用层在现阶段以“一书三证”为业务核心，将规划业务中的建设项目设计审查、施工管理、质量监督和规划监察等有机地结合在一起，辅以其他 OA 和 MIS 的常用手段，最后通过图文一体化的表现方式形成完整系统。基于 GeoDatabase 和 SDE 的数据库管理和访问机制，使用户可以透明地使用基础地理数据，数据之间的关系完全由基础地理信息平台、数据库以及空间数据库引擎维护，系统可以通过重新组织空间数据逻辑而使图文数据组织逻辑相同或相似，这样就保证了在数据表现上的图文一体化，而完全基于面向对象的 COM 化地理信息系统平台和快速开发工具使得图文一体化可以在界面表现上相容，使得技术实现的一体化也得以实现。最后，由于数据库的一致性，使得数据在物理组织上就是一体的，大型关系型数据库给图文数据的相互更新提供了诸如存储过程和触发器等非常丰富的功能，使得空间数据、属性数据以及业务数据可以无缝地组织在一起。

3. 系统网络及软硬件环境设计

1）软件环境

系统软件环境的选择是决定系统能否建成一个先进高效系统的关键因素，本系统主要考虑操作系统、数据库系统、地理信息系统平台和开发工具四个方面。

(1) 操作系统。

服务器操作系统是整个系统运行的基础平台，因此在选用时必须综合考虑多方面因素，以确保整个系统能够稳定和高效地运行，微软的 Windows Server 2003 操作系统在县域城乡规划部门有着广大的用户群，而且，在中国也是最流行的选择，除了投资小以外，最主要的是基于 Windows 应用平台有一整套非常成功的应用解决方案，各种大型的应用软件基本都支持 Windows，对本系统的成功应用有较大保证。鉴于以上原因，服务器操作系统推荐采用 Windows Server 2003。

一般工作站和客户端的操作系统的要求易学易用和方便直观，建议选用 Windows XP/Windows2000。Windows 系列软件，用户基础最好，为整个系统的维护和升级提供基础平台层面上的支持。

(2) 数据库系统。

增城市城乡规划管理信息系统数据库是存储规划数据的大型数据库系统，在选择数据库系统时，主要综合考虑选择目前市面上的主流商业数据库系统来进行比较，对各个数据库的一些基本特性列表对比，各自特性如表 6.1 所示。

表 6.1　数据库特性比较

	Oracle	SQL Server	Sybase	Informix	IBM DB/2
易操作性	较高	高	高	一般	一般
稳定性	高	较高	高	高	高
速度	最高	高	高	高	高
海量数据下的表现	最好	一般	好	好	好
空间数据库结构	有	有	无	有	无
空间数据索引速度	高	一般	无	一般	无
支持三种操作系统	是	仅 Windows	是	是	是
Windows 客户端	有	有	有	有	有
标准数据接口	ODBC ADO OLEDB	ODBC ADO OLEDB	ODBC ADO	ODBC	ODBC

Oracle 数据库系统在海量数据存储能力，数据库性能，空间数据存储和检索，兼容性方面具有优势。同时，Oracle 数据库系统和 ArcSDE 的结合是目前世界上最成熟、最稳定的空间数据管理技术，也是管理数据库工程建设的主流模式。Oracle 数据库系统的空间数据库也支持 Open GIS 标准，是集存储、管理、索引和检索为一体的空间数据库。

(3) 地理信息系统平台。

地理信息系统平台选择是整个系统的一个关键点，规划管理数据库系统对稳定性、可维护性、扩展性和整体体系结构都有非常高的要求，选用优良 GIS 平台可以提高系统开发效率，保证系统的稳定性和质量。ESRI 公司基于 Microsoft 公司的 COM 技术重新构架了 ArcGIS 系列软件，使得 ArcGIS 由一套共享 GIS 组件组成的通用组件库实现，这些组件被称为 ArcObjects。ArcObjects 包含了大量的可编程组件，从细粒度的对象（如单个的几何对象）到粗粒度的对象（如与现有 ArcMap 文档交互的地图对象）涉及面极广，这些对象为开发者集成了全面的 GIS 功能。因此为开发本系统提供了非常方便的解决方案，便于快速开发，缩短开发周期。同时由于 ArcGIS 系列软件用户众多，可以更好地与其他规划系统保持良好的互操作性，也为系统的扩展提供基础地理信息系统平台层面上的技术保证。

（4）开发工具。

在 Windows 操作系统下开发本系统，选用 Visual Studio. net 为开发工具具有非常高的效率。Visual Studio. net 是一个全面的开发工具，包含当前流行的大部分开发语言。目前系统的开发一般采用 ESRI 公司提供的第三方组件（ArcEngine）为规划数据管理提供必要的 GIS 功能支持。

2）硬件环境

在设计规划管理系统硬件环境时，主要考虑以下因素。

（1）服务器的容量、性能、稳定性和可靠性要求。系统结构和选型首先要考虑满足各方面的要求；

（2）系统输入输出外围设备以及备份设备；

（3）网络带宽，由于数据量大，网络带宽要求足够大，避免出现网络瓶颈问题；

（4）系统构架，主要根据各节点对数据量的访问大小来确定，避免出现单个工作站负荷过大的情况；

（5）系统造价，在满足需求的基础上，系统尽可能充分利用现有设备，节省费用。在综合上面各种因素后，根据方案具体的目标和功能需求确定基本硬件环境。

3）网络选型

需求调查表明，一个高效的 GIS 网络系统应是高速度和低延时的网络系统，实现这一目标的最好方法是在主干采用交换式设备以提供高速低延时的访问，将路由功能置于边界，解决与其他子网或广域网的互联。在内部网络环境中，用户数据的最大传输量一般都集中在本地局域网中。而本地局域网上流动的需要的数据，除了服务器的高性能外，局域网络结构也是至关重要的，本地局域网可选择百兆位以太网，通过物理布线和配置相应中心交换机联接各前端机。局域网采用三层网络结构，即规划管理数据库服务器端、规划数据维护工作站组和局域网客户端。中心规划管理数据库采用双机备份机制，当其中一台数据库出现故障，另外一台能立即进入服务状态。在规划管理数据库服务器上安装 Oracle 和 ArcSDE 服务端软件；规划数据维护工作站组上采用 Windows 2003 Server 和 Oracle 客户端，安装 ArcGIS 应用组件和系统服务器端管理程序，实现大部分的规划数据的更新和维护等操作；一般局域网客户端安装 ArcGIS 应用系统，Windows XP 和系统客户端管理程序，用户通过该层实现人机友好交互，规划数据的浏览和小规模维护，更新等操作。网络结构图如图 6.12 所示。

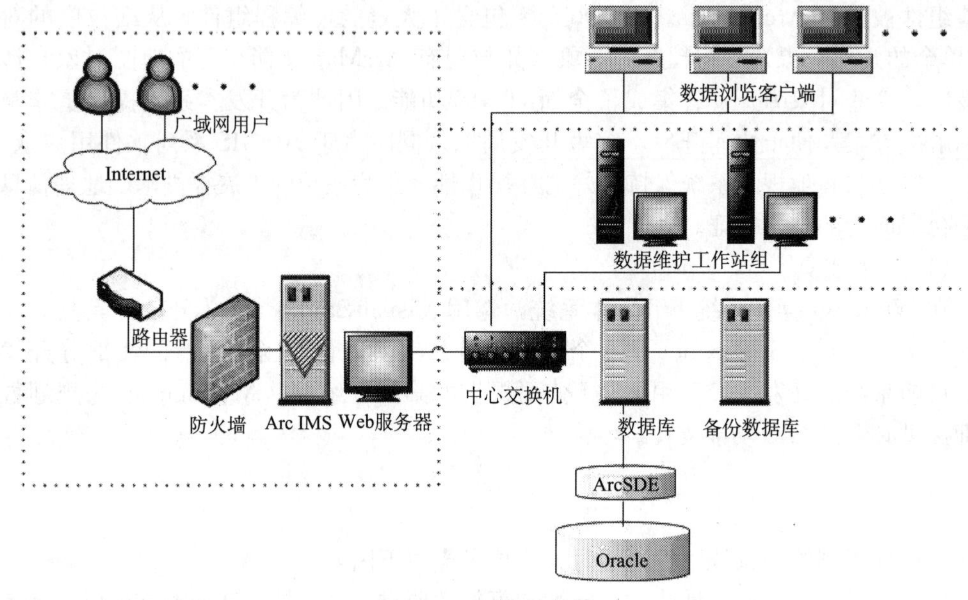

图 6.12　网络结构图

6.4.2　应用概况

基础地理数据的建设和系统的集成一体化是增城市城乡规划管理信息系统的两大创新点，也是本章的研究重点。下面以增城市城乡规划管理信息系统为应用实例，分析它们在县域城市的城乡规划管理信息化建设的应用，对城乡规划管理信息化进行实际的应用探索。

1. 业务流程管理

规划信息系统与办公一体化的业务流程管理使客户端的各部门人员可以按照各自的名称登陆办公系统进行日常的业务处理。下面以建设用地规划为例进行分析业务的生成和在各部门流转处理的过程。图 6.13 显示了规划审批中的建设用地规划业务登记图。

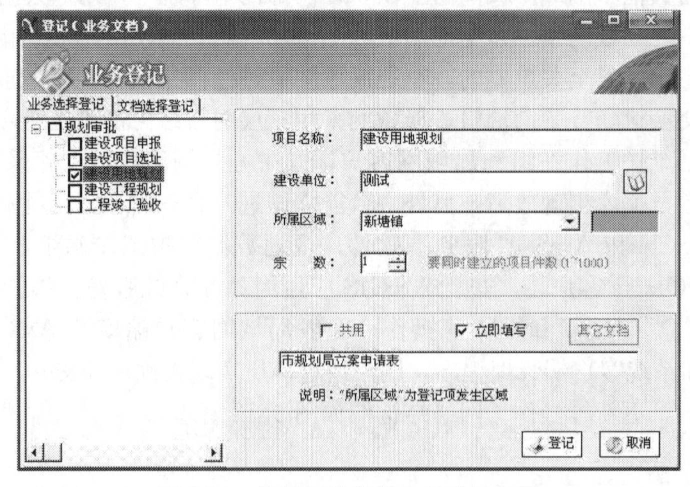

图 6.13　建设用地规划业务登记实例

一个业务的流转通常是从接件窗口的接新件活动开始。业务员填完相应的表格后就生成了这个业务的实例。也就表明这个业务实例可以通过这个业务的流程流转。通过批转功能，业务员可以将这个案卷批到下一个流程阶段。用户需要处理的案卷都显示在档案箱中。业务员可以通过在档案箱对案卷进行目前流转阶段需要完成的功能。图 6.14 显示了在档案箱中的业务列表。

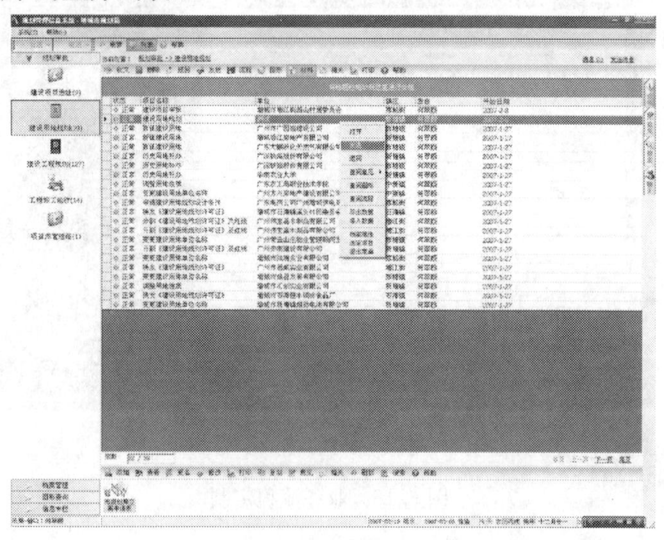

图 6.14　档案箱

同时，在办理过程中，业务员还可以查看该案卷的办理进度，以了解案卷在各个流程阶段的状况。同时还可以通过办公系统提供的查询模块进行相应的业务信息查询。图 6.15 显示了对业务办理进度的查询情况。

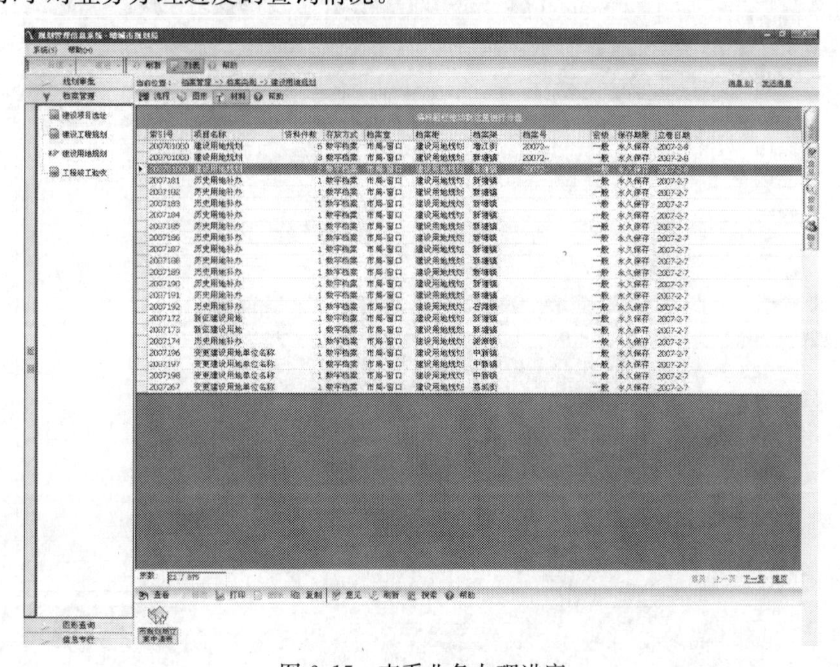

图 6.15　查看业务办理进度

在一个业务的相关信息全部定义完毕后，开始在流程设计模块中对业务的各个阶段进行配置，选择流程各阶段业务角色，定制流程。图 6.16 显示了对业务流程进行定制的情况。

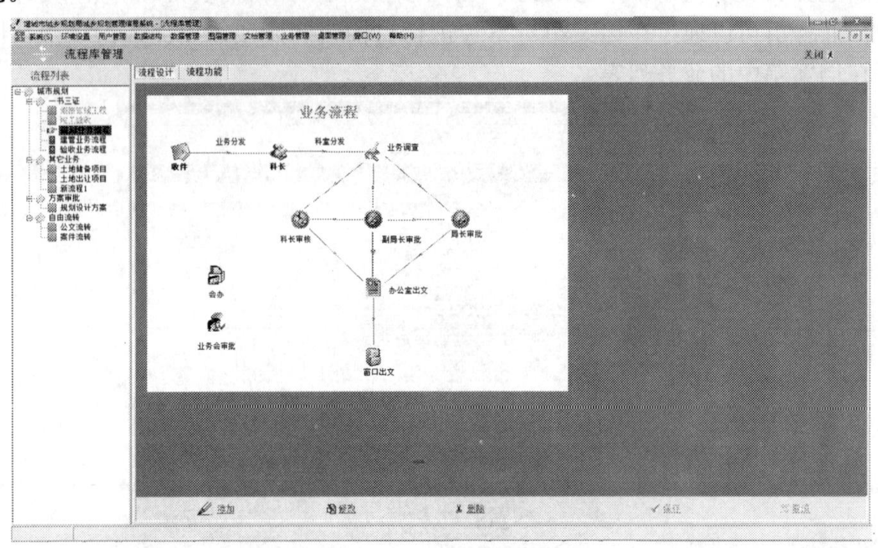

图 6.16　业务流程定制

用户身份的正确识别与检验是数据安全的门户，只有通过身份验证的用户才可以使用数据，为了有效可靠地管理用户权限，保证系统的安全，需要一套可靠完善的身份鉴别机制。图 6.17 显示了办理人员的情况。

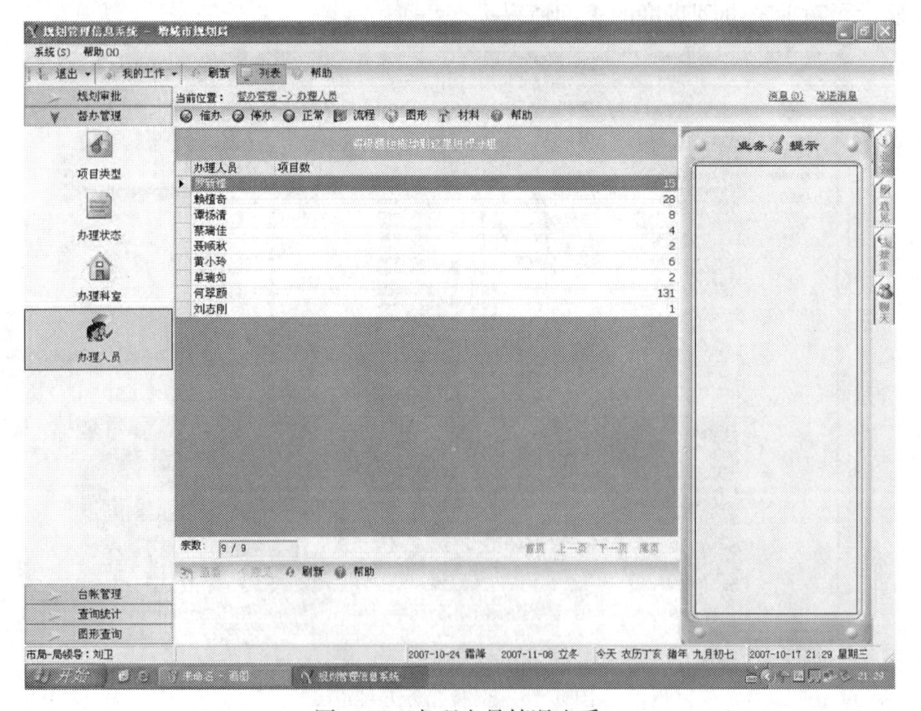

图 6.17　办理人员情况查看

县域城市的城乡规划信息化建设有一个大力宣传信息知识，增强市民信息意识，提高市民使用信息资源的能力的过程，因而需要降低使用信息资源费用和门槛，开发易学易懂、带有“傻瓜式”操作方法的实用模块。对外信息发布模块采用自动采集技术。预先设定需要采集的栏目，设定采集程序，设置好需要采集的网站来源。按照图 6.18 所示的信息发布流程，系统自动从设定好的网站上将信息采集到自己网站上，从而实现发布信息的自动化，保证信息的更新速度。

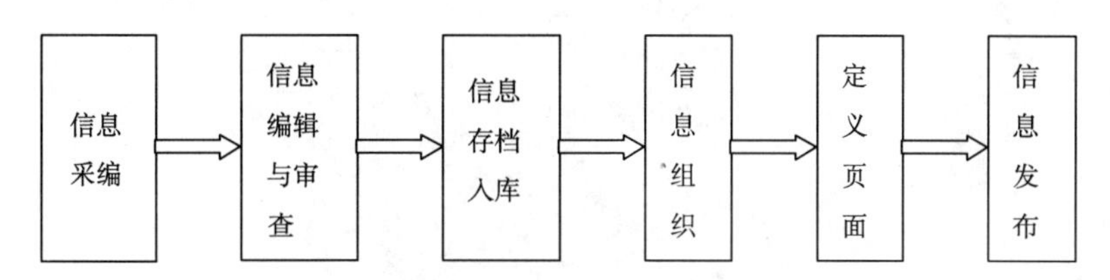

图 6.18　信息发布流程图

2. 业务相关地图功能管理

增城市城乡规划局除了包含一般的文档、表格处理的任务以外，还必须完成项目选址、用地审批、工程报建和各种地图查阅的任务。这很好地体现了图文一体化的功能，使 GIS 流程和功能很好地结合起来，是本系统的另一个创新点。

调用地红线需要在地块入库时登记项目红线，进行图文关联，图 6.19 显示了地块入库时登记项目红线的情况。

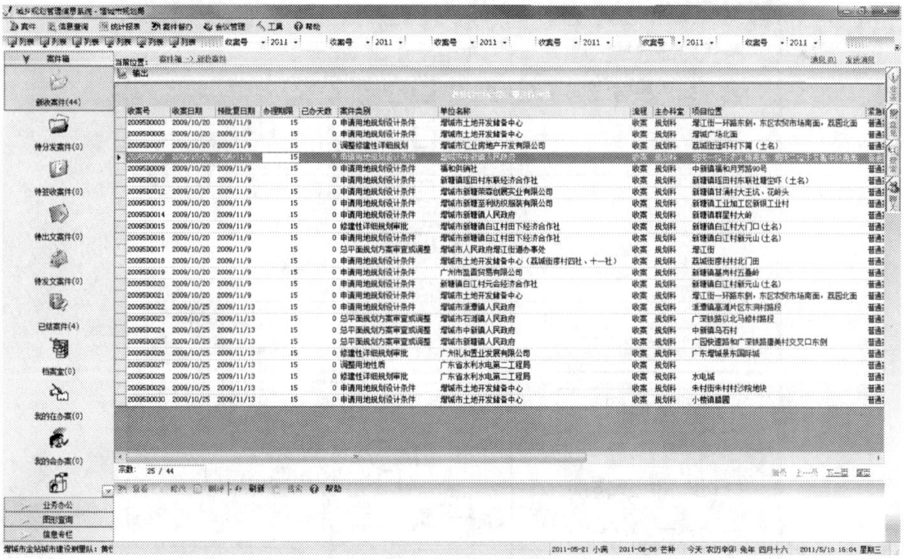

图 6.19　项目红线登记

项目红线登记后，可以通过图文关联对用地红线图进行查询，图 6.20 显示了用地红线图查询后的结果。

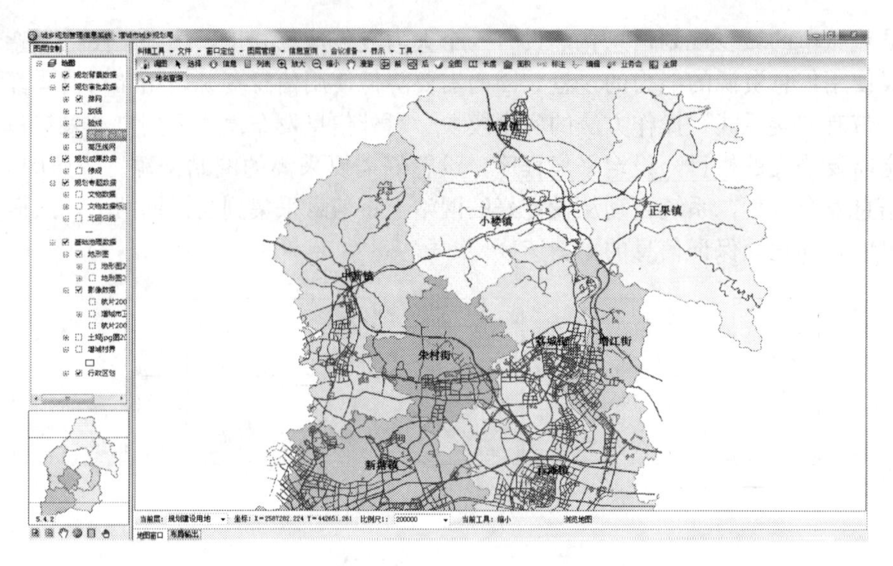

图 6.20　用地红线图查询

在办案过程中，需要进行道路退红等图形操作。地图操作模块提供了强大的图形编辑功能。可以对所配置的工作图进行图形编辑，在图像编辑中新生成的地物都会赋上该案卷的相应信息，使 GIS 功能和流程很好地结合起来。

如图 6.21 所示，在通过基础空间数据库实现良好的工作数据组织的基础上，用户可以灵活地控制已加载的图层进行浏览。图层配置模块主要面向系统管理员，根据用户

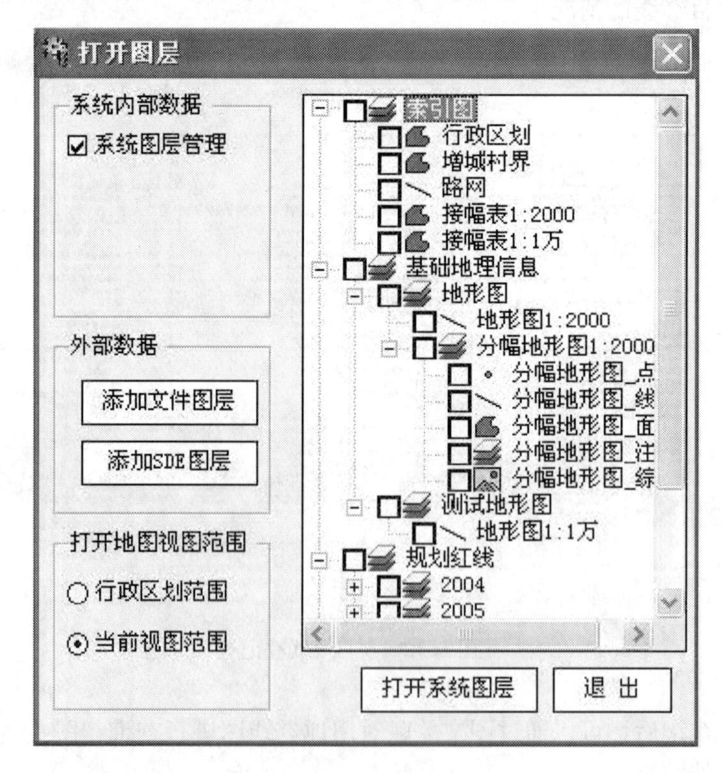

图 6.21　图层管理

的需求统一管理已加载的图层数据。实现系统图层与ArcSDE物理图层之间的挂接与配置，实现分库、子库、逻辑层、物理图层以及索引图层的增加以及叠加、删除与维护等。根据数据库中数据的物理分层控制各个图层的显示的最大比例尺和最小比例尺，控制图层显示的顺序，使空间数据实现分级显示。

空间数据库既有矢量数据的存储又有栅格数据的存储。对不同数据结构的空间数据进行合理管理，方便了城乡规划中如调图和地图叠加调入等工作的应用，如图6.22所示。

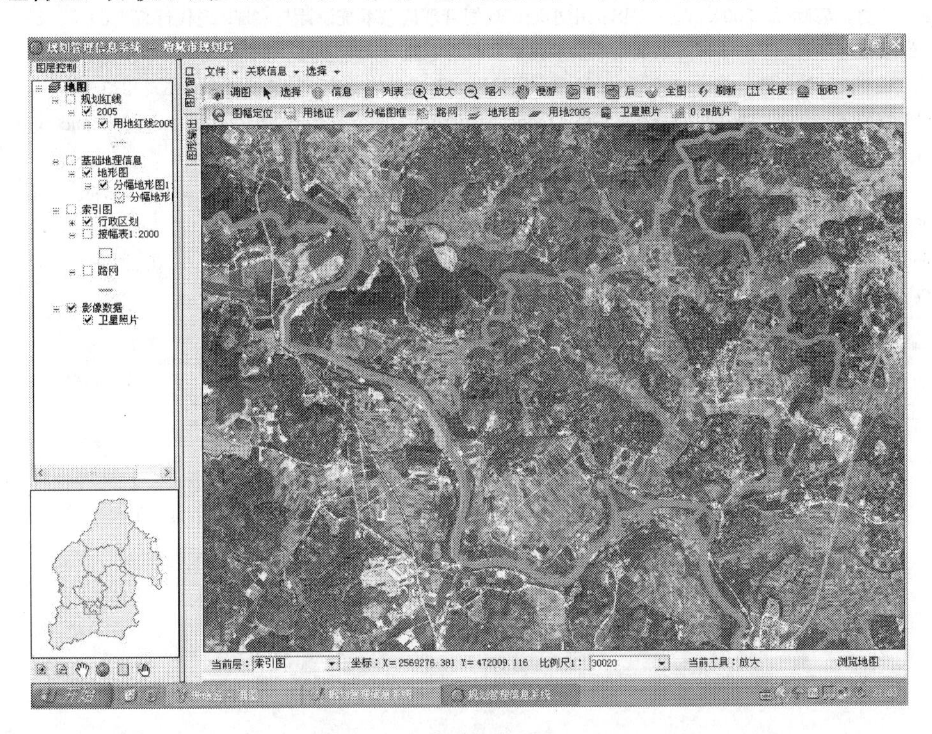

图6.22　卫星影像叠加用地红线

系统具有可视化制图能力，拥有一个强大的图形输出作用机制，基于空间数据库制图为制图者提供最理想的工具和环境，获得更加丰富多样的图形化表现效果以及更加灵活自由的操作方式，支持自动化制图。系统将根据用户的选择打印输出浏览的数据库中的图形数据，系统还提供打印模板功能，在图形数据打印输出时可以加载设计好的模板来进行图幅整饰。

主要参考文献

毕硕本，王桥，徐秀华. 2007. 地理信息系统软件工程的原理与方法. 北京：科学出版社

边馥苓. 2006. 大平台、大共享、大应用——论数字工程. 地理信息世界，(2)：4～7

陈亚斌. 2007. 城市设计管理要素研究. 上海：同济大学硕士学位论文

陈颖彪，钟耳顺，杨祖虎. 2002. 一种基于组件技术的GIS与办公自动化系统无缝集成模式研究. 国土资源遥感，(2)：56～59

杜宁睿，李渊. 2005. 规划支持系统（PSS）及其在城市空间规划决策中的应用. 武汉大学学报，38 (1)：37～42

范剑锋，袁海庆. 2003. 一种适合中小城市的规划建设管理系统模式. 武汉理工大学学报，25 (11)：64，65

黄道明. 2004. 中小城市GIS的开发模式探讨. 湖南水利水电，(2)：28，29

黎栋梁，丁建伟. 2001. GIS支持下的城乡规划图文一体化办公系统的建立. 地球信息科学，(3)：24～31
刘菊. 2002. 试论城市地理信息系统建设. 林业科技情报，(3)：46，47
乔继明. 1995. 对城市地理信息系统建立中几个问题的思考. 城市规划汇刊，(1)：19～25
宋小冬. 2001. 经验、启示、趋势——进一步开拓GIS在城市规划中的应用. 国外城市规划，(3)：1
宋小冬. 2005. 城市规划基本数据库建设与维护. 城市规划，(9)：31～38
谈媛媛，高飞，胡小华. 2008. 建设用地审批管理系统的分析与设计. 地理信息世界，31 (11)：1821～1824
王劲峰，柏延臣，朱彩英，等. 2001. 地理信息系统空间分析能力探讨. 中国图像图形学报，(6)：849～853
熊学斌，王勇，郭际元. 2004. 基于GIS的中小城市规划管理信息系统设计与实现. 现代计算机，(5). 53～55
颜涯，邵佩英. 2001. GIS与MIS系统集成技术在城乡规划中的研究与应用. 计算机仿真，(5)：76～79
岳建伟，刘生权，钟耳顺，等. 2007. 电子政务系统协同式开发平台研究. 计算机工程，(3)：273～277
Batty M, Xie Y. 1999. Modelling inside GIS, model structures, exploratory spatial data analysis and aggregation. International Journal of Geographical Information Systems, (8); 291～907
Bos D, Sells C. 2002. Essential · NET. Volume 1: The Common Lan-guage Runtime. Massachusetts: Addison Wesley. 11
Manolopoulos Y, Apostolos N. Papadopoulos, Michael Gr. Vassilakopoulos. 2003. Spatial databases: technologies. Techniques and Trends. Oreilly

第7章 县域城乡规划信息化体系建设展望

7.1 信息化体系向村镇规划延伸

7.1.1 城乡一体化规划意义

随着《城乡规划法》的实施，城乡一体化规划建设已迫在眉睫，势在必行。本章就城乡一体化规划做初步介绍，并阐述其意义。

城乡一体化思想早在20世纪已经提出。我国在改革开放后，尤其是在20世纪80年代末期，由于历史上形成的城乡之间隔离发展，各种经济社会矛盾出现，城乡一体化思想逐渐受到重视。尤其党的十六届二中全会强调，要按照统筹城乡发展、统筹区域发展、统筹经济社会发展的要求，逐步建立城乡一体化的经济体制，促进经济社会的可持续发展。

从人类社会的发展历史来看，城乡关系必然要经历三个发展阶段：第一阶段，乡村发展为城市发展提供资金和人力资源，这是乡村支援城市，城市的扩大再生产有赖于乡村生产力剩余的阶段；第二阶段，城市与乡村各自独立发展，这是城乡矛盾已现端倪并且日趋扩大的阶段；第三阶段，随着社会生产力的发展和城市化的不断推进，社会经济活动开始超越城乡两个相对隔离的单元而相互渗透，人类社会逐渐进入城乡界限模糊、城市与乡村融合的时代，也就是通常所说的“城乡一体化”（成受明和程新良，2005）。

原有的《中华人民共和国城市规划法》实行的城乡二元的管理模式，在法律上回避了城市乡村在规划中的关系，将城市的发展与农村分离，一定程度上限制了城市和乡村的发展，也导致了当前城郊结合部和各级乡村建设活动的无序和混乱，已经无法适应新时期中国城市和乡村发展的规划和管理要求，无法适应新时期中国城市和乡村发展的规划和管理要求。因此，新的《城乡规划法》开宗明义：“为了加强城乡规划管理，协调城乡空间布局，改善人居环境，促进城乡经济社会全面协调可持续发展，制定本法。”（第一条）。“本法所称城乡规划，包括城镇体系规划、城市规划、镇规划、乡规划和村庄规划”（第二条），从而表征我们应开始重视城乡一体化规划和建设，以适应我国城乡发展的现实情况，更好地促进城市和乡村的发展（巫丽芸，2009）。

城乡一体化规划工作的开展具有非常重要的意义（张戈和何邕健，2005）。

（1）有利于增强城市的市场环境适应力。

通过城乡一体化规划的开展，可以使城乡之间的经济发展更加协调，弱化城乡二元经济结构，实现城乡互动发展，可以使城市和乡村都取得更好的产业结构效益，从而提高城市在市场经济条件下的适应能力。

（2）有利于形成合理的城乡建设时序。

城乡经济互动格局需要城市与乡村在产业上相互关联才能形成，随着我国市场经济体制的逐渐完善，企业面临着越来越激烈的竞争局面，迫切需要相关产业的“辅助”，而相关产业发展和配套设施建设对地方经济而言具有重要的刺激作用。新的《城乡规划法》的实施将城乡紧密结合在一起，有利于形成合理的城乡建设时序。

(3) 有利于积极稳妥地推进市域城镇化进程。

通过统筹全市经济资源，利用大型工业企业转型的契机，弥合外来投资的大型企业经济系统和地方经济系统的差距，将有利于改变城乡分割的局面，促使城镇化得以健康稳妥地推进。

(4) 有助于解决“三农”问题。

通过产业和人口向郊区扩散，消除城市空间的二元结构；通过改造和提升传统工业和农业的技术水平，消除产业间的二元结构；通过提高产业的劳动生产率和建立社会补偿机制，消除分配上的二元结构；通过加快推进郊区工业化和城市化进程，消除城乡社会二元结构，将有助于解决“三农”问题。

7.1.2 近期展望

城乡一体化规划的目标是实现城乡协调发展。城乡协调发展是一种状态目标，包括三个子目标：①产业联动发展；②资源配置高效；③城乡调解规范。城乡一体化规划则是达到这种状态的战略途径。在市场机制的作用下实现主导产业集群化，重组相关产业和配套服务产业，扶持发展乡镇企业梯度推进，实现产业逐级联动发展；通过在全市范围内平衡土地资源，培育不同层次的人才市场和实现资本与收益的跨空间统一等途径，促进城乡资源一体化；最后，在现行的行政管理体制下设立城乡利益调解机构，依据有关的规章制度进行利益调解。城乡经济一体化是城乡协调发展的基础，城乡资源一体化则是城乡协调发展的根本，城乡制度一体化是城乡协调发展的制度保证（张戈和何邕健，2005）。

7.2 地理信息公共服务平台

2008 年 7 月，国家测绘局做出了建设国家地理信息公共服务平台的战略性决策，并出台了《国家地理信息公共服务平台建设专项规划》，要求以科学发展观为指导，建设一体化地理信息资源体系，建成基于电子政务内和外网的网络化运行环境，实现国家、省和市（县）三级平台的互联互通、信息共享和协同服务，全面提升信息化条件下地理信息服务能力和水平。

1. 地理信息公共服务平台概念

地理信息公共服务平台（以下简称公共服务平台）就是以地理空间框架数据为基础，以地理信息系统为主要管理工具，整合与空间信息有关的非空间信息，以宽带网络为载体，以各种信息终端为媒介，面向政府、公众和行业提供地理信息服务的平台。其内容概括了各种地理信息的公共部分，适用于与地理信息有关的各个行业应用；其功能应具备地理信息系统基本功能，同时满足公共服务基本定位需求。

2. 总体设计思路

公共服务平台的总体研究思路是：面向政府管理决策科学化、国民经济与社会发展信息化和经济增长方式转变等对网络化地理信息在线服务的迫切需求，发挥国家各级测绘部门长期积累形成的基础地理数据资源、服务架构及更新优势，建设一体化的在线地理信息服务资源，构建分布式地理信息共享与应用开发环境，建设国家、省和市（县）三级连通的地理信息网络化服务体系，向政府、企业和公众提供一站式地理信息服务（陈军，2009）。

（1）建设一体化的在线地理信息服务资源：针对电子政务和电子商务等对网络化地理信息服务的专门需求，对已有基础地理数据成果进行必要的整合处理，制作形成适合在线服务，逻辑上规范一致，物理上分布管理的国家、省和市（县）三级基础地理信息服务资源，提供与相关专业信息的标准化接口，通过网络实现互联互通，形成一体化的地理信息服务资源。

（2）构建分布式地理信息共享与应用开发环境：采用 Web Service 等开放式标准协议，开发形成地理信息服务描述、发布、发现和调用的技术结构与接口，对国家、省和市（县）多尺度、多类型地理信息资源进行封装改造，形成技术结构一致和对外服务接口相同的多级服务节点，提供跨地区、跨部门的地理信息资源的松耦集成与动态装配，为广大用户浏览使用地理信息和搭建业务系统提供分布式地理信息共享与应用开发环境。

（3）建设统一的地理信息网络化服务体系：地理信息服务提供方、使用方和管理方是公共服务平台建设与运行需考虑的三类角色。按照面向服务架构（service-oriented architecture，SOA）的理念，公共服务平台应将各类地理信息服务提供方、使用方和管理方集成为一体，设计基于统一注册和分级授权的服务组织模式，通过专门网络实现从中央到地方的地理信息服务资源的互联互通、动态装配及管理调度，建立协同服务、更新与运行管理机制。

根据上述思路，我国公共服务平台的总体架构由服务层、数据层和运行支持层等三层技术结构组成。其中服务层包括门户网站系统、在线服务系统和服务管理系统以及相应系列标准服务接口，向用户提供标准化的地图与地理信息服务；数据层由国家、省和市（县）三级地理信息服务资源组成，在逻辑上规范一致，物理上分布，彼此互联互通；运行支持层是基于电子政务内外网的网络接入环境以及数据库集群服务、存储备份、安全保密控制和管理的软硬件环境。另一方面，国家公共服务平台包含主节点、分节点和子节点等三级服务节点，它们有相同的技术结构以及一致的对外服务接口，分别依托国家、省和市（县）的三级地理信息服务机构，通过电子政务内、外网实现纵横向互联互通。

公共服务平台主要是提供标准服务，而将面向特定用户群体或满足专门化应用需求的专题应用系统留给有关机构、公司进行二次开发。例如，政府部门或机构可以公共服务平台为基础，设计开发应急指挥、规划管理等空间型决策支持系统；企业也可以公共服务平台为基础，开发位置服务、旅游出行和购物等公众服务系统。

3. 服务层设计

就公共服务平台的三类角色而言，第一类角色包括一般用户和开发类用户，前者直接使用平台所提供的浏览查询等在线地理信息服务，后者利用平台提供的标准开发接口进行二次开发，以构建自己的专业应用系统；第二类角色是服务提供方，如各地、各部门地理信息中心等地理信息服务资源所有者，负责在线地图与地理信息服务的提供和维护；第三类角色是服务中介（管理方），主要承担平台的运行管理，如服务注册等。根据上述分析，将公共服务平台的服务层设计成地理信息服务基础软件、门户网站系统、二次开发接口库和平台管理系统等四大部分。

（1）地理信息服务基础软件：主要是根据 Web Service 等开放式标准协议，提供统一的地理信息服务描述、发布、发现和调用的技术结构与接口，实现地理信息数据的组织管理、符号化处理、地理信息查询分析、数据提取等功能，通过标准的网络接口实现在线服务的发布。除具备基本的 GIS 数据输入、处理、符号化、指定格式输出等功能外，地理信息服务基础软件应能提供符合 OGC 规范的互操作接口与调用。这就要求以 XML、SOAP、UDDI、WSDL 和 WSFL 等分布式计算技术为核心，屏蔽了异构的操作系统、网络和编程语言以及传统中间件的异构性，将来自各地、各部门的地理信息服务功能封装成为 Web Service，通过共同的服务注册进行分布，变成具有完整封装性和高度可集成性、便于发现、激活和调用的服务，支持跨平台、跨编程环境的动态服务装配与分布式计算。

（2）门户网站：是公共服务平台的统一访问界面，提供包括目录服务、地理信息内容服务等多种服务，并通过服务管理系统实现统一管理。就内容服务而言，公共服务平台服务层应该提供包括地图浏览、地名查找、地址定位、地名标绘、空间查询、数据查询选取、数据提取与下载等功能。平台提供的服务类型和功能将随着运行和新需求的出现不断得到丰富。

（3）二次开发接口：是为专业用户提供调用平台各类服务的浏览器端的二次开发函数库，实现对地理信息服务基础软件各类功能的封装。具体包括二维地图服务、三维地图服务、空间数据服务、地理编码服务、数据应用分析服务等五类标准接口。专业用户则可通过调用二次开发接口，进行自身业务信息的分布式集成，快速构建业务应用系统。

（4）平台管理软件：其是综合所有在线服务并形成一个有序运行整体的核心，通过服务注册管理、用户管理和服务代理等，实现服务的注册、查询、组合、状态监测和评价，以及对用户认证、授权管理。一般说来，公共服务平台所包括的节点数量可以动态变化，各个节点提供的服务也可以动态变化。通过各节点服务资源的统一管理调度，在整体上形成动态稳定和连续无缝的地理信息服务。为了保证各个节点提供标准一致的服务，需要遵循 WMS，WFS，WCS，WFS-G，WPS，CSW（UDDI）在内的现有服务技术规范，还要规定或制定相应的服务技术规范，包括《基于服务器缓存的地图服务规范》、《平台服务元数据信息模型》、《平台服务的专题分类》、《平台服务发现接口规范》、《平台服务的服务质量评价方法》、《平台用户管理规范》、《平台服务节点建设基本技术要求》、《各类服务接口的浏览器端应用开发接口》和《平台应用分析功能开发技术要求》等。

4. 数据层设计

社会经济信息空间化整合和在线阅览标注等对地理空间信息载体提出了专门需求，包括地理实体化、分层细化和地理地图简洁化等。为此，需要以现有基础地理信息数据为基础，设计和加工制作能满足电子政务、电子商务各类用户基本需求的多尺度公共地理框架数据，并形成相应的适时更新机制。

（1）构建多尺度的公共地理框架数据资源：在现有基础地理信息四维数据产品的基础上，设计和制作加工由地理实体、地名地址、地图、影像和高程等五类数据组成的公共地理框架数据集。它是通过对基础地理信息数据的内容提取与分层细化、模型对象化重构、统计分析和符号化表现等处理加工而形成的。为了保证国家、省和市数据资源的共享，需要制定统一的数据规范，包括《地理实体数据规范》，《地名地址数据规范》，《电子地图数据规范》，《影像数据规范》，《高程数据规范》等。根据基础地理信息的空间尺度特性，国家、省和市三级节点要按照总体设计要求，分工制作形成宏、中和微尺度的政务版公共地理框架数据，在涉密网环境下为政府部门提供在线服务。在此基础上，对政务版数据进行必要的涉密信息过滤、内容简化等处理后，形成公众版数据，用于非涉密网的在线信息服务。

（2）建立协同更新维护机制：为了保证公共服务平台数据的现势性，应建立起多级互动的协同更新维护机制。其中市级节点将作为公共服务平台的信息基地，负责大比例尺数据的更新维护。更新将采用应急快速更新、定期更新两种模式，包括实现变化信息提取、要素关系协调、基于要素的增量更新和版本化管理等过程。

为了切实推进地理信息共建共享，公共服务平台将为交通、水利、国土、建设、林业、农业和应急指挥等专业部门添加专题地理数据提供接口与工具，鼓励和支持他们的公共服务平台向广大用户提供专题空间信息服务。

5. 运行支撑层设计

（1）网络系统：公共服务平台应使用国家广域网物理链路，遵循相关广域网管理规章，构建涉密与非涉密两套广域网络，分别用于涉密和非涉密地理信息的在线服务。两者均包括纵向和横向网，拓扑结构相似。纵向网络联通测绘部门的主节点、分节点和子节点，构成三层网络架构；横向网络联通测绘部门与相应层次的政府与专业部门，每个层次的节点为同一级别，各自分别建设接入网络系统，互不隶属，为单层网络架构。

（2）服务器系统：各级节点应配置符合“公共服务平台”业务需求的高性能、高可靠的服务器，包括数据库服务器、中间件服务器和 Web 应用服务器三类，用于实现海量空间数据的并发处理、管理和分发服务，满足政府与专业部门、社会公众对海量空间地理信息的大规模并发持续访问和协同应用，支持实现 24h 连续实时服务。

（3）存储备份系统：实现海量数据的存储管理与备份。包括构建专用的存储区域网络，实现对数据的在线集成优化管理，同时构建异地容灾存储备份系统，在异地存储主要公共地理框架数据和应用系统，防止意外事件导致的重大数据和应用系统的损失。

（4）安全保密系统：按照国家有关安全保密的标准、法律法规和文件精神要求，采用分域分级防护策略，从物理安全、运行安全、信息安全保密和安全管理四个层面进行计算机信息系统分级保护和等级保护建设，实现全网统一的安全保密监控与管理（陈军等，2009）。

6. 地理信息公共服务平台的构架与服务模式

1）普适计算思想与平台构架

地理信息公共服务平台的运行模式必须适应信息化社会的信息传播方式和信息表现形式。随着计算机、通信、网络、微电子和集成电路等技术的发展，信息技术的硬件环境和软件环境发生了巨大变化。这种变化使得通信和计算机构成的信息空间，与人们生活和工作的物理空间正在逐渐融为一体，实现了物理世界与信息空间的融合，使人们可以随时随地得到信息服务，这就是“普适计算（ubiquitous/pervasive computing）”的概念。

普适计算是未来信息化的发展方向，在技术层面还有很多需要解决的问题，但这种“无所不在”提供信息服务的思想可以贯穿到目前的地理信息公共服务平台建设当中，也就是说地理信息公共服务须追踪信息技术的发展，以各种网络为载体，在各种信息终端上提供服务。其服务和应用概括起来包括三个方面，即面向政府的空间地理信息辅助决策、面向公众的空间定位服务、针对与空间信息有关的行业服务。

2）基础地理信息管理系统

它建立在测绘部门局域网环境下，是对传统测绘成果管理模式的改变，内容包括：
（1）基础测绘产品数据库；
（2）基础地理信息产品维护与更新系统；
（3）基础测绘产品管理系统。

3）测绘成果分发服务系统

它建立在三种网络环境下，是对传统测绘成果对外提供模式的转变，内容包括：
（1）局域网下的测绘产品业务办公系统；
（2）政务网环境下的测绘产品服务系统；
（3）互联网环境下的测绘产品公众服务系统。

4）基于政务专网的政府决策地理信息支持系统

利用政府的政务专网环境，向省市政府部门提供地理信息服务，在规划、环保、市政、交通和公共危机现场快速定位及周边环境分析等方面以及国家和地区的重大工程建设方面，为领导的科学决策提供了一套可视化的空间辅助决策支持系统。

为政府决策提供支持的内容涉及很多方面，也涉及政府各个部门，由于多年形成的部门利益保护观念，使得所有信息资源共享不可能一次性完成，尤其是一些拥有专业空间信息的部门，如规划和国土部门等。因此，地理信息公共服务平台中面向政府的服务内容需要逐步完善。建设初期的服务内容可以是政府信息化部门掌握的信息资源，后续可以逐行业增加专题信息，也可以根据需求专门建设，如各级政府目前关注的公共危机应急相应内容。

除了地理空间框架数据之外，平台同样可提供更详细的专业空间信息接口，使得规划、土地、地下管网和市政等拥有专业空间信息的管理部门同样可以在平台上，向政府决策部门提供各自的信息。

5）基于互联网的地理信息公众服务系统

各级政府大都已经建立了自己的门户网站，并面向公众提供一系列的公益性信息服务，包括新闻、旅游、交通、科技教育、人才交流、餐饮、宾馆和房产交易等五花八门。如果将电子地图网站，同所有与空间位置有关的信息结合起来，能够更方便、更直接地公众提供一种具有空间方位意义的信息服务。

6）多媒体电子地图

多媒体电子地图是一种以可视化数字地图为背景，以文本、照片、图表、声音、动画和视频等多媒体为表现手段展示城市、企业和旅游景点等区域综合面貌的现代信息产品，可以存储于计算机外存，以只读光盘和网络等形式传播，以桌面计算机或触摸屏等形式为大众提供使用。与常规地图设计一样，多媒体电子地图的主题、地图面向的对象、地图的用途是设计的首要考虑，同时用户的心理感受、视觉的艺术效果以及计算机和多媒体技术也对设计有重要影响。

与传统地图相比，多媒体电子地图的空间信息可视化更为直观、生动，信息表现形式多样化；基于超文本和内容的信息查询快捷；空间信息探索工具强大；信息内容丰富，更具多样性和集成性；信息更新简便。用户可以任意查阅全图，也可随意将其缩小、放大、漫游、测距、面积量算、查询、统计和定位等。多媒体电子地图使得地理信息传递过程中的交互性成为可能。

城市和省的多媒体电子地图也是综合反映当地风土人情、地理位置、资源概况和城市建设的有利工具。

7）基于互联网和政务专网的行业信息服务系统

早期的地理信息系统起源于对土地管理的需求，地理信息系统技术的不断完善与成熟得益于各个行业的广泛运用。无论是国外还是国内，在土地、规划、水利、交通和环保等行业，GIS 与管理系统结合，都体现了其重要的应用价值。

地理信息公共服务平台利用网络环境从底层建立供社会各行各业应用的基础地理信息资源服务平台，同时也为各个行业专题的空间信息和属性信息提供基本平台，既保证公共信息资源的共享，又满足不同行业各自的需求。

8）位置服务中心

将各种服务方式和服务内容集中，建立专门的位置服务中心，以商业运作模式向社会公众及交通运输、公安消防和物流管理等行业提供利用手机或 PDA 的定位服务、汽车导航与监控服务，以及紧急救助等基于空间位置的服务。这些服务以互联网、无线网络或移动通信为载体，利用 GPS 或移动通信基站定位，以电子地图为背景显示，来查询或确定位置信息。

服务方式包括：

（1）移动通信用户定位。

这是一种请求-响应式服务，主要是面向手机或 PDA 等用户随身携带的通信设备，通过移动通信网络发送请求，而后得到位置信息服务。目前移动通信部门已经开始把提供位置信息作为一项增值业务，但在保障地理信息的准确性与现势性方面显然有一定困难，这是造成这项业务无法推广普及的主要原因之一。如果将地理信息公共服务平台拥有的信息资源与移动通信部门业务结合起来，将会充分发挥各自优势进而带动这项业务的普及。

（2）为业务管理提供位置监控服务。

协助一些部门或企业（如物流和旅游公司等）对指定的车辆、人员进行监控或调度；实时监控结果可以直接发送到用户的业务终端上。这种服务模式可以是长期的，也可以是临时的。

（3）技术及空间信息支持服务。

对于交通、公安、消防和市政等行业或部门，需要实时对车辆或人员的位置进行监控，可以建立基于地理位置的、用于自身业务管理的指挥控制中心，对这类用户的服务，可以通过技术移植、合作开发和提供空间信息资源来完成。

7. 公共服务平台的关键技术

1）平台标准体系建设

地理信息公共服务平台提供一个开放的、共享的环境，涉及信息资源的整合和统一管理，平台标准体系包括国际通用的软件标准和国家已经颁布的空间数据标准。

此外，地理空间框架数据是平台提供信息服务的核心，同时也是整合其他非空间信息的载体，而国内目前尚未制定统一标准。须参照国外标准（如美国），结合实际情况，确立地理空间框架数据标准，包括省级地理空间基本框架数据和城市地理空间专用框架数据标准。

2）空间数据互操作与共享技术研究

研究不同 GIS 环境下的空间数据互操作与共享技术，基于开放地理信息系统的互操作方法，在统一平台（空间数据交换平台）上，实现各个行业间地理空间数据资源的共享和互操作。

3）分布异构数据库集成

应用异构分布式数据库系统理论，来规划设计平台的数据库系统，以实现在互联网、政务网环境下分布式异构的空间和非空间数据库的集成应用。

4）网络环境下海量影像数据的快速浏览及发布

各种分辨率的正射影像数据是地理信息公共服务平台主要的空间信息服务内容之

一，但因数据量大和网络带宽的限制，速度缓慢经常成为网络环境下影像应用的瓶颈问题。解决网络环境下海量影像数据的快速浏览及发布问题涉及地理信息服务的质量和效果。

5）网络环境下分布异构数据的负载平衡

研究制定经济有效的分布式服务器负载平衡方案，最大限度地利用服务器容量和优化存储资源。即根据服务器的动态负载情况，自动定向用户的请求，以解决在并发访问中经常出现的网络堵塞、访问延时等待现象。

6）基于不同媒体终端的地理空间信息可视化表达

结合多媒体表现形式和各种用户的使用习惯，研究基于互联网，移动终端（手机、掌上电脑和车载显示屏）和触摸屏等不同载体的地理空间信息表现形式，研究新一代电子地图的可视化表达。

7）平台安全性与保密性

平台面向政府机关、企事业单位和公众，提供全方位的服务，不同用户群拥有不同的使用、维护和管理权限；此外，地理空间信息涉及国家的安全问题，因此，平台的安全、保密机制与措施是否健全，关系到平台能否正常运行和维护。平台安全与保密将贯穿数据库建设、管理及各种应用系统开发的全过程。

8）文本地名解析与定位

文本地名本身带有空间位置信息，如果能将互联网和政务网中各类文档中出现的地名与电子地图的位置结合起来，才能真正实现空间信息随时随地检索和定位。因此在平台的建设中，需解决文本地名解析和定位技术（徐开明，2006）。

7.2.1 地理信息公共服务平台意义

公共服务平台是信息化条件下我国地理信息实时综合服务的主要运行形态与手段。其建成与运行服务将有力地提升我国地理信息公共服务能力，发挥地理信息资源的最大效益，提高全社会地理信息资源开发利用水平，对促进国民经济又好又快发展具有十分重要的意义。

1. 以空间信息为载体，整合、汇集其他信息资源

地理信息是唯一具有整合其他信息功能的基础性信息，而地理信息服务平台可作为各种信息汇集和交互的重要工具。通过“框架地理空间数据”中对各种地理实体在空间位置上的分布及类别和级别上的划分（分层、分类和分级），可以集成各种属性信息，为各种与空间信息有关的信息搭建一个载体，并借助地理信息系统强大的分析和表现功能，以可视化方式表现出来。

地理信息公共服务平台整合和汇集非空间信息的过程是一个循序渐进的过程，一般

情况下，非空间信息的来源包括：

（1）地图本身采集的地名信息或对地理目标的描述性信息；

（2）政府信息化部门发布的、与空间位置有关的公共信息；

（3）行业专题信息，包括行业内部使用的专题信息及行业公开发布的信息；

（4）企业宣传性信息。

地理信息公共服务平台中的非空间信息汇集是一个不断完善、不断更新的动态建设过程。上述非空间信息不可能在地理信息公共服务平台中一次建设完成，而是在平台框架搭建后，通过推动各种应用，逐渐充实数据库内容，反过来丰富服务内容，形成良性循环。

保证各种非空间信息与空间信息整合的前提是信息分类编码标准化，这也是进行信息交换和实现信息资源共享的重要前提。

2. 分建共享、各自维护

地理信息公共服务平台是测绘部门面向信息化社会，在提供地理信息服务和保障方面，从内容到形式的彻底变化，需要以政府测绘部门为主体，通过与政府和各个行业信息化部门合作完成。具体的分工如下。

测绘部门负责完成：

（1）地理空间框架数据库建设；

（2）地理信息系统平台开发（包括互联网、政务专网、局域网和无线通信）；

（3）空间数据与非空间数据库集成；

（4）地理信息系统应用技术培训与普及；

（5）地理空间框架数据的维护与更新。

地方政府信息部门负责完成：

（1）城市（省）信息化综合数据库（非空间信息）建设；

（2）非空间数据库的维护与更新；

（3）制定政策，统一标准，监督政府各部门推进空间信息的统一建设与使用；

（4）推动相关行业的专业信息加载。

这一建设模式实现了对信息资源的分别建设、集成共享和各司其职。地理信息公共服务平台在向其他行业提供服务时，同样采取这一模式。

3. “计划型基础测绘”转变为“面向应用型测绘”

基础测绘成果是“框架地理空间数据”的主要数据源，只有专业测绘部门才能保证数据的标准性与准确性。“平台”建设，使政府各部门及社会各界充分认识到专业测绘部门在空间信息获取、管理、服务以及更新和维护方面的权威性。

此外，我国目前实行的还是计划性基础测绘，无论是测绘内容、测绘范围，还是在更新周期方面，均不能满足实际应用需求。地理信息公共服务平台建设以应用为前提，使测绘直接面向最终用户，由单一的提供专业性测绘成果，转变为提供信息服务，最大限度地减少用户再加工的环节。平台应用的结果会对基础测绘所提供的空间信息内容和现势性提出更高的要求，反过来会进一步促进基础测绘成果的更新和空间信息服务质量的提高。

除了基础测绘的内容、范围和周期需要针对社会需求进行调整以外，随着地理信息公共服务平台应用的普及，通过应用本身带来的效益也可以弥补政府基础测绘不能满足需求的问题。

4. 全方位、多层次的空间信息服务

地理信息公共服务平台面向政府、公众和行业提供服务，拓展了测绘的服务领域。此外，由于加载了大量的属性信息，也丰富了服务内容。

地理信息公共服务平台提供的服务包括：公益性服务、有偿服务、专题应用和行业信息发布等，能够对不同用户提供不同的服务内容。

此外，地理信息公共服务平台所提供的服务形式适应信息化社会的信息传播方式与表现形式。信息化社会带来的明显变化是信息传播介质、信息显示终端和信息表现形式的改变。地理信息公共服务平台以互联网、政务专网或无线网络和多媒体电子地图光盘为媒介，开发适应多种信息终端（台式机、触摸屏、PDA、车载信息终端、手机和数字电视）的电子地图产品，并可充分利用3维虚拟现实和多媒体等表现手段，实现人性化和交互式的信息传递。

5. 解决测绘成果安全与地理信息共享的矛盾问题

信息化需要共享；而安全问题要求保密。地理信息涉及国家安全问题，因此平台各应用系统开发必须具有自主知识产权并立足国产软件平台，推动产业发展的同时，考虑保密问题。平台提供了基础的地理信息服务内容，兼顾各类用户。不同级别的用户拥有不同的访问和使用权限，有效避免了某些开发商非法使用基础地理信息数据的问题（徐开明，2006）。

7.2.2 地理信息公共服务平台可行性分析

1. 社会对地理信息的巨大需求推动了地理信息公共服务平台的发展

地理信息公共服务平台的基本特征就是公共性、基础性和市场化，实现地理信息公开、公平、有偿、安全、便捷和广泛的应用；打破地理信息孤岛的格局，避免低水平重复性建设，促进全社会信息化建设发展和全面建设小康社会目标的实现。

当前，各级政府部门、企业和社会公众对权威可靠的网络化地图与地理信息服务的需求与日俱增，迫切要求实现全国多尺度、多类型地理信息资源的综合利用与在线服务。这一巨大的社会需求为公共服务平台的发展提供了动力。

2. 科技的飞速发展为平台的实现提供了技术支撑

地理信息公共服务平台建设，还有赖于技术发展和进步，既需要应用成熟的技术解决当前问题，又需要跟踪技术发展趋势，做好技术准备。

（1）日趋成熟的“3S”（GPS、GIS和RS）技术为数据建设提供了保障；

（2）传统的集中数据库（database management system，DBMS）只能支持本地或

局域网应用，不支持分布式计算，目前的发展方向是分布式数据库、多数据库和联邦数据库。

分布式数据库（distributed database management system，DDBMS）将数据分布在多个节点上，支持全局应用，但须事先给出全局数据库的完整定义。多数据库管理系统（muti-database management system，MDBMS）属于松散的集成方式，全局概念模式只给出共享数据的集合，在不影响多个异构数据库本地自治性的基础上，构造透明的分布式数据库。联邦数据库（federated database system，FDBS）包括成分数据库、局部模式、成分模式、输出模式、联邦模式和外部模式，通过局部操作和全局操作之间的映射定义，利用统一数据模型的联邦模式屏蔽局部模式之间的差异，以实现异质环境下的数据库互操作。

（3）网络技术的发展推动了平台的建设。

网络是地理信息分发与应用所依赖的物理链路平台，主要有局域网、城域网、广域网和各种 Internet 接入系统。计算网格是新一代 Internet 应用技术，是解决大规模分布资源共享和协同工作问题的新的平台技术。传统互联网实现了计算机硬件的连通，Web 实现了网页的连通，而网格试图实现互联网上所有资源的全面连通，它把整个互联网整合成一台巨大的超级计算机，实现计算资源、存储资源、通信资源、软件资源、信息资源和知识资源的全面共享。

7.2.3 构建“数字城市”基石

综合上节所述，在“地理信息公共平台”建设的基础上才能真正构建“数字城市”、“信息城市”乃至“智慧城市”等。因此，“地理信息公共平台”是“数字城市”的牢不可破的基石。“数字城市”是综合运用 GIS、RS、GPS、宽带多媒体网络及虚拟仿真技术等，对城市基础设施功能机制进行动态监测管理以及辅助决策的技术体系。通过宽带多媒体信息网络、地理信息系统等基础设施平台，整合城市信息资源，建立电子政务、电子商务、劳动社会保障等信息系统和信息化社区，实现国民经济和社会的信息化。

地理信息公共服务平台建设是“数字城市”空间数据基础设施的重要基础。在“数字城市”四个基础平台（基础信息交换平台、应急联动指挥平台、综合服务平台和地理信息支撑平台）中起到重要的空间定位基准和空间信息集成、交换、分发和应用平台的作用，是“数字城市”的具体化实现。

随着“数字城市”建设的兴起，数字规划、数字国土、数字房产、数字城建、数字水利和数字农业等行业数字化建设迅速发展。但是基于单个政府部门提供的离散型服务已经越来越不能满足日益提高的社会需求，对外的综合服务能力已经成为衡量一个地区政府管理水平和投资环境的重要标准之一。

地理信息公共服务平台建设将提供一个信息共享的平台。以基础地理信息为基础，集成各行业的专题地理信息，实现分布式建库管理、统一数据交换和协调管理流程的共建共享机制，提高整个城市的信息化建设水平和建设效益（肖建华，2006）。

7.3 走向三维的城乡规划管理

7.3.1 三维城乡规划及其开展意义

城乡是人类活动最集中的场所，城乡信息化已经成为城乡发展的主题。GIS是城乡空间信息表达和管理的主要工具手段。很长一段时间以来，基于GIS技术的各种城乡空间信息管理系统，如城市管线管网系统、城市土地管理信息系统等大多采用二维平面管理模式。随着现代城市不断从地面向地下、空中不断拓展延伸，城乡空间多层次、立体模式管理逐渐成为城乡管理的发展趋势，实现城乡空间信息管理模式从二维到三维乃至多维方式的转变，已经成为人们关注的重点问题和学术研究热点。

三维城乡规划信息系统是指借助三维GIS和遥感等信息技术，通过建立空间数据库，将城乡赖以生存和发展的各种基础设施以数字化、网络化的形式进行综合集成管理，从而实现城乡规划过程中三维可视化和虚拟管理等功能的信息系统。一个完善的三维城乡规划信息系统建立不但能够对各种城乡空间信息进行有效的管理与集成，而且能够以动态的、形象的、多视角的和多层次的方式模拟城乡现实状况，为城乡研究、城乡设计和城乡管理提供具有真实感和空间参考的决策支持信息。因此，建设三维城乡规划信息系统，对于改变传统城乡规划模式，促进城乡合理规划，实现城乡可持续发展具有重要意义。

1. 三维规划的发展现状

西方发达国家极为重视三维城乡规划信息系统研究和三维城市模型构建工作。1991年，英国伦敦城市大学用航测和地面摄影方法构建三维城市模型，用于新建房屋报批审查。与此同时，斯特莱斯克莱德（Strathclyde）大学的ABACUS（advancing buildings and concepts underpinning sustainability）、墨尔本大学以及多伦多城乡规划局等也在这方面作了大量研究。20世纪90年代末，瑞士苏黎士理工大学Admin Gruen教授启动CyberCity Mod-eler项目，对西欧各国的欧式风格城市建立了三维城市模型，包括苏黎士、汉堡和伯尔尼等。近年来，国际上对于城市三维空间信息自动获取和空间建模方面取得不少积极进展。三维GIS城市建模也引起了我国学者的广泛关注，纷纷开展了相关问题，对三维GIS关键技术问题做了深入探讨。我国在这方面虽然起步较晚，但通过借鉴和利用国外最新的技术成果，发展非常迅速。目前已开发了具有自主版权的商业应用软件，许多国产GIS软件也先后在其产品中开发了三维GIS软件系统。在部分具备开发和应用条件的城市，已经初步建立了三维GIS技术支持下的城乡规划信息系统，并取得了良好的应用效果，如海南海口市城市三维仿真规划审批系统；山东“数字烟台三维城乡规划信息系统”等。

随着现代计算机软、硬件技术的飞速发展，在城市二维空间信息系统建设基础上，通过三维GIS技术，建立一个智能化、综合化和规范化三维城乡规划信息系统，为城乡规划服务，并进一步为城乡的各行各业和方方面面，如政务系统、环境保护、园林绿化、环境卫生、公安消防、网上医疗、电子银行、远程教育和房地产交易等提供三维空间信息服务已经成为可能。

2. 三维GIS城乡规划信息系统数据组织

三维GIS城乡规划信息系统建设首先必须明确系统开发目标、建设内容、数据组织和系统结构。

1）系统开发目标

城乡规划作为协调解决城乡空间发展当前与长远、局部与整体利益矛盾的有力行政工具，其主要目的就是综合安排城乡的各项功能和活动，妥善布置城乡各类用地与基础设施，改善居民居住生活环境，实现城乡可持续发展。围绕着上述目的，结合三维GIS技术特点，可以将三维GIS城乡规划信息系统的开发目标定义为：在已有城乡地形及各种数据的基础上，借助数字摄影、激光扫描和遥感等先进的空间数据获取手段，通过图形图像和计算机可视化等信息处理方法，结合空间数据库管理和网络信息等技术，开发一个集数据采集、城乡地物三维建模、三维可视化管理分析和城乡规划管理业务处理一体化的信息管理系统，为城乡规划管理部门和社会公众提供具有真实感（photo-reality）、空间参考（georeferenced）、数字化（digital）的城乡空间信息，以实现城乡三维重建，从而满足现代城乡精细管理的要求，实现城乡规划管理支持，辅助规划决策。

2）系统建设内容

城乡规划涵盖内容广泛，包括城乡住区规划、城乡中心区规划、景观与绿地规划、生态与环境规划、历史环境保护规划和城乡基础设施工程规划等。其中，城乡基础设施规划进一步可分为交通、水源、能源、通信、环境和防灾等各专业系统。为了保证整个城乡基础设施协调、同步建设，现代城乡规划要求在规划编制过程中，需要尽可能将不同阶段的城乡规划和各专业系统规划综合成一体，以使规划编制既可横向展开，又可纵向深入。因此，城乡规划管理涉及的空间地物对象是多层次的，既需要对大范围城乡发展用地和总体布局进行规划，如城乡总体规划和城乡分区规划等。也需要管理树木种类、公交标志牌、广告牌和路灯等细小基础设施。城乡三维规划信息系统管理的信息众多且来源广泛。根据空间维的分布特征以及目前GIS对空间数据按分类分层进行管理的要求，地物对象大致分为三大类：①以场为基础的对象。这类对象在空间上连续分布，如地形、遥感影像。②面状地物。该类地物实际上是具有某种或几种属性的地理对象的平面投影，如城镇地籍、水体。③独立的、离散的实体对象，如房屋、建筑物、树木和汽车等。其中，为满足城乡居民生活生产、交通和娱乐活动等需要而修建的建筑物是城乡的主体，是城乡三维重建的主要内容。

3）数据的采集和组织

城乡空间信息采集是城乡规划信息系统建设的重要基础，系统数据的采集和组织是一项庞大而复杂的工程。为了保证数据获取成功，首先需根据业务需求明确系统的管理范围或系统描述内容。

系统管理范围确定后，还要进一步明确系统的管理粒度，区分哪些属性和信息是系统建设必须的，哪些可以忽略。管理粒度的粗细反映了系统描述地物对象的细节描述程度。一个地物对象，在不同管理粒度要求下，数据采集手段和难易程度、数据量和工作量大小和数据格式可能不尽相同。管理粒度粗细很大程度上决定了系统数据采集方法和系统最终能够提供的信息服务内容和质量，也是系统建设成本高低的主要影响因素之一。

城乡三维空间数据的快速自动获取一直是制约三维 GIS 城乡规划信息系统发展的主要因素。从目前技术发展来看，依靠手工方式、从已建系统中抽取和转换部分数据、尝试采用一些新技术如 LIDAR 雷达图像等仍然是目前城乡三维空间数据获取的主要途径。根据不同数据来源情况可以分为：①城乡勘查数据（城乡地形、地籍和土地利用现状等）；②规划建筑设计图纸及文档资料；③数字摄影测量、地面摄影测量、激光扫描、遥感数据和合成孔径雷达；④移动和车载和机器人智能测绘系统；⑤城乡规划业务数据和建筑物近距离摄影像片等类型。按照数据表现形式的不同可以分为：图形、图像、文字和声音等多种信息。

不同方式得到的数据具有一定互补性。例如，遥感数据能够获取大范围地物景观信息，数字高程模型（DEM）可用来真实再现地面的三维形态，数字高程模型和感影像进行叠加，可以使三维起伏地形包含更丰富的纹理信息和植被信息，提高三维景观的真实性，改善视觉效果，便于和景观和绿地规划图件、生态与环境图件空间叠加进行分析；激光扫描数据能够有效获取地形、建筑物顶面和高度等信息，但获取建筑物侧面纹理和色彩信息则有一定困难，还需要依靠地面近距离摄影技术。

实现从宏观至微观、从概略到细节、由表及里的观测城乡地理空间对象是城乡规划编制过程的客观要求。因此，数据采集完成后，需要对城乡空间信息进行层次化、高效组织管理。以保证系统建立后按照用户需要，从宏观上提供不同视角、大范围地形展布特征和地物分布情况；微观上又能提供单个地物类型的各种属性信息。以城乡建筑物为例，既能够通过城乡表面模型（DSM）分析城乡建筑群构成的宏观分布特征，也能够查看单个建筑物外形、颜色、纹理和光线变化，甚至查询其几何结构或建筑设计信息。

3. 三维 GIS 城乡规划信息系统建设层次

目前，由于现实世界的复杂性和多样性，真正意义上的三维 GIS 技术还不是很成熟，处于不断发展之中。结合三维 GIS 发展历史和三维数字城乡建模情况，可以将三维城乡规划信息系统建设划分为三个层次（图 7.1）：①将 DEM 与遥感影像、地物纹理影像或其他专题影像进行叠加，生成三维影像，用以景观规划设计。②以 DEM 作为建筑物对象的承载体叠置三维建筑物模型。该方法强调建筑物主体特征，往往对建筑物形状进行简化，如根据楼层层数按一定的比例来推断建筑物高度，建筑物侧面使用模拟纹理或使用规则几何体（如长方体和三棱体）来表达等。此法能方便地构建大范围的三维数字模型，但模型仅能表达相对规则的建筑物，难以重构复杂的城乡景观实体，所构建的模型真实感不足，主要用于表现细节水平较低的城乡景观轮廓特征。③设计真三维数据结构，如点、线、面和体等要素来表达三维实体。利用摄影测量、激光扫描和其他地面测量手段，采用自动、半自动或交互式方法采集的三维编码数据，并和近景拍摄的实际影像纹理相结合来体现逼真的、和现实保持一致的城乡地形和建筑物景观。第一、二层次比较容易实现，而第三层次则是当前许多三维 GIS 城乡规划信息系统建设希望达到的目标。

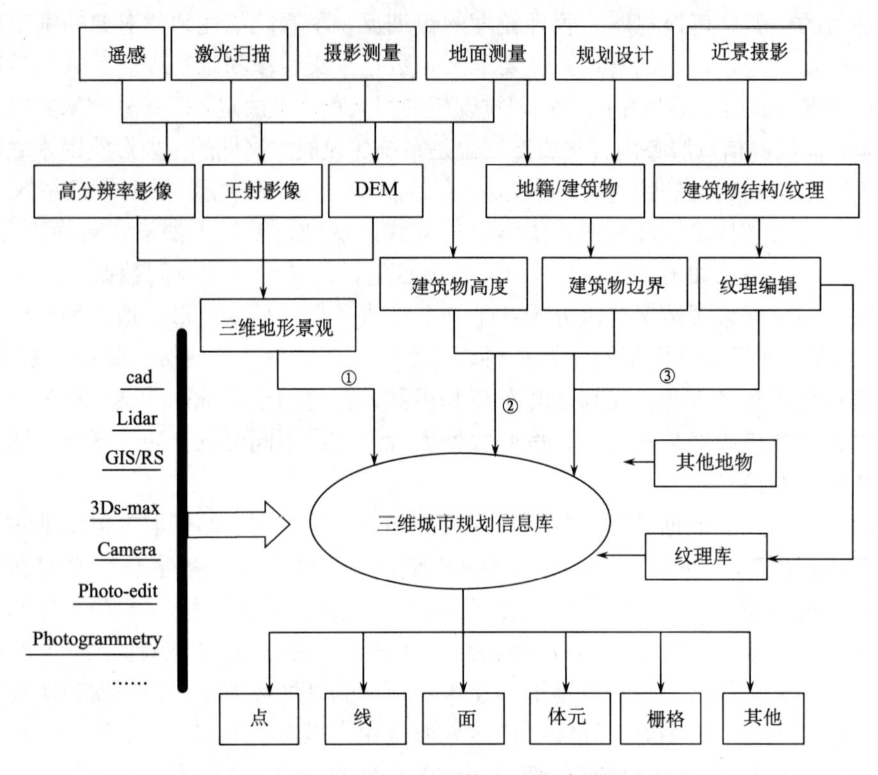

图 7.1 三维 GIS 城乡规划信息系统建设层次划分

CAD：计算机辅助设计；Lidar：雷达；GIS/RS：地理信息系统/遥感；3Ds-max：Autodesk 公司开发的三维动画渲染和制作软件；Camera：摄影机；Photo-edit：图像编辑；Photogrammetry：摄影测量；……：其他技术软件

总体来看，当前三维 GIS 城乡规划信息系统建设具有如下特点：一是三维实体建模类型多样，主要通过点、线、面、体和栅格等基本要素及其复合形式，如三维体元模型、三维矢量模型、三维栅格模型以及上述多种模型的混合或综合集成。二是多技术集成，包括 GIS、CAD、3DSMAX、近景摄影、摄影测量以及虚拟现实等。GIS 与 CAD 技术主要解决现实地理空间的数字模型问题，利用 GIS 与 CAD 技术可以构造与现实地理空间对应的虚拟地理信息空间，并可以用数字模型对现实地理空间的现象和过程进行模拟；3DSMAX、MAYA 和 AutoCAD 等可以用来构造三维场景使用的逼真的复杂模型，不仅能够表示建筑物外观和形状，而且还能充分展现建筑物的内部形态，可以为城乡规划业务，如规划审批等提供的三维信息等；虚拟现实技术则使人们可以借助于各种设备感知信息空间反映的现实世界，并根据不同规划方案建立虚拟景观，建立城乡规划信息系统和虚拟现实环境合二为一的一体化系统，实现城乡宣传，为公众参与城乡规划管理提供信息交流平台，促进城乡管理和公众互动。三是由于城乡规划信息系统建设必然是一个由低级走向高级和循序渐进的过程，会经历不同的发展阶段和积累大量的数据源，决定了城乡三维规划数据所涉及的信息众多且来源广泛，具有量大、种类繁多和时间跨度大等特点。

4. 三维 GIS 城乡规划信息系统结构体系

三维 GIS 城乡规划信息系统结构体系见图 7.2。系统自下而上分为四层：支撑平台、数据层、服务层和应用层。①支撑平台。包括操作系统和数据库管理软件等，是整个系统的基础。其主要目的是实现系统数据的统一组织、集中管理和资源共享，并对业务逻辑层提供规范、高效的基本功能服务。空间数据库承担了地理信息的存储和管理，通过商用数据库将各种地物以对象的形式存放在数据库中，并和属性数据建立连接和关联，高效率地实现业务数据，如地籍等图形和属性统一管理。②数据层。由于三维城乡规划信息系统和现有二维平面有着不可分割的关系，本质上是基于平面的数字城乡向三维数字城乡的一次扩展和新应用。因此，三维系统设计必须充分考虑已经建成的、相对成熟的二维空间信息系统数据组织特点和管理功能，并在此基础上进一步扩展。一方面，借助二维空间信息系统提供的准确地物空间位置来降低数据采集费用；另一方面，也能够通过数据或应用接口提供二维信息服务，并和三维可视化等三维信息服务进行数据交换。③服务层。通过综合应用服务器对服务进行管理，依据激活条件，动态加载、卸载各种服务和应用，同时可以在服务层及数据层提供的服务基础上，实现相关的业务逻辑。④应用层。应用层是系统与外界沟通的渠道，通过灵活多样的接入方式与业务逻辑层相关联。应用层的接入形式多样，如 Internet/Intranet、基于 C/S 模式的业务终端接入或移动接入等以提供分布式城乡规划动态信息服务。除了面向城乡规划管理部门外，还能够面向政府其他部门和社会公众提供三维信息服务（曹忠平等，2007）。

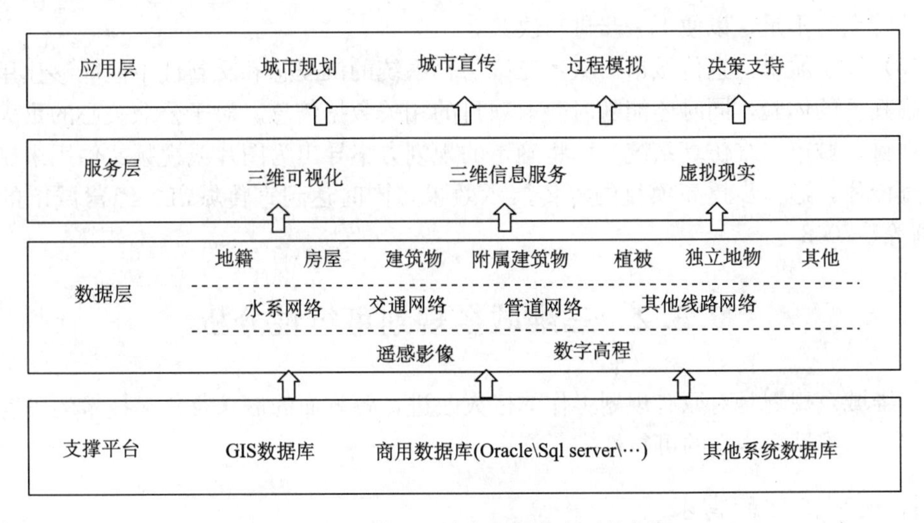

图 7.2　三维 GIS 城乡规划信息系统框架

三维城乡规划的开展对城乡规划行业的发展乃至经济社会的进步都有着非常重要的意义。

（1）有效地展示规划设计成果。由于城市三维规划特有的沉浸感，能够随意在三维的数字化城市里沿着街道行走、或鸟瞰或飞行，在观察建筑物的同时，任意停留下来对重点规划地段的各种规划方案进行探讨。系统平台能够从各个方位、全面、立体、形象地反映规划方案的设计成果。既不同于二维效果图角度的局限性、也不同于动画展示中固定线路的片面性，城市三维仿真系统让人身临其境地看到方案建成后的效果，更有利于清楚地认识、判定规划方案的可行性与合理性。

(2) 提供科学的决策依据，提高管理能力和效率。目前，规划和建筑方案的设计还处在一个凭主观想象和专业经验以及抽象数据模型基础上的，而且对规划和建筑设计方案的可行性没有一个系统的评价和论证。因此，在城市建设过程中，很容易出现实际情况跟预期效果偏差很大的情况，这样容易造成无法挽回的损失。因此，规划管理和决策者们需要一个决策的可靠依据。而城市仿真技术可以通过模拟仿真为规划管理者决策时提供有力的、可靠的和科学的决策依据，使规划部门在进行方案评估时更为准确、合理、公正和快捷。

(3) 搭建沟通平台，提高公众参与度。立体、形象的城市三维仿真系统打破了专业人士和非专业人士之间的沟通障碍，使得各部门能够在统一的城市三维仿真系统平台下进行交流，能够更好地理解设计方的思路和各方的意见，以便很快地找到问题，达成共识，解决设计中存在的一些缺陷。同时随着网络技术的日益发展，城市三维仿真系统还可以通过 Internet 网达到远程浏览，提高其普遍性与实用性，从而提高公众的参与度。

(4) 实时方案对比选择。在规划项目的建筑设计过程中，一般都会对设计的建筑物提出多种不同的设计方案。在已有的城市三维仿真系统平台上，对每一个项目，将其多个设计方案的成果制作成三维虚拟仿真模型，再叠加到现状三维仿真模型上，建立实时三维仿真环境。设计单位和建设部门通过该系统平台，可以实时地切换不同的方案，在同一个观察点或同一个观察路径中感受不同的建筑外观。这样，有助于比较不同的建筑方案的特点与不足，以便下一步进行决策。

(5) 展示城市，宣传城市。城乡三维仿真系统的沉浸感和交互性不但能够让用户获得身临其境的体验，同时还能随时获取项目的相关数据信息。对于公众关心的重大设施建设项目，城市三维仿真系统可以将确定的规划方案导出为图片或视频文件用来制作多媒体宣传片，进一步提高项目的宣传展示效果，同时达到宣传城市、经营城市的目的(王莉等，2008)。

7.3.2 三维城乡规划可行性分析

三维城乡规划是对原有规划工作的极大改进，各方面的需求及科学技术的飞速发展都决定了三维城乡规划的可行性。

1. 规划工作的需求

由于城乡规划的延续性和超前性要求较高，城乡规划一直是对全新的三维技术需求最为迫切的领域之一，三维技术可以广泛地应用在城乡规划的各个方面，并带来切实的利益。在总体规划、修建性详细规划和建筑单体设计等领域中应用三维技术，通过该技术对现状和未来的描绘，改善人民生活环境，使城市布局更加合理，城市更加美观。

2. 公众参与城乡规划工作的需求

规划决策者、规划设计者以及公众，在城乡规划中扮演不同的角色，有效的合作是保证城乡规划最终成功的前提。三维技术为这种合作提供了理想的桥梁，运用三维技术能够使政府规划部门、开发商、设计人员及公众可从任意角度，实时互动真实地看到规划效果，更好地掌握城乡的形态和理解规划师的设计意图，这样决策者的宏观决策将成为城乡规划更有机的组成部分，公众的参与也能真正得以实现。这是传统手段如平面图、效果图、沙盘乃至动画等所不能达到的。

3. 科学技术的飞速发展为三维城乡规划提供了支持

计算机硬件技术的突飞猛进以及三维建模软件的大量涌现为大场景模型的构建提供了可能，而 Skyline 等一批三维平台软件的研制为三维城乡规划统一软件平台提供了技术支持。而网络技术的发展提高了公众参与的便捷度（刘菊等，2009）。

7.3.3 应用前景

仿真技术应用于城乡规划是一项新的技术理论与方法，使人们能够在一个虚拟的三维环境中，用动态和交互式的方式进行城乡规划、管理。仿真技术在城乡规划中的应用，对城乡规划设计理念、城乡规划技术方法、城乡规划的实施与管理机制有着重要的意义。

1. 展示现状及规划情况

通过利用计算机仿真和虚拟现实技术形成的标准三维城市信息平台，将现状与规划成果带入城市景观的电脑虚拟环境中，提供一个逼真的模拟环境，从而很好地向市民展示该地区的现状及规划建设情况，此外，利用空间信息可视化技术可以实现分析、查询大量数据信息并以直观的方式显示结果，将传统的数据库带入到可视化空间中，从而对各个方面的情况有一个全面的了解。

2. 三维城乡规划设计

通过建立的数字仿真模型，能将设计方案精确定位于现实环境中，并能够通过计算机渲染与计算，沿特定的方位将规划设计方案表现出来。它能够很容易地将规划设计方案思想表达在人们面前。一方面，三维信息系统的实时性与交互性，使得人们可以根据自己的要求来展现规划方案，并能从各个视点对其进行分析与观察，立体感好；另一方面，运用二维 GIS 和三维场景相结合的办法，给规划者提供一个虚拟平台。在此平台上，规划者能够进行空间景观规划，并能够随时预览规划效果，而且能够针对不同的规划方案进行切换浏览。同时，规划者能够随时修改规划方案的局部，并预览修改后的方案效果，实现动态规划的理念，使城乡规划设计变得更加科学合理，具有更强的直观性。

3. 三维规划设计审批，提高方案设计和审批效率

目前规划设计审批采用的方法多是用二维平面信息来反映多维信息，这样将存在许多缺陷。建立三维数字仿真模型，在此基础上进行规划审批，可以更加直观与全面。通

过全方位自由控制场景，人机交互，在漫游的同时，规划方案设计中的缺陷能够轻易地呈现出来，可以减少由于事先规划不周全而造成的无可挽回的损失与遗憾，从而大大提高规划设计审批的效率（杨建国等，2007）。

4. 城市地下空间规划中起重要作用

由于地下空间开发具有难恢复和难预算等特点，如果希望地下空间资源在城市发展中发挥最大的长期效益，就必须对地下空间资源进行有效规划。然而，不管是地下空间总体规划还是详细规划，都需要在提供文字说明的同时，形成辅助说明图件，如地下空间资源评估图、地下空间开发利用现状图、地下空间开发利用总体布局与结构规划图和地下工程系统规划图等，传统的规划技术主要关注于研究区域的二维表达，这对于地表规划已经足够了，但是地下地质环境极大地影响着可建造设施的类型、规模和费用，直接决定了地下构建筑物建设状况，这就需要一种更为有效的方式来描述地下三维复杂地质环境，三维 GIS（3D GIS）技术为解决这一问题提供了可能。

通过多种三维建模方法的使用，可以方便地建立各类规划对象的三维模型，并可对地下工程设施的位置、规模、埋深以及构建筑物与已有地下设施的连接方式进行调整修改，从而较好地辅助地下空间规划方案设计，提高规划设计的速度和质量。地下工程建设一般都在城区范围内，在其施工过程中常常会引起周边地层产生位移、变形、沉降、塌陷等环境地质效应，从而威胁到周围地面建筑物及基础、前期人防等其他地下构建筑物、地下管线等各种地下设施以及道路路基、路面等。因此，地下空间规划时需对城市地下建设工程的环境地质效应及其影响进行科学的分析预测。但是，如地下工程引起的地层变形、地下水环境变异、洞室围岩失稳、地质生态环境恶化等分析评价都需要各方面专业技术的支撑，而这对于规划设计者和审批领导的要求是比较高的，在短时间内很难完成此类分析。结合这类专业分析功能的二维 GIS 系统能为这类人员提供较客观认识该类问题的工具，并且分析结果的三维展示形式易于说明和理解，从而在最大限度上避免地下工程造成的不良影响。

此外，三维 GIS 能较好地呈现出地下工程完成后工程与环境的协调情况，方便评估工程的社会价值、经济价值和技术价值。同时，依赖二维可视化和空间分析技术，三维 GIS 具有表达装饰、道具装置、情报、环境和文化等景观素材的能力，可以较好地展现地下空间景观设计效果，帮助设计者准确把握人、空间和时间三者的相互关系（丛威青等，2009）。

5. 对城市建设发展的问题多角度、前瞻性分析

通过三维仿真虚拟现实技术，可将城市建设的不同地区、不同发展阶段的规划设计方案结合现状制作成城市建设形态发展跟踪三维模型，真实“再现”规划建设方案，科学、客观地分析城市发展形态，减少或避免由于规划失误造成的损失和遗憾。

6. 提高城市规划管理效率与政务公开

基于三维图形平台的可视化地理信息系统，可以更加真实、直观地处理越来越复杂的三维数据。能够快速、高精度地进行城市管理信息的查询检索和统计，有效进行城市

信息的空间分析，支持城市管理工作的深化，快速、高精度地更新城市定位信息，保证城市管理工作中信息的现势性。同时可将三维规划方案在网上发布，直接在网上评审，这样规划时就可不必进行专门的培训，只需上网就可解决问题。此外，网上三维景观浏览对政务公开、社会信息发布等都有宣传展示效果（余明和过静珺，2004）。

7.4　县域城乡规划信息化体系可移植性分析

可移植性是评价城乡规划管理信息平台的一项重要指标。一个有价值的地理信息系统的软件和数据库，不仅在于它自身结构的合理，而且在于它对环境的适应能力，即它们不仅在一台机器上使用，而且能在其他型号的设备上使用。要做到这一点，系统必须按国家规范标准设计，包括数据表示、专业分类、编码标准、记录格式和控制基础等，都需要按照统一的规定，以保证软件和数据的匹配、交换和共享。

近年来，嵌入式应用技术蓬勃发展，并以一种势不可挡的力量伸展到人类社会的每一环节，推动着世界经济的发展，改变着人类的生存方式。其产品已经深入到工业生产和人们生活的各个方面：制造工业、过程控制、通信、汽车、船舶、航空、航天、军事装备和消费类产品等。随着 GIS 的快速发展，人们对空间数据的需求也日益增大，把 GIS 与嵌入式技术融合在一起，形成一个嵌入式的地理空间集成平台，是当前 GIS 研究领域的一个重要趋势。

未来可以进一步引进面向嵌入式终端的城乡规划管理平台，全面应用构件技术和中间件技术，整合最新的 GIS 技术、嵌入式操作系统和网络通信技术，实现了在嵌入式 GIS 系统有限的资源条件下（硬件处理速度、存储容量等）大容量空间信息的压缩与检索技术，有效地支持嵌入式地理信息终端与大型 GIS 系统的交互、网络服务（Web Service）以及实现系统间功能的互操作，实现在小型嵌入式设备上的空间信息管理、空间信息浏览、可视化、空间信息查询和空间分析处理等 GIS 功能，并有机地集成 3S（GIS、GPS 和 RS）技术，实现矢量、影像结合的电子地图浏览与查询等功能。

采用高移植性的空间数据库和数据库引擎，通过物理存储和逻辑存储相结合的设计，数据格式结构清晰，数据组织紧密而有效，可扩展性强，可移植性强，支持跨平台使用。

嵌入式平台与 GPS/RS 技术可以得到更好的集成。自动校正 GPS 数据的偏移，在电子地图上实时动态轨迹播放，实现自动导航、路径分析等，以及支持 GPS 信号记录和回放功能；支持影像数据与矢量数据的叠加显示、查询和分析；提供一致的数据交换和信息共享，支持多种数据交流方式，实现与大型 GIS 平台的数据交换和动态交互，共享公共信息交流平台。支持多种操作系统和硬件平台，提供了良好的可移植性和可扩展性。

嵌入式 GIS 的研究是 GIS 研究的一个新方向，及对于发展我国嵌入式 GIS 相关技术，形成自己的知识产权，有着重要意义。嵌入式 GIS 能广泛地用于测绘、交通、军事、医疗和汽车导航等领域。

主要参考文献

曹忠平，李宗华，赵中元，等. 2007. 基于三维 GIS 的城市规划信息系统研究. 重庆建筑大学学报，29（5）：26～30

陈军，将捷，周旭，等. 2009. 地理信息公共服务平台的总体技术设计研究. 地理信息世界，(3)：7～12
陈军. 2009. 从离线数据提供到在线地理信息服务. 地理信息世界，(2)：6～9
成受明，程新良. 2005. 城乡一体化规划的研究. 四川建筑，(s1)：29～31
从威青，潘懋，庄莉莉. 2009. 3DGIS在城市地下空间规划中的应用. 岩土工程学报，31 (5)：789～792
刘菊，王恺，迟莹博，等. 2009. 虚拟现实技术在城市规划管理中的应用. 中国科技信息，(2)：276～278
王莉，胡开全，王阳生. 2008. 城市仿真技术在城市规划管理中的应用实例. 中国建设信息，(4)：71～74
巫丽芸. 2009. 关于城乡一体化规划的思考. 福建建筑，(2)：29～31
肖建华. 2006. 论城市地理信息公共服务平台建设中的若干问题. 工程勘测，(3)：65～69
徐开明. 2006. 地理信息公共服务平台建设与现代测绘服务模式. 地理信息世界，(3)：41～48
杨建国，黄玲，高剑锋. 2007. 三维仿真技术在城市规划中的应用. 上海城市规划，(6)：44～47
余明，过静珺. 2004. 三维仿真虚拟现实技术在城市规划中的应用. 测绘科学，29 (3)：52～54
张戈，何邕健. 2005. 基于城乡协调发展的资源型城市城乡一体化规划探讨. 小城镇建设，(5)：86～88